les orphelins de l'amour

Guy Saint-Jean Éditeur
3440, boul. Industriel
Laval (Québec) Canada H7L 4R9
450 663-1777
info@saint-jeanediteur.com
www.saint-jeanediteur.com

....

Catalogage avant publication de Bibliothèque et Archives nationales du Québec et Bibliothèque et Archives Canada
Meacham, Leila, 1938-
[Tumbleweeds. Français]
Les orphelins de l'amour
Édition canadienne.
(Collection Charleston)
Traduction de : Tumbleweeds.
ISBN 978-2-89455-930-7
I. Luc, Élisabeth. II. Leclerc, Émilie, 1978- . III. Titre. IV. Titre : Tumbleweeds. Français .
V. Collection : Collection Charleston.
PS3563.E163T85214 2015 813'.54 C2015-940840-7

....

Nous reconnaissons l'aide financière du gouvernement du Canada par l'entremise du Fonds du livre du Canada (FLC) ainsi que celle de la SODEC pour nos activités d'édition.

Canada Patrimoine canadien Canadian Heritage SODEC Québec

Gouvernement du Québec – Programme de crédit d'impôt pour l'édition de livres – Gestion SODEC

Titre original : *Tumbleweeds*
Publié initialement en langue anglaise par Grand Central Publishing, 2012.

Traduction : Elisabeth Luc
Adaptation québécoise : Émilie Leclerc
Conception graphique de la couverture et mise en page : Olivier Lasser
Photo de la page couverture : iStock/AleksandarNakic/mycola

Dépôt légal — Bibliothèque et Archives nationales du Québec, Bibliothèque et Archives Canada, 2015
ISBN: 978-2-89455-930-7
ISBN ePub : 978-2-89455-931-4
ISBN PDF : 978-2-89455-932-1

Imprimé au Canada
1re impression, juin 2015

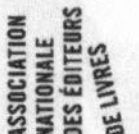

Guy Saint-Jean Éditeur est membre de
l'Association nationale des éditeurs de livres (ANEL).

LEILA MEACHAM

les orphelins de l'amour

ROMAN

Traduit de l'anglais (États-Unis)
par Elisabeth Luc

DANS LA MÊME COLLECTION

Des livres qui rendent heureuse !

Matilde Asensi
Le pays sous le ciel

Erica Bauermeister
Le goût des souvenirs

Chris Bohjalian
La femme des dunes

Alan Brennert
Moloka'ï

Jackie Collins
L'héritière des Diamond

Kimberley Freeman
La maison de l'espoir

Patricia Gaffney
Les quatre Grâces

Kathleen Grissom
La colline aux esclaves

Shannon Hale
Coup de foudre à Austenland

Susanna Kearsley
Comme la mer en hiver

Debbie Macomber
La villa Rose, tome 1 : *Retour à Cedar Cove*
La villa Rose, tome 2 : *Un printemps à Cedar Cove*
Les anges s'en mêlent

Rosie Thomas
Le châle de cachemire
Les brumes du Caire

Adriana Trigiani
L'Italienne
Bienvenue à Big Stone Gap

www.charlestonquebec.com

Pour Ann Ferguson Zeigler,
qui m'a soutenue tout au long du chemin.

Nos péchés, comme nos ombres,
sont à peine visibles en plein jour,
mais le soir venu, ils sont énormes
et monstrueux !

SIR JOHN SUCKLING

Prologue

Juin 2008

Le téléphone sonna à minuit alors qu'il travaillait encore dans son bureau. Il connut un moment d'angoisse, le coup au cœur qu'il ressentait souvent, les premières années, chaque fois que la sonnerie retentissait aux aurores. Par la suite, les contraintes de sa profession l'avaient habitué à être dérangé à n'importe quelle heure.

Lorsqu'il découvrit le nom de son correspondant, son sang ne fit qu'un tour, mais il décrocha vivement pour ne pas réveiller toute la maisonnée. C'était l'appel qu'il attendait depuis vingt-deux ans.

— Allô ?

— John Caldwell ?

— Trey ?

— Lui-même, fit une voix teintée de moquerie. Tu es debout ?

— Maintenant, oui. Tu m'appelles d'où ?

— Je te dirai ça dans une minute. Alors, comment ça va, Tiger ?

— Je suis un peu étonné de t'entendre. Ça fait longtemps…

— Tu as quand même reconnu ma voix, ce qui est plutôt réconfortant. Figure-toi que je rentre à la maison, John.

Celui-ci se redressa soudain.

— Ah bon ? Après toutes ces années ? Pourquoi ?

— J'ai quelques détails à régler.

— Il est un peu tard pour ça, tu ne crois pas ?

Trey se mit à rire, mais sans joie.

— Sacré John… Toujours le même ! La petite voix de ma conscience.

— Si tel est le cas, ce n'est pas vraiment une réussite.

— Je ne dirais pas ça…

John refusa de mordre à l'hameçon et attendit la suite. Au terme d'un silence prudent, Trey ajouta :

— Les Tyson songent à racheter la maison de Mabel. J'ai promis à Deke de venir à Kersey pour en discuter. De toute façon, il fallait que je m'occupe des affaires de ma tante, que je fasse vider les lieux.

— Les Tyson ? Je croyais qu'ils s'étaient installés à Amarillo et que Deke dirigeait une entreprise de systèmes de sécurité.

— En effet, mais il a décidé de prendre sa retraite pour revenir à Kersey. Sa femme a toujours convoité la maison de ma tante. Les événements prennent parfois une tournure étrange, tu ne trouves pas ?

— J'en ai connu de plus incongrus. Où es-tu ?

— À Dallas. Je prends un avion demain matin, puis je louerai une voiture pour retrouver les Tyson chez tante Mabel vers onze heures.

— Tu restes longtemps ?

— Le temps qu'il faudra pour régler quelques détails. Quelques jours, sans doute.

John garda un instant le silence, puis reprit :

— Où comptes-tu séjourner ?

— Eh bien, j'espérais être hébergé chez toi…

— Ici ? demanda John, abasourdi. Tu veux dormir à Harbison House ?

— Pourquoi pas ? répondit Trey avec un rire grave. Les enfants ne me font pas peur. Les Harbison sont toujours là ?

Bouleversé à l'idée que Trey Don Hall puisse loger sous le même toit que les Harbison, John resta sur la défensive :

— Lou et Betty, oui. Ils m'aident à gérer la maison.

— Tu dois trouver ça agréable, déclara Trey. Je viendrai après mon rendez-vous avec les Tyson. Je devrais être là pour dîner. En partageant le pain et le vin, tu accepteras peut-être d'entendre ma confession…

— Je ne pensais pas que tu resterais aussi longtemps.

— Je te reconnais bien là… fit-il en riant. Ce sera bon de te revoir.

— Pour moi aussi, admit John, étonné par sa propre sincérité.

— N'en sois pas si certain, Tiger.

Quand ils eurent raccroché, cette réflexion de Trey laissa John en proie à un étrange pressentiment. Pris de sueurs froides, il se leva lentement et se dirigea vers un cadre accroché au mur de son bureau. Il s'agissait d'une photographie officielle de l'équipe de football de l'école secondaire de Kersey, en tenue, prise en 1985. « Champions du district », indiquait la légende. John avait joué au poste de receveur dans l'équipe qui avait remporté avec brio le championnat d'État. Sur la photo, il posait à côté du quart-arrière Trey Don Hall, tout sourire, son meilleur ami de l'époque. Un jour, l'annonceur du stade l'avait appelé « TD » Hall lors d'une rencontre. Il était resté « TD » durant sa brillante carrière de sportif universitaire, puis de joueur professionnel au sein de la *National Football League*. Trois autres souvenirs des Bobcats de Kersey étaient alignés sur le mur, retraçant leurs victoires. Cependant, John se souvenait surtout du match crucial contre l'école secondaire de Delton. C'était vers cette photo que se portait le plus souvent son regard.

Qu'est-ce qui ramenait Trey à Kersey au bout de vingt-deux ans ? Ce ne pouvait être seulement la vente de la maison. John n'y croyait pas une seconde. La propriété était fermée depuis le décès de Mabel Church, qui avait légué à son neveu la demeure dans laquelle il avait grandi. Le logement était demeuré dans le même état depuis deux ans. Trey n'avait montré aucun intérêt pour les affaires de sa tante, ni pour la jolie maison en briques dans laquelle lui, Trey et Cathy avaient partagé tant de bons moments, dans leur jeunesse. Il aurait parfaitement pu la vendre et la faire débarrasser sans se déplacer. Alors pourquoi venait-il ? Était-il en quête d'un pardon, d'une réconciliation ? De l'absolution ? S'agissait-il d'une forme d'expiation ? John aurait pu envisager ces possibilités si Trey les avait évoquées, mais il s'était montré mystérieux et moqueur. Or, il connaissait bien son ancien ami et partenaire de football. TD Hall était de retour en ville pour une tout autre raison, ce qui ne présageait sans doute rien de bon. Mieux valait mettre Cathy en garde.

PREMIÈRE PARTIE

1979-1986

Chapitre 1

Le 1er janvier 1979, vers deux heures du matin, Emma Benson distingua une croix sur la lune. Dans la maison de bois qui l'avait vue grandir, au fin fond du nord du Texas, elle s'était réveillée en proie à un sentiment de malaise inexplicable. Enveloppée de son vieux peignoir en coton, elle était sortie pour observer ce spectacle irréel. Dans cette croix, elle vit un signe, un message personnel.

Le lendemain, elle apprit que Sonny, le seul enfant qu'il lui restait, et son épouse avaient péri dans un accident de la route en rentrant d'un réveillon du jour de l'An. Un certain Dr Rhinelander, voisin et proche du couple, lui assura que sa femme et lui s'occuperaient de Cathy, onze ans, la fille des disparus, jusqu'à ce que le tribunal ait pris une décision sur son avenir.

— Comment ça, le tribunal? demanda Emma.

À l'autre bout du fil, le médecin soupira.

—Je vous parle du placement de l'enfant, madame Benson.

Son placement... Sa petite-fille, la chair de sa chair, confiée à des étrangers?

Qui recueillerait l'orpheline ? Celle-ci n'avait pas d'autre famille. Enfant unique, la mère de la fillette avait été adoptée par un couple désormais décédé. Buddy, l'autre fils d'Emma, avait péri au Viêtnam. Cathy n'avait plus qu'une grand-mère qu'elle n'avait, hélas, rencontrée qu'une seule fois et qu'elle avait sans doute oubliée, d'autant que, chez Sonny, on ne parlait probablement jamais d'elle…

— Si vous voulez bien héberger Catherine Ann jusqu'à mon arrivée, docteur, je viendrai la chercher, déclara Emma malgré elle.

Elle qui n'avait jamais pris l'avion et qui, dans sa jeunesse, n'était montée que deux fois dans un train, réserva un siège sur un vol entre Amarillo et Santa Cruz, en Californie. Pendant six heures, coincée entre deux autres passagers, du coton dans les oreilles pour ne plus entendre les cris d'un enfant assis derrière elle, elle s'était demandé dans quelle mesure sa petite-fille avait hérité des gènes de son fils cadet. D'après ce qu'elle avait observé, une fille aînée tenait neuf fois sur dix de son père, et pas seulement sur le plan physique. Elle héritait également de son tempérament, de son caractère, alors qu'un fils ressemblait davantage à sa mère. Buddy, l'aîné d'Emma, ne faisait pas exception à la règle.

Sonny était le marginal de la famille. Vaniteux, matérialiste, égoïste, totalement dénué d'empathie, il avait toujours eu la certitude de mériter un avenir plus reluisant que celui que lui promettait son milieu d'origine. « Je suis fait pour bien mieux que ça », aimait-il répéter à Emma, ce qui la blessait profondément. À la première occasion, il était parti réparer cette erreur de la nature, ne rentrant que rarement à la maison. Une fois marié avec une femme partageant son goût du luxe et des mondanités, il n'était revenu qu'une seule fois, sous le prétexte de présenter Emma à sa femme et à sa fille. En réalité, il voulait lui emprunter le montant de la prime d'assurance-vie qu'elle avait touchée à la mort de Buddy. Emma avait refusé. Par la suite, Sonny s'était éloigné peu à peu, encouragé par son épouse qui avait à peine masqué son dédain face à l'environnement dans lequel son mari avait grandi. Emma avait vite compris que Cathy serait tenue à distance de la maison natale de son père et de la mère autoritaire qui l'avait élevé. Ils n'étaient jamais revenus et ne l'avaient pas non plus invitée en Californie. Emma se rappelait très bien l'enfant de quatre ans, délicate et d'une grande beauté. Dès son arrivée, elle s'était réfugiée sur les genoux de son père en refusant tout contact avec sa grand-mère.

Emma l'avait trouvée terriblement gâtée. Il suffisait de voir ses vêtements, ses jouets coûteux, d'entendre ses plaintes pour deviner que ses parents cédaient à tous ses caprices et feraient d'elle une adulte superficielle. Néanmoins, elle était ravissante, avec ses boucles blondes et les yeux bleus de son père. Son regard était timide ou rusé, c'était difficile à dire, sous ses longs cils soyeux. Emma avait une photo d'elle sur sa table de chevet.

Catherine Ann avait désormais onze ans. Peut-être avait-elle hérité des goûts de ses parents, avec des attitudes façonnées par son éducation et le mode de vie californien. Comment passer de l'océan, des palmiers et d'une éducation permissive à la prairie texane, la brosse à récurer et une grand-mère persuadée qu'il faut élever un enfant dans l'amour, mais sans en faire le centre de l'univers ?

Il y aurait forcément des conflits, parfois insolubles, mais Emma connaissait son devoir. À soixante-deux ans, elle était prête à courir le risque de perdre un autre enfant, un jour.

Chapitre 2

— Nous voilà arrivées ! annonça Emma Benson d'un ton enjoué en s'engageant dans le garage de sa maison de Kersey. Le chauffage ne va pas tarder à se mettre en marche. Et si je nous préparais un bon chocolat chaud ?

Comme à son habitude depuis leurs retrouvailles, à Santa Cruz, sa petite-fille lui répondit d'un regard indéchiffrable. Emma devinait sans difficulté ce qu'il se passait derrière les yeux bleus de Catherine Ann tandis qu'elle découvrait son nouveau foyer.

— Je vais prendre ça pour un oui, reprit-elle en se hâtant d'ouvrir la porte de la cuisine.

Elle redoutait que l'enfant ne prenne froid, son manteau était bien trop léger pour les hivers rigoureux du nord du Texas. Malheureusement, la clé refusa de tourner dans la serrure.

— Merde !

La première impression de Cathy ne serait pas très reluisante. Elles allaient devoir ressortir dans le froid glacial, le vent et la neige fondue pour emprunter l'entrée principale.

Impassible, sa petite-fille grelottait, sans expression, comme elle l'avait été toute la semaine. Mutisme sélectif, avait décrété le Dr Rhinelander, en ajoutant qu'il n'était que pédiatre et non pédopsychiatre, mais que Catherine Ann en présentait tous les symptômes.

— Il s'agit en général d'un trouble provisoire lié à l'anxiété ou à un traumatisme et qui se caractérise par une incapacité à parler dans certaines situations. Pour l'instant, Cathy ne s'adresse qu'aux personnes qu'elle connaît et en qui elle a confiance.

Le médecin avait examiné la haute silhouette sèche et austère d'Emma d'un regard clinique.

— Sans vouloir vous offenser, madame Benson, vous êtes plutôt intimidante. Si Cathy ne prononce pas un mot en votre présence, c'est parce qu'elle ne se sent pas en sécurité. À ses yeux, vous êtes encore une étrangère. Elle s'est réfugiée dans le mutisme parce que, étant donné les circonstances, elle trouve le silence plus rassurant. Dès qu'elle sera en confiance, elle prendra la parole.

Emma tenta une nouvelle fois d'actionner la serrure.

— Cette maudite clé est coincée… Je ne sais pas depuis combien de temps je n'ai pas déverrouillé cette porte. Des années, je crois. Ici, personne ne ferme sa porte à clé, tu sais.

Elle abandonna rapidement et se tourna vers Cathy :

— Voilà ce qu'on va faire : remonte dans la voiture pour ne pas attraper froid, et moi, je vais entrer par avant et t'ouvrir la porte de l'intérieur, d'accord ?

D'un pas déterminé, l'enfant se dirigea vers une étagère, au fond du garage, et se hissa sur la pointe des pieds pour saisir un bidon d'huile qu'elle apporta à sa grand-mère. « Essaie plutôt avec ça », lui conseilla-t-elle d'un regard, son seul outil de communication. Touchée par cette amorce d'échange, Emma prit le bidon.

— Comme tu es intelligente ! Pourquoi n'y ai-je pas pensé ?

Quelques secondes plus tard, la serrure avait cédé sans difficulté. Tandis qu'Emma s'affairait à allumer le poêle de la cuisine ainsi qu'un radiateur, Cathy demeura immobile, frigorifiée, les poings crispés dans les poches de son manteau. Sans doute a-t-elle l'impression d'être Alice au pays des merveilles après sa chute dans le terrier du lapin blanc, songea Emma. L'enfant balaya la cuisine en piteux état d'un regard à la fois scrutateur et perplexe. À Santa Cruz, la cuisine était inondée de lumière et équipée de tout le confort moderne, à l'image du reste de la maison, digne des pages d'un magazine de décoration.

— Et si tu t'installais au salon pendant que je prépare le chocolat chaud ? Tu y seras mieux.

L'enfant acquiesça et la suivit jusqu'à une pièce démodée mais confortable dans laquelle elle regardait la télévision, lisait ou cousait. Lorsque sa grand-mère alluma le poêle, Cathy sursauta en voyant les flammes s'élever derrière la grille. Naturellement, elle était habituée au chauffage central…

— Tu veux regarder la télé ?

La fillette secoua imperceptiblement la tête et, sans ôter son manteau, prit place dans un fauteuil, près du poêle. Elle se retourna pour observer la bibliothèque qui occupait un mur entier. Bibliothécaire de métier, Emma avait classé les ouvrages par sujet et non par auteur. Cathy prit un exemplaire du *Petit Prince* en interrogeant sa grand-mère du regard : « Je peux ? »

— Bien sûr. Tu n'as jamais lu ce livre ?

L'enfant tendit deux doigts. Deux fois.

— Vraiment ? Tu l'as déjà lu deux fois ? Tu as raison. *Le Petit Prince* mérite d'être relu. Il est agréable de retrouver des souvenirs familiers qui rappellent de bons moments.

Emma s'en voulut aussitôt de sa maladresse. Elle perçut une lueur dans le regard de Cathy, comme si un souvenir avait ressurgi. Un voile de tristesse se posa sur ses traits délicats. Elle remit le livre en place.

— Bon… soupira Emma, embarrassée, je vais préparer le chocolat chaud.

Dans la cuisine, elle dut s'appuyer sur le comptoir tant elle était désespérée. Elle qui se croyait à la hauteur de la tâche… Était-ce possible, avec ce que sa petite-fille avait perdu, alors qu'elle-même avait si peu à lui donner ? Saurait-elle combler ce gouffre ? Elle ne remplacerait jamais ses parents. Les établissements scolaires de Kersey mettaient l'accent sur le sport, notamment le football. Cathy y trouverait-elle le niveau d'instruction et l'enrichissement culturel auxquels elle était habituée ? Comment cette fillette élégante et raffinée s'adapterait-elle aux mœurs régionales de ses camarades de classe ? Trouverait-elle le bonheur dans la modeste maison d'Emma alors qu'elle avait grandi dans une demeure luxueuse, avec son propre téléviseur, sa chaîne stéréo, et même un piano à queue étincelant, dans un coin du salon ? Sans oublier un grand jardin avec piscine, une maison de jeux et toutes les attractions permettant à un enfant de glisser, de sauter ou de grimper…

Emma était-elle en mesure de sauver le peu qu'il lui restait d'enfance ?

— Accordez-lui du temps, lui avait conseillé le Dr Rhinelander. Les enfants sont résilients, surtout Cathy. Elle s'en sortira.

Quelle idée ! En l'espace d'une semaine, Catherine Ann avait perdu ses deux parents, puis sa maison avait été mise en vente. Elle avait été privée de ses amies, de son piano, des écoles privées très chics qu'elle fréquentait depuis la maternelle, de sa jolie petite ville natale, bref, d'un cadre cher et familier, pour se retrouver au fin fond du Texas chez une grand-mère inconnue.

Ce dimanche après-midi, le paysage était plus triste que jamais. En s'engageant sur l'autoroute 40 entre Amarillo et Kersey, Emma avait décelé un sentiment de panique dans les yeux de l'enfant, qui n'aurait pas réagi autrement si on l'avait emmenée à l'autre bout du monde. Cependant, Emma la comprenait. En hiver, cette partie du Texas n'avait rien de séduisant. La terne plaine s'étendait à l'infini, parsemée de quelques fermes, de vaches serrées les unes contre les autres sur la neige fondante. En quittant l'autoroute, elles avaient traversé quelques villages lugubres aux rues principales désertées, jalonnées de vitrines sombres. Quelques malheureuses décorations de Noël encore accrochées aux lampadaires étaient battues par les vents.

Pour amadouer l'enfant, la faire sortir de son mutisme, Emma lui avait décrit la prairie au printemps, lorsqu'elle se transformait en un tapis coloré de fleurs sauvages.

— Il n'y a rien de plus beau !

Son enthousiasme avait été interrompu par Cathy qui pointait quelque chose du doigt.

— Mon Dieu ! avait soufflé Emma.

Une nuée de virevoltants avait déboulé vers elles, des dizaines de plantes sèches et sphériques qui, détachées de leurs racines, étaient emportées par le vent tels des esprits malveillants lancés à l'assaut de leur voiture. Emma n'avait pas eu le temps d'arrêter le véhicule avant que le bataillon végétal ne fonde sur elles, griffant la portière de Catherine Ann. Celle-ci s'était mise à crier en se recroquevillant sur elle-même, les mains sur les oreilles.

— Tout va bien, Cathy, l'avait rassurée Emma en arrêtant la voiture pour prendre l'enfant dans ses bras.

Aussi vite qu'ils étaient venus, les virevoltants s'étaient éloignés et dispersés, du moins ceux qui ne s'étaient pas brisés en heurtant le véhicule.

— Ce ne sont que des plantes séchées, des mauvaises herbes, avait-elle expliqué doucement. On en trouve partout dans la région. En hiver, elles se détachent de leurs racines et sont emportées par le vent. C'est pour ça qu'on les appelle des virevoltants. Parfois, ils sont tellement nombreux qu'ils forment un nuage, comme tu viens de le voir. S'ils peuvent faire peur, ils n'ont rien de dangereux.

Elle avait senti les battements frénétiques de son cœur à travers le tissu de son manteau. Face à un tel spectacle, la plupart des enfants se seraient jetés dans les bras d'un adulte. Pas Catherine Ann, qui avait préféré se replier sur elle-même. Emma ne connaissait que trop bien ce sentiment de rejet.

— Cathy est très autonome, même si elle était gâtée par ses parents, avait déclaré Beth, la femme du Dr Rhinelander.

Autonome, songea Emma en soulevant le couvercle de sa boîte de chocolat en poudre. Existait-il un autre mot pour qualifier l'indifférence de Sonny, le père de Cathy, envers l'amour et l'éducation qu'elle lui avait donnés ?

Lors de leurs retrouvailles, le regard bleu et froid de Catherine Ann lui avait tant rappelé celui de Sonny qu'elle en avait eu des frissons. Aussitôt, elle s'était trouvée tiraillée entre amour et répulsion, à l'image de ses sentiments pour lui. Au cours de l'éprouvante semaine de formalités liées aux funérailles, à la mise en vente de la maison, aux boîtes à remplir pour le déménagement vers Kersey, aux préparatifs, le tout sans un mot de la part de l'enfant, Emma avait cherché chez elle des traces de Sonny, des indices génétiques la reliant à lui. Outre les traits fins et le teint pâle de son père, un homme séduisant, elle n'avait trouvé aucune ressemblance. Ce n'était pas évident, derrière un mur de silence.

Beth lui avait dressé un bref portrait de sa petite-fille :

— C'est une enfant très vive et curieuse. Comme elle est petite, on ne lui donne pas toujours son âge, mais vous comprendrez vite à qui vous avez affaire. Elle a beaucoup aidé Laura, notre fille, qui était très timide. Elle lui a donné une assurance qu'elle n'aurait jamais eue autrement.

Lorsque Emma était allée chercher le dossier scolaire de Catherine Ann à la Winchester Academy, une école privée pour enfants surdoués, le directeur avait confirmé les propos de Beth.

— Savez-vous ce qu'elle veut faire, plus tard ?

Emma n'en avait aucune idée.

— Médecin. Bien des enfants rêvent de ce métier sans grande conviction, de façon superficielle. Or, je ne serais pas étonné que Cathy atteigne son but.

En jetant un coup d'œil dans le petit salon, Emma trouva sa petite-fille telle qu'elle l'avait laissée, immobile, les mains sur les genoux, les chevilles croisées. Si elle affichait une expression d'enfant abandonnée, sa posture exprimait une réserve qui rappelait Sonny. Emma sentit à nouveau le désespoir la submerger. La vie lui avait apporté son lot de tristesse. Au bout de quelques années de mariage, un accident de train l'avait laissée veuve avec deux fils. Plus tard, l'aîné était mort au Viêtnam et le cadet s'était éloigné d'elle. Elle l'avait perdu, lui aussi, ainsi que tout espoir de réconciliation. Allait-elle supporter que Catherine Ann refuse l'amour qu'elle brûlait de lui donner ? Comment vivrait-elle le fait que l'indifférence de son fils se perpétue à travers ce petit robot qu'était Cathy ?

Emma entra dans la pièce, portant deux tasses de chocolat chaud.

— Et voilà...

Sa voix se brisa, l'empêchant d'aller plus loin.

Le chagrin lui noua la gorge, le chagrin de ne plus jamais revoir ses fils, ni celui qu'elle avait perdu à la guerre, ni l'autre, qu'elle avait perdu dès le départ, celui qu'elle aimait le plus. Des larmes ruisselèrent sur ses joues. Soudain, à son grand étonnement, le petit robot se leva et se planta devant elle, l'air soucieux. « Qu'est-ce que tu as ? semblait-elle demander. Ne sois pas triste. »

Au fond d'elle-même apparut la lueur d'espoir que Beth Rhinelander avait essayé de lui souffler au moment des adieux.

— Cathy est indépendante, lui avait-elle murmuré à l'oreille.

Emma tenait toujours les deux tasses de chocolat chaud lorsque sa petite-fille se glissa entre ses bras. En se penchant pour l'enlacer, elle sentit une petite main lui tapoter le dos.

Chapitre 3

Par la fenêtre de sa cuisine, Mabel Church regardait Trey Don Hall, son neveu de onze ans, jouer au ballon avec John Caldwell, son meilleur ami. En cette fin de journée d'hiver, le visage de Trey affichait une certaine rage qui contrastait avec l'humeur enjouée de John.

— Allez, TD ! dit ce dernier. On n'aura à s'occuper d'elle que pendant une semaine. Ensuite, notre contrat d'intégration sera terminé !

Contrat d'intégration ! Étrange expression dans la bouche d'un élève de sixième année. Trey fanfaronnait. Ils aimaient se lancer des mots complexes, ce qui ne manquerait pas d'impressionner Catherine Ann Benson, du moins Mabel l'espérait-elle. La petite-fille d'Emma Benson semblait un peu trop brillante pour la modeste école de Kersey, ce qui risquait de se retourner contre elle. C'était l'une des raisons pour lesquelles Emma avait souhaité que Mabel demande aux garçons de s'occuper d'elle pendant une quinzaine de jours, le temps qu'elle s'accoutume à son nouvel établissement. L'autre raison était un peu plus délicate. La petite-fille d'Emma souffrait d'un « mutisme sélectif » heureusement temporaire, d'après les explications de son amie.

Emma était persuadée que Catherine Ann s'adapterait mieux si Trey et John, les meneurs incontestés de la classe de sixième année, donnaient l'exemple en la traitant avec courtoisie et respect.

— Joue sur leur fierté virile, avait-elle suggéré. Dis-leur que, puisqu'ils sont les meneurs, les autres feront comme eux.

Elle avait raison. Nul n'oserait se moquer de Cathy si les garçons la prenaient sous leur aile.

Mabel avait donc abordé le sujet tandis que les garçons faisaient leurs devoirs sur la table de la cuisine. Comme elle s'y attendait, son neveu témoigna son mécontentement dès qu'elle leur exposa les détails de leur mission.

— Laisse tomber, tante Mabel ! Pas question de jouer les nounous pour une muette. On n'a pas envie de s'asseoir à côté d'elle à la cafétéria ni de lui tenir compagnie dans la cour. De quoi on aurait l'air, John et moi ? À midi, on mange à la table des sportifs et, pendant la récréation, on joue au football.

— Elle n'est pas muette, répliqua Mabel. Elle a simplement perdu l'envie de parler à cause du choc provoqué par la mort de ses parents. En quelques jours, son univers s'est écroulé. Elle a tout quitté pour se retrouver dans un lieu étranger. C'est une orpheline. Pas étonnant qu'elle ait perdu la parole ! Tu peux comprendre ça, non, Trey Don ?

— Bien sûr qu'il comprend, intervint John. Moi aussi, d'ailleurs. Réfléchis, TD ! Les parents de cette fille viennent de mourir. Elle est orpheline. Tu sais ce que c'est. Mme Emma a raison. Les autres vont se moquer d'elle si personne ne la protège. Tu connais Cissie Jane et sa bande, tu sais ce dont elles sont capables…

Elle ressentit de la gratitude envers ce garçon qui l'appelait tante Mabel alors qu'il n'était pas son neveu. Elle se sentait aussi proche de lui que de l'enfant de sa sœur. C'était dans ces moments-là qu'elle prenait conscience de la force de l'hérédité, un sujet dont Emma et elle discutaient souvent et sur lequel elles étaient d'accord. La mère de John, paix à son âme, avait transmis sa générosité à son fils, tandis que Trey Don se montrait aussi égoïste que la jeune sœur de Mabel. L'allusion de John à sa qualité d'orphelin avait touché un point sensible chez son neveu, dont les parents étaient vivants mais absents. Le père de Trey avait disparu avant sa naissance et sa mère était partie avec un bon à rien après avoir déposé Trey, alors âgé de quatre ans, chez Mabel et son mari, « pour quelques jours ».

Ils ne l'avaient jamais revue.

— À quoi elle ressemble, cette fille ? lui avait néanmoins demandé Trey, ses grands yeux sombres pleins d'espoir.

— Eh bien, je suis contente que tu me poses la question, répondit Mabel avec un sourire. D'après Emma, elle est très jolie, blonde aux yeux bleus. Elle est un peu petite pour son âge, très indépendante, courageuse et pas envahissante.

— Peu importe son apparence, déclara John. On accepte, tante Mabel. Vous pouvez compter sur nous. Quand fera-t-on sa connaissance ?

— Pas avant lundi prochain. J'ai proposé d'organiser une rencontre plus tôt, mais Emma ne pense pas que ce soit une bonne idée à cause de ce problème de mutisme.

Trey avait protesté. La référence de John à sa condition d'orphelin avait contré ses arguments éventuels. Il sauva néanmoins la face en concluant :

— Ne compte pas sur nous pour porter ses affaires !

Bien qu'il fasse trop froid pour jouer dehors, Mabel observa les garçons pendant quelques minutes de plus avant de les appeler. Il n'était pas difficile de deviner pourquoi ils étaient les rois de leur classe. À onze ans, ils étaient déjà deux beaux athlètes en devenir, grands, sculpturaux, de futurs bourreaux des cœurs. De plus, ils étaient intelligents, assidus, d'excellents élèves. Que penserait d'eux la petite-fille d'Emma ? Et eux, que penseraient-ils d'elle ? Cathy parlait et lisait le français, elle avait étudié la peinture, s'adonnait à la danse classique depuis plusieurs années et excellait au piano. « Et moi qui n'ai pas de piano... », s'était lamentée Emma au téléphone.

Mabel se rappelait très bien Sonny Benson. Il avait brisé le cœur d'Emma. Pourvu que la fille ne tienne pas du père... Si Catherine Ann adoptait l'attitude hautaine de Sonny à l'école de Kersey, elle risquait d'avoir des problèmes...

Six jours plus tard, un dimanche, en fin d'après-midi, Trey fit un détour en quittant la maison de John. En général, il rentrait directement chez sa tante, au coin de la rue, mais il décida de poursuivre jusqu'à la rue où vivait Mme Emma, malgré le froid, le vent et la neige.

Il redoutait plus que tout le changement qui interviendrait le lendemain dans son existence, lorsque John et lui deviendraient les gardes du corps de Catherine Ann Benson. Il avait fait promettre à John qu'ils ne seraient réduits à l'esclavage que pendant une semaine. Si Mme Emma téléphonait régulièrement à sa tante pour décrire les progrès de « la nouvelle » face à ce choc des cultures, il ne savait vraiment pas à quoi s'attendre.

Cathy commençait à parler. Sa grand-mère l'avait emmenée chez Penney, à Amarillo, pour lui acheter un manteau bien chaud, des chaussures, des jeans et des chemisiers en flanelle, le style de vêtements que portaient les élèves de sixième année à Kersey. C'était plutôt rassurant. Quelle honte si elle s'était présentée en classe vêtue de l'uniforme de son école privée californienne ! D'après Mme Emma, elle portait une jupe et des bas aux genoux, là-bas. Des bas aux genoux !

Mme Emma faisait de son mieux pour l'occuper. Toutes les deux, elles avaient préparé des biscuits pour les apporter à la maison de retraite, regardé les albums de photos de son père, quand il était petit, observé la terre du jardin en quête des premières jonquilles... Pas de quoi remplir une journée. Enfin, les filles aimaient sans doute ces choses-là. John et lui se demandaient comment la nouvelle réagirait face à Sampson, la vieille tortue qui vivait dans le jardin de sa grand-mère et qui ressemblait à un monstre préhistorique. Trey avait parié qu'elle s'évanouirait sur-le-champ lorsque Sampson sortirait de son trou, sur ses grosses pattes de reptile, pour foncer tel un char d'assaut vers Mme Emma et recevoir la friandise qu'elle avait dans la poche. À la grande surprise de Trey, Cathy et Sampson s'étaient liés d'amitié dès le premier regard. Elle se chargeait même de nourrir la tortue. La veille, après une importante chute de neige au cours de la nuit, Mme Emma et sa petite-fille avaient façonné un bonhomme, ou plutôt une reine des neiges. Mme Emma avait décrit à sa tante la créativité dont Cathy avait fait preuve en choisissant un saladier en guise de couronne, une fourchette à barbecue en guise de sceptre, sans oublier une ceinture en toile cirée rouge. Cathy n'avait jamais vu la neige.

Trey s'arrêta près de la camionnette d'un plombier, garée en face de chez Mme Emma. Il avait si froid aux pieds que ses orteils étaient engourdis. Avec ses yeux en capsules de bouteille, son nez en entonnoir et ses boutons rouges formant un sourire, la reine des neiges avait plutôt fière allure.

Soudain, la porte s'ouvrit et Catherine Ann Benson sortit de la maison en courant. Sans chapeau ni gants, le manteau déboutonné, elle se précipita vers sa reine des neiges. Les joues rouges, les cheveux au vent, elle s'affaira de ses petites mains à redresser la ceinture, le nez, un bouton rouge… puis elle remonta vivement les marches du perron et rentra en refermant la porte.

Caché derrière la camionnette, Trey demeura pétrifié. Elle ne l'avait pas vu. Une sensation jusqu'alors inconnue s'empara de lui, au point qu'il se trouva incapable de bouger. Il ne ressentait plus ni le vent, ni le froid, n'avait plus aucune sensation dans ses membres. Un ange était descendu sur Terre avant de disparaître. Jamais il n'avait vu un être d'une telle beauté. Lorsqu'il retrouva enfin la maîtrise de ses mouvements, il se remit en route, foulant la neige tel un tapis magique. Cette vision furtive de Catherine Ann Benson resterait un secret qu'il ne partagerait même pas avec John. Le lendemain, il se présenterait à elle et la protégerait jusqu'à la fin de ses jours.

Chapitre 4

Le dos voûté contre le vent glacial qui leur fouettait le visage, Cathy Benson et sa grand-mère coururent vers l'entrée de l'école de Kersey. L'estomac noué, l'enfant était de plus en plus nerveuse. *Ne m'abandonne pas ici toute seule ! Laisse-moi repartir avec toi !* implora-t-elle en silence, au bord des larmes.

Elle était certaine qu'elles feraient demi-tour si elle exprimait son angoisse à voix haute. Le problème, c'était que les mots ne sortaient pas. Elle avait mis presque une semaine à adresser quelques mots à la femme qui se disait sa grand-mère, puis sa langue s'était à nouveau figée, et Cathy s'était repliée dans ce monde où ses parents étaient encore en vie, dans un cadre chaleureux, rassurant et familier.

— Bon, tu connais le numéro à appeler si jamais tu veux rentrer à la maison, lui répéta sa grand-mère pour la centième fois. Il n'y a pas de honte à ça. Appelle-moi et je viendrai te chercher.

Bien sûr qu'elle aurait honte ! Cette femme voulait manifestement l'épargner, mais elle attendait d'elle qu'elle tienne bon, qu'elle se comporte en grande fille. Soudain, elle revit son père, furieux, qui s'exclamait : « Cette sacrée bonne femme est dure comme la pierre ! »

Cette sacrée bonne femme... c'était de sa mère qu'il parlait, de cette femme élancée qui était sa grand-mère. Sans doute voulait-elle que Cathy se montre dure comme la pierre, elle aussi.

Elle serra la main d'Emma dans la sienne. Sa grand-mère la récompensa d'un regard plein de fierté.

Un homme costaud en costume s'avança alors vers elles. Son cou formait un bourrelet au-dessus de son col trop serré. Derrière lui, le sol étincelant du couloir semblait froid et hostile. À travers les portes fermées filtraient les bavardages des élèves. Le premier cours de la journée avait commencé. À son entrée, ses camarades seraient déjà installés. Malgré ses efforts pour être courageuse, elle sentit ses oreilles se boucher, comme en avion lors de la descente.

— Weldon, voici ma petite-fille. Catherine Ann, je te présente M. Favor, le directeur.

Non, non, je m'appelle Cathy, eut-elle envie de déclarer. Sa grand-mère avait le droit de l'appeler Catherine Ann à la maison mais, à l'école, elle préférait Cathy.

— Bonjour, Catherine Ann ! lança le directeur en lui serrant la main.

Son attitude cordiale lui rappela les employés de son père, à la concession Jaguar qu'il dirigeait.

— Sois la bienvenue à l'école de Kersey. Tu es une bien jolie jeune fille, dis-moi. Et très douée, paraît-il. (Il adressa un large sourire à sa grand-mère.) Surtout, ne vous inquiétez pas, Emma, nous allons prendre soin d'elle.

— Je compte sur vous, répondit sa grand-mère d'un ton sec digne de la présidente du conseil scolaire qu'elle était. Ton dîner est dans ton sac, ajouta-t-elle. Passe une bonne journée. Je t'attendrai à la sortie dès la fin des cours, d'accord ?

La gorge nouée, Cathy acquiesça. *D'accord.*

Emma se pencha vers elle pour la regarder droit dans les yeux.

— Aurais-tu de nouveau perdu l'usage de la parole, chérie ?

Elle secoua vigoureusement la tête. *Non !*

— Oh, seigneur… souffla Emma en adressant un regard alarmé au directeur.

— Ne vous inquiétez pas, répéta M. Favor. Les garçons vont veiller sur elle. Ils s'assureront que personne ne l'ennuie.

Soudain inquiète, Cathy tira sur la manche de sa grand-mère. *Quels garçons ?*

Emma poussa un soupir.

— Mabel Church, ma meilleure amie, a un neveu qui vit chez elle, comme tu vis chez moi. Il s'appelle Trey Don Hall. Avec son meilleur ami, John Caldwell, il veillera sur toi pendant cette semaine d'adaptation. M. Favor trouve que c'est une bonne idée, lui aussi. Tu seras contente de les avoir à tes côtés, tu verras. Ce sont les meneurs de la classe de sixième année. N'est-ce pas, Weldon ?

— Je le crains, confirma le directeur en levant les yeux au ciel.

Cathy ne voulait pas d'eux ! À Winchester, tous les garçons qu'elle connaissait portaient des lunettes, étaient maigrichons ou grassouillets et se déplaçaient en petits groupes. Elle et ses amies les traitaient d'intellos à lunettes. Pourquoi sa grand-mère n'avait-elle pas fait appel à des filles ?

— Très bien, je vais à présent te montrer ton casier, déclara le directeur en tendant une main vers elle.

Cathy préféra saisir son sac à deux mains. Pourquoi les gens la traitaient-ils comme si elle était à la maternelle ? Elle lui emboîta le pas sans un regard en arrière pour Emma. En entendant la porte se refermer derrière sa grand-mère, elle sentit néanmoins son cœur se serrer.

— Tes affaires sont déjà dans ton casier, expliqua le directeur. Ta grand-mère les y a rangées afin que tu n'aies pas à porter un sac trop lourd.

Depuis deux jours, Cathy mémorisait son emploi du temps et feuilletait ses manuels, qu'elle trouvait très rudimentaires. Elle avait notamment été déçue de constater que les sciences n'étaient pas au programme de sixième année, au contraire de la géographie, et qu'elle devrait attendre encore un an pour aborder la biologie. À Winchester, elle avait déjà étudié l'anatomie et le système digestif. Ses anciens camarades commenceraient bientôt à disséquer des grenouilles. Sa grand-mère savait qu'elle souhaitait devenir médecin et, consciente de sa déception, lui avait dit de ne pas s'inquiéter, car elle l'inscrirait à des cours de sciences par correspondance.

M. Favor lui expliqua que la vérification des présences avait lieu lors du premier cours de la journée, consacré aux révisions, ce qui intrigua Cathy. À Winchester, devoirs et révisions se faisaient à la maison. Il s'arrêta au milieu d'une rangée de casiers métalliques très différents des placards en bois vernis de son école privée.

— Ta grand-mère a souhaité que je t'attribue un casier situé entre celui de Trey Don Hall et celui de John Caldwell, expliqua-t-il avec un large sourire. La plupart des filles seraient prêtes à tout pour ce privilège.

Pourquoi ? songea-t-elle en observant la démonstration du directeur sur la façon d'ouvrir et de fermer le casier grâce à une combinaison. Si elle mémorisa le code dès la première fois, il crut bon de le répéter à plusieurs reprises en insistant pour qu'elle s'exerce à ouvrir son casier. Ensuite, elle le suivit vers une salle de cours. Derrière la porte fermée, elle entendait des rires et des bavardages.

M. Favor s'empourpra de colère.

— Mlle Whitby doit faire preuve de plus d'autorité, déclara-t-il, comme pour se justifier. Je ne cesse de le lui répéter. Très bien, jeune fille… Tu es prête ?

Cathy hocha la tête. Il ouvrit la porte.

Aussitôt, le silence se fit et tous les regards se portèrent sur eux. Plusieurs élèves se rassirent sans masquer leur curiosité. Sur le point d'inscrire quelque chose au tableau, Mlle Whitby se figea, au bord de la panique.

Cathy eut l'impression d'étouffer. Les visages inconnus devinrent flous. Un seul se détachait tel un astre, celui d'un beau garçon assis au dernier rang et qui dépassait les autres d'une bonne tête. Seule la silhouette floue d'un autre garçon, un peu plus loin, arrivait à sa hauteur.

Mlle Whitby se ressaisit et vint l'accueillir avec un sourire crispé. Très jolie, elle semblait trop jeune pour enseigner.

— Tu dois être Catherine Ann Benson. Je ne t'attendais pas avant demain. Merci, monsieur Favor. Je m'en charge.

— Tout comme vous allez prendre vos élèves en main, sans doute, bougonna-t-il à voix basse. Et je vous avais prévenue qu'elle commencerait aujourd'hui. (Il s'adressa aux élèves.) Les enfants, voici Catherine Ann Benson, la petite-fille d'Emma Benson. Elle arrive de Californie. Je tiens à ce que vous soyez gentils avec elle, c'est compris ? Dans le cas contraire, vous savez ce qui vous attend. Catherine Ann, n'hésite pas à faire appel à moi en cas de besoin.

Cathy ! Je m'appelle Cathy ! voulut-elle s'écrier, rouge de honte. Le directeur venait de menacer les élèves de punitions. Ils allaient la détester.

Elle baissa les yeux pour échapper aux regards appuyés de toute la classe. Au fond de la salle, une voix s'éleva.

— Laissez-la s'asseoir ici, mademoiselle !

Cathy lança un regard discret vers le beau garçon du dernier rang qui désignait un pupitre situé entre lui et son camarade. Des ricanements s'élevèrent et plusieurs filles pouffèrent, mais le garçon semblait très sérieux. Il ôta son sac de l'allée comme s'il s'attendait à ce que l'enseignante lui obéisse.

— Très bien, Trey Don, concéda Mlle Whitby. Nous allons faire un essai. Catherine Ann, tu peux aller t'asseoir.

Dans un silence complet, Cathy s'installa sous les regards curieux et étonnés. Elle entreprit de sortir son étui et un cahier pour noter ce qui était écrit au tableau. Les autres élèves l'observaient avec attention, comme si elle allait exécuter un numéro de cirque.

Le dénommé Trey Don Hall, le neveu de la meilleure amie de sa grand-mère, se pencha vers elle.

— Salut. Je m'appelle Trey Hall et je dois veiller sur toi. Enfin, John et moi. Lui, c'est John Caldwell.

Elle se tourna vers l'autre garçon et lui adressa un signe de tête timide.

— Salut, répondit-il avec un sourire.

Ils étaient différents des garçons qu'elle avait connus. Loin d'être des intellos à lunettes, ils étaient si grands qu'ils semblaient avoir redoublé, et si séduisants qu'elle ne parvenait pas à les départager. Deux bruns aux yeux sombres, même si John avait les cheveux plus bouclés. Entre eux, elle se sentit encore plus petite.

— Tu peux ranger ton étui et ton cahier, déclara John. Il n'y a rien à écrire, ici. C'est une heure de rigolade.

Remarquant les regards appuyés des autres, il s'énerva et leur fit signe de le laisser tranquille. Aussitôt, ils obéirent et se retournèrent vers le bureau du professeur.

Il était flagrant qu'elle était assise entre les deux meneurs de la classe.

— Tu peux m'appeler TD, ajouta Trey. Tout le monde m'appelle comme ça.

Elle l'observa et voulut lui parler, sans y parvenir.

— N'oublie pas qu'elle est muette, TD, déclara John.

Choquée, Cathy se tourna vers lui. *Muette ? Pas du tout !*

— Pardon, j'avais oublié, fit Trey en lui souriant. TD, comme *touchdown*.

Il fallait absolument qu'ils comprennent qu'elle savait parler. Elle refit une tentative auprès de l'autre garçon, qui se méprit sur son expression.

— *Touchdown* comme au football, ça veut dire « touché », précisa-t-il. Trey est le quart-arrière de notre équipe.

— Tu aimes le football ? demanda Trey.

Le football ? songea-t-elle, perplexe. Son père considérait que les jeux de ballons étaient des sports de sauvages.

— Ce n'est pas grave, déclara Trey. Le fait que tu sois ainsi n'est pas un problème. On te comprend. Pas vrai, John ? ajouta-t-il en touchant le bras de Cathy. John et moi, on n'a plus de parents, nous non plus. Mon père est parti avant ma naissance et ma mère m'a laissé chez ma tante quand j'avais quatre ans. Je ne l'ai plus jamais revue. La mère de John est morte quand il avait sept ans. Et son père… si on peut l'appeler ainsi… il est souvent absent, alors… on est tous les trois orphelins, pour ainsi dire.

Orphelins… Ce mot la transperça comme une flèche, faisant voler en éclats son jardin secret. La douleur envahit ce lieu où ses parents étaient en vie et l'obligea à voir clair.

— Catherine Ann, tout va bien ? demanda John.

Ses yeux s'embuèrent de larmes et ses lèvres se mirent à trembler.

— Cathy, répondit-elle. Je m'appelle Cathy.

Chapitre 5

— Qu'est-ce que j'ai dit de mal pour la faire pleurer, John ?

— Je crois que c'est le mot « orphelin ». Si ça se trouve, jusqu'à ce que tu le prononces, elle n'avait pas vraiment réalisé que ses parents étaient morts. Moi, j'ai mis un moment à accepter le départ de ma mère. Et puis un matin, je me suis réveillé et ça m'a frappé : elle était morte et je ne la reverrais jamais.

— Je m'en souviens, de ce jour-là, confirma Trey. Tu courais dans tous les sens comme si tu avais le diable à tes trousses.

— J'avais très mal…

— Je ne voulais pas blesser Catherine Ann.

— Ne t'en fais pas, elle le sait, assura John.

— Il faut absolument que je me rachète.

— Comment ? En lui cueillant des fleurs, par exemple ?

— Arrête ! Où veux-tu que je trouve des fleurs en plein hiver ?

— Tu n'as qu'à lui en acheter !

— Avec quoi ? J'ai déjà dépensé tout mon argent de poche.

— John ! Trey ! Assez de bavardages ! Soyez attentifs ! ordonna l'entraîneur Mayer, le responsable de l'équipe de football de la classe de troisième secondaire.

Sur l'estrade, armé d'une baguette, il expliquait une tactique de jeu au tableau. Grâce à un emploi du temps aménagé, les deux garçons pouvaient assister aux entraînements de l'équipe junior, composée d'élèves de troisième secondaire. Dans l'histoire sportive prestigieuse de l'école, c'était la première fois que des élèves de sixième année étaient conviés à ces séances, mais leurs talents les promettaient à un grand avenir, Trey en tant que quart-arrière et John au poste de receveur.

Trey tapotait nerveusement son pupitre de ses doigts, signe d'une profonde réflexion. Était-ce de bon ou de mauvais augure ? John avait au moins une certitude : Trey était très attiré par Catherine Ann Benson, enfin Cathy. Comment ne pas craquer pour elle, avec son air angélique, ses boucles blondes, ses yeux bleus et ses adorables fossettes, quand elle souriait ? Pour elle, le temps de l'insouciance était révolu, hélas. En prenant conscience que sa mère était partie pour de bon, John s'était engagé dans un long tunnel très sombre. Trey ne reverrait pas les ravissantes fossettes de Cathy de sitôt.

Soudain, il claqua des doigts.

— Je sais ! murmura-t-il. Et si on lui offrait un chiot ? D'après Gil Baker, le colley de Wolfman a eu des petits la semaine dernière.

John croisa le regard de l'entraîneur Mayer qui fronça les sourcils d'un air réprobateur. Prudent, il nota sur son calepin : « Tu crois qu'il voudra bien nous en donner un ? »

— Pourquoi pas ? souffla Trey.

Pour une fois, les entraîneurs ne les libérèrent que bien après la sonnerie de fin des cours. Lorsqu'ils arrivèrent devant la salle d'économie familiale pour escorter Cathy vers son casier, celle-ci était déjà partie. Comme ils étaient presque toujours ensemble en cours, ils pouvaient veiller sur elle en permanence. Elle semblait seule, perdue et se montrait si réservée qu'elle ne parlait à personne, c'était à peine si elle leur adressait la parole... Néanmoins, John et Trey étaient officiellement les anges gardiens de « la nouvelle ». Ils se précipitèrent dans le couloir pour la rattraper avant qu'elle ne leur file entre les doigts et arrivèrent juste à temps pour voir sa tête blonde quitter l'établissement en compagnie d'Emma.

— Catherine Ann ! lança Trey dans le brouhaha des conversations.

John ressentit de la compassion pour lui. Jamais il n'avait vu son ami s'amouracher de la sorte. Lors de la pause du dîner, ses attentions incessantes étaient même un peu gênantes : « Tu es bien installée, Catherine Ann ? Qu'est-ce que tu veux boire ? Je vais te chercher un jus. Je te donne mon dessert, si tu veux. »

En fait, Cathy n'avait grignoté que quelques bouchées du copieux sandwich que lui avait préparé sa grand-mère. Ses petites mains semblaient si délicates à côté du tissu de flanelle de son chemisier, dont le col était trop large pour son cou fragile. Mme Emma avait sans doute acheté un vêtement trop grand au cas où il rétrécirait au lavage. Peut-être anticipait-elle la croissance de sa petite-fille. Ne roulant pas sur l'or, elle n'avait pas les moyens de renouveler souvent sa garde-robe.

Si elle regardait parfois Trey comme s'il venait d'une autre galaxie, elle avait tendance à l'ignorer, la plupart du temps. Ils avaient choisi une table à l'écart de celle des élèves les plus populaires, laissant Cissie Jane trôner au milieu de sa cour d'imbéciles qui ne cessaient de ricaner. Sans doute se moquaient-ils de Cathy.

L'intérêt de Trey ne durerait probablement pas mais, pour l'instant, il n'avait d'yeux que pour elle. John aussi, il devait l'admettre...

— Relaxe, TD, on la reverra demain, déclara-t-il en posant une main sur son épaule.

Il repoussa ce geste de réconfort.

— Ça m'énerve ! Si l'entraîneur Mayer n'avait pas débordé, on aurait pu rentrer en voiture avec Mme Emma et Catherine Ann. Bon, allons voir Wolfman pour le chiot.

— Euh… attends une minute. Elle préférerait peut-être un chaton, objecta John tandis qu'ils se dirigeaient vers leurs casiers. Un chat pose moins de problème qu'un chien. Je parie que Cissie Jane nous donnerait l'un des siens. Sa chatte a eu une portée, il y a trois semaines, et elle cherche à caser les petits.

— Un chaton ? s'exclama Trey. Pas question ! Un chat n'a pas d'âme, mon vieux. Un chien, oui. Et il pourra protéger Catherine Ann, plus tard.

— Cathy, corrigea John. Elle préfère qu'on l'appelle Cathy.

— Catherine Ann, ça sonne bien.

— N'empêche qu'elle se fait appeler Cathy.

Trey haussa les épaules :

— De toute façon, Tiger, Cissie Jane ne nous donnera jamais un chaton pour Catherine Ann.

— Comment tu le sais ?

— Si tu aurais vu… euh, si tu avais vu sa façon de la regarder, à table ! Ses yeux verts lançaient des éclairs.

— Tu corriges tes fautes de grammaire, maintenant ? demanda John.

— Il faut que je m'exprime correctement. Ma tante y tient.

— Ah… En tout cas, Cissie Jane est jalouse, car elle n'est plus la plus jolie fille de la classe…

— Tu m'étonnes ! Catherine Ann est bien plus intelligente et plus gentille qu'elle. Ça se voit. Je suis sûr qu'elle adorerait un chiot. Un colley, c'est affectueux. Elle pourrait le dorloter.

John acquiesça. Quoi de plus affectueux qu'un petit chien ? Mais si Emma refusait d'accueillir un animal sous son toit ?

— On devrait peut-être demander d'abord à sa grand-mère ce qu'elle en pense, non? Les colleys perdent leurs poils.

— Arrête, John! Pourquoi faut-il toujours que tu réagisses de façon négative? Si on pose la question à Mme Emma, elle est capable de refuser. Si on lui force la main et si Catherine Ann est contente, elle sera obligée de le garder.

Trey marquait un point, mais il ne se montrait pas totalement honnête, ce qui, chez lui, était une habitude.

— On n'a qu'à en parler à ta tante, conclut John. Elle connaît bien Mme Emma. Si elle pense que Cathy devrait avoir un chien, on demandera à Wolfman de nous donner un chiot de sa portée.

Le visage de Trey s'illumina.

— Marché conclu, Tiger! lança-t-il en lui tapant dans la main.

Trey le surnommait ainsi chaque fois qu'il le suivait dans quelque entreprise. Lors d'une rencontre de football, lorsqu'ils étaient très jeunes, John avait fait marquer des points à son équipe en exploitant judicieusement une passe de Trey, qui avait crié: «Bien joué, Tiger!» Ce surnom lui était resté. En tout cas, John n'était pas naïf: Trey comptait vendre leur projet à sa tante et non le lui soumettre de façon objective. Avec elle, il obtenait toujours gain de cause. Cette fois, cela ne poserait aucun problème. D'après tante Mabel, Mme Emma était déjà folle de sa petite-fille, qui lui avait permis d'ouvrir son cœur. Pour le bonheur de Cathy, elle était prête à accepter n'importe quoi.

Chapitre 6

— Non, les garçons ! Pas question !

Mabel Church secoua la tête avec vigueur pour souligner ses propos. Il était rare qu'elle fasse preuve d'une telle autorité face à son neveu.

— Tu n'iras pas chercher un chiot chez Odell Wolf ! On ne le connaît pas ! Dieu sait ce qui risque de t'arriver si tu franchis le seuil de sa maison.

— On n'entrera pas ! insista Trey. Il ne garde pas sa chienne à l'intérieur, tante Mabel. Elle doit être enfermée dans un de ses hangars délabrés.

— Je pensais à sa propriété en général, corrigea Mabel. Trouvez plutôt un autre cadeau pour Catherine Ann.

Elle frémit d'effroi en imaginant deux garçons de onze ans faisant affaire avec ce marginal solitaire dans un taudis, dans la partie mal famée du quartier. Son surnom de Wolfman, l'homme-loup, n'était pas emprunté : repoussant, négligé, une chevelure rousse en bataille et une barbe hirsute, il avait surgi de nulle part dix ans plus tôt pour s'installer dans une cabane abandonnée depuis des années. Il n'en sortait que rarement ; son passé, son âge, ses moyens de subsistance demeuraient un mystère. On racontait qu'il errait, la nuit, armé d'un fouet, et qu'il élevait des coqs de combat au fond de son jardin. Mabel partait du principe qu'il valait mieux éviter les gens dont on ignorait tout.

—Je ne veux pas lui offrir autre chose, gémit Trey. Catherine Ann a besoin d'un chiot. Pas vrai, John ?

— Il serait d'un grand réconfort, pour elle, tante Mabel, confirma John. Mme Emma ne refusera pas. Elle voudra voir Cathy heureuse.

Mabel se sentit fléchir. John était un garçon raisonnable, et ne disait-on pas que la vérité sort de la bouche des enfants ?

— Ce n'est pas le chiot qui me contrarie, expliqua-t-elle. C'est que vous alliez chez Odell Wolf. Et qu'est-ce qui vous porte à croire qu'il vous donnerait un de ses animaux ?

— Pourquoi refuserait-il ? répondit Trey. Il a l'intention de les tuer. Il sera sûrement content de s'en débarrasser.

— Voilà ce que je vous propose, reprit Mabel. Cette fin de semaine, je vous conduis à l'étang d'Amarillo. Vous y trouverez un chien pour cette petite fille. Et si elle nous accompagnait pour le choisir elle-même ? En attendant, soumettons le projet à Emma.

— Ma tante, en fin de semaine, il sera trop tard ! Il lui en faut un ce soir et nous voulions lui faire une surprise !

— En allant chez Wolfman, nous sauverions au moins une vie, ajouta John.

Il est vrai qu'un animal de compagnie aiderait l'enfant à surmonter son traumatisme. Un peu plus tôt, Mabel avait appelé Emma pour savoir comment s'était déroulée cette première journée :

— Pas bien. Elle est enfermée dans sa chambre, recroquevillée sur son lit et elle refuse de me parler. Il s'est certainement passé quelque chose de grave en classe.

Oui, songea Mabel, Trey avait raison, Catherine Ann avait besoin du réconfort d'un petit chiot, mais pas au prix de la sécurité des deux garçons.

— Je regrette, vous devrez patienter jusqu'à samedi. En attendant, promettez-moi de ne pas contacter M. Wolf à propos de ses chiots, c'est compris ?

Elle savait d'expérience que la parole de son neveu ne valait pas grand-chose. Il tenait cette tendance innée à la malhonnêteté de sa mère. Si John s'engageait avec lui, il serait contraint de jouer le jeu, car John le maintenait dans le droit chemin. Leur amitié des plus étranges fonctionnait comme un tandem : ils étaient toujours ensemble, l'un menait et l'autre pédalait, l'un devant, l'autre derrière, et ils changeaient souvent de place. Qu'est-ce qui les unissait à ce point ? Depuis qu'elle et la mère de John les avaient présentés l'un à l'autre, quatre ans plus tôt, ils étaient liés, non pas par l'âme (Dieu seul savait où se retrouverait celle de Trey, alors que celle de John était promise au paradis), mais par le cœur, dont les lois étaient inexplicables. S'ils se chamaillaient de temps à autre, leurs différends ne duraient jamais longtemps. Trey éprouvait toujours le besoin de se réconcilier avec John, la seule personne au monde dont il semblait ne pas pouvoir se passer, la seule relation qu'il entretenait avec soin.

— C'est promis, déclara John.

— Trey ?

— Moi aussi.

Il semblait abattu, comme si la question n'avait plus aucun intérêt à ses yeux, ce qui n'était pas rare. Son enthousiasme avait tendance à retomber aussi vite qu'il était monté.

— Très bien, conclut Mabel, satisfaite, que comptez-vous faire avant le souper et les devoirs ?

— On va chez John, répondit vivement Trey. J'ai oublié mon gant de baseball chez lui.

— D'accord, mais sois de retour pour six heures. Tu souperas avec nous, John. J'ai préparé un ragoût de bœuf.

— Volontiers, tante Mabel.

Ils sortirent sans prendre de collation. En entrant dans la chambre de son neveu pour ranger son linge propre, Mabel trouva son gant de baseball posé sur la commode.

Allongée en chien de fusil, la tête sous une couverture, Cathy enfouit son visage dans son oreiller. La terrible vérité avait fini par s'insinuer en elle : ses parents avaient disparu et plus jamais elle ne les reverrait. Plus jamais elle n'entendrait leur voix, plus jamais sa mère ne prononcerait son surnom, plus jamais son père ne lui lancerait : « C'est l'heure de te lever, mon petit soleil ! » Ils ne viendraient pas la chercher pour la ramener à la maison. Elle ne reverrait plus sa chambre douillette dont la fenêtre était proche de celle de Laura, ce qui leur permettait de communiquer en secret. Plus jamais Cathy ne fréquenterait la Winchester Academy pour bénéficier de l'enseignement d'excellents professeurs. Tout ce qu'elle aimait avait disparu à la seconde où elle avait entendu ce mot terrible : « orphelin ». Désormais, elle devrait vivre avec cette vieille dame qui était sa grand-mère, dans cette maison délabrée, dans cette région triste et froide où le soleil faisait cruellement défaut. Ses seuls amis seraient deux garçons inconnus chaussés de bottes de cow-boy, dont l'un accumulait les fautes de grammaire.

Cathy n'était plus qu'une coquille vide.

Elle perçut la présence de sa grand-mère, derrière la porte, sans doute venue voir si elle dormait. Elle demeura immobile jusqu'à ce que ses pas s'éloignent dans le couloir, puis elle remonta la couverture sur sa tête.

Chapitre 7

— Marchons en direction de chez toi, au cas où tante Mabel nous surveillerait, ordonna Trey.

— C'est chez moi qu'on va, non ? fit remarquer John en le dévisageant.

— Non. On va faire un détour avant de passer chez Wolfman.

John s'arrêta net.

— Quoi ? Tu as promis à ta tante qu'on n'irait pas chez lui.

— Tiger, rappelle-toi ce qu'elle a dit. On a promis de ne pas contacter M. Wolf à propos de ses chiots. Ce sont ses mots exacts.

— Et alors ?

— Alors, on ne va pas le contacter. On va prendre un chiot sans lui adresser la parole.

John serra les dents. En cette fin d'après-midi, le froid était glacial et le vent soufflait du nord. Il mourait d'envie de rentrer au chaud, même si sa maison empestait les haricots. Toutefois, il se remit en route.

— Tu es fou, TD ! Comment veux-tu qu'on prenne un chiot sans se faire prendre par Wolfman ?

Trey lui emboîta le pas.

— Il ne s'en rendra pas compte ! On passera par la ruelle et on entrera par-derrière. La pauvre chienne est sans doute en train de geler dans un hangar. On entendra forcément gémir ses petits. Il suffira d'en attraper un et de partir en courant. (Il saisit son ami par le bras et le força à s'arrêter.) John, il faut agir maintenant. Demain, il sera peut-être trop tard. Wolfman va prendre une hache et leur couper la tête – c'est plus radical qu'un coup de fusil.

— Ils ne sont pas encore sevrés ! protesta John. Un chiot séparé de sa mère trop tôt peut mourir !

— Toi et ton esprit pratique ! Et alors ? Si on ne le sauve pas, il ne vivra pas assez longtemps pour être sevré. Catherine Ann sera ravie de s'occuper de lui, de le prendre dans ses bras, de le nourrir comme un bébé. Il lui changera les idées, et elle ne pensera plus à son malheur.

— C'est vrai.

Habitué aux belles paroles de son ami, John n'en tenait généralement pas compte. Cette fois, pourtant, les arguments de Trey faisaient sens. Après la mort de sa mère, il aurait aimé avoir un petit être à choyer, lui aussi. Hélas, il ne pouvait prendre ce risque, de peur que son père ne frappe l'animal. Trey avait raison. Avec lui, John était toujours tiraillé entre ce qui était bien et ce qui était « presque bien ». Il voulait que Cathy ait un chien, mais ils avaient promis à tante Mabel qu'ils n'auraient pas affaire à Odell Wolf. Trey avait beau jouer sur les mots, ils allaient briser leur promesse.

— Tu connais ce beau parleur de Gil Baker. Comment sait-il que Wolfman a une portée ?

— Gil n'arrête pas de fouiner autour de chez lui pour le faire tomber. Sa mère veut que Wolfman soit expulsé. Mais même si c'est un squatteur, le shérif refuse d'intervenir sans preuves que Wolfman est malfaisant.

— Pourquoi ne pas attendre que ta tante nous emmène à l'étang ? insista John en claquant des dents tant il avait froid.

— Parce que je veux me racheter dès ce soir de ce que j'ai dit à Catherine Ann. Je veux voir son expression quand je lui tendrai le chiot.

Encore une habitude de Trey : quand il avait un plan, il était incapable de patienter, il fallait qu'il le mette en œuvre sur-le-champ.

— On aura besoin de quelque chose pour l'envelopper, reprit John.

Trey posa une main sur son épaule.

— Je te reconnais bien là, mon ami ! Je le cacherai sous mon blouson.

En arrivant près du grillage qui entourait le jardin d'Odell Wolf, ils durent se pincer le nez.

— Oh là là ! Ça pue !

— Il y a un cadenas, remarqua John.

Sans oublier une énorme pancarte : « Défense d'entrer ».

— On n'a qu'à passer par-dessus.

— Un seul d'entre nous doit y aller. L'autre devra rester dehors pour lui faire la courte échelle.

Leurs regards se croisèrent. Ils entendaient le caquètement des poules. La nuit grise et froide comme l'acier semblait avoir chassé le vent. Si une lampe était allumée dans le poulailler, la maison délabrée n'était pas éclairée, alors que de la fumée s'élevait de la cheminée.

— J'y vais, annonça Trey. Sois prêt à rattraper le chiot quand je te le passerai.

John étudia l'espace situé entre la ruelle et les hangars, un terrain vague jonché d'ordures et de débris métalliques rouillés. Dans la pénombre, Trey risquait de ne pas voir une bouteille cassée ou un couvercle de poubelle et de trébucher. Il n'était pas du genre à se soucier de ces obstacles. Sans parler du bruit… Et si la chienne refusait de se séparer de son petit ?

— J'ai une idée. On va jouer à « roche, papier, ciseaux ». Celui qui gagne va chercher le chien.

John l'emportait presque toujours à ce petit jeu.

— Pourquoi le gagnant ne resterait-il pas ici ? répliqua Trey.

— Je préfère y aller, TD. Je ferai moins de bruit que toi et les chiens m'aiment bien.

— Pas question ! C'est moi qui y vais. Je veux pouvoir dire à Catherine Ann que c'est moi qui l'ai pris pour elle. Avec ton aide, bien sûr, mais je tiens à ce que ce soit moi.

— Tu vas tout gâcher ! Si Wolfman s'en prend à toi, tu es fait.

— Détends-toi, répondit posément Trey. Tu t'inquiètes toujours trop pour moi.

— J'ai de quoi, rétorqua John en croisant les doigts pour lui faire la courte échelle. Et attention où tu mets les pieds !

— Je savais bien que je pouvais compter sur toi.

Trey escalada la grille en quelques secondes et sauta à terre de l'autre côté avec un bruit sourd. Il fit signe à son ami que tout allait bien, puis se courba et courut vers les hangars. Agrippé au grillage, John retint son souffle en espérant que Trey trouve le bon hangar. Tandis qu'il disparaissait dans l'ombre, les poules détectèrent sa présence. Horrifié, John les entendit caqueter furieusement. Aussitôt, une lumière s'alluma dans la maison, derrière la fenêtre crasseuse de la cuisine. Son sang ne fit qu'un tour.

— Trey ! souffla-t-il.

Malheureusement, il était trop tard. L'homme à la barbe ébouriffée émergea de la porte du fond et la referma lentement. Wolfman ! Il avait un objet à la main. Un fusil ? Malgré la pénombre, il repéra John sans difficulté.

— Hé toi ! Ne bouge pas !

Il brandit son arme. Le puissant rayon de lumière d'une torche éblouit John qui eut un mouvement de recul.

— Ne bouge pas ! répéta la voix.

— Oui… monsieur… balbutia John.

Il perçut un bruit de pas.

— Qu'est-ce que tu fais, petit ?

John se protégea les yeux.

— Je… Je…

— Ôte tes mains de là, que je voie ta figure !

— J'ai mal aux yeux.

— Je m'en fous ! Je t'ai à l'œil, mon garçon. Qu'est-ce que tu regardes, comme ça ? Qui tu espionnes ?

— Je n'espionne pas, monsieur.

Pourvu que Trey se soit rendu compte de ce qu'il se passait et se soit enfui vers la rue… Il entendit un tintement de clés.

— Qu'est-ce que tu as fait pour effrayer mes poules ?

— Rien, répondit John.

— Pourtant, il y a bien…

Il braqua sa lampe aux alentours. John n'avait rien entendu de particulier, mais Wolfman semblait avoir l'ouïe fine.

— Tiens, tiens… Qu'est-ce que je vois là…

John comprit que Trey venait d'être pris la main dans le sac. En recouvrant la vue, il vit avec effroi son ami, en pleine lumière, qui cachait quelque chose sous son blouson. Il s'aperçut à ce moment que l'objet que tenait Wolfman dans la main était un fouet enroulé.

— Qu'est-ce que tu fiches dans ma cour, petit ? demanda Odell Wolf à Trey. Quelle bêtise tu mijotes ?

John eut envie de lui crier de s'enfuir. Hélas, Wolfman déroulerait son fouet avec la vivacité d'un serpent et couperait la tête de Trey avant qu'il n'ait pu esquisser un pas.

— Rien, répondit Trey. Je ne suis pas là pour faire une bêtise.

— Alors qu'est-ce que tu veux ?

— On est venus chercher un de vos chiots, avoua John, derrière le grillage. On a entendu dire que votre colley avait eu une portée et on a pensé que… un de moins ne ferait pas une grande différence pour vous.

Il braqua de nouveau sa torche sur John, qui, cette fois, se protégea les yeux pour ne pas être ébloui.

— Et qu'est-ce qui vous a fait croire une chose pareille ? cria Wolfman.

— Peu importe, fit Trey. Va-t'en, John !

— Tant que j'ai l'un d'entre vous sous la main, j'ai pas besoin de l'autre… grommela Odell Wolf.

Les doigts crispés sur le grillage, John sentit l'angoisse monter en lui.

— Pourquoi vous vouliez un de mes chiots ? demanda Wolf à Trey en se tournant vers lui.

— Pour le donner à la petite-fille de Mme Emma, enfin Mme Benson. Ses parents viennent de mourir. Elle se retrouve orpheline. On voulait lui remonter le moral.

La mâchoire crispée, Trey tremblait de tous ses membres. John sentait le froid transpercer ses vêtements. Wolfman ne portait qu'un blouson léger d'où dépassait le bas de sa chemise, et il était pieds nus dans ses mocassins. On aurait presque dit que c'était lui qui refroidissait l'atmosphère.

— On serait bien allés en chercher un à l'étang d'Amarillo, intervint John, mais il aurait fallu attendre jusqu'à samedi, et Cathy a besoin de ce chien tout de suite.

— Emma Benson, répéta Wolfman en baissant sa torche. Le chiot est pour sa petite-fille ?

— Oui, répondit Trey.

— Alors pourquoi ne pas simplement me le demander au lieu d'entrer en douce pour me le voler ? Ça m'étonnerait que Mme Benson soit d'accord avec ça.

— C'est parce que ma tante m'a interdit d'avoir affaire à vous, expliqua Trey.

— Ah oui ? Et c'est qui, ta tante ?

— Ça ne vous regarde pas !

Quand Wolfman braqua de nouveau sa torche sur Trey, John sentit son cœur s'emballer. Sa grosse main se crispa sur le manche de son fouet.

— Hé, je te connais, toi ! Tu es ce petit morveux de quart-arrière en qui tout le monde croit, à Kersey ! Et toi, ajouta-t-il en se retournant vers John, tu es John Caldwell, le receveur. Tiens, tiens…

— Comment vous nous connaissez ? demanda Trey.

— Je vous ai vus jouer ! répondit-il avec un rire gras. Ta tante, c'est Mabel Church, non ? Elle a bien raison de t'interdire de pénétrer chez moi.

Il détacha un trousseau de clés de son ceinturon et le lança à John par-dessus le grillage. Machinalement, le jeune garçon l'attrapa.

— Bien joué, commenta Wolfman. Vas-y, ouvre la grille.

— Vous voulez dire… que vous allez laisser Trey sortir ? bredouilla John.

— S'il escalade le grillage, il risque de blesser le chiot, expliqua Odell en riant. Dites donc, les gars, vous devez êtes vraiment amoureux de cette fille pour prendre le risque de venir chez moi. Elle est jolie, au moins ?

— Oui, très, admit Trey.

— Et gentille ?

— Oh oui ! s'exclamèrent les deux garçons en chœur.

— Rien d'étonnant, si c'est la petite-fille de Mme Emma, reprit Wolfman en affichant un sourire rusé. Deux garçons pour une jolie fille… Voilà un triangle qui ne donne jamais rien de bon. Renvoie-moi mes clés, John Caldwell. Allez, rentrez à la maison. Avant de vous mettre à table, il faudra nourrir cette petite bête. Trempez le bout d'une serviette dans du lait chaud et mettez-lui dans la gueule pour qu'il tète. Et la prochaine fois que vous voudrez quelque chose qui m'appartient, vous avez intérêt à le demander.

John parvint à ouvrir la grille, malgré ses doigts engourdis par le froid et la peur.

— C'est promis, monsieur, dit-il en lui jetant son trousseau.

Il redoutait encore que Wolfman ne change d'avis et n'enroule son fouet autour du cou de Trey pour le garder prisonnier.

Mais il n'en fut rien, Wolfman permit à Trey de s'en aller. Une fois dehors, les deux garçons coururent jusqu'au bout de la ruelle. Trey tenait fermement le petit animal caché sous son blouson. Enfin, ils s'arrêtèrent pour reprendre leur souffle et savourer leur victoire.

— Wolfman n'est pas si mauvais, finalement, commenta John, essouflé. Tu imagines, il nous a vus jouer et j'ai l'impression qu'il connaît Mme Emma.

— Oui, admit Trey. Il a installé un radiateur dans le hangar pour les chiens et ils avaient des couvertures. Qu'est-ce qu'il voulait dire, avec son histoire de triangle, à ton avis ?

— Aucune idée…

Chapitre 8

Lorsqu'ils entrèrent en trombe dans la cuisine par la porte du fond, Mabel Church les foudroya du regard.

— Attends, tante Mabel, ne dis rien ! fit Trey en ouvrant son blouson. Je sais que je vais avoir des ennuis mais, d'abord, il faut s'occuper de ce chiot, le nourrir et le réchauffer.

Un peu honteux, John ajouta :

— On nous a recommandé de tremper un coin de serviette dans du lait chaud et de le lui donner à téter.

— Ah oui ? répondit Mabel d'un ton étonnamment posé.

Elle prit la petite boule de poils frémissante et l'enveloppa dans une serviette qui se trouvait déjà sur la table, puis elle sortit un pot de lait chaud du four à micro-ondes, remplit une pipette posée sur le comptoir et la glissa dans la gueule du chiot. Les deux garçons échangèrent un regard surpris. Tante Mabel était déjà au courant ?

— Vous avez donc eu affaire à Odell Wolf, ce que je vous avais strictement interdit. John, tu n'es pas sous ma responsabilité. En revanche, toi, Trey Don, tu seras puni.

— D'accord, concéda Trey comme si elle l'avait simplement privé de dessert. Elle a trouvé mon gant de baseball, expliqua-t-il à son complice. Elle a tout de suite compris.

— Tu resteras ici pendant que John et moi livrerons cette petite bête à sa maîtresse, reprit Mabel. Et tu seras heureux d'apprendre que Mme Emma trouve excellente ton idée d'offrir un chien à Cathy.

À la fois horrifié et incrédule, Trey demeura bouche bée.

— Comment ? s'exclama-t-il. Tante Mabel, tu ne parles pas sérieusement ! J'ai risqué ma vie pour avoir ce chiot !

— Justement. Je te remercie de l'admettre. Tu vas monter dans ta chambre sans souper et tu n'en sortiras que demain matin.

— Tante Mabel, s'il te plaît... Trouve-moi une autre punition !

Il avait le regard implorant, la voix brisée.

— S'il te plaît, tante Mabel, tu ne peux pas me faire ça...

Quand le chiot eut bu son lait, Mabel l'installa dans une boîte en carton qu'elle avait tapissée d'une couverture.

— Je regrette, Trey. Tu dois apprendre que revenir sur une promesse n'est pas sans conséquences et qu'il faut les assumer. Je vais t'accorder une chance de me prouver que tu es capable de tenir parole. Je veux que tu t'engages à ne pas mettre les pieds hors de ta chambre, à ne pas en ouvrir la porte, jusqu'au déjeuner.

— Tante Mabel... commença Trey d'une voix plaintive.

— J'attends !

— Très bien... C'est promis.

— Tu dois t'engager devant Dieu, John et moi.

Trey baissa la tête et déclara :

— Je promets de ne pas ouvrir la porte de ma chambre avant que tu m'appelles demain matin.

Pétrifié, muet comme une carpe, John n'osait pas se tourner vers son ami de peur de trahir ce qu'ils savaient tous les deux: Trey allait s'échapper par la fenêtre et serait en route vers la maison de Mme Emma avant même que sa tante n'ait démarré le moteur de la voiture. Le tout en respectant sa promesse à la lettre. Mabel était la plus gentille des femmes, mais comment pouvait-elle se montrer si… stupide?

Celle-ci enfila son manteau et prit son sac à main.

— John, je pense que tu souperas avec Mme Emma et sa petite-fille, ce soir. Elles ont prévu du ragoût, elles aussi.

John évita de regarder Trey tandis que Mabel lui remettait la boîte contenant le chiot. Puis elle se tourna vers son neveu:

— Trey, monte immédiatement dans ta chambre et fais tes devoirs.

— Oui, ma tante.

— Et ne claque pas la porte, surtout!

— Non.

— Je préciserai à Cathy que c'est toi qui as pris le chiot, Trey! intervint John.

— Dis-lui que j'espère qu'il lui plaira, répondit-il en s'éloignant dans le couloir.

Ils entendirent la porte se refermer doucement.

— Je trouve qu'il a plutôt bien réagi, commenta John, l'air grave.

— N'est-ce pas? fit Mabel.

Durant le court trajet jusqu'à la maison d'Emma Benson, John garda la boîte sur ses genoux. Trey ne tarderait pas à débarquer. Une fois que sa tante serait repartie, bien sûr. Quoi qu'il en soit, John serait le premier à voir l'expression de joie de Cathy lorsqu'elle découvrirait le chiot. John n'avait jamais vu de spectacle aussi adorable que ce chien endormi et en plein rêve… à part Cathy, naturellement. Il imaginait déjà son petit museau rose sur la joue douce de la jeune fille. En sentant son contact velouté, elle fermerait les yeux de bonheur, comme le font les filles. Il n'était pas fier de se réjouir à l'idée que Trey ne soit pas témoin de la gratitude de Cathy. Comme tante Mabel serait chagrinée si elle montait voir Trey dans sa chambre et découvrait sa disparition ! Mais peut-être resterait-elle en bas, après tout, sa foi en lui la protégerait de bien des déceptions…

Emma ouvrit la porte avant qu'ils aient eu le temps de frapper.

— J'ai parlé à Cathy, annonça-t-elle en s'effaçant pour les faire entrer. Elle s'est redressée d'un bond à l'idée d'avoir un chiot. Comment te remercier, John ?

— C'est Trey qui a eu cette idée, madame Emma.

— Il sera récompensé comme il convient et en temps voulu. A-t-il bien pris sa punition, Mabel ?

— Très bien. Il a compris qu'il avait dépassé les limites, cette fois. J'ai suivi ton conseil : je l'ai privé de la possibilité d'offrir le chien à Cathy. Il doit rester dans sa chambre jusqu'à demain matin.

— Hum… fit Emma en tapotant l'épaule de son amie. Eh bien, je te félicite pour ta fermeté. À présent, allons rejoindre Cathy pour lui présenter son petit compagnon. Elle est dans la cuisine, en train de réchauffer le ragoût. John, tu restes souper avec nous, bien sûr.

Elle lui ôta son bonnet pour le suspendre à une patère de l'entrée. Nul ne remarqua le petit sourire satisfait de Mabel.

John redoutait d'avoir les cheveux hirsutes mais, comme il portait la boîte en carton, il ne pouvait se recoiffer. Pourvu que Cathy ne se rende compte de rien… Il n'avait cependant rien à craindre car, en se détournant de la cuisinière, elle ne vit même pas le jeune garçon tant elle était impatiente de rencontrer son nouvel ami. Les joues rouges de plaisir, elle se pencha vers la boîte. John profita de cet instant pour vérifier son reflet dans la vitre, au-dessus de l'évier. C'est alors qu'il découvrit avec stupeur que Trey était dehors et regardait par la fenêtre. Aussitôt, il disparut.

— Tu vas bien, John ?

— Très bien, tante Mabel. Je me suis un peu étouffé… ça va mieux.

— Ohhhh… roucoula Cathy en soulevant la minuscule boule de poils.

Elle l'approcha de son visage pour l'observer sous toutes les coutures. Le bonheur qu'elle exprimait correspondait en tout point à ce que John s'était imaginé.

Emma posa un regard approbateur sur le jeune garçon.

— Bien joué, mon grand ! Tu transmettras mes compliments à ton acolyte.

— Il est si doux et chaud… murmura Cathy en déposant un baiser sur la tête de l'animal. Il est vraiment à moi, grand-mère ? Je peux le garder ?

— Il est à toi, répondit Emma.

— Je n'ai jamais eu de chien ou de chat. Il est… magnifique.

— Ce n'est pas grave si c'est un garçon ? demanda John, un peu inquiet. On ne savait pas…

— C'est très bien que ce soit un garçon.

Elle examina John d'un regard curieux comme si elle remarquait enfin sa présence. Il sentit son cœur de serrer.

— Où est-il, ton acolyte ? reprit-elle.

— Il fait ses devoirs, expliqua Mabel. Il sera ravi que ce chiot te fasse plaisir. Je suis Mabel Church, la tante de Trey.

— J'ai entendu dire beaucoup de bien de vous, déclara la jeune fille en lui tendant la main.

Elle était si bien élevée, si mûre, songea John. Lorsqu'elle plongea à nouveau les yeux dans les siens, il faillit de nouveau s'étouffer.

— Merci… Merci beaucoup. Je l'adore !

Emma raccompagna Mabel à la porte. John se sentit un peu gauche, à observer tour à tour la tête blonde de

Cathy, penchée sur le chiot qu'elle serrait dans ses bras, et la fenêtre de la cuisine. Il ne savait que faire de la boîte vide. Sur la table étaient disposés trois bols, ainsi qu'un couvert supplémentaire, sans doute à son intention.

Il comprit qui allait s'asseoir à cette place quand Emma se tourna vers la fenêtre et déclara:

— John, va donc dire à Trey Don d'entrer. Il va attraper froid s'il reste dehors.

Chapitre 9

Cathy était persuadée que, passé l'attrait de la nouveauté, les garçons allaient se lasser d'elle. Elle était une fille, après tout, or, les garçons ne s'intéressaient pas vraiment aux filles.

— Combien de temps Trey et John vont-ils s'occuper de moi ? demanda-t-elle à sa grand-mère.

En cette fin février, les jonquilles étaient sorties. Rufus avait appris à rester à distance de ces fleurs dorées si délicates. Presque tous les après-midi, les garçons aidaient Cathy à le dresser. « Non, non, Rufus ! criaient-ils en tapant des mains dès qu'il s'approchait des plates-bandes. Ici, Rufus ! »

— Pourquoi ? Tu en as assez de les voir ? lui demanda sa grand-mère.

— Oh non. Je me demandais simplement à quel moment ils ne seraient plus obligés de rester avec moi.

— Il n'en est plus question, chérie. Ils apprécient ta compagnie et sont ravis d'être tes amis.

Elle trouvait bizarre de fréquenter deux grands garçons, mais c'était agréable. Sans eux, Laura et son ancienne maison lui auraient manqué encore davantage. Quoique sympathiques, ses camarades de classe se montraient distants, presque intimidés. Ils avaient vite remarqué qu'elle était douée en classe – elle terminait ses exercices avant tout le monde et lisait des livres de la bibliothèque. Quand personne ne savait répondre à une question, les professeurs s'adressaient à elle, ses devoirs étaient lus en cours et cités en exemple, les enseignants vantaient la bonne présentation de ses travaux, l'élégance de son écriture. À dire vrai, les regards de biais des autres élèves la mettaient dans l'embarras, mais de là à bâcler son travail pour être acceptée...

Trey et John étaient parfaitement à l'aise avec elle. Peu leur importait qu'elle soit bilingue, promise à une carrière de médecin, qu'elle se tienne bien droite, les chevilles croisées, car une posture adéquate stimulait la croissance.

La saison de baseball n'ayant pas encore commencé, les garçons n'étaient pas accaparés par leurs entraînements et avaient du temps à consacrer à Cathy. Ils trouvaient n'importe quel prétexte pour venir la voir, prétendant d'un air faussement innocent qu'ils passaient par hasard. Si Cathy rejoignait sa grand-mère à la bibliothèque municipale où elle travaillait, ils y apparaissaient aussi. Ils déambulaient dans le parc quand elle promenait Rufus. Emma ayant fait en sorte qu'elle puisse travailler son piano à l'église, les garçons venaient l'écouter. Bref, ils débordaient d'imagination pour profiter de sa compagnie.

— Trey et moi avons besoin d'aide en maths, Cathy. Et si on passait chez toi après les cours ?

— Bien sûr.

— Ma tante a plein de vieux trophées de chasse dans son grenier. Ça te dirait de les voir, Catherine Ann ?

— J'adorerais ça, Trey.

— Et si on jouait au Frisbee avec Rufus, cet après-midi ?

— D'accord, les garçons.

— Tante Mabel a mis des feuilles de laitue de côté pour Sampson. On peut les lui donner ?

— Excellente idée !

Elle s'attendait à ce qu'ils mettent les voiles dès les premières jonquilles, mais il n'en fut rien. Un après-midi, ils trouvèrent la jeune fille un peu triste.

— Qu'est-ce que tu as? demanda John en s'assoyant à côté d'elle, sous le porche.

Trey s'installa de l'autre côté de la balançoire, près de Rufus.

— Mon papa ne m'a pas légué d'argent. Je suis un fardeau pour ma grand-mère, déclara-t-elle.

— Comment tu le sais? demanda Trey.

Cathy lui relata une conversation qu'elle avait entendue par hasard.

« Comme je le soupçonnais, Sonny était complètement ruiné, avait confié Emma à Mabel, pensant que Cathy n'était pas là. Ils vivaient largement au-dessus de leurs moyens, vivant dans le luxe… à crédit. Mon fils a mal géré ses placements et ses biens étaient hypothéqués. Le fruit de la vente de la maison et de ses effets personnels sera versé à ses créanciers. Il ne reste plus rien. »

Elle devrait compter chaque sou pour élever Cathy décemment, mais elle y arriverait. L'argent de l'assurance de Buddy financerait en partie ses études. Emma prendrait sa retraite plus tard que prévu et renoncerait à ce voyage en Angleterre dont elle rêvait.

Manifestement, sa grand-mère ne roulait pas sur l'or. Elle vérifiait le prix de chaque article, ne jetait jamais les restes de repas, éteignait la lumière en quittant une pièce, mille détails dont les parents de Cathy ne se souciaient pas. Savoir qu'Emma devait se sacrifier à cause d'elle lui faisait de la peine.

— Elle t'aime, Cathy, assura John. Elle est contente de faire ce sacrifice pour toi.

— C'est vrai, confirma Trey. Il vaut mieux qu'elle dépense son argent pour toi que pour un stupide voyage en Angleterre.

La chaleur de leur soutien rassura la jeune fille. Parfois, elle avait l'impression d'être une vallée nichée entre deux hautes montagnes qui la protégeaient des éléments déchaînés.

— Vous croyez vraiment ?

— Bien sûr ! s'exclamèrent-ils en chœur.

Trey et John n'auraient pu être plus différents, mais ils se complétaient à merveille. John était doux et calme. Patient, équilibré, il s'adaptait à son environnement. Trey, lui, aimait se faire remarquer. Que ce soit en classe, dans les couloirs de l'école, à la cafétéria, dans l'autobus, pas moyen d'ignorer sa présence. Sa tante le disait turbulent, et avec raison. D'après Emma, l'attitude provocatrice de Trey n'était qu'un bouclier contre la souffrance et l'humiliation que lui infligeait l'indifférence de ses parents. Si son oncle était encore en vie, Trey aurait sans doute évolué différemment. Harvey Church était un homme autoritaire, passionné de chasse et de pêche. Il aurait pris son neveu en main, pour son plus grand bonheur. Hélas, quatre mois après l'arrivée de Trey sous son toit, cet homme en pleine santé avait succombé à une crise cardiaque. Trey était resté seul avec une tante proche de la retraite et mal armée pour gérer un garçon volontaire et débordant d'énergie.

Quant au pauvre John, il avait perdu sa mère à l'âge de sept ans et était resté à la merci d'un père alcoolique.

La remarque de Trey, pendant le cours de Mlle Whitby, était avisée. Ils étaient tous orphelins d'une façon ou d'une autre, ce qui tissait un lien entre eux. Sans Trey et John, jamais Cathy n'aurait supporté sa nouvelle école.

Enfin, l'hiver fit place au printemps. Les garçons fêtèrent leurs douze ans. En mars, Trey fut l'aîné de John pendant deux semaines, quinze jours de différence qui lui conféraient une sorte de supériorité, de prestige.

Cathy n'était plus une petite fille. Le visage des deux garçons, qui grandissaient à vue d'œil, était moins enfantin.

Pour célébrer cet ultime anniversaire avant leur entrée dans l'adolescence, Mabel organisa une fête dans son jardin. Pour la première fois, Cathy rencontra Bert Caldwell, le père de John, qui travaillait dans les champs de pétrole et était souvent absent. John ne parlait jamais de lui et passait son temps libre chez Mabel. Entre deux affectations, Bert buvait. Cependant, il se présenta à la réception sobre, bien rasé, vêtu d'un jeans et d'une chemise blanche impeccables. Apparemment, c'était ainsi que les hommes s'habillaient pour sortir, à Kersey. Plus petit et costaud que John, il avait aussi les traits plus grossiers. John se montrait méfiant et M. Caldwell mal à l'aise. Cathy avait de la peine pour eux. M. Caldwell ne se rendait-il donc pas compte de la chance qu'il avait d'avoir un tel fils ? Et John était-il conscient qu'un père était précieux ?

En avril, pour l'anniversaire de la jeune fille, sa grand-mère avait convié Laura durant les vacances scolaires, à l'époque où les fleurs des champs envahissaient la prairie.

— Qu'est-ce que c'est que ça… ? s'exclama sa meilleure amie en débarquant à l'aéroport d'Amarillo.

Laura était vêtue d'un tailleur et coiffée d'un béret assorti. Au moment de l'embrasser, Cathy se ravisa et resserra les pans de sa veste en jeans.

— C'est la mode, par ici, répondit-elle.

Seuls Trey et John parvinrent à atténuer la déception de Laura lorsqu'elle découvrit le nouvel environnement de Cathy.

— Ils sont mignons ! dit-elle. Pour eux, je serais capable de supporter les cactus et les mauvaises herbes.

Laura était la plus gentille des filles. En trahissant la pitié que lui inspirait la déchéance sociale de Cathy, elle ne cherchait en rien à la blesser, à raviver le souvenir de ses parents, de Winchester, de ses anciennes camarades, de la jolie maison dans laquelle elle avait grandi…

Mais dès le départ de Laura, John perçut la tristesse de Cathy. Pour la première fois, Trey et John faillirent en venir aux coups.

— Elle te manque, c'est ça ? demanda ce dernier.

— Oui, avoua-t-elle, et ma vie d'avant, aussi.

— Écoute, Catherine Ann, affirma Trey en se postant devant elle comme pour former une barrière entre elle et ses souvenirs, tes amis, c'est nous, désormais. Tu es bien, ici. Dis-nous que tu n'as pas envie de retourner là d'où tu viens.

— Laisse-la tranquille, TD, intervint John en le tirant par la manche.

— Non ! cria-t-il en dégageant vivement son bras de son emprise.

Cathy lut dans son expression un sentiment de panique et de jalousie.

— Tu ne veux pas nous quitter, hein, Catherine Ann ?

— Je…

Les larmes lui montèrent aux yeux, puis se mirent à ruisseler sur ses joues. Les souvenirs douloureux revinrent à la charge : les journées à la plage, avec ses parents, les récitals de piano, les visites au musée, les concerts, le soleil, la brise marine… Elle était incapable de lui fournir la réponse qu'il attendait.

— Tu vois ce que tu as fait ? s'emporta John. Elle n'arrive plus à parler. Ne t'inquiète pas, Cathy. Tu as le droit de regretter Laura et tout ce que tu avais là-bas.

— La ferme, John ! lança Trey en le repoussant. Non, elle n'a pas le droit ! Tu vas finir par la convaincre de nous quitter !

John le bouscula à son tour, le regard noir. Cathy crut bon de s'interposer avant qu'ils ne se battent violemment. Jamais elle n'avait vu John dans cet état de rage.

— Arrêtez, les garçons ! Je ne vais pas partir. Comment pourrais-je abandonner ma grand-mère, vous deux et Rufus ?

Trey se tourna vivement vers elle.

— C'est promis ?

Elle vit son regard s'adoucir peu à peu.

— Tu as quand même le droit d'être triste, Cathy, persista John en défiant Trey de le contredire.

Cette querelle fit prendre conscience à la jeune fille de l'importance incroyable qu'elle avait prise dans leur vie. Aussi décida-t-elle de ne pas leur dévoiler son projet : Laura et elle comptaient se retrouver à l'université de Californie du Sud pour réaliser leur rêve de devenir médecins.

Chapitre 10

Depuis que les enfants étaient entrés dans l'adolescence, Emma et Mabel guettaient le moindre signe de changement au sein du trio et échangeaient leurs impressions. Les garçons n'allaient pas tarder à s'intéresser aux formes féminines de Cathy, laquelle ne resterait pas longtemps insensible à leur musculature. Pour l'instant, ils étaient amis. Quand Trey et John n'allaient pas au stade, ils raccompagnaient Cathy après les cours et s'amusaient avec Rufus. Ils faisaient presque toujours leurs devoirs ensemble. Parfois, les garçons s'attardaient pendant que Cathy travaillait de son côté, et ils étaient toujours ravis de rester souper. Chez lui, John devait préparer lui-même ses repas. Quant à Trey, il préférait les bons petits plats d'Emma à la cuisine fade de Mabel. Ils se rendaient toujours à l'église pour écouter la jeune fille jouer du piano.

Cette belle complicité disparaîtrait-elle lorsque les garçons s'intéresseraient aux filles qui commençaient à se jeter à leur cou ? Que deviendrait Cathy, alors ? s'inquiétait de plus en plus Emma. Sa petite-fille n'avait toujours pas d'amies proches dans sa classe. Si elle s'était fait quelques copines lors de ses activités parascolaires, elle ne fréquentait personne en dehors des cours.

Leur amitié prendrait-elle un tournant prévisible qui laisserait John à l'écart? Nul n'ignorait que Trey avait un faible pour Cathy, sauf Cathy elle-même, peut-être. Et chacun voyait que John était amoureux de la jeune fille, lui aussi, à part Trey… Ce triangle infernal finirait-il par engendrer souffrance et conflits?

Au fil des anniversaires, ils demeuraient inséparables, voire plus unis que jamais.

— Qu'est-ce qui fascine donc Trey chez Cathy? D'autant qu'elle n'aime pas le football! demanda un jour Emma à Mabel. Pour John, je comprends. Il voit en elle son âme sœur. Ils ont une véritable complicité intellectuelle. Quant à Trey Don… Crois-tu que c'est le fait d'être orphelins qui les unit?

— C'est certain. À mon avis, Trey trouve en Cathy ainsi qu'en John quelque chose dont il est dépourvu. Il est trop jeune pour s'en rendre compte, bien sûr, mais il se comporte comme un arbuste au cœur d'une forêt. Il recherche la lumière pour survivre.

— Qu'est-ce que tu racontes, Mabel?

— Je te parle d'intégrité. Cette qualité à la fois simple et démodée que Cathy et John possèdent de façon innée, contrairement à Trey. Il a besoin d'un exemple à suivre. J'ai mis du temps à le comprendre. Quoi qu'il en soit, je suis fière que Trey cherche le soleil alors que, par nature, il pourrait opter pour l'ombre.

Emma réfléchit un instant, puis elle se dit que son amie avait vu juste, au-delà de sa métaphore un peu étrange. De toute évidence, Trey et John avaient beaucoup en commun, et quel garçon ne serait pas amoureux de Cathy? Toutefois, Mabel avait raison: cela ne suffisait pas à expliquer le besoin qu'éprouvait Trey d'être avec Cathy et John. Il admirait leur loyauté. Emma ignorait encore de qui Cathy avait hérité cette vertu. Quoi qu'il en soit, Trey était conscient que leur influence lui était bénéfique. Mabel avait de quoi être fière de son neveu. Il était de plus en plus séduisant, athlétique, intelligent et charmant. Comment lui résister ? Pourvu que la confiance absolue de Trey en ses deux amis ne l'expose pas à une désillusion. Quant aux conséquences pour la jeune fille et John… On court toujours le risque de ne pas se montrer à la hauteur des attentes d'autrui. Or, quand Trey se sentait trahi, rien ne parvenait à renouer les liens rompus. Pourtant, ni les poussées hormonales ni les changements physiques ne semblaient remettre en cause leur amitié.

Du moins jusqu'à l'été de leurs seize ans…

Chapitre 11

Trey était malade, cela ne faisait aucun doute. Il avait de la fièvre, la gorge enflée… Il ne comprenait pas ce qu'il lui arrivait, mais ne pouvait rien dire à l'entraîneur Turner, qui risquait de le renvoyer chez lui. L'entraînement de printemps venait de commencer, et il ne voulait pour rien au monde manquer le match de démonstration de vendredi soir. Il tenait à donner à son entraîneur de quoi se réjouir pour la saison à venir grâce à un tandem quart-arrière/receveur capable de mener leur équipe très haut au cours des deux prochaines années. De plus, un recruteur de l'université de Miami serait présent dans les gradins pour les regarder jouer, lui et John. S'il ne s'entraînait pas assez, il risquait de gâcher leurs chances d'obtenir une bourse d'études et une place chez les Hurricanes de Miami.

Il tiendrait le coup. Il lui suffisait de boire beaucoup d'eau et de se reposer. Ce devait être un virus ou une rage de dents, car il avait les gencives irritées. Les dents de sagesse, peut-être, comme Cathy, l'année précédente. Il avait pris de l'aspirine et effectué un bain de bouche. À la fin de la semaine, il irait chez le dentiste.

Cette période de sa vie resterait à jamais gravée dans sa mémoire. Grâce à une santé de fer, il avait échappé à la plupart des maladies infantiles et n'était sujet ni aux rhumes ni aux maux d'estomac. Vendredi, dernier jour de cours avant les vacances de printemps, il avait demandé à Catherine Ann de sortir avec lui. Depuis qu'il l'avait vue surgir de la maison de sa grand-mère pour vérifier l'état de son bonhomme de neige, il ressentait pour elle autre chose que de l'amitié. Cette sensation troublante avait fait place à un autre sentiment plus profond. C'était au début du printemps. Cathy était entrée dans la salle de cours, vêtue d'un chandail neuf, « bleu azur », lui avait-elle précisé, une couleur qui mettait en valeur ses cheveux, son teint et ses yeux. Le cœur de Trey s'était arrêté de battre.

— Qu'est-ce qui ne va pas? lui avait-elle demandé en s'assoyant, alarmée par son expression.

Le souffle court, il la voyait tout à coup sous un jour nouveau; la Catherine Ann qu'il connaissait s'était évaporée. Il n'était plus un petit garçon... et elle n'était plus une petite fille.

Comment gérer ces nouveaux sentiments? En réalité, il était peu porté à la mélancolie. S'il ne réagissait pas, il renoncerait à un bonheur qui ne se représenterait plus de sitôt. Quoi qu'il arrive, le petit monde qu'il s'était créé avec John et Cathy ne serait plus jamais le même.

Il réfléchit longuement, pesant le pour et le contre, les avantages et les inconvénients. La jeune fille était de plus en plus belle, et les garçons des classes supérieures commençaient à lui tourner autour, des garçons sur lesquels il n'avait aucun ascendant. Il comprit qu'il devait agir.

— Je vais demander à Catherine Ann d'être ma copine, annonça-t-il à John.

— Elle l'est déjà, TD.

— Non... Ce n'est pas ce que je voulais dire.

— Tu veux Cathy pour toi tout seul. Tu préfères que je ne fasse pas partie du triangle.

Ce mot prononcé avec sérieux revint à la mémoire de Trey. La prophétie de Wolfman ! S'il n'en avait pas fait un cas alors, John ne l'avait pas oubliée, lui. Trey comprenait à présent ce qu'Odell avait voulu dire. Néanmoins… pouvait-il rejeter John ? Ce n'était absolument pas ce qu'il souhaitait ! John était son ami. Il était comme un de ces tuteurs que sa tante utilisait pour ses plants de tomates. Si Trey se sentait capable de tenir debout, John était son soutien, malgré leurs chamailleries incessantes.

— Je me suis mal exprimé, corrigea-t-il. Je veux qu'on soit ensemble d'une manière différente. Qu'elle porte mon blouson, par exemple. On restera tous les trois, comme avant. Elle sera ma petite amie et ton amie. Ça ne te dérange pas ? Tu l'aimes comme un frère, et moi, je l'aime comme… une fille. Tu la considères comme une sœur, hein ?

— Bien sûr, répondit John. Cathy, c'est… le soleil de ma vie. Et toi, tu es un gros nuage noir, ajouta-t-il avec une tape amicale dans le dos.

— J'étais sûr que ça ne te poserait pas de problème, mais je voulais t'en parler. Catherine Ann t'aime beaucoup, tu sais. D'une façon différente.

— Je sais, TD.

Il lui fit sa déclaration le vendredi soir, devant chez Emma, après avoir déposé John chez lui. Ils étaient dans la nouvelle Mustang que tante Mabel lui avait offerte pour son anniversaire.

— Catherine Ann, j'ai quelque chose à te demander.

— Je t'écoute.

Elle posa sur lui son regard bleu.

— Euh… bredouilla-t-il, espérant ne rien trahir de son trouble. Je ne sais pas trop comment te dire ça…

— Me dire quoi ?

— Ce que je ressens pour toi.

— Je sais ce que tu ressens pour moi.

— Non, non, ce n'est pas ce que… Ce n'est pas ce que tu crois.

Rouge de honte, il regretta d'avoir abordé le sujet sans avoir la certitude que ses sentiments étaient réciproques. Ils ne s'étaient jamais tenu la main, encore moins embrassés ! Cathy l'appréciait, il en était certain, mais le désirait-elle comme il la désirait ? Elle était si… indépendante.

— Est-ce que… Je voudrais qu'on soit ensemble… que ce soit sérieux… seulement si tu es d'accord. Je ne voudrais pas… tout gâcher entre nous.

Elle sourit et, à sa grande stupeur, enroula les bras autour de son cou. Il sentit la douceur de sa peau, son parfum fleuri. Elle avait le visage d'un ange, encadré de cheveux blonds et soyeux dans lesquels il aurait voulu se noyer. Elle le regarda droit dans les yeux.

— On est déjà ensemble, dit-elle doucement. Tu ne l'as donc pas remarqué ?

Elle affichait cette expression qu'elle avait parfois quand elle donnait aux deux garçons la solution d'un problème d'algèbre.

Ne trouvant pas ses mots, Trey enlaça son corps menu qui semblait fait pour être dans ses bras.

— Je… non, avoua-t-il d'une voix brisée.

— Maintenant que tu le sais, tu devrais m'embrasser, non ?

— Je… oui… Ce serait bien.

Dès qu'il posa les lèvres sur les siennes, il se sentit sombrer dans un océan de douceur.

Ce fut aussi simple que cela. Ils venaient de s'embarquer vers de nouveaux horizons, et il était fou de bonheur.

Il mit son casque et rejoignit les joueurs groupés autour de l'entraîneur Turner, dans le vestiaire. Généralement, il s'assoyait avec John au premier rang pour écouter les dernières recommandations avant d'entrer sur le terrain et il n'enfilait jamais son casque avant de trotter vers son poste. Cette fois, il ne pouvait prendre le risque que les autres remarquent son visage bouffi. Seule Cathy savait qu'il n'était pas au sommet de sa forme, mais il lui avait fait jurer de ne rien révéler à sa tante ou à John. Il voulait tenir le coup jusqu'à la fin de l'entraînement. Ensuite, seulement, il se ferait soigner.

Assise au sommet des gradins avec Rufus, Cathy regardait d'un œil inquiet John et Trey échanger quelques passes.

— À l'entraînement, on ne lance pas directement le ballon vers le quart-arrière, lui avaient expliqué les garçons lors de l'une de leurs nombreuses tentatives pour l'initier aux subtilités de leur discipline. On risque de le blesser ou de lui fracturer le pouce. On passe à un joueur qui se trouve à côté de lui, qui à son tour transmet le ballon au quart-arrière.

— Ah…

Voilà qui expliquait pourquoi ils avaient cessé d'échanger des ballons dans l'allée centrale de l'église pendant qu'elle travaillait ses gammes.

Ce jour-là, cependant, ce n'était pas le pouce de Trey qui tourmentait la jeune fille. Si seulement il avait accepté d'aller chez le dentiste ! Il devait souffrir le martyre sous ce casque, mais pas question de décevoir l'entraîneur Turner. Si elle s'était trouvée en compagnie de Trey lorsque sa dent avait commencé à lui faire mal, samedi, elle aurait insisté pour qu'il se fasse soigner sur-le-champ. Après leur rendez-vous romantique de vendredi soir, elle était partie tôt pour une fin de semaine entre filles organisée par la paroisse, à Amarillo.

— Ne m'oublie pas, quand tu seras là-bas, avait-il dit, déçu de la voir s'absenter.

— Comme si je pouvais t'oublier…

Quand elle lui avait téléphoné le dimanche soir, fidèle à sa parole, sa voix bizarre l'avait inquiétée. Regrettait-il de lui avoir demandé de sortir avec lui ? Il lui avait expliqué qu'il avait une rage de dents et ne serait pas de très bonne compagnie. Il avait alors promis de la voir le lendemain et lui avait fait jurer de ne rien révéler de son problème à quiconque, même pas à sa grand-mère, qui risquait d'en parler à tante Mabel.

— C'est promis, Catherine Ann ?

— Oui, à condition que tu t'engages à aller chez le dentiste si la douleur s'aggrave.

— D'accord.

De toute évidence, il n'avait consulté personne. Heureusement, la précision de ses passes ne laissait en rien soupçonner son état de santé.

Au bord du terrain, des experts coiffés de casquettes de baseball et de chapeaux de cow-boy hochaient la tête. Pères de joueurs, hommes d'affaires et autres éleveurs avaient pris une journée de congé pour assister à ce premier jour d'entraînement et se faire une idée du niveau des Bobcats. Des murmures admiratifs parcouraient les gradins, occupés par des élèves et des enseignants. Parmi les curieux se trouvait le père Richard, prêtre de la paroisse catholique de St. Matthew à Delton, ville voisine et rivale de Kersey. John, qui avait été son enfant de chœur, serait ravi de sa présence. Après la mort de sa mère, John avait cessé d'aller régulièrement à la messe. Néanmoins, il estimait le père Richard autant que Trey admirait l'entraîneur Turner.

Sur la ligne de touche, des meneuses de claques aux tenues flamboyantes agitaient leurs pompons sous le commandement de Cissie Jane Fielding. Si celle-ci souriait à Cathy par-devant, elle lui aurait volontiers planté un poignard dans le dos. Non loin de Cathy, les Claquettes brandissaient leurs banderoles blanches et grises. Elle s'entendait bien avec Béa Baldwin, la meilleure amie de Cissie Jane, et Mélissa Tyson, la fille du shérif du comté. Lorsqu'elles la repérèrent dans la foule, Cathy leur adressa un signe de la main.

Béa et Mélissa voulaient à tout prix la voir postuler chez les meneuses de claques ou, au moins, rejoindre les

Claquettes, mais Cathy préférait jouer de la flûte et n'avait aucune envie de se trémousser lors des matchs ou de se mettre au service d'un garçon, quel qu'il soit. Certaines étaient complètement idiotes. Chaque fille était « chargée » d'un sportif placé sous sa responsabilité le temps d'une saison. Elle veillait à ce qu'il ne manque de rien, lui préparait des biscuits, décorait son vestiaire, créait des affiches à sa gloire, l'aidait à faire ses devoirs... Cathy trouvait cette obéissance révoltante.

— Tu es trop féministe ! affirmaient ses amies. Où est le problème ? Tu serais affectée à Trey !

— Je ne serai jamais affectée à personne ! avait décrété Cathy, affligée à cette perspective.

C'était Tara, la fille de l'entraîneur Turner, qui s'occupait de Trey. Pulpeuse, un peu délurée, elle le mettait dans l'embarras avec ses attentions excessives, et il faisait de son mieux pour la décourager. Béa, quant à elle, veillait sur John.

Cathy ne comprenait pas cet enthousiasme débordant des étudiants pour le football et sa prépondérance sur d'autres activités scolaires. Elle n'en disait rien à Trey et John, mais ils se rendaient bien compte qu'elle n'appréciait guère cette discipline.

— Pas de problème, avait dit John un soir, après qu'elle lui eut avoué qu'elle ne comprenait pas ce sport violent consistant à porter un ballon derrière une ligne.

— Pas de problème, en effet, avait ajouté Trey en lui tapotant la joue. Ça signifie que tu nous apprécies pour ce que nous sommes, et pas parce qu'on joue au football.

En observant les deux amis sur le terrain, elle ressentait néanmoins une certaine fierté, voire de la possessivité. À son côté, Rufus brûlait de les rejoindre et scrutait chacun de leurs mouvements. En voyant des photos que Cathy lui avait adressées dans sa dernière lettre, Laura les avait jugés « plus que *cool* ». Au cours de l'hiver, les deux garçons avaient dépassé le mètre quatre-vingts pour quatre-vingt-dix kilos de muscles. Ils avaient échappé à l'acné, aux appareils dentaires, aux lunettes. Ils étaient intelligents, pleins d'esprit, drôles. Cathy les avait devancés de peu pour le titre de meilleure élève, l'année précédente.

Cependant, s'ils étaient les héros de Kersey, c'était avant tout pour leurs exploits sur le terrain. Dès l'âge de quinze ans, ils avaient attiré l'attention des recruteurs des universités, dont le rôle était de repérer des éléments prometteurs pour leurs équipes. Trey et John comptaient décrocher très vite une bourse dans l'université de leur choix – désireux d'étudier dans une région ensoleillée, ils avaient jeté leur dévolu sur Miami, qui avait remporté son premier championnat national en 1983.

Trey avait tout prévu depuis la classe de quatrième secondaire, quand il avait appris que Cathy envisageait de faire des études de médecine à l'université de Californie du Sud avec son amie Laura.

— Oublie la Californie. Tu viendras à Miami avec John et moi. Il y a une excellente faculté de médecine, là-bas. Quelle différence y a-t-il entre la plage en Californie et celle en Floride ?

Il était obsédé par l'idée qu'ils devaient rester tous les trois. Au fil du temps, Cathy avait découvert que sa grand-mère approuvait ce projet.

— Que possède la faculté de médecine d'USC que n'a pas celle de Miller, à Miami ? avait-elle demandé. Tu pourras voyager avec les garçons quand tu rentreras pour les vacances et je serais rassurée de savoir qu'ils veillent sur toi.

Ce premier baiser marquait un tournant dans la vie de Cathy. Comment leur amour allait-il influer sur les relations au sein du trio ? Ils étaient inséparables. Certaines de ses camarades avaient déjà eu une expérience sexuelle – on disait que Cissie Jane avait perdu sa virginité avec le capitaine de l'équipe de football de l'année précédente. Jusqu'à vendredi, Trey et elle ne s'étaient jamais embrassés.

Pourtant, depuis le premier jour, elle se sentait liée à Trey. Pas enchaînée, mais connectée. C'était comme si, où qu'elle aille ou quoi qu'elle fasse, elle était la plage et lui l'océan, toujours présent, même à marée basse. Pourquoi Trey et non John ? Elle n'en avait aucune idée. John était un rêve. Cathy devait l'admettre : elle admirait et respectait John plus que Trey. John l'aimait, lui aussi, et tout autant que Trey, mais sans l'exprimer, ni dans ses gestes ni dans ses paroles – mais elle connaissait ses sentiments et elle avait de la peine pour lui. Entre elle et Trey, il existait une alchimie indiscutable, une attirance discrète. Ces derniers temps, les regards appuyés de Trey lui donnaient la chair de poule, le souffle court. Dans ces moments-là, elle était envahie d'une onde de chaleur. Un jour, elle serait submergée par la vague. Ce n'était qu'une question de temps…

Soudain, Rufus dressa les oreilles. Il se passait quelque chose sur le terrain. Un joueur gisait à terre. Les autres se groupèrent autour de leur camarade. Les entraîneurs accoururent depuis la ligne de touche, se frayant un chemin vers le blessé. Des murmures d'inquiétude se répandirent dans les gradins et au bord du stade. Cathy tenta de repérer John et Trey, en vain. Rufus se mit à gémir. Si sa maîtresse ne l'avait pas saisi par le collier, il aurait bondi vers la pelouse. Soudain, la jeune fille vit John qui la cherchait des yeux. Elle agita la main. Aussitôt, il désigna le stationnement où ils avaient laissé leurs véhicules. Il avait ôté son casque et affichait une expression grave. Oh, non ! Le blessé n'était autre que Trey. On l'aida à se relever. Il était tête nue et, même de loin, elle remarqua son visage bouffi et rouge.

Désemparées, Béa et Mélissa se tournèrent vers elle tandis qu'elle attachait la laisse de Rufus à son collier. Ce n'est qu'une rage de dents, se dit-elle pour se rassurer, des antibiotiques et un traitement anti-inflammatoire en viendront à bout dès qu'un dentiste lui aura arraché sa dent. Pourtant, elle patienta près de la voiture de sa grand-mère en proie à une angoisse terrible. Quand les garçons émergèrent des vestiaires, John était encore en tenue. Trey, lui, s'était changé et était escorté par l'entraîneur en chef en personne. Elle fut chargée de raccompagner Trey chez lui pendant que John reprendrait son entraînement. Rassurés, tous l'applaudirent avec chaleur, impatients d'avoir des nouvelles de leur quart-arrière.

Visiblement affaibli, Trey tenta un sourire. Cathy dut retenir Rufus pour l'empêcher de lui sauter dessus.

— Désolé de vous laisser tomber, *coach*, balbutia le jeune homme.

Turner posa une main sur la nuque de Trey.

— Tu ne me laisses pas tomber, mon garçon. Ne t'en fais pas ! Ce n'est pas comme si tu avais perdu ta place. Tu reviendras, mais pas avant d'être remis sur pied, d'accord ?

— D'accord, répondit Trey qui se tourna vers John. Si je ne suis pas de retour pour vendredi soir, Tiger, tu n'auras pas besoin de moi pour montrer au recruteur de Miami ce que tu vaux.

— Tu seras là, TD.

Cathy installa Rufus sur le siège arrière de sa Ford pendant que John aidait son ami à monter en voiture. Le cœur gros, la jeune fille démarra.

— On y va ? demanda-t-elle.

— On y va. Ramène-moi à la maison, Catherine Ann.

Il se laissa aller sur l'appuie-tête et ferma les yeux.

L'un des responsables avait déjà contacté Mabel qui, après avoir sorti sa voiture du garage, les attendait sous le porche.

— J'ai prévenu le Dr Wilson ! annonça-t-elle. Il va s'occuper de cette dent en urgence. Seigneur, Trey, tu as une de ces têtes ! Comment n'ai-je rien remarqué ?

— Je n'ai rien voulu montrer, tante Mabel. Je pensais que ça passerait tout seul.

Le regard vitreux, il effleura la joue de Cathy d'une caresse.

— On se parlera plus tard, Catherine Ann.

La jeune fille hocha la tête.

— Allez, on y va, mon grand, déclara Mabel.

— Je voudrais d'abord un verre d'eau.

— Assois-toi, fit Mabel, une fois à l'intérieur. Je vais te chercher de l'eau.

— Je n'ai pas soif, ma tante.

— Quoi ? Tu viens de me dire…

— Et ce n'est pas un dentiste qu'il me faut, mais un médecin.

— Quoi ?

— Je n'ai pas une rage de dents. J'ai un problème… plus bas, bredouilla-t-il en baissant les yeux vers son entrejambe.

— Les oreillons ? répéta Mabel avec stupeur lorsque le Dr Thomas eut énoncé son diagnostic.

— C'est ça. Le malheureux a d'abord attribué son œdème à une rage de dents.

— Quand il était bébé, sa mère a refusé de le faire vacciner. J'aurais dû être plus attentive ! Depuis quelque temps, Trey est renfermé. Il ne prend même plus ses repas avec moi. Je pensais à une crise d'adolescence. Si seulement il m'avait parlé…

— Ne culpabilisez pas, Mabel. Un garçon qui se prépare pour sa saison de football ne se confie pas à sa tante, surtout s'il est quart-arrière. Il faut le mettre en quarantaine et avertir l'école. Par chance, c'est la maladie infantile la moins contagieuse. Il est rare de l'attraper à l'âge de Trey. Voici une ordonnance pour atténuer la douleur et calmer la fièvre. Je vous donnerai des instructions pour le soigner. Dans un an, il devra subir des examens.

— Des examens ? Quels examens ?

— Vous le savez aussi bien que moi, Mabel, répondit le médecin en la regardant dans les yeux.

— Docteur… Vous ne croyez quand même pas… balbutia-t-elle en blêmissant.

— Mieux vaut vérifier, non ?

Chapitre 12

— Attends, fils, laisse-moi faire, dit Bert Caldwell.

De mauvaise grâce, John se détourna du miroir pour permettre à son père de redresser son nœud papillon. Il n'avait aucune envie d'inhaler son haleine chargée de whisky, mais à sa grande surprise, il ne décela aucun effluve d'alcool. Entre deux missions, Bert parvenait parfois à rester sobre pendant quelques jours. C'était le cas ce soir-là. Sans doute considérait-il le bal des finissants comme une occasion d'oublier un peu la bouteille, du moins jusqu'à ce que John ait quitté la maison.

Il recula d'un pas pour admirer son œuvre :

— Parfait. Tu as besoin d'aide pour la ceinture ?

— Non merci, répondit le jeune homme en agrafant la bande de soie rouge foncé.

Mal à l'aise sous le regard scrutateur de son père, John ôta sa veste à revers de satin d'un cintre et l'enfila, puis il se retourna pour ajuster ses boutons de manchette face au miroir.

— Pas mal, pour un costume de location, commenta Bert. Mais j'aurais pu t'en offrir un, tu sais. À Miami, tu auras sûrement besoin d'un complet pour tes soirées.

— C'est dans plus d'un an, répliqua John en souriant. Je vais peut-être grandir de plusieurs centimètres, d'ici là.

Bert hocha la tête et glissa les mains dans ses poches.

— Je suppose que oui… Tu es… superbe, mon fils. Dommage que ta mère ne soit pas là pour te voir.

— C'est vrai…

Un silence pesant s'installa entre eux.

— Tu es sûr de ne pas vouloir prendre ma voiture ? Tu es trop élégant pour rouler dans ta vieille camionnette.

— Non merci. Je l'ai bien lavée, j'ai nettoyé les sièges… Elle est parfaite.

— Très bien… fit Caldwell en sortant quelques billets de son portefeuille. Prends ça. Il ne faudrait pas que tu te retrouves sans le sou, un soir pareil. Ça n'arrive qu'une fois dans une vie.

John glissa son propre portefeuille dans la poche intérieure de sa veste.

— C'est inutile. Je n'en aurai pas besoin. Tout est déjà réglé.

— Prends-les quand même. Je serai plus rassuré si tu as un peu d'argent sur toi.

— Merci, dit simplement John en acceptant les billets.

Leurs regards se croisèrent.

— Cette fille que tu emmènes au bal, reprit Bert… elle s'appelle comment, déjà ?

John n'avait jamais précisé son nom.

— Béa Baldwin.

— Son père possède la station-service, non ?

— C'est ça.

— Et elle fait partie des Claquettes.

— Oui.

— Eh bien, elle en a de la chance ! Beaux et sportifs comme vous êtes, Trey et toi... Les filles doivent tomber comme des mouches.

— J'ai de la chance, moi aussi. Béa est très gentille.

— Je veux bien te croire. Allez, amusez-vous bien et sois prudent sur la route.

Sur ces mots, il quitta la pièce d'un pas traînant, les épaules voûtées. John eut pitié de lui. Certaines choses étaient irrécupérables. Comme ce jour, neuf ans plus tôt, que John aurait pu effacer peu à peu de sa mémoire si son père s'était racheté, s'il n'avait pas exprimé ses regrets uniquement lorsqu'il n'était pas dans les bras d'une nouvelle conquête ou ivre au point de devenir un monstre capable de battre un garçon de huit ans jusqu'au sang.

Il jeta l'argent sur le bureau et se recoiffa, agacé par l'indifférence de Bert. Un an après la mort de sa mère, en rentrant de l'école, il avait trouvé son père au lit avec une inconnue.

— Tu aurais pu frapper, espèce de petit imbécile ! avait-il hurlé en rejetant les couvertures.

Sans laisser à John le temps de se mettre à l'abri, il avait saisi son ceinturon. Comme toujours, John et Trey étaient rentrés ensemble de l'école. Au moment de franchir la grille, Trey avait entendu du bruit. Devinant sans difficulté ce qu'il se passait, il avait couru chez les voisins pour appeler le shérif Tyson et était retourné chez son ami.

— Arrêtez ! Arrêtez !

Il s'était interposé entre John et son bourreau, prenant quelques coups de ceinturon au passage, puis la blonde vaporeuse leur avait annoncé qu'une voiture de police venait d'arriver. Le shérif et son assistant avaient pénétré en trombe dans la chambre. Deke Tyson avait ordonné à Bert de poser son ceinturon.

— Pas question ! Je suis ici chez moi ! Je fais ce que je veux, nom de Dieu !

— Peut-être, mais tu n'as pas le droit de frapper ton fils.

— Mon fils ! Tu parles ! Il est même pas de moi, ce bâtard ! C'est un type qui a sauté ma femme pendant que j'étais en mission !

Un silence pesant s'était installé dans la pièce. Le shérif et son assistant avaient tour à tour observé Bert Caldwell et l'enfant, qui venait de comprendre. Effectivement, il n'avait ni les cheveux bruns, ni les yeux bleus. Trey avait réprimé un cri de joie.

— Hé, John, c'est *cool* ! C'est pas ton père ! Alors toi non plus, t'as plus de parents !

John s'était alors redressé et tourné vers Bert, qui évitait son regard.

— Tu n'es pas mon père ?

Caldwell avait jeté son ceinturon à terre.

— Oublie ce que je viens de dire, petit. Tu portes mon nom, non ?

— Tu n'es pas mon père ?

— J'aurais pas dû parler comme ça ! avait lancé Bert, irrité.

— Mais tu l'as dit...

— Ne me réponds pas ! Tu as mal compris. Je voulais dire que j'avais du mal à croire que tu étais mon fils, parfois, c'est tout !

— Menteur ! avait crié Trey en se précipitant vers Bert.

Le shérif avait gentiment pris le jeune garçon par les épaules et l'avait confié à son assistant. Ancien légionnaire, Deke Tyson était un homme imposant et, en dépit de son état d'ébriété évident, Caldwell n'avait osé se frotter à lui.

— Bert, on va emmener John avec nous, pour ce soir, avait déclaré Deke. Tu vas cuver ton vin tranquillement et on en reparlera demain matin.

John avait sans difficulté imaginé la teneur de leur conversation. Dans ce coin reculé du Texas, le shérif du comté avait tous les pouvoirs pour protéger les habitants de sa juridiction, et Deke Tyson n'était pas du genre à hésiter s'il s'agissait de veiller aux intérêts d'un enfant.

À compter de ce jour, le père de John n'avait plus jamais levé la main sur lui. Néanmoins, il lui restait des cicatrices dans le dos... et dans le cœur. Ses sentiments envers cet homme qui l'avait élevé n'avaient plus jamais été les mêmes.

John rangea son peigne, vérifia qu'il avait ses clés et attrapa son petit bouquet d'œillets. Pas question pour lui de gâcher cette soirée en ressassant ses mauvais souvenirs, d'autant qu'il avait d'autres soucis en tête. Après le bal, Trey avait l'intention d'aller plus loin avec Cathy.

— Qu'est-ce que tu en penses ? lui avait demandé son ami en début de semaine, après lui avoir expliqué qu'il avait réservé une chambre de motel à Delton. Tu crois qu'il est temps qu'on franchisse le pas ?

Après l'entraînement et la douche, ils étaient en train de se rhabiller dans les vestiaires.

— Il n'existe qu'un moyen de le savoir, TD, avait répondu John, un peu crispé. À quoi bon attendre puisqu'on a l'intention de partir tous ensemble à Miami, l'an prochain ? Mais pourquoi après le bal ? Cathy sera pomponnée, bien coiffée... Si vous ratez le souper, les gens devineront ce que vous fabriquez. Les rumeurs iront bon train. Tu dois penser à la réputation de Cathy.

— Où est le problème ? C'est ma petite amie et elle le sera toujours. Je l'épouserai dès la fin de nos études.

— C'est encore loin, Trey. Il peut se passer beaucoup de choses, d'ici là.

— Rien ne nous séparera. Je ne le permettrai pas, avait-il assuré, l'air sombre. John, je n'en peux plus d'attendre. Soit je couche avec elle, soit je la quitte. Or, je préfère mourir plutôt que de renoncer à elle.

— Tu en as discuté avec Cathy ?

— De quoi ?

— De tout ça. Elle est au courant de ta décision et des conséquences éventuelles d'un refus de sa part ?

— À t'entendre, je compte la menacer !

— C'est le cas, non ?

— Non ! Nom de Dieu, John, je croyais que tu comprendrais ! Si tu étais amoureux autant que je le suis de Catherine Ann, tu aurais une idée de l'enfer que je vis.

John était demeuré silencieux. Il avait ouvert son casier pour en sortir son blouson aux couleurs de l'équipe, dont les manches étaient ornées de badges d'honneur. Trey possédait le même – il était rangé dans le placard de Cathy, bien qu'il soit trop grand pour elle. John s'était efforcé de ne rien trahir de son trouble, car il savait précisément quel enfer vivait Trey.

— Tu as pensé à Mme Emma ? avait-il repris. Elle va veiller tard pour guetter le retour de Cathy. Dès qu'elle posera les yeux sur elle, elle comprendra ce que vous avez fait.

— C'est pour ça que j'ai réservé une chambre de motel. Elle pourra se refaire une beauté, ensuite, et sa grand-mère n'y verra que du feu.

Je ne parierais pas là-dessus, avait songé John.

— Pourquoi n'as-tu rien dit à Cathy ?

— Je ne voulais pas l'effrayer.

— Elle n'est pas du genre à s'effaroucher pour un rien.

— Je sais et c'est ce qui m'inquiète. Voilà pourquoi j'ai attendu aussi longtemps. On est très proches. De là à ce qu'elle veuille bien… aller plus loin. Et si elle ne me voulait pas autant que je la veux ?

— Un refus de coucher avec toi ne signifierait en rien qu'elle ne t'aime pas ou qu'elle n'acceptera jamais. Elle n'a que dix-sept ans. Elle craint peut-être de tomber enceinte.

— Je ferai en sorte que ça n'arrive pas, avait répliqué Trey, soudain tendu.

— Comment peux-tu en être sûr ? Les préservatifs ne sont pas fiables à cent pour cent. Tu en as assez souvent utilisé pour le savoir.

L'année précédente, Trey avait été « initié » par une meneuse de claque plus âgée que lui. En partant pour l'université du Texas, la jeune fille avait emporté avec elle leur secret. John savait que Trey avait eu des expériences avec deux étudiantes de Delton, mais aucune de ces aventures n'était arrivée aux oreilles de Cathy. Que se serait-il passé si elle en avait eu vent ? Aurait-elle été jalouse ? Meurtrie ? Choquée ? Aurait-elle quitté Trey pour se tourner vers lui ? Ou bien aurait-elle considéré ces écarts de conduite comme un moyen de la protéger jusqu'à ce qu'elle soit prête, sans y voir une trahison ? C'était difficile à dire. Malgré une assurance frappante, Cathy n'était pas toujours facile à déchiffrer. Elle était la plus mûre du trio, en dépit de son apparence fragile, et elle était bien plus forte qu'elle ne le montrait à Trey.

— Ces filles n'ont aucune importance, à mes yeux, avait-il déclaré. La seule qui compte et qui comptera jamais, c'est Catherine Ann. Elle est mon cœur, mon amour. Sans elle, je ne pourrais pas vivre. Je me suis souvent demandé ce que je ressentirais si je... prenais mes distances, mais à l'idée de la perdre...

Sa voix s'était éteinte, et il avait regardé au loin, tel un vétéran meurtri par la guerre.

John, lui, savait ce que l'on ressentait en perdant Cathy. Dès le départ, elle avait eu une préférence pour Trey. C'était la raison pour laquelle John n'avait pas trahi ses sentiments pour elle.

— Tu ne crois pas que tu devrais lui faire part de tes intentions, histoire de lui accorder la possibilité de repousser l'échéance ?

Trey avait frappé du poing la porte de son casier.

— Ça te ressemble bien de donner aux gens la possibilité de refuser ce qui est bon pour eux, alors que tu sens au plus profond de toi que tu as raison.

Ce que Trey percevait comme l'intérêt d'autrui était en réalité son propre intérêt, mais à quoi bon le lui faire remarquer ? D'autant plus qu'en général, son instinct ne le trompait pas.

Il ne restait qu'à espérer que Trey et Cathy soient prêts pour ce qui allait peut-être se passer après le bal…

Chapitre 13

Dans la chambre de sa tante, Trey inspecta une dernière fois son reflet dans le miroir. Il dut se baisser pour vérifier l'alignement de sa cravate avec sa ceinture. Se déguiser en pingouin pour le bal des finissants ne l'enchantait guère, mais il avait une certaine allure et les filles allaient craquer pour lui, c'était certain. Pourvu que Cathy succombe également…

De son tiroir, il sortit un mouchoir, pas l'un de ceux que sa tante avait tenu à lui acheter en même temps que son complet. Il était stressé au point d'avoir le front moite. Pourtant, il était irrésistible, ce soir-là, et il le savait.

Hélas, Cathy était peu sensible à ce qui plaisait généralement aux filles. Elle était différente. Les autres étaient jolies, elles aimaient prendre du bon temps et accordaient facilement leurs faveurs. Elles se trémoussaient, flirtaient, rejetaient leurs cheveux en arrière, battaient des cils… Si Trey leur souriait volontiers, aucune n'avait réussi à conquérir son cœur. La première fois qu'il avait entendu Frank Sinatra chanter *My Funny Valentine* sur un vieux disque de tante Mabel, il avait pensé à Cathy. Elle jouait de la flûte dans la fanfare, vêtue d'un uniforme un peu trop grand pour sa frêle silhouette. Lorsqu'elle défilait avec les autres, à la mi-temps, son chapeau à large bord l'obligeait à pencher la tête en arrière. Naturellement, elle marchait en cadence. Si sa petite taille la contrariait, Trey, lui, la trouvait en tout point parfaite.

En cet instant, il regrettait de ne pas avoir tâté le terrain. Serait-elle disposée à franchir le pas avec lui, après le bal ? Ils avaient des contacts physiques mais, s'ils étaient fusionnels, c'était avant tout sur le plan… spirituel, comme s'ils évoluaient dans un monde qui n'appartenait qu'à eux. Trey appréciait ces instants partagés, quand ils s'occupaient de Rufus, travaillaient ou regardaient la télévision, main dans la main. Ils échangeaient des baisers, mais sans aller plus loin. Rien n'égalait le frisson que lui procurait un regard complice dans la foule, le frôlement de sa main délicate sur son épaule, sa nuque, lorsqu'elle redressait machinalement son col. Dans ces moments-là, il se sentait plus intimement lié à elle, plus épanoui que lors de ses ébats avec quelque conquête, sur le siège arrière de sa voiture.

Cette longue attente avait quelque chose d'exaltant et d'inquiétant à la fois.

Persuadé que le moment propice finirait par arriver, Trey ne s'était jamais montré pressant. Cependant, il aimait Cathy et avait besoin d'exprimer physiquement cet amour, de recevoir le sien en retour. Mais si son sentiment n'était pas réciproque… Cette perspective le rendait presque malade, mais il fallait absolument qu'il sache à quoi s'en tenir.

Il s'épongea le front et glissa son mouchoir dans sa poche.

— Trey Don ? Tu es prêt pour ta photo ? demanda sa tante en entrant dans la pièce. J'ai mon appareil.

— On ne peut plus prêt, répondit le jeune homme, certain que sa tante ne comprendrait pas le sous-entendu. De quoi j'ai l'air ?

— Tu es superbe ! J'ai peine à croire que mon neveu est devenu ce bel homme ténébreux et si séduisant !

Ce commentaire ne fit qu'attiser l'anxiété de Trey, qui aurait préféré entendre « mon fils ». Ces derniers temps, il pensait souvent à ses parents. Où étaient-ils ? Les reverrait-il un jour ? Seraient-ils fiers d'apprendre qu'il comptait parmi les meilleurs quarts-arrière du Texas et qu'il avait une excellente moyenne à l'école ? Tante Mabel n'évoquait jamais ses origines, mais il soupçonnait son père d'avoir mis sa mère enceinte hors mariage et de n'avoir voulu ni d'elle, ni de lui. Dépourvue de fibre maternelle, la jeune femme l'avait remis à son oncle et sa tante, qui ne pouvaient pas avoir d'enfants. Cette hypothèse était de loin la plus rassurante.

Il s'en voulait de broyer du noir alors que tante Mabel était si bonne pour lui. Dans son malheur, il était plus favorisé que John et Cathy, même si la grand-mère de cette dernière l'adorait. Le père de John, si l'on pouvait appeler ça un père, n'était qu'un moins que rien. Mme Emma, de son côté, avait du mal à joindre les deux bouts. Directeur d'une entreprise de matériel agricole, l'oncle de Trey avait fait en sorte que Mabel ne soit pas dans le besoin. Elle avait ainsi pu lui acheter un complet. John, qui n'acceptait que le strict essentiel de la part de Bert Caldwell, avait loué son costume avec de l'argent gagné en travaillant dans un supermarché pendant les vacances de Noël.

Pour tous les trois, une bourse universitaire serait une bénédiction, le seul moyen pour Cathy d'intégrer la faculté de médecine et pour John de faire des études de commerce. Quant à lui, il ne serait plus une charge financière pour sa tante. Ensemble, ils réussiraient leurs examens, obtiendraient leurs diplômes, puis il épouserait Cathy. Il mènerait une carrière sportive au niveau national ou, à défaut, se rabattrait sur ses études de commerce, et ils seraient heureux jusqu'à la fin de leurs jours…

Mais d'abord, il y avait cette soirée cruciale.

— Vas-y, mitraille, tante Mabel. Je veux que ce soit une occasion mémorable.

— Vous ne serez pas avec John et Béa ? demanda Emma à Cathy.

— John préfère sans doute se retrouver seul avec Béa, répondit la jeune fille.

Le visage protégé par une serviette, elle attendit que sa grand-mère asperge ses cheveux de fixatif.

— Depuis quand ? insista Emma. Vous sortez tous les quatre, en général.

— Eh bien, depuis qu'ils ont… qu'ils se sont rapprochés. On les rejoindra au bal et, ensuite, on soupera avec eux.

— Avant de rentrer directement à la maison, d'accord ?

Lorsque Cathy souleva enfin la serviette, Emma demeura sans voix. Sa petite-fille était sublime. C'était la première fois qu'elle sortait maquillée. D'élégantes barrettes ornées de brillants ornaient sa chevelure, dégageant son visage. Ensemble, elles avaient choisi une robe longue en mousseline bleue chez Lillie Rubin, à Amarillo. La vendeuse leur avait suggéré ces bijoux de tête assortis à sa tenue qui rehaussaient sa blondeur, une dépense supplémentaire qu'Emma ne regrettait pas.

— Bien sûr que je rentrerai directement. Où veux-tu que j'aille ?

— Trey et toi… Vous ne… Enfin, tu vois ce que je veux dire…

— Oui, je vois, soupira Cathy avec une moue réprobatrice. Non, grand-mère. Trey et moi, on ne l'a pas fait ! On préfère attendre d'être plus mûrs, plus prêts à aller plus loin.

Plus prêts ? Emma posa sa bouteille de fixatif. Non seulement Trey était prêt depuis longtemps, mais il avait franchi le pas. Et pas avec Cathy, elle en avait la certitude. Les garçons affichent un air particulier, une fois qu'ils ont perdu leur virginité. Ayant élevé deux fils, elle était bien placée pour le savoir. Il était étonnant que Cathy n'ait rien remarqué. Peut-être préférait-elle l'ignorer. Il se passait tant de choses dans sa petite tête… Elle n'avait qu'une obsession : ses études de médecine. Son professeur de chimie l'appelait déjà « docteur ». Par ailleurs, elle était aveugle à ce que les filles de son âge remarquaient au premier coup d'œil.

— Chérie, si Trey et toi décidez que vous êtes… prêts, tu sais quoi faire, n'est-ce pas ?

— Pour ne pas me retrouver enceinte, tu veux dire ?

— Oui.

— Bien sûr. Il me suffira de prendre la pilule.

— Ah… fit Emma, étonnée. Je vois que tu as bien réfléchi à la question.

— Ne t'inquiète pas, grand-mère, dit la jeune fille avec un sourire. L'histoire de la petite graine, on ne me la fait plus…

La sonnette de la porte d'entrée retentit.

— C'est Trey, annonça la jeune fille avec un sourire radieux, les yeux pétillants. J'ai hâte de le voir en complet !

— Je vais ouvrir. Regarde-toi une dernière fois dans la glace.

Oh là là ! songea Emma en découvrant le jeune homme, sur le seuil. Il était à tomber par terre. Impressionnée, elle s'écarta pour le laisser entrer.

— Bonsoir, Trey. Tu es… élégant.

— Élégant ? C'est tout ce que vous trouvez à dire, madame Emma ?

— Tu as suffisamment la tête enflée comme ça, répliqua-t-elle.

Tout en entendant un bruissement de tissus derrière elle, elle vit Trey écarquiller les yeux.

— Catherine Ann, bredouilla-t-il. Tu es… tellement belle.

— C'est vrai, et je tiens à ce que tu me la ramènes intacte, Trey Don Hall, déclara Emma un peu sèchement.

— Allons, grand-mère ! s'exclama Cathy avec une moue amusée.

— J'ai compris, madame Emma, affirma Trey, les yeux rivés sur Cathy. Faites-moi confiance, je vous la ramènerai plus belle que jamais.

Chapitre 14

— Tu es sûre ? On peut attendre, si tu veux, proposa Trey avec gentillesse. J'aurais dû te prévenir…

— Je suis contente que tu ne m'aies rien dit.

Son cœur battait la chamade.

— Aurais-tu… refusé ? insista-t-il, tiraillé entre espoir et angoisse.

Ils se tenaient devant la porte de la chambre du motel. Il tenait la clé qui allait marquer un tournant de leur vie. Ensuite, plus moyen de revenir en arrière. Elle lui caressa la joue pour apaiser ses craintes.

— T'arrive-t-il d'accorder à quelqu'un la possibilité de refuser ? murmura-t-elle. Non, je n'aurais pas refusé, mais j'aurais apporté quelques affaires.

Il parut désemparé.

— Ah… Je n'avais pas pensé à ça. J'ai… J'ai juste pris une brosse à dents et du dentifrice.

— Je n'aurai besoin de rien d'autre.

Quand ils entrèrent dans la chambre, Cathy découvrit que Trey était déjà passé apporter quelques affaires. Il y avait des fleurs sur la table de chevet et plusieurs coussins de sa tante sur le lit, ceux que Cathy utilisait pour poser ses livres quand elle travaillait chez lui, ou quand Trey posait la tête sur ses genoux.

— Ta tante ne va pas se demander où sont passés ses coussins ?

— J'inventerai une histoire. Je pensais qu'ils t'aideraient à te sentir… à l'aise.

— C'est mignon.

— Catherine Ann, je…

Il s'approcha d'elle, cherchant ses mots.

— Oui ?

— Je t'aime. Je t'aime de tout mon cœur. Depuis le moment où j'ai posé les yeux sur toi, devant chez ta grand-mère, sous la neige. J'ai besoin de te montrer à quel point je t'aime.

— Bon… fit-elle en enroulant les bras autour de son cou. Et si tu t'y mettais ?

— Je n'ai pas envie de te laisser, murmura Trey devant chez elle, plusieurs heures plus tard.

Les joues rouges, le regard brûlant des moments intenses qu'ils venaient de partager, il prit son visage entre ses mains.

— Je sais, répondit-elle doucement. Mais, il le faut. Je parie que ma grand-mère ne dort pas.

— Tu crois qu'elle me tuera quand elle te verra ? J'avais promis de te ramener plus belle qu'avant, mais…

— Je sais et je me sens plus belle.

— Tu l'es, même si c'était difficile. Tu ne regrettes pas ?

— Non, Trey.

— Tu crois que tu regretteras un jour ?

— Jamais. Bonne nuit, mon amour.

Il l'embrassa, puis elle ôta les mains de Trey de son visage. Ils échangèrent un long regard mélancolique, et elle franchit le seuil avant qu'il ne puisse l'embrasser encore. Quelqu'un risquait de se demander pourquoi la lumière du porche restait allumée à trois heures du matin.

Dès que la jeune fille eut refermé la porte, Trey posa une main sur le panneau vitré. Cathy plaqua sa paume contre la sienne et n'éteignit que lorsque la voiture se fut éloignée.

Rufus vint l'accueillir au salon, remuant la queue d'un air intrigué. Sans doute lui demandait-il si elle avait passé une bonne soirée… Elle rit doucement et se pencha pour l'enlacer.

— Oui, tout s'est déroulé à merveille, murmura-t-elle dans un élan de joie.

Le silence régnait dans la maison. Dans la cuisine, elle trouva une lampe allumée et une tasse sale dans l'évier. Le message était clair: sa grand-mère avait attendu son retour tard dans la nuit. Heureusement, elle avait fini par aller se coucher, se réjouit Cathy, qui était décoiffée et démaquillée. En attendant de rendre des comptes, le lendemain matin, il lui restait quelques heures pour savourer ses souvenirs.

Dans sa chambre, elle se dévêtit lentement, posant les mains là où Trey l'avait caressée. Elle sentait encore sur elle son corps chaud et vibrant. Elle se doutait qu'ils passeraient bientôt à l'acte, mais pas après le bal des finissants, dans une chambre de motel… Elle n'avait rien vu venir, même quand il lui avait murmuré: « Oublions le souper. Je t'emmène dans un endroit où il n'y aura que nous. » Naïvement, elle avait cru se rendre chez Denny's, à Delton, pour déguster des crêpes en tête à tête.

Ils avaient franchi le pas le plus naturellement du monde, sans gêne, sans pudeur ni maladresse. Ils s'étaient déshabillés les yeux dans les yeux, puis il l'avait entraînée vers le lit, avec amour, respect et douceur.

— Catherine Ann…

En la caressant, il avait répété son prénom comme une litanie. Le contact de son corps était si merveilleux qu'elle n'avait ressenti presque aucune douleur lorsqu'il l'avait pénétrée et qu'ils n'avaient fait plus qu'un. Ensuite, les larmes du jeune homme l'avaient déstabilisée un instant.

— Trey ? Qu'est-ce que tu as ?

— Rien, avait-il répondu en la serrant contre lui avec passion. Rien. C'est que... je ne me sens plus orphelin, maintenant.

Emma entendit Cathy entrer dans la maison et gagner sa chambre sur la pointe des pieds, Rufus sur les talons. Elle avait veillé toute la nuit, à observer le ciel étoilé par la fenêtre. Étrangement, ce spectacle était réconfortant dans les moments d'angoisse ou de tristesse, comme celui-ci. Sa petite-fille avait perdu sa virginité, cela ne faisait aucun doute. Une grand-mère perçoit ces choses-là. Cathy et Trey n'avaient pas assisté au souper organisé par le Kiwais Club. L'un des responsables l'avait appelée, inquiet de ne pas voir le roi et la reine du bal. Si ce qu'elle redoutait s'était produit, elle prendrait rendez-vous lundi à la première heure avec le Dr Thomas et lui ferait prescrire la pilule.

Déprimée, Mabel consulta son réveil. Trois heures et quart. Trey était de retour. Sa chambre était à côté du garage et elle avait entendu sa voiture. En son absence, il lui arrivait de fouiller dans ses affaires en quête d'objets illicites – drogue, magazines coquins, alcool, journal intime. Elle tenait à savoir ce qu'il se passait dans la vie de son neveu. En découvrant une boîte de préservatifs au fond d'un tiroir de son bureau, elle avait poussé un soupir de soulagement, car Trey avait refusé de subir les examens préconisés par le Dr Thomas, malgré son insistance.

— J'irai quand je serai prêt, avait-il affirmé à sa tante désemparée.

Au moins, il prenait des précautions, au cas où le diagnostic lui serait favorable. Sa réserve de préservatifs diminuait peu à peu, mais jamais après un rendez-vous avec Cathy. Or, ce soir-là, il en manquait plusieurs.

Pourvu qu'il se soit montré délicat et que la jeune fille l'aime toujours autant... Son neveu était d'un tempérament si fougueux ! Néanmoins, Cathy avait sur lui une emprise unique. Elle était même indispensable à son équilibre.

En rentrant chez lui, John fut assailli par l'odeur de cuisine aigre qui l'accueillait chaque fois que son père était à la maison. Il avait laissé la lumière allumée dans la cuisine à son intention. Le jeune homme découvrit une poêle pleine de gras de bacon ainsi que les restes d'un repas. Il balaya du regard la cuisinière, l'évier plein de vaisselle sale, le torchon crasseux accroché à la porte du four, les chaussettes trouées de son père, sous la table, ses bottes usées... Bert s'était déchaussé, abandonnant ses affaires sur place. Submergé par la nausée qu'il avait refoulée durant toute la soirée, John desserra son nœud papillon et traversa la pièce pour boire un verre d'eau. Une fois dans sa chambre, il s'allongea tout habillé sur son lit, les mains croisées derrière la tête, et fixa le plafond.

Il décida d'aller à la messe, le lendemain matin. Cela faisait longtemps... Du vivant de sa mère, il ne ratait jamais une messe à St. Matthew. Désormais, il ne s'y rendait que pour trouver la sérénité, quand sa mère lui manquait. Cette fois, ce serait une autre forme de paix qu'il rechercherait.

Chapitre 15

Le printemps fit place à l'été. Pendant les grandes vacances, Cathy, Trey et John profitaient généralement de la moindre occasion de se retrouver pour se prélasser au soleil, badigeonnés de crème solaire, au bord de la piscine, dans le jardin verdoyant de Mabel. Ou alors ils partaient en pique-nique à Palo Duro Canyon, naviguaient sur les eaux du lac à bord du précieux voilier de Trey, louaient des chevaux pour explorer les trésors du parc national de Caprock Canyons... Si Trey et John bronzaient facilement, Cathy se contentait d'un léger hâle. Les cheveux des garçons blondissaient tandis que la chevelure de la jeune fille prenait la teinte de la robe dorée de son cheval favori.

Tout changea lors de cette longue transition entre l'école secondaire et les études supérieures. Ils avaient trouvé un emploi d'été. Trey et John travaillaient chez Affiliated Foods, une chaîne locale de supermarchés. Ils n'avaient eu aucun mal à décrocher un emploi car le directeur était persuadé que leur renommée de sportifs serait un atout commercial. Il ne regretta pas son choix: ils se révélèrent fiables et travailleurs – John avait déjà fait ses preuves pendant les vacances de Noël et Trey le surprit par son sérieux. Les clients préféraient passer à leur caisse car ils aimaient échanger quelques mots avec les deux champions. Chacun espérait qu'ils mèneraient les Bobcats de Kersey à leur premier titre de champions du Texas depuis dix ans.

Cathy était employée chez le Dr Graves, le vétérinaire. Le Dr Thomas, son médecin de famille, lui avait également proposé un poste, mais Trey avait convaincu la jeune fille de décliner son offre.

— Tu te retrouveras à classer des dossiers, alors que tu apprendras bien davantage auprès du Dr Graves, même s'il ne soigne que des animaux.

Il avait raison. À peine deux semaines après son entrée au cabinet, impressionné par ses capacités d'assimilation et son contact avec les patients, le vétérinaire lui permit de l'assister lors d'interventions mineures.

Si John et Cathy devaient absolument financer les frais que ne couvraient pas les bourses universitaires, Trey, lui, travaillait pour passer le temps et ne pas s'ennuyer de ses amis.

Les soirées d'été n'étaient plus les mêmes, non plus. Par le passé, ils se retrouvaient chez Emma ou Mabel. Désormais, à moins que John ne soit invité, Trey se présentait seul chez Cathy, en fin de journée.

— Je me sens coupable de l'exclure, avouait-il. On a toujours tout fait ensemble… Mais je n'arrive pas à passer une journée sans t'avoir pour moi tout seul, Cathy.

« L'avoir pour lui tout seul » consistait à la conduire dans un endroit tranquille où ils pouvaient évoquer leurs rêves, leurs expériences de la journée, sous les étoiles, en écoutant de la musique. Parfois, ils regardaient la télévision chez Mabel ou Emma, sans se soucier de la présence des deux vieilles dames. Ils n'avaient aucune envie de s'entasser à plusieurs couples dans une voiture pour remonter la rue principale, aller au cinéma à Amarillo ou s'amuser en buvant de la bière.

— Ils me font penser à des vieux mariés, disait Emma à Mabel en les voyant se contenter de la présence de l'autre.

Elles savaient pertinemment pourquoi ils rentraient parfois plus tard que prévu. Mabel avait remarqué que les préservatifs avaient disparu du tiroir de Trey, après le bal. Le moment était venu pour Cathy de renouveler son ordonnance pour la pilule. Chacune se réjouissait que les deux adolescents soient raisonnables et n'écoutent pas que leurs sens.

Plus que jamais, ils formaient le trio vedette de la ville. La jeune fille avait excellé lors des épreuves d'aptitude organisées par l'école, ce qui la mettait en bonne place pour l'obtention de la bourse universitaire qu'elle convoitait. De plus, elle avait été élue reine de l'école grâce aux voix des garçons, face à Cissie Jane, soutenue par les filles. Trey et John étaient les plus populaires de leur classe et étaient considérés comme promis à un bel avenir à l'université de Miami, en Floride. Un jour, ils connaîtraient la gloire. Cathy serait médecin et les garçons champions de football.

— Catherine Ann, tu es la seule, à mes yeux, déclara Trey un soir.

Ils étaient allongés côte à côte sur la courtepointe que Trey gardait dans sa Mustang. Il ne l'aurait avoué à personne, mais cette couverture servait d'objet transitionnel. Chaque fois qu'il s'allongeait dessus avec Cathy, il était le roi du monde. C'était un trésor empreint du parfum de Cathy, de leur odeur à tous les deux… Aucune autre fille ne s'en était approchée.

— Pourquoi suis-je la seule ? demanda Cathy.

Elle savait que toutes les filles de l'école étaient folles de lui – elles se pavanaient devant Trey et John en short et en camisole et flirtaient outrageusement avec eux. Étonnée de ne pas être jalouse, elle se demandait parfois si Trey était tenté de répondre à leurs avances.

De son index, Trey traça un sillon le long de son cou, puis il la prit dans ses bras, ivre du bonheur et de la passion qu'elle déclenchait en lui.

— Parce que tu m'aimes comme j'ai besoin d'être aimé.

Cet été-là intervinrent d'autres changements. La ville semblait attendre que la chaleur accablante s'atténue pour faire place à des journées plus douces et des nuits plus fraîches. Kersey serait alors touchée par la fièvre du football jusqu'au mois de décembre. Avec dans leurs rangs le meilleur quart-arrière et le meilleur receveur de leur division, voire de tout l'État, les Bobcats de Kersey ne pouvaient que remporter le trophée des écoles.

Le titre régional, en revanche, risquait de leur échapper à cause des Rams de Delton. Pour viser la plus haute marche du podium, les Bobcats devaient d'abord éliminer les Rams. D'après les spécialistes, pour la première fois depuis des années, Delton était un adversaire en mesure d'écarter Kersey. À la poste, chez les commerçants, à l'église, au restaurant et dans les jardins, dans la fraîcheur du soir, chacun y allait de ses suppositions.

John et Trey ne semblaient pas trop affectés par cette effervescence. Néanmoins, contrariée par la pression qu'ils subissaient, Cathy remarqua un changement chez Trey, vers la fin du mois d'août, à une semaine du premier match.

— Qu'est-ce qui ne va pas ? lui demanda-t-elle un samedi après-midi, persuadée d'avoir deviné les raisons de son trouble. Tu es bien silencieux, aujourd'hui.

Le barbecue organisé pour marquer le coup d'envoi de la saison devait avoir lieu dans la soirée. C'était un événement incontournable au cours duquel les membres de l'équipe, coiffés de leur casquette et vêtus de leur maillot gris et blanc aux couleurs de l'école, défilaient sur un tapis rouge tandis que l'on criait leur nom. Les joueurs les plus importants fermaient la marche. En tant que vedettes de la soirée, John et Trey portaient un énorme poids sur leurs épaules.

— Je suis inquiet, avoua Trey.

— Pourquoi ?

— À cause de cette clause de la lettre de l'université de Miami.

Cathy fronça les sourcils. Elle avait pris connaissance de la proposition de bourse d'études et d'un poste au sein des Hurricanes. Elle comportait deux conditions importantes : les notes de Trey et ses résultats à l'examen d'entrée de l'université devaient répondre aux critères de sélection de l'université et son niveau de jeu sur le terrain devait rester à la hauteur des attentes des entraîneurs.

— En quoi est-ce inquiétant ?

— Et si on ne remportait pas le match ? L'entraîneur Mueller pourrait changer d'avis et ne pas me prendre, lors de l'intégration de nouveaux joueurs.

Elle était consciente de l'importance de la journée de recrutement, un événement couvert par les médias, le premier mercredi de février. Les futurs étudiants signaient alors un contrat avec l'université de leur choix parmi celles qui leur avaient proposé une bourse. Trey avait ce rendez-vous à l'esprit en permanence. Il en avait entouré la date en rouge sur le calendrier de Mabel. Sammy Mueller, l'influent entraîneur des Hurricanes de Miami, établissait clairement qu'il n'accepterait qu'un nombre limité de joueurs à un poste. Une fois son équipe formée, l'offre de bourse serait annulée. Autrement dit, l'entraîneur Mueller et son personnel ne s'encombreraient pas d'un joueur dont ils ne voulaient plus le jour de la signature. Or Trey était le seul quart-arrière de premier ordre que Miami envisageait de recruter.

Cathy caressa son bras puissant et bronzé. Trey avait enfilé un sarrau pour aider la jeune fille à nettoyer les cages des animaux, au fond de la clinique vétérinaire. Le samedi, le cabinet fermait à midi, de sorte qu'ils étaient seuls.

— Voilà ce que dirait John : franchis les étapes une à une et donne tout. Tu ne peux rien faire de plus.

— Facile à dire, pour John ! répondit-il, irrité. Je ne peux pas rester aussi passif, j'ai des responsabilités !

La jeune fille était secrètement amusée par le ton hautain qu'il adoptait parfois. Mais cette fois, elle ne sourit pas, car Trey semblait vraiment désemparé. Comment lui remonter le moral ?

— Des responsabilités ? répéta-t-elle.

— Oui, fit-il, frustré qu'elle n'ait pas remarqué ce qui lui semblait pourtant évident. À cause de moi, John et toi avez opté pour Miami. Si je ne vous avais pas influencés, vous auriez inscrit USC en priorité sur votre demande de bourse nationale. John jouerait au football pour le Texas. Si nous sommes éliminés face à Delton, j'ai peur que l'entraîneur Mueller ne nous oublie, John et moi, le jour du recrutement. Qu'est-ce qu'on deviendrait, alors ? Les places seront déjà prises dans les autres équipes, ainsi que les meilleures bourses. John n'a pas les moyens de se payer des études. Il devra se contenter de ce qui reste. Même tante Mabel ne peut financer des études à Miami, l'une des universités les plus chères du pays. Nous serions tous séparés et tu devrais partir seule en Floride.

Son désespoir était si palpable qu'il semblait presque résigné. La jeune fille devait reconnaître que Trey ne dramatisait en rien la situation. Elle n'avait jamais songé à ce qu'il ressentirait s'il devait renoncer à son rêve. Pour elle, seule une blessure pouvait le freiner. Elle réprima un frisson.

Il s'épongea le visage comme pour chasser ces images de son esprit.

— Je ne le supporterais pas. Je ne supporterai pas d'être séparé de toi et de John.

Elle posa une main sur sa joue et le regarda droit dans les yeux.

— Écoute-moi bien, Trey Don Hall. La plupart de nos craintes sont infondées. Tu dois faire appel à ton mental pour réaliser tes rêves. Considère l'avenir comme une montagne à escalader sans tenir compte des obstacles qui ne se dresseront peut-être pas sur ton chemin. Et même si tu croises un obstacle, la montagne sera toujours là, et nous l'escaladerons tous ensemble.

Les traits de Trey s'adoucirent.

— Tu es si bonne pour moi… Que ferais-je sans toi ?

Elle lui tapota la joue.

— C'est un souci que tu peux rayer de ta liste. Arrête de ressasser tes idées noires et va prendre une douche. Tu dois te préparer pour ton grand soir. Je te retrouverai au barbecue.

— D'accord, mais avant… Approche…

Il l'attira contre lui et l'embrassa longuement, avec ardeur, puis posa sur elle un regard brûlant de désir.

— Tu ne m'oublieras pas en mon absence ? demanda-t-il, comme à son habitude.

— Comme si je pouvais t'oublier, répondit-elle en riant.

— Le spectacle commence à cinq heures et demie. Ne sois pas en retard. Je veux que ma chérie soit là et qu'elle soit fière de moi.

Il l'embrassa encore.

— Tu vas t'en sortir seule ? ajouta-t-il.

— Pas de problème. Il n'y a pas âme qui vive, aujourd'hui. Tout le monde est en train de se préparer pour le barbecue.

À l'entrée du cabinet, il se retourna pour la regarder sortir un chiot de la dernière cage à nettoyer.

— N'oublie pas de fermer à clé, Catherine Ann !

— D'accord ! lança-t-elle en serrant la petite boule de poils contre elle.

Après avoir changé sa litière et rempli son bol d'eau, elle garda le chiot dans ses bras et le laissa lui lécher le menton. À regret, elle dut le remettre dans sa cage.

— Désolé, il faut que j'aille m'habiller pour la soirée…

Aussitôt, le petit beagle se mit à gémir. Les autres pensionnaires l'imitèrent, créant un tel vacarme que la jeune fille entendit à peine la sonnette. Cathy ressentit une certaine appréhension: quelqu'un venait d'entrer malgré la pancarte indiquant que le cabinet était fermé.

Elle verrouilla la cage et se dirigea lentement vers la porte menant à la réception. En jetant un coup d'œil furtif, elle retint son souffle. Wolfman! Elle ne l'avait jamais croisé, mais sa chevelure rousse et son apparence de vagabond ne laissaient planer aucun doute. Il s'agissait bien de cet ermite un peu inquiétant qui vivait en solitaire dans un taudis, dans le quartier de tante Mabel. Dans ses bras, il portait un colley ensanglanté et muselé. Était-ce la mère de Rufus? Trey adorait lui raconter comment John et lui avaient sauvé Rufus des griffes de Wolfman, un soir de janvier.

La jeune fille ne mit que quelques secondes à prendre sa décision. Le Dr Graves aurait voulu qu'elle ferme la porte à clé jusqu'à ce que Wolfman s'en aille. Or, la pauvre bête avait besoin de soins d'urgence. Il était de son devoir de la sauver, même si elle se faisait renvoyer ensuite. Anxieux, Wolfman actionna le bouton d'appel du comptoir au moment précis où elle arrivait.

— Vous désirez? demanda-t-elle en se redressant fièrement.

Il l'observa sous des sourcils broussailleux aussi roux que ses cheveux et sa barbe.

— Eh bien, ma chienne est blessée. Elle a été mordue par un coyote.

De toute évidence, il était très inquiet et n'avait que faire d'une jolie jeune fille en short, seule dans un cabinet vétérinaire. Il ne visait pas non plus le tiroir-caisse.

— Je regrette, le Dr Graves est absent. Je ne suis que son assistante, mais je veux bien regarder pour voir si je peux vous aider.

— Quand sera-t-il de retour ?

— Lundi matin. J'ai un numéro à appeler en cas d'urgence, si vous voulez.

Elle savait cependant que le vétérinaire ne se déplacerait pour personne. En tant que président du club des partisans des Bobcats, il était chargé de présenter l'équipe, lors de la soirée, une tâche dont il était très fier, et se trouvait déjà sur place.

— S'il apprend que c'est moi, il m'enverra promener, et ma chienne a besoin de soins tout de suite.

— Je sais, admit Cathy. Vous voulez que je jette un coup d'œil ?

La chienne gémissait. À chaque souffle, du sang s'écoulait des profondes entailles qui lacéraient son flanc.

— Ce serait bien gentil, mademoiselle.

— Suivez-moi.

Ce qu'elle était sur le point de faire risquait de lui attirer de gros ennuis.

— Allongez votre chienne sur la table et restez avec elle, le temps que je lui administre un sédatif.

— Merci, mademoiselle. Sois sage, Molly, cette gentille jeune fille va s'occuper de toi, reprit-il en se penchant vers l'oreille de l'animal.

Et si elle n'y arrivait pas ? Cet homme avait un air inquiétant et elle aurait pu être effrayée d'être seule avec lui. Pourtant, Cathy n'avait pas peur de lui, elle se trouvait dans son élément. Dans la salle d'examen, elle restait toujours calme et détachée, quel que soit la gravité des blessures à soigner ou le tempérament des maîtres. Elle prépara une seringue et injecta le liquide dans la chair frémissante de la chienne.

— Voilà. Elle ne souffrira plus le temps que je nettoie et suture ses plaies.

— C'est grave ?

— Les lacérations sont profondes, mais elle s'en remettra. Elle risque d'être un peu moins fougueuse, à l'avenir.

Cathy enfila des gants, s'équipa d'un masque et se mit à l'œuvre. Malgré l'effet presque immédiat du sédatif, Wolfman resta près de l'animal et lui caressa la tête. Cathy ne l'obligea pas à patienter dans la salle d'attente, comme le voulait le règlement. Elle ne voulait prendre aucun risque. De plus, il semblait très attaché à Molly.

— Quel âge a-t-elle ? demanda-t-elle en constatant qu'elle avait été stérilisée.

— Bientôt dix ans. Vous êtes Cathy Benson, n'est-ce pas ?

— Oui, répondit-elle, étonnée.

— La petite-fille d'Emma Benson, celle pour qui deux gamins ont risqué leur vie afin de lui offrir un chiot.

Cathy rasa les poils bordant les plaies.

— C'est l'histoire qu'ils m'ont racontée, en effet.

— Donc vous savez qui je suis…

— Oui, dit-elle en désinfectant une plaie.

— Grâce à la description qu'on a donnée de moi, sans doute.

Devait-elle faire preuve de gentillesse ou de sincérité ? Après un court silence, durant lequel elle s'activa, elle déclara :

— Oui, c'est ça.

Wolfman émit un petit rire approbateur.

— J'aime votre franchise. Vous êtes bien la petite-fille d'Emma, commenta-t-il en caressant les oreilles de Molly. Votre chiot, c'est son fils. Il vient de la seule portée que je lui ai accordée. Qui voudrait adopter un chien de chez *Wolfman* ? Je ne suis pas aussi irresponsable qu'on le raconte parfois.

— Je m'en rends compte.

Wolfman ne prononça plus un mot tandis qu'elle finissait de recoudre les plaies. Ensuite, elle réalisa un pansement, puis ôta son masque et ses gants.

— Ça devrait aller, monsieur Wolf. Je vais vous donner des antibiotiques et des antalgiques, ainsi qu'un antivomitif. Respectez bien la durée du traitement. Gardez Molly à l'abri pendant au moins trois semaines, le temps de la cicatrisation.

— Un jour, vous serez un excellent docteur, mademoiselle.

— Comment savez-vous que je veux devenir médecin ? demanda-t-elle, surprise.

Il lui adressa un sourire édenté.

— Je suis au courant de tout ce qui se passe dans cette ville. Bon, je vous dois combien ?

Elle venait d'effectuer une intervention et d'administrer des médicaments de façon illégale. De plus, il n'avait sans doute pas de quoi payer.

— Rien, répondit-elle. Ce sera notre secret, si vous n'y voyez pas d'inconvénient. Si Molly a besoin d'autres soins, contactez-moi chez ma grand-mère. Je verrai ce que je peux faire.

Il lissa sa barbe d'un air entendu.

— C'est très gentil à vous. Je vous dois une fière chandelle. Je n'oublie jamais une bonne action, ni un coup bas d'ailleurs. Molly et moi, on vous remercie.

Il prit sa chienne dans ses bras et Cathy lui ouvrit la porte.

— Encore une petite chose, si vous permettez, mademoiselle, fit-il au moment de sortir.

— Oui, monsieur Wolf?

— Le garçon que vous avez choisi... Dommage que ce soit celui-là. Prenez garde, il pourrait vous briser le cœur.

Cathy était encore bouche bée quand le téléphone se mit à sonner. En regardant l'horloge, elle poussa un juron. Il était cinq heures et demie passées !

Chapitre 16

À la seconde où Trey lui annonça qu'il passait le voir chez lui, John comprit que son ami mijotait quelque chose. Pourquoi viendrait-il, sans Cathy, par un sombre dimanche après-midi, au lieu de s'installer bien au chaud chez tante Mabel ou Emma avant de se régaler d'un bon souper ?

Jamais Trey n'avait été aussi anxieux à l'approche d'un match. Il semblait persuadé que son avenir, ainsi que celui de Cathy et John, se jouait lors de la rencontre de vendredi soir, le dernier obstacle à franchir avant le championnat d'État. Comment pouvait-on se montrer aussi vif et mordant sur le terrain et aussi vulnérable en dehors ? Tout se déroulait pourtant à merveille. Début octobre, ils avaient reçu la visite de l'entraîneur Sammy Mueller en personne. Le prestigieux entraîneur était venu jusqu'à Kersey afin de rencontrer le père de John et tante Mabel pour leur assurer que lui et les autres entraîneurs des Hurricanes étaient impatients de voir John et Trey revêtir le maillot orange, vert et blanc. Les Bobcats étaient venus à bout de tous leurs adversaires. Si Trey redoutait l'équipe de Delton, également invaincue jusque-là, John considérait que les Rams étaient surestimés. Ils possédaient une bonne ligne défensive, en effet, mais leur quart-arrière, quoique énergique, n'avait pas l'étoffe d'un meneur. Quand il s'agissait de jauger la défense adverse et d'adapter sa tactique, il n'arrivait pas à la cheville de Trey, qui atteignait sa cible à tous les coups.

Or, Trey venait de présenter à John une idée insensée et susceptible de mettre un terme à tous leurs projets.

— Qu'est-ce qui te prend, TD ? Tu as perdu la tête ou quoi ?

— Au contraire, Tiger. Regarde ce rasoir. De quoi raser les fesses d'un bébé sans le réveiller.

Il en fit la démonstration en glissant l'appareil sur son avant-bras.

— Tu vois ? Il ne reste plus un poil.

— Où l'as-tu trouvé ? Tu l'as volé chez le Dr Graves, c'est ça ?

— Ce n'est pas un vol, c'est un emprunt. Je le remettrai en place dès que nous en aurons terminé.

— Nous ? répéta John, abasourdi. Sans moi, TD ! Je ne veux pas être impliqué dans cette histoire. Soit tu agis seul, soit tu laisses tomber. Tu es quart-arrière, non ? Un quart-arrière ne s'abaisse pas à ce genre de magouille.

— Justement, personne n'en saura jamais rien. Allez, John ! Tu imagines la tête qu'ils feront, ces crétins, en voyant leur mascotte ?

— J'imagine surtout la tête de l'entraîneur Turner quand on se fera prendre.

Trey envisageait de raser la toison du bélier servant de mascotte aux Rams pour créer l'impression qu'il avait reçu des coups de griffe d'un lynx, emblème des Bobcats. En allant chercher des œufs et des légumes chez Mme Harbison pour Mabel, il avait découvert que c'était son fils Donny, un garçon de leur âge, qui veillait sur le précieux bélier. Les Harbison vivaient dans une vaste ferme aux alentours de Delton. John connaissait un peu la famille, qui fréquentait la même paroisse que lui. Persuadé que les Rams seraient démoralisés par l'humiliation de leur mascotte, Trey voulait passer à l'action le lendemain après-midi.

— On ne se fera pas prendre ! insista-t-il. Mme Harbison a dit à tante Mabel qu'ils seraient absents jusqu'à jeudi. Lundi, après les cours, leur crétin de fils répète avec la fanfare. On pourra sécher le cours et être de retour largement à temps pour l'entraînement.

— Je ne veux pas sécher le cours.

— On dira qu'on était malades après avoir mangé chez Bennie et qu'on est allés se reposer en salle d'économie domestique. C'est gagné d'avance, John ! On a de bonnes notes et on est capitaines d'équipe, en plus ! Pourquoi on ne nous croirait pas ?

— Le bélier aura l'air tondu, rien de plus. Et les Rams n'en seront que plus déterminés à gagner, à mon avis.

Furieux, Trey se leva. Il y avait peu de place pour marcher de long en large dans la petite chambre, où les lits jumeaux, le bureau et la chaise occupaient presque tout l'espace.

— Viens, on sort, suggéra John. Tu as besoin de respirer.

— Ce dont j'ai besoin, c'est de ton aide, Tiger.

L'expression furieuse de Trey s'adoucit et se fit plus implorante :

— Tu ne comprends donc pas l'enjeu ? Crois-moi, l'entraîneur Mueller va nous jeter si on n'obtient pas quelques victoires de plus. Tu veux qu'on soient séparés, tous les trois, faute d'avoir décroché une bourse à Miami ? Tu veux que Cathy parte de son côté, sans moi ? C'est ça que tu veux ?

Trey semblait au désespoir.

— TD, avec tes notes, tu peux intégrer Miami. Arrête ton cinéma ! Tu n'as pas besoin d'une bourse.

— Sans toi ?

À l'entendre, cette éventualité était impensable. John eut l'impression de recevoir un coup de poignard en plein cœur. Parfois, il se disait que ce qui les unissait était presque malsain. En vérité, il n'imaginait pas non plus vivre sans Trey et Cathy, qui étaient sa famille, les seules personnes au monde qui l'aimaient et qu'il aimait. Un pour tous et tous pour un. Ils attendaient depuis si longtemps d'entrer ensemble à l'université de Miami ! Au point de ne même pas avoir envisagé d'autres établissements.

— De plus, reprit Trey, sans bourse, je n'oserais jamais demander à tante Mabel de payer mes études, qui sont très chères, alors que je pourrais étudier au Texas dans une école aussi valable. Si nous voulons aller à Miami, c'est uniquement pour le prestige de son équipe de football et la possibilité de jouer au niveau national ensuite.

John s'efforça de demeurer impassible, mais Trey sentait bien qu'il était sur le point de céder. Il s'assit à côté de lui sur le lit.

— Il va falloir assurer, vendredi soir, Tiger. Nous devons mettre toutes les chances de notre côté. Tu imagines la réaction des joueurs quand ils verront leur mascotte, sur la ligne de touche ? Ces coups de griffe vont les rendre fous.

— Trey…

— Si tu ne m'aides pas, je demanderai à Gil Baker de m'accompagner. Je ne peux pas y arriver seul.

Gil Baker, l'un des défenseurs de l'équipe, était incapable de tenir sa langue. Il révélerait le secret de cette escapade, il s'en vanterait, même. La nouvelle aurait fait le tour de la ville avant mardi matin et l'entraîneur Turner n'hésiterait pas à les chasser de l'équipe. Quelles seraient les conséquences pour Trey ? Ce qu'il envisageait était peut-être même illégal. Trey aurait des ennuis avec le shérif…

Mais John connaissait son ami. Quand sa décision était prise, aucune logique ne parvenait à le dissuader.

— Tiger, je te promets que si tu fais ça pour moi, je ne te demanderai plus rien qui soit contre tes principes.

— Bon, mais c'est la dernière fois que je me laisse embarquer dans une de tes combines. Et je n'y vais que pour m'assurer que tu ne maltraites pas ce bélier.

Trey lui tapa dans la main.

— Je te reconnais bien là, mon ami !

Le lundi suivant, après avoir dévoré des hamburgers chez Bennie en compagnie de Cathy, John et Béa, tout se déroula comme Trey l'avait prévu. Ils arrivèrent à la ferme des Harbison au moment où leur professeur abordait le troisième chapitre des *Hauts de Hurlevent.*

— Les doigts dans le nez, commenta Trey.

Ils n'eurent aucun mal à pénétrer dans les lieux. En cet après-midi d'automne baigné dans une lumière bleue et dorée, le vent soufflait à peine. Ils n'entendirent que le bruissement des feuilles sous leurs pas tandis qu'ils contournaient la maison principale.

Dans un enclos, le petit bélier était paisiblement en train de manger, penché sur son auge. Il leva vers eux un regard confiant et bêla.

— Ne lui fais pas de mal, TD, prévint John, attendri par l'animal.

— Promis.

Son rasoir à la main, il ouvrit la barrière.

— Tiens-le bien ! ordonna-t-il à John.

La suite se déroula comme au ralenti. Au moment précis où Trey lâchait le rasoir pour sortir une patte de félin de la poche de sa veste, John entendit claquer la porte de la maison. Surpris, ils firent volte-face. Donny Harbison, qui était plus petit et maigrichon qu'eux, accourut, armé d'un rouleau à pâtisserie.

— Écarte-toi de cette barrière, Trey Hall !

Éberlué, John se tourna vers Trey. Il reconnut la patte de félin : elle appartenait à un lynx empaillé entreposé dans le grenier de tante Mabel.

— Tu m'avais dit qu'il n'y aurait personne !

— Eh bien, je me trompais.

Tout s'accéléra. Fou de rage, Donny Harbison assena à Trey un violent coup de rouleau à pâtisserie sur l'épaule. Trey lâcha son arme, que John s'empressa de ramasser avant que son ami ne la récupère pour agresser Donny.

— Prends-lui son rouleau à pâtisserie, John ! Il va me fracasser le bras ! hurla Trey.

Il saisit alors Donny par le cou et tous les deux entamèrent une valse endiablée.

— Trey, lâche-le ! cria John en essayant de les séparer.

Alarmé par les plaintes étouffées de Donny, il finit par plaquer son ami d'un coup d'épaule derrière le genou. Trey gémit et relâcha son emprise. Les trois garçons tombèrent à terre. Dans un craquement sinistre, la tête de l'un d'eux heurta une table de pique-nique.

Un peu sonné, John fut le premier à se relever, suivi de Trey, qui se massait l'épaule.

— Il aurait pu me tenir à l'écart, ce crétin… grommela-t-il.

— Tu l'aurais bien mérité, TD, répliqua John en tendant une main vers Donny. Allez, debout !

Soudain, il se figea :

— Oh non…

— Qu'est-ce qui ne va pas ? demanda Trey.

— Il ne bouge pas.

Ils s'accroupirent près du corps inerte de Donny Harbison.

— Hé ! fit Trey en lui tapotant la joue. Arrête de faire le con ! On est désolés ! Arrête ! Dis quelque chose !

Donny avait le regard fixe.

Au bord de la panique, John palpa le cou de l'adolescent en quête d'un pouls. Rien. Horrifié, il plongea dans le regard éteint de Donny et fut submergé par une vague d'effroi.

— Il… Il ne respire pas, TD.

Trey pâlit.

— C'est pas possible, bredouilla-t-il. Il est juste inconscient. Allez, Donny, réveille-toi !

Il le souleva par le col de sa chemise.

— Laisse tomber, Trey. Ça ne sert à rien. Je... Je crois qu'il est mort.

— Il est évanoui, c'est tout ! Regarde, il ne saigne pas. Il n'a rien de cassé...

Trey fondit en larmes et lissa la chemise de Donny, comme si ce geste pouvait le ramener à la vie.

— Il est vraiment mort ?

— Il s'est cogné la tête sur la table de pique-nique.

Trey posa un regard accusateur sur le meuble.

— Oh non, John ! Je ne voulais pas ça ! Il devait être absent. Qu'est-ce qu'on va faire ?

— Aucune idée, grogna John. Appeler une ambulance, sans doute.

Il fut à nouveau parcouru de frissons. Trey gémit et se prit le visage dans les mains.

— Oh non...

— Ou alors le shérif Tyson.

— Il va m'arrêter, non ? Me jeter en prison ?

— Non. C'était un accident.

— Je vais avoir du mal à expliquer ce que je fabriquais là.

John ne sut que lui répondre. Sonné, Trey observait le corps d'un air incrédule.

— Regarde-le, John. Les empreintes de mes doigts commencent à se voir sur son cou. Comment les justifier ? Et sa chemise... le bouton arraché, les traces de bagarre. Le shérif saura qu'on s'est battus. Je vais être accusé de... de meurtre.

— Non, Trey, si tu lui dis la vérité. Tu étais en situation de légitime défense. J'en témoignerai.

— Et s'ils ne nous croient pas ? Oh non...

Trey, accusé de meurtre ? John n'arrivait plus à réfléchir. Malgré son état de torpeur, il savait que Trey disait peut-être vrai. Les policiers risquaient de ne pas les croire. Or, ils ne pouvaient s'en aller en abandonnant Donny. Quelqu'un d'autre pouvait être accusé à leur place.

— Tu crois qu'on pourrait faire en sorte… Donner l'impression qu'il s'est passé autre chose ? suggéra Trey. Qu'il s'est pendu, par exemple ?

Soudain, l'esprit de John s'éclaircit.

— Non, TD ! Pas question ! Donny est catholique. Le suicide est un péché qui mène droit en enfer. On ne peut pas infliger à ses parents l'idée que leur fils va connaître l'enfer éternel.

— Tu vois une autre solution ? demanda Trey, la voix brisée. Ça passerait non pas pour un meurtre, mais pour un homicide involontaire. Souviens-toi de nos cours de droit. Il y a eu effraction. Nous avions de mauvaises intentions. Voilà comment ils verront les choses, surtout Mme Harbison. Elle ne m'apprécie pas et elle voudra me voir sévèrement condamné. Pas toi. Tu ne risques rien. C'est moi qui ai eu cette idée, alors je suis l'unique responsable. Je vais me retrouver en prison.

— Tu n'en sais rien…

— Tu peux me garantir avec certitude que ça n'arrivera pas ?

Mais John en était incapable ; la panique de Trey était justifiée. Au Texas, un adolescent de dix-sept ans était considéré comme responsable de ses actes criminels.

Il ne pouvait imaginer son meilleur ami, son frère, sous les verrous, sans avenir, anéanti. Cathy ne s'en remettrait pas. De plus, s'il n'avait pas tenté de séparer les deux garçons, Donny ne se serait peut-être pas cogné la tête. Trey ne le lui avait pas rappelé et n'en ferait rien. John ferma les yeux et songea à un incident survenu l'été de leurs neuf ans. Tandis qu'il traversait un champ avec Trey, un taureau avait foncé sur lui. Trey avait crié, jeté des pierres pour détourner l'attention de l'animal furieux. Il avait atteint la barrière juste avant que les cornes ne puissent déchirer le fond de son pantalon. Il en avait toujours été ainsi, avec Trey… Pour John, il était prêt à tout affronter.

Le bélier bêlait tristement. Face à l'agitation qui régnait dans la cour, il s'était approché de son maître gisant à terre. John sentit son estomac se nouer. Donny était mort… Il n'y avait aucun moyen de le ramener à la vie, mais Trey était vivant, lui. *Que Dieu me pardonne ce que je suis sur le point de suggérer.*

— Tu te souviens de cette méthode de masturbation un peu bizarre que Gil Baker nous a montrée, dans un magazine ? Quand on prend son pied en s'étranglant ?

— L'asphyxie… autoérotique, tu veux dire ? bredouilla Trey.

Gil Baker avait effectivement fait circuler un article sur le sujet dans les vestiaires, avec des photos de personnes en train de se pendre pour priver leur cerveau d'oxygène et intensifier leur orgasme. John et Trey avaient trouvé l'idée aussi obscène que répugnante. Les casiers des élèves étant régulièrement inspectés, Gil avait réussi à convaincre Trey de garder les revues illicites dans sa voiture, le temps qu'il trouve une cachette plus sûre. Ces revues se trouvaient encore sous le siège arrière de la Mustang.

— C'est ça, dit John, anéanti à l'idée que les parents de Donny le retrouvent dans une telle posture. Les gens croiront que Donny ne voulait pas mourir, qu'il voulait simplement s'envoyer en l'air.

Trey se leva et sécha ses larmes.

— Ça expliquerait les bleus… admit-il. John, tu es un génie.

Rapidement, luttant contre leur nausée, ils portèrent le corps sans vie dans la grange. Trey prit la chemise de Donny et courut chercher les magazines dans la voiture. Suivant les instructions d'un article, ils nouèrent une corde autour de son cou, le déshabillèrent et le mirent tant bien que mal dans la position suggestive. Trey éparpilla ensuite les revues à ses pieds, laissant l'une d'elles ouverte, pendant que John disposait ses vêtements sur une chaise.

— Trey, attends une minute, déclara John, quand ils eurent terminé.

Il désigna un crucifix cloué à une poutre de la grange. Trey hocha la tête, croisa ses mains moites et baissa la tête. John se signa.

— Au nom de Père, du Fils et du Saint-Esprit, nous vous confions la dépouille de Donny Harbison et vous demandons miséricorde.

— Amen, dit Trey.

Quand John tourna les talons, son ami le retint.

— Encore une chose…

Dans la pénombre de la grange, ses yeux avaient un éclat métallique.

— Il ne faudra en parler à personne, surtout pas à Cathy, d'accord ? Ce sera notre secret à jamais. Sinon, nous aurons de gros ennuis.

John hésita. À jamais… Les parents de Donny resteraient dans l'ignorance du sort de leur fils. Mais il ne dirait rien, car il était lié à Trey.

— D'accord.

— Je te reconnais bien là, John.

En cette fin de journée, l'entraînement de football avait commencé. Avant de partir, ils eurent l'idée de racler le sol de la cour et laissèrent la barrière de l'enclos déverrouillée afin que le bélier puisse paître en toute liberté. Ils récupérèrent le rasoir et le rouleau à pâtisserie, dont ils ne savaient pas quoi faire. À mi-chemin de la maison, ils se rendirent compte qu'ils avaient oublié la patte de lynx…

Chapitre 17

Quatre jours plus tard, Deke Tyson, shérif du comté de Kersey, reçut un appel alors qu'il s'attablait pour un souper tardif. Sa femme lui fit signe de poursuivre son repas et décrocha. Elle expliqua à son correspondant que son mari n'était pas de garde et lui suggéra de contacter le bureau du shérif. Manifestement, la personne qui se trouvait au bout du fil ne se contenta pas de cette réponse.

— Sa voix m'est familière, expliqua Paula, irritée, mais je ne sais pas qui c'est. Quelle idée de te déranger à la maison après une dure journée !

Elle ajouta, assez fort pour que l'importun l'entende :

— Tu n'as même pas eu le temps d'ôter ton uniforme !

Son mari lui tapota la joue d'un air conciliant et prit l'appareil.

C'était Lou Harbison, qui lui demandait de venir chez lui sans assistant et de ne répéter à personne la teneur de leur conversation. De retour d'un séjour de quatre jours à Amarillo, Lou et Betty, sa femme, avaient trouvé leur fils de dix-sept ans pendu dans la grange. Lou n'avait pas alerté le bureau du shérif car il tenait à ce que Deke soit le premier sur les lieux. Le couple souhaitait cacher un détail au public et au reste de la famille, dans la mesure du possible. Deke verrait de quoi il retournait à son arrivée.

Sur l'autoroute, le shérif ressentait encore l'angoisse de Lou. Il ne put s'empêcher de penser à ses propres enfants. Son fils de dix-neuf ans était étudiant à l'université de Texas Tech et sa fille, étudiante à l'école secondaire, répétait avec la fanfare pour le grand match de vendredi. Comment une telle tragédie les affecterait-elle, lui et sa femme ? Paula adorait sa fille, mais ne jurait que par son fils. Jamais elle ne se remettrait d'une telle perte. Betty non plus, sans doute…

En réalité, il ne savait pas grand-chose de cette famille, qui habitait la ville voisine, dans une ferme assez vaste héritée du père de Betty. Lou Harbison était ingénieur pour les services municipaux et Betty, femme au foyer, vendait des œufs et des légumes de son potager. Ils avaient deux enfants : Cindy, mariée à un garçon d'Oklahoma City, qui habitait Amarillo, et Donny, né un peu par surprise, six ou sept ans après sa sœur. Mélissa, la fille de Deke, l'avait côtoyé lors d'un camp d'été, l'année précédente. Elle l'avait trouvé mignon, sans envisager une seconde de sortir avec lui car il fréquentait l'école rivale de celle de Kersey.

En tant que shérif, Deke n'était intervenu qu'une seule fois chez les Harbison, quelques hivers plus tôt, pour une histoire de chien enragé que Lou ne pouvait se résoudre à abattre. Deke s'était dévoué en leur promettant que la pauvre bête ne souffrirait pas. Des gens chaleureux et accueillants… Par la suite, Betty lui avait adressé un petit mot de remerciement accompagné d'un succulent jambon.

Cependant, les Harbison étaient avant tout des catholiques fervents, y compris Donny. Pour eux, le suicide n'était pas envisageable, sous peine de connaître l'enfer éternel. Comment l'adolescent avait-il pu mettre fin à ses jours et imposer à ses parents un tel fardeau ?

Lorsque Deke gara la voiture devant la ferme, il ne restait du soleil couchant que quelques traînées rougeoyantes dans le ciel du Texas. Harbison aurait sans doute préféré qu'il ne se présente pas dans la voiture officielle du shérif, mais il était en service, et puis il n'y avait aucun voisin à deux kilomètres à la ronde.

Avant même que Deke n'ait débouclé sa ceinture de sécurité, l'homme apparut sous le porche, l'air perdu. Il referma la porte derrière lui et vint à sa rencontre.

— Merci d'être venu seul, shérif. Suivez-moi dans la grange.

— Je regrette que ce soit dans ces circonstances. Toutes mes condoléances…

Sans un mot, Lou l'entraîna vers une grange située bien en retrait de la maison. En hiver, elle abritait les poules de Betty, de sorte qu'il y flottait une forte odeur. À l'entrée, Lou s'effaça pour inviter le shérif à passer le premier.

Deke ressentit aussitôt un coup au cœur. Accroché à une poutre basse servant à faire sécher fleurs et herbes, un garçon de l'âge de sa fille était pendu par le cou. Du menton aux chaussettes, il était dissimulé sous une couverture bleu clair. Deke remarqua que ses pieds ne se trouvaient qu'à quelques centimètres du sol. Il aurait pu se hisser sur la pointe des orteils, s'il l'avait voulu. Autour de lui étaient éparpillées des revues pornographiques. L'une était ouverte sur une page présentant une scène similaire à celle qu'il avait sous les yeux. Sur une chaise, à côté d'une paire de bottes alignées avec soin, Deke remarqua un jeans bien plié et un caleçon blanc.

— Bon sang… souffla-t-il, assailli par l'odeur de décomposition. Que s'est-il passé ?

— On pensait que vous le sauriez, répondit Lou. Betty et moi ne comprenons pas. Enlevez la couverture, si vous voulez.

Non sans appréhension, Deke s'avança avec précaution, comme s'il s'agissait d'une scène de crime. Du bout des doigts, il ôta la couverture.

— Seigneur…

Outre ses chaussettes, l'adolescent était entièrement nu, l'abdomen verdâtre et enflé par la décomposition, une grosse corde autour du cou.

— C'est sa mère qui l'a trouvé comme ça. Comment appelle-t-on ce genre de… perversion… sexuelle, shérif?

— Asphyxie autoérotique, expliqua Deke en recouvrant la dépouille. Je n'en sais pas grand-chose, à part que c'est un phénomène très en vogue, en ce moment. (Il désigna le magazine ouvert.) Apparemment, cette pratique est décrite dans cet article. Elle consiste à se pendre pour priver le cerveau d'oxygène et de sang en se masturbant. Il paraît que ça intensifie le plaisir sexuel.

Lou semblait sur le point de défaillir. Deke le prit par le bras et le mena dans la cour. Le visage cadavérique de Betty apparut derrière la fenêtre de la cuisine.

— Comment réagit votre femme? demanda le shérif, qui s'en voulut aussitôt de l'absurdité de sa question.

— Comme on peut s'y attendre… Elle est inconsolable. Cette mort n'a aucun sens. Ça lui ressemble si peu.

— Ah bon?

— J'ignore tout de cette… asphyxie… comme vous dites. Je suppose que l'envie lui en a pris pendant qu'il était en train de manger un morceau dans la cuisine. On a retrouvé son sandwich à moitié terminé et des tartines de beurre d'arachides sur la table… Il y avait des miettes partout, le pot de beurre d'arachides était ouvert, ainsi que celui de moutarde. Ce n'était pas dans ses habitudes. Donny débarrassait la table après avoir mangé.

— Vous voulez bien me montrer?

— Suivez-moi.

La porte de service menait à une cuisine assez vaste pour accueillir une maisonnée. Anéantie, d'une pâleur alarmante, Betty était assise à la grande table ronde. Deke eut toutes les peines du monde à croiser son regard affligé.

— Chérie, murmura Lou en prenant sa main inerte, le shérif est venu faire quelques recherches.

— Qu'est-ce qu'il y a à rechercher? demanda-t-elle, l'air vague.

— Je lui ai dit que Donny ne quitterait jamais la table sans l'avoir débarrassée.

Deke constata par lui-même les restes du repas de Donny sur la table. Pelures d'orange, sandwich entamé, biscuits, couteau maculé de beurre d'arachides... Néanmoins, ses parents étant absents pour plusieurs jours, il aurait eu le temps de nettoyer la cuisine avant leur retour.

— Euh... Lou, quand êtes-vous partis pour Amarillo?

— Lundi matin, après le déjeuner. Le bébé de Cindy était attendu dans l'après-midi. On est repartis aujourd'hui pour assister au match de demain soir.

— Lundi matin... répéta Deke d'un air pensif.

C'était un jeudi. Le jeune homme devait être mort depuis lundi ou mardi.

— Vous n'avez rien remarqué de bizarre, par ailleurs?

— Eh bien... Ramsey. À notre retour, il était presque mort de faim.

— Ramsey?

— C'est le bélier, la mascotte de notre équipe de football, dont Donny s'occupait. À notre retour, la barrière de son enclos n'était pas verrouillée. On a retrouvé l'anneau de fermeture enfoui dans la paille. Donny ne laissait jamais l'enclos ouvert. La pauvre bête a l'habitude de rester enfermée et n'aurait jamais eu l'idée de pousser la barrière pour paître dans la cour. Elle est donc restée dans l'enclos, en danger de mort. La seule chose à laquelle je pense...

Lou s'éloigna afin que sa femme ne l'entende pas.

— … C'est que Donny, se disant qu'il risquait sa vie, a ôté l'anneau, persuadé que le bélier sortirait de lui-même pour se nourrir.

— Restez auprès de Betty, le temps que je jette un coup d'œil, ordonna Deke. Je peux avoir un peu de lumière ?

Lou actionna un interrupteur. Aussitôt, la cour s'éclaira. Deke prit néanmoins le temps d'aller chercher sa torche qu'il braqua sur le sol, en quête de… de traces de lutte, peut-être ? Il n'en remarqua aucune, mais la terre parsemée de touffes d'herbe séchée avait été raclée autour de l'enclos. Derrière la barrière, il croisa deux yeux brillants et méfiants. Le bélier souffla, mais resta sur son lit de paille. Un anneau fermait la barrière et l'auge était pleine de foin.

En examinant le dessous de la table de pique-nique, Deke remarqua un objet. Il s'agenouilla pour le saisir à l'aide de son mouchoir. Il s'agissait d'une patte de félin gris sciée sur un animal empaillé, à en juger par l'absence d'os et de cartilage. Elle est trop grande pour appartenir à un chat, avec ses griffes crochues et tranchantes. Un puma ou un lynx.

— Lou !

Harbison, qui l'observait derrière la fenêtre de la cuisine, accourut.

— Vous avez déjà vu ça ? lui demanda Deke en brandissant sa trouvaille.

Lou voulut s'en saisir, mais le shérif l'en empêcha.

— N'y touchez pas au cas où ce serait une pièce à conviction.

— Une pièce à conviction ?

— Au cas où ce ne serait pas un accident. Ça vous appartient ?

Lou examina la patte d'un air triste.

— Non. Je ne l'ai jamais vue.

— Je l'ai trouvée sous la table. Qu'est-ce qu'elle faisait là ?

— Je l'ignore. La semaine dernière, un vagabond est passé par ici. On s'est rendu compte qu'il s'était installé dans la grange, alors on a fermé à clé, mais il est revenu le lendemain soir. Il a dormi dans l'enclos du bélier. La patte lui appartient peut-être. Un porte-bonheur ou une arme…

— On dirait que le sol a été ratissé. Pourquoi ?

Lou haussa les épaules.

— Donny a dû le faire en notre absence. Il aimait bien que tout soit en ordre.

— C'est ce que vous me disiez, fit Deke, songeur. Je vais ranger ça dans la voiture et je reviens.

— Shérif…

Lou glissa les mains dans ses poches et se campa fermement dans le sol.

— On ne veut pas d'enquête. C'est pour ça que je vous ai demandé de venir seul. C'était un accident, rien de plus, enfin… si l'on peut parler ainsi, ajouta-t-il avec une moue. Pourquoi Donny s'est infligé cette strangulation, Dieu seul le sait. J'ignorais qu'il s'intéressait à ces fantasmes… ces pratiques sexuelles.

Il se voûta, accablé de chagrin. Deke posa une main sur son épaule.

— Parlons un peu de ces magazines. Les aviez-vous déjà vus ? Où aurait-il pu les cacher ?

— Dans sa chambre, probablement. Non, je ne les avais jamais vus.

— Betty ne les aurait pas découverts en rangeant son linge ? Les mères ont le don de trouver tout objet illicite.

Deke songea au jour où Paula avait trouvé des revues coquines dans le sac de sport de leur fils.

— Un fils sait cacher ce genre de choses à sa mère, affirma Lou.

Deke n'était pas de son avis, mais il n'en dit rien.

— Et à vous ? Vous n'aviez jamais rien remarqué sur ces tendances ?

Lou secoua la tête.

— Non, et c'est ce qui me choque. Donny aimait les filles, mais il avait une attitude très saine, comme envers la sexualité, d'ailleurs. Je ne l'ai jamais entendu tenir des propos choquants…

— Voilà pourquoi nous devons mener une enquête, afin que le coroner détermine la cause exacte de la mort. Les apparences sont peut-être trompeuses.

— Non ! s'exclama Lou en repoussant sa main. Il ne faut pas que vos agents viennent ici, qu'on fasse une autopsie, que l'affaire paraisse dans les journaux ! Je refuse ! Betty mourrait de honte. Plus jamais nous ne pourrions marcher la tête haute. Je regrette de ne pas l'avoir rhabillé, mais je voulais vous montrer que… qu'il ne s'était pas suicidé. Sa mort aurait ressemblé à un suicide si je lui avais remis son pantalon et sa chemise, et si j'avais jeté ces revues.

— Où est sa chemise ?

— Quoi ?

— Sa chemise. Où est-elle ? Je suppose qu'il en portait une quand il s'est rendu dans la grange. On est en novembre.

— Eh bien… je ne sais pas, admit Lou, les sourcils froncés. On n'a pas pensé à la chemise. On a laissé les choses telles qu'elles étaient. Elle n'était pas dans la cuisine.

— Pendant que je vais ranger ça, pourriez-vous aller voir si vous trouvez la chemise qu'il portait ? Inutile de le dire à Betty…

Lou se dirigea à contrecœur vers la maison pendant que Deke regagnait la voiture pour glisser la patte de lynx dans un sachet en plastique. Le doute commençait à s'insinuer dans son esprit. Il aurait aimé pouvoir respecter les sentiments et le besoin de discrétion des Harbison, mais il n'était pas persuadé que Donny soit mort accidentellement. Le désordre laissé dans la cuisine n'était pas cohérent avec les vêtements pliés avec soin. Quelle était l'explication ? Le suicide ? Non, il pouvait déjà éliminer cette hypothèse. Le garçon n'aurait pas voulu qu'on le retrouve dans cette posture. De plus, il aurait laissé une lettre.

Autre détail : un élève de l'école de Delton voudrait-il manquer le match le plus important de la saison ? Delton et Kersey étaient à égalité. Ne restait plus que la thèse du meurtre. Qui aurait voulu tuer Donny Harbison et pourquoi ?

Deke dressa la liste des mesures à prendre, puis il enfila une paire de gants pour placer les magazines et la corde dans des sachets. Il faudrait déterminer si Donny était assuré sur la vie, fouiller sa voiture en quête d'autres revues pornographiques, interroger les voisins sur le vagabond, ainsi que les amis et enseignants du jeune homme. Il porterait les éléments dont il disposait au laboratoire d'Amarillo pour effectuer une recherche d'empreintes digitales.

À son retour, Lou l'attendait.

— Pas de chemise, shérif.

— Vous ne trouvez pas ça bizarre ?

— Peut-être, mais ça n'a pas d'importance. Betty et moi en avons discuté et nous voulons que les circonstances de la mort de Donny ne soient pas révélées. Shérif, je vous en supplie ! Et si c'était votre fils, que ressentiriez-vous ? Et votre femme ?

Deke ne répondit pas. Paula voudrait étouffer l'affaire, mais lui tiendrait à connaître les circonstances du drame.

— Je ne peux rien vous dire, Lou.

Betty Harbison apparut sur le seuil, les yeux gonflés de larmes.

— S'il vous plaît, shérif…

Elle se mit à genoux devant lui et lui agrippa le bras.

— Je vous en supplie, ne révélez rien ! Notre prêtre lui refuserait une messe d'enterrement, s'il l'apprenait. Il serait privé d'inhumation religieuse. Sa mort serait considérée comme un suicide car ce que Donny a fait était délibéré et dangereux. Nous ne voulons pas que notre fille sache comment son petit frère est parti. Je vous en prie, shérif…

Elle le lâcha et enfouit son visage dans ses mains.

— Betty… Betty… murmura Lou en s'agenouillant près d'elle pour la prendre par les épaules.

Gêné par cette douleur mise à nu, touché dans son cœur de père, Deke déclara :

— Très bien, je vais appeler le juge de paix pour lui dire de venir seul. Il devra signer le certificat de décès, mais il est digne de confiance. La mort sera déclarée accidentelle. Nous serons les seuls à savoir. Rentrez chez vous et contactez les pompes funèbres. J'attendrai Walter dans la grange. Nous descendrons le corps de Donny et nous nous occuperons de lui jusqu'à ce que les pompes funèbres arrivent.

Betty s'écroula dans les bras de son mari. Incapable de regarder les larmes de Lou couler sur la tête de sa femme, Deke s'éloigna pour appeler le juge de paix.

Chapitre 18

Les Bobcats de Kersey l'emportèrent contre les Rams de Delton par 41 à 6, une marque si impressionnante que l'entraîneur Turner fit sortir Trey et John pour le dernier quart-temps afin de les ménager en vue des prochaines rencontres. Dans tout le Texas, les journaux parlèrent de victoire écrasante. Si, à l'issue du match, les joueurs portèrent leur quart-arrière et leur receveur en triomphe, pas un photographe ne parvint à immortaliser un sourire vainqueur sur le visage des deux héros.

Au cours des journées précédant cette soirée historique, Trey et John avaient redouté de voir le shérif Tyson se garer devant chez eux puis sonner à leur porte. Rien ne s'était produit. Dans le journal local, il ne fut guère question de la mort de Donny, outre un avis dans la rubrique nécrologique et un bref article expliquant que les parents de l'adolescent l'avaient retrouvé dans la grange, victime d'un accident. Les drapeaux des deux écoles furent mis en berne et les funérailles se déroulèrent dans l'intimité.

— Pourquoi cet air maussade ? demanda Ron Turner, ravi mais inquiet, dans les vestiaires, après la rencontre.

Les autres étaient déjà partis célébrer la victoire avec le club de partisans, sur la rue principale, fermée pour l'occasion. L'entraîneur Turner s'était attardé pour tirer au clair le manque d'enthousiasme de Trey et John.

— Vous devriez vous éclater au lieu de faire ces têtes d'enterrement ! On dirait que vous venez de perdre le championnat.

— On va bien. Pas vrai, John ?

— Oui, bien sûr, grogna ce dernier, concentré sur la fermeture éclair de son blouson.

L'entraîneur les prit par l'épaule.

— Qu'est-ce qui se passe, les gars ? Vous vous êtes évités toute la semaine. Vous ne vous êtes pas disputés, j'espère ?

— Non, monsieur, répondit Trey.

L'entraîneur était l'un des rares hommes qu'il appelait « monsieur ».

— On est plus proches que jamais. Hein, John ?

Du regard, il implora son ami de confirmer ses propos.

— Oui, bredouilla celui-ci en hochant la tête.

Ron Turner parut sceptique.

— Vous êtes toujours malades à cause de ce virus attrapé chez Bennie ?

— En quelque sorte, maugréa Trey en adressant un regard en cachette à John.

Turner les observa avec attention.

— Je ne vous crois pas. Quelque chose vous tracasse. Je ne chercherai pas à vous tirer les vers du nez ce soir, mais je veux que vous en discutiez tous les deux, et maintenant. La fête attendra. Je préviendrai Cathy et Béa. La semaine prochaine, on a un match à disputer et je tiens à ce que vous soyez prêts. Et surtout, je veux que vous résolviez ce différend qui affecte l'équipe entière. L'amitié qui vous unit n'est pas donnée à tout le monde. Alors vous allez avoir une explication franche et vous réconcilier, d'accord ?

Ses paroles n'avaient pas déclenché la moindre étincelle dans le regard des deux adolescents.

— D'accord, *coach*, concéda néanmoins Trey.

Après son départ, les deux garçons ne purent se regarder. Ils arboraient leur blouson de l'équipe et les casquettes que le club avait commandées à l'avance, avec l'inscription: champion de district 1985. Dans la frénésie de l'après-match, chaque garçon avait reçu la sienne. Depuis lundi, comme par un accord tacite, Trey et John ne se voyaient que pour les cours et les entraînements afin de digérer les événements chacun de son côté. Après l'entraînement, John se rendait à l'église St. Matthew et Trey consacrait son temps libre à Cathy.

Honteux, Trey lança un regard de biais à John et se racla la gorge.

— Je suis désolé, Tiger. Je te jure... Je regrette vraiment.

— Tu peux, TD.

— Je pensais qu'ils seraient plus difficiles à battre.

— Tu te trompais. Pourquoi tu as apporté la patte de lynx?

Trey s'empourpra. Il s'assit sur un banc et ôta sa casquette, puis il ferma les yeux et se massa les tempes, comme s'il avait la migraine.

— Je te jure que l'idée ne m'est venue que dimanche soir, au lit, en me rappelant le lynx empaillé de l'oncle Harvey. Tu n'as qu'à demander à tante Mabel. Vers minuit, elle m'a entendu fouiller dans le grenier et est montée me demander ce que je fabriquais. Je... J'ai emporté cette patte pour savoir si j'étais capable d'aller jusqu'au bout.

— Alors?

— Quand j'ai vu le bélier, je me suis dégonflé. Et je me doutais de ce que tu penserais de moi. Au moment où Donny a débarqué, j'allais te demander ce qu'on pourrait en faire pour laisser un message aux Rams.

— Pourquoi ne peux-tu jamais agir normalement, TD? demanda John, exaspéré.

— Je suis comme ça, Tiger. C'est pour ça que j'ai besoin de toi. C'est pour ça que tu es mon ami: tu me maintiens sur les rails.

Résigné, John glissa les mains dans ses poches et baissa la tête. Il croyait à cette histoire de patte de lynx, qui correspondait bien à l'esprit tortueux de Trey. Il fallait toujours qu'il bluffe, même quand il avait tous les atouts en main.

— Je ne m'en remettrai jamais, TD. Jamais.

— Je sais. C'est la différence entre toi et moi. Écoute, tu… tu ne vas pas me laisser tomber, quand même ?

Son ton incrédule indiquait qu'il y avait réfléchi et que cette hypothèse lui semblait intolérable.

— John, toi et Cathy, vous êtes ma famille. Je n'ai que vous, à part tante Mabel, et elle est vieille. (Ses yeux s'embuèrent de larmes.) J'ai besoin de toi, mon vieux. Cette semaine, j'étais triste, il me manquait quelque chose. Dis-moi que je n'ai pas tout gâché, qu'on est toujours amis…

John lui tendit une serviette et s'assit à son tour.

— Je ne te laisse pas tomber, TD. Je ne ferai jamais ça. Ce qui s'est passé me rend malade… abandonner le cadavre comme ça… pour que ses parents le trouvent… et pour rien, en plus !

— Je sais, je sais, concéda Trey en le prenant par les épaules. N'y pense plus. On s'en sortira ensemble. Un jour, ce ne sera plus qu'un vague souvenir, tu verras. Et quand je gagnerai beaucoup d'argent en tant que joueur professionnel, je créerai une fondation au nom de Donny Harbison. Je te le promets !

— Ça ne changera rien pour les Harbison. Sans leur fils, ils vivront comme nous sans nos parents, répliqua John en repoussant son bras. Arrête, TD ! Quelqu'un pourrait entrer et nous prendre pour deux gais. Cathy se doute de quelque chose ?

— Elle sait que je suis… sur les dents. Sans elle, je n'aurais jamais pu supporter cette semaine. Tu es allé à l'église, non ? Qu'est-ce que tu fais, là-bas ? Tu pries ?

— Parfois, mais il m'arrive aussi de rester assis, à méditer. Ça m'apaise.

Il ne s'était pas confessé, car le père Richard lui aurait conseillé de se soulager de son fardeau auprès du shérif Tyson, or, il ne pouvait pas faire cela à Trey. Il en était incapable, quitte à passer le reste de sa vie sans absolution.

Trey lui donna un coup de poing complice.

— Alors on part toujours pour Miami, leur en mettre plein la vue ? On est toujours meilleurs amis ? Frères siamois ?

— Je le crains.

— Et je suis pardonné ?

— N'en fais pas trop, TD.

Trey lui remit sa casquette.

— Tu es mon ami, John.

En prélude au match décisif du championnat d'État, le duo mena les Bobcats de victoire en victoire dans des stades pleins à craquer. Grâce à la renommée de John, Bert Caldwell devenait une célébrité, au point qu'il arrêta de boire afin d'être « en état de marche » pour les rencontres. Mabel Church se flattait des louanges que l'on lui adressait sur son neveu, tout en espérant secrètement une défaite des Bobcats, car elle redoutait qu'il ne soit blessé sur le terrain.

Très vite, John et Trey croulèrent sous les sollicitations : appels téléphoniques, demandes d'entraîneurs universitaires désirant les rencontrer personnellement, sans oublier les propositions et autres invitations de certaines universités à visiter leur campus, tous frais payés. En décembre, Mabel et Emma en vinrent à débrancher le téléphone afin que le trio puisse faire ses devoirs sans être dérangé. Le courrier s'entassait dans les tiroirs sans être ouvert. Mais, quel que soit l'attrait des autres campus, Trey Don Hall et John Caldwell affirmaient s'en tenir à leur choix de l'université de Miami, en Floride. En février 1986, ils signeraient un contrat avec l'entraîneur Mueller et ses Hurricanes.

Trey n'était soulagé de la pression que lorsqu'il était seul avec Cathy. Quant à John, il trouvait refuge à l'église. Lorsque John n'allait ni chez Emma, ni chez Mabel, le père

Richard l'invitait à souper. Ils discutaient essentiellement de l'histoire de l'Église catholique, que John trouvait fascinante, surtout la Société de Jésus dont était issu l'ordre des Jésuites. Homme raffiné et aimable, le père Richard était jésuite.

C'est lors de l'une de ces visites que John croisa les Harbison sur le trottoir menant au presbytère. John s'était souvent rendu sur la tombe de Donny, parfois avec des fleurs du jardin d'Emma ou Mabel. Le couple revenait du cimetière.

— Tu es John Caldwell, n'est-ce pas? demanda Betty.

— Oui, madame.

— On a suivi les exploits des Bobcats depuis que vous nous avez battus, dit Lou.

Son sourire triste rappelait cruellement que le match s'était déroulé la semaine de la mort de son fils.

— J'espère que vous irez jusqu'au bout et que vous ferez la fierté du comté, déclara Betty.

— Merci, répondit le jeune homme, mal à l'aise, les mains dans les poches. Nous ferons de notre mieux.

— C'est toi qui déposes parfois des fleurs sur la tombe de notre fils, n'est-ce pas? reprit Betty en levant les yeux pour le dévisager.

— Oui, madame… de temps en temps, bredouilla-t-il, soudain oppressé.

— Pourquoi? Tu le connaissais?

— Un peu… grâce à la paroisse. Je… Sa mort m'a fait de la peine.

— Oui, fit-elle, pensive. Je vois ça. Merci pour tes attentions.

— Ce n'est rien, assura John en s'effaçant pour leur céder le passage.

Peu de temps après, un livret arriva dans la boîte aux lettres des Caldwell. Il provenait de l'université Loyola, à La Nouvelle-Orléans, une université jésuite de renom.

Chapitre 19

Au terme d'un parcours ardu, la finale tant attendue arriva enfin, au Texas Stadium d'Irving. Si les adversaires des Bobcats avaient jusque-là rapidement compris qui étaient les meilleurs, les White Tigers de Houston promettaient de leur donner du fil à retordre.

Face à une équipe que l'on disait constituée de durs à cuire, voire de voyous, car plusieurs d'entre eux avaient déjà eu des démêlés avec les autorités, Kersey cherchait à ravir le titre. Les Tigers étaient brutaux dans leurs plaquages et plus corpulents que les Bobcats. Ils avaient en outre la réputation d'être impitoyables envers les quarts-arrière et leurs receveurs. Trey et John seraient donc en ligne de mire.

Au fil de la saison, Trey s'en était sorti sans une égratignure, du moins selon les critères du football. L'entraîneur Turner ordonnait à ses joueurs de protéger le quart-arrière et ils s'acquittaient volontiers de cette mission. Meneur de jeu hors pair et fin stratège, Trey savait s'attirer les bonnes grâces de ses défenseurs. Il avait le compliment facile et la critique rare, une attitude bien plus appréciée, venant de lui, que si elle avait été le fait de John. Ce dernier était charitable par nature, ce qui n'était pas forcément le cas de Trey. L'équipe comptait sur son chef de file pour la mener à la victoire, sans s'offusquer de l'attention dont il bénéficiait de la part des médias, avec John. Pour lui, ils étaient prêts à tout.

Mais serait-ce suffisant ?

La semaine du match, Cathy se coucha tous les soirs avec la peur au ventre. Et si Trey était blessé ? Et John ? Tous leurs projets seraient remis en question… Pourquoi avaient-ils choisi le football, et non le tennis ou le golf ? Au fil des éliminatoires, elle s'était mise à détester ce sport et tous ceux qui imposaient une telle pression à ses joueurs. Cependant, Trey était encore plus proche d'elle. Depuis les jours précédant le match contre les Rams, il semblait incapable de se passer d'elle et se précipitait pour la rejoindre à l'issue de chaque entraînement.

— J'ai besoin de toi, répétait-il. Avec toi, les mauvaises choses disparaissent.

Quelles mauvaises choses ? Il avait l'école et la ville entière à ses pieds. Si les gens l'adoraient, c'était aussi parce qu'il ne se pavanait pas, comme certains, et acceptait cette adulation avec une humilité digne de John, lequel avait pris ses distances. « Le rêve pour un entraîneur », « de vrais meneurs de jeu », déclarait volontiers l'entraîneur Turner à propos de ses champions. Ils se voyaient offrir des repas gratuits chez Bennie et au Monica's Café, des places de cinéma. Un magasin de sport leur avait même proposé de nouveaux blousons. Ils n'avaient rien accepté.

Cathy implorait le ciel, non pas pour que Kersey remporte la partie, mais pour que Trey et John ne soient pas blessés, afin qu'ils puissent tous étudier à Miami ensemble.

Les journalistes sportifs affluèrent dans la petite ville, traînant chez Bennie et au Monica's Café, en face du palais de justice, pour rendre compte de l'effervescence de la communauté à la veille du match le plus important qu'ait disputé l'équipe de l'école. Un journaliste évoqua une atmosphère électrique, voire explosive. Les médias traquaient toute personne proche des Bobcats susceptible de fournir des informations exclusives. Un article paru dans un grand journal du Texas et consacré à l'entraîneur déclencha l'aversion de Trey pour la presse :

« Il faut vivre à Kersey pour comprendre l'influence de cet homme », écrivait son auteur, affirmant que Ron Turner avait la mainmise sur la ville. D'après le journaliste, l'entraîneur Turner imposait des règles strictes à ses assistants, ses joueurs ou quiconque avait un rapport avec les Bobcats. Deux jours avant un match, il leur était interdit de s'adresser aux médias, aux admirateurs, y compris les membres du club des partisans. Après un entraînement, les joueurs devaient rentrer chez eux pour se concentrer en toute quiétude. Turner chargeait les mères de famille de veiller à ce que leurs fils se nourrissent correctement, aillent se coucher tôt et évitent le stress. Il limitait la télévision, les conversations téléphoniques et les distractions.

Ces deux jours de « retraite », poursuivait le journaliste, étaient respectés à la lettre. Mercredi et jeudi, en fin d'après-midi, à la nuit tombée, les rues s'étaient vidées, comme pour ne pas troubler le repos des Bobcats, commerçants et clients parlaient à voix basse, le calme régnait chez Bennie, surtout au service à l'auto, où les automobilistes n'osaient plus klaxonner. Aucun adolescent ne traînait dans la rue principale.

Ron Turner ne rigolait pas. Six saisons fructueuses à la tête de son équipe lui valaient le respect de tous, même si les Bobcats n'avaient pas encore remporté le championnat d'État. Il ne se laissait jamais impressionner par les pères de famille, les sportifs du dimanche et autres partisans parfois influents. Lui-même s'astreignait aux règles qu'il avait instituées, évitant l'alcool, le tabac et les débordements de langage. « Les jurons sont pour les ignorants et les complexés. Le tabac et l'alcool sont les béquilles des faibles. »

Selon l'article, Turner était fait pour dompter un quart-arrière arrogant, intelligent et sans père tel que Trey Don Hall.

Humilié et honteux, Trey lut qu'il était « récalcitrant », que ses parents l'avaient abandonné lorsqu'il était très jeune et que l'entraîneur avait comblé le vide laissé par un père absent. Sachant que son statut d'orphelin était un sujet délicat pour le jeune homme, Turner déplora que le journaliste ait déformé ses propos, affirmant qu'il avait déclaré, au contraire, qu'il était le fils qu'il aurait voulu avoir. Ravi d'être ainsi considéré, Trey le crut volontiers. Néanmoins, il était vexé que tout le monde sache que ses parents ne voulaient pas de lui. Ce soir-là, il serra Cathy dans ses bras plus fort que jamais.

Le jour du match, outre les résidents de la maison de retraite et quelques assistants du shérif désignés par tirage au sort pour rester au poste, la ville se vida pratiquement de ses dix mille habitants. Dès l'aube, les partisans se mirent en route pour Irving. Le convoi hétéroclite de véhicules ornés de bannières grises et blanches arborait des banderoles hostiles aux White Tigers, dont ils affirmaient vouloir arracher les griffes. En ce samedi de mi-décembre, seul un homme arpentait les rues aux couleurs de Noël, son chien sur les talons, un poste de radio collé à l'oreille et un fouet à la main. Il était loin, le temps où il avait intimidé le champion, dans sa cour, songea-t-il en écoutant la retransmission. Avait-il bien jugé ce garçon ? L'avenir le dirait. Pour l'instant, il avait le pouvoir de faire la fierté de sa ville, mais demain serait un autre jour.

Au milieu du terrain, Trey, John et Gil Baker étaient alignés face à trois joueurs des Tigers, attendant l'entrée des arbitres pour le tirage au sort. En ce moment poignant, ils avaient déjà l'allure et l'attitude de véritables légendes. En général, les joueurs gambadaient sur le terrain boudinés dans un équipement imposant. Le port des chaussettes n'était pas réglementé pour les étudiants, qui étaient libres de les porter longues, courtes, voire de s'en dispenser, et de se coiffer à leur guise. Il n'en était pas de même pour les Bobcats, auxquels l'entraîneur Turner imposait une tenue précise : manches baissées, chaussettes longues glissées sous l'élastique de la culotte, chaussures de la même marque et du même modèle, cheveux courts et nets.

Ainsi, dans un silence respectueux, les trois joueurs clés affichaient un air impassible avant d'être présentés aux officiels. Flanqué de Trey et John, du haut de leur mètre quatre-vingt-dix, Gil Baker était plus trapu mais non moins impressionnant. Ils s'avancèrent d'un pas mesuré, le regard droit, leur casque sous le bras gauche, l'autre tendu sur le côté.

Un journaliste écrivit par la suite : « Les meneurs de jeu des Bobcats marchèrent vers leurs adversaires avec la dignité de chevaliers sur le point de livrer bataille. »

Ron Turner était très attaché à l'apparat. « On ne serre pas la main avec un gant et on ne salue pas l'adversaire coiffé d'un casque, avait-il expliqué à ses joueurs. Faites preuve de courtoisie. Une fois le tirage au sort effectué, mettez vos casques en leur présence pour leur montrer que vous êtes déterminés. »

Parmi la foule, assise entre sa grand-mère et Mabel Church, Cathy avait les yeux rivés sur Trey. Sobre, Bert Caldwell se trouvait à côté d'Emma et observait le terrain à l'aide de ses jumelles. Cathy et Mabel se tenaient par la main, unies dans la peur qui les tenaillait depuis le début de la saison. Le chef de la fanfare avait accepté de dispenser la jeune fille, qui ne souhaitait pas défiler. Même s'il avait refusé, elle serait restée dans les gradins. Sa partition de flûte n'était pas indispensable et son absence n'aurait offusqué personne. Elle préférait avoir l'œil sur Trey.

C'est ainsi que cela se passera quand il jouera pour Miami et, après notre mariage, en division nationale, songea-t-elle, le cœur serré. Elle vivrait dans l'angoisse, une épée de Damoclès au-dessus de la tête jusqu'à la fin de chaque saison. Elle détestait le football, mais Trey adorait ce sport depuis sa plus tendre enfance. Une personne privée de sa passion n'est plus la même. Que faire, à part le soutenir, soigner ses blessures, en priant qu'il survive au match suivant ?

La foule manifesta son enthousiasme : les Bobcats avaient gagné le tirage au sort.

Casque sur la tête, Trey et John coururent vers leur ligne en compagnie de Gil. Trey jeta un coup d'œil vers la fanfare. La jeune fille retint son souffle. Il ne sait pas où me chercher, songea-t-elle, redoutant que sa disparition n'affecte sa concentration. Ne sois pas stupide, se sermonna-t-elle aussitôt, rien ne peut le détourner de sa mission.

Avant la rencontre, dans les vestiaires, les Bobcats s'étaient groupés autour de leur entraîneur, certains à genoux. Turner leur avait livré ses ultimes recommandations d'une voix posée :

— Ils sont plus costauds que vous, ce qui constitue un avantage dès le départ, mais vous êtes plus intelligents, plus vifs, mieux préparés et disciplinés. Vous êtes intègres et courageux, vous avez du cœur. Vous savez à quoi vous attendre. Pour gagner, ils vont compter sur ce qu'ils sont, ce qu'ils savent. Laissez-les commettre des fautes. Les gars, avait-il ajouté avec un tremblement dans la voix, si vous êtes vous-mêmes, vous remporterez le trophée, ce soir. John, et si tu priais pour nous ?

La prédiction de Turner se confirma au cours des ultimes minutes de la rencontre, alors que les Bobcats étaient menés 21 à 24. Ensanglantés, épuisés, les joueurs avaient réussi à protéger Trey des Tigers pour lui permettre d'effectuer ses passes magiques à John. Celui-ci mit ses ultimes forces à serpenter parmi les défenseurs adverses pour marquer un touché.

À moins d'une minute de la fin, le ballon vola entre les poteaux, apportant un point supplémentaire. Dès le coup de sifflet, les partisans de Kersey poussèrent un rugissement de joie. Abasourdies, Cathy et Mabel, main dans la main, versèrent des larmes de soulagement, sous les acclamations de leur entourage.

— C'est fini, Mabel, c'est fini ! répéta Cathy encore et encore.

Elle ignorait alors à quel point ses paroles étaient prophétiques…

Chapitre 20

Au début du mois de février 1986, Cathy sut qu'elle était désignée pour l'obtention de la Bourse nationale du mérite qui lui garantirait une place à la faculté de médecine de Miami. Lors d'une cérémonie, elle se vit attribuer un certificat récompensant ses résultats scolaires exceptionnels, ainsi qu'une bourse d'études accordée par une fondation de l'Église baptiste de Kersey. Elle devrait intégrer une université accréditée à l'automne pour au moins quatre années d'études ininterrompues. Elle écrivit à Laura Rhinelander qu'elle ne la rejoindrait pas à USC en septembre.

Le premier mercredi de février eut lieu la journée de recrutement, en présence de journalistes, d'équipes de télévision, de partisans et de camarades de classe. Trey et John signèrent leur lettre d'intention pour l'université de Miami. C'était officiel : Trey était pressenti pour le poste de quart-arrière et John pour celui de receveur au sein des Hurricanes. Sammy Mueller, qui avait appelé Trey et John après leur match glorieux, tint à leur souhaiter la bienvenue dans l'équipe.

— Qu'est-ce que c'est que ça ? demanda Bert Caldwell à son fils, quelques jours après la signature. Comment c'est arrivé chez nous ?

L'air soucieux, il brandit le livret de l'université Loyola. John s'en saisit.

— Je ne sais pas qui me l'a fait envoyer. Il est arrivé un matin dans la boîte aux lettres.

— Tu l'as lu. Certaines pages sont pliées.

— C'est intéressant. Le père Richard y a étudié.

Bert parut encore plus contrarié. Depuis le grand match, il n'avait pas bu une goutte d'alcool. Il partait travailler pour de courtes missions, ne multipliait plus les conquêtes d'un soir et parvenait à maîtriser ses accès de colère. Il avait nettoyé la maison de fond en comble et, sur les conseils de Mabel, changé les couvre-lits de la chambre de John, ainsi que les rideaux du salon et le tapis. Avec la célébrité de son fils, il avait acquis une nouvelle respectabilité de père.

— Ce prêtre ferait mieux de se mêler de ses affaires ! décréta Bert. Tu n'iras pas dans cette faculté de lavettes, tu iras à l'université de Miami. Trey et toi serez des vedettes quand leur quart-arrière obtiendra son diplôme et passera professionnel. Tu deviendras quelqu'un, mon fils !

Toi aussi, tu devrais devenir quelqu'un, songea John sans l'exprimer à voix haute. Il aurait dû se réjouir que cet homme qui parlait de « son fils » se soit assagi, même pour des raisons illusoires ou parce qu'il espérait – à tort – influencer les décisions de John pour son avenir.

— Le père Richard affirme que ce n'est pas lui qui me l'a envoyé.

Le lendemain, le livret de la discorde avait disparu.

En mai, le lendemain des examens, Trey et John acceptèrent une invitation de l'entraîneur Mueller à visiter le campus de l'université de Miami. Ce voyage n'était en rien nécessaire, car les deux amis étaient convaincus d'avoir fait le bon choix. En décembre, ils n'avaient pas pu se déplacer à cause de leurs matchs. Cathy ne put les accompagner car, si les frais de Trey et John étaient pris en charge, la jeune fille aurait dû payer son billet, et Emma avait refusé l'aide de Mabel.

— Je serais de trop, de toute façon, dit Cathy à Trey. C'est une virée entre garçons. Tous ces équipements sportifs m'auraient ennuyée. J'attendrai la rentrée.

Deux semaines avant leur départ, Trey subit les examens médicaux préconisés par le Dr Thomas, non sans s'être renseigné sur les séquelles éventuelles des oreillons chez un garçon de seize ans.

— Je suis prêt à connaître la vérité, docteur. Je refuse de rester dans le doute plus longtemps.

Le Dr Thomas rendit son verdict la veille du départ pour Miami, en l'absence de Mabel. Trey avait dix-huit ans désormais et préférait venir seul.

— J'ai une bonne et une mauvaise nouvelle, annonça le médecin en lui montrant un schéma de l'appareil reproductif masculin. Commençons par la mauvaise.

De son stylo, il désigna les zones affectées à cause d'un traitement tardif de l'inflammation.

— Tu as eu ce qu'on appelle une orchite. Si tu te souviens de tes cours de biologie, tu sais qu'un spermatozoïde ressemble à un têtard qui remue la queue. Les spermatozoïdes sont dits non mobiles quand ils sont dépourvus de flagelle et ne peuvent se déplacer.

— Qu'est-ce que vous essayez de me dire, docteur?

— Tes analyses montrent que tes spermatozoïdes sont de forme anormale et ne peuvent se déplacer.

— Ce qui signifie?

— Que tu es actuellement stérile. Tes spermatozoïdes ne peuvent progresser du vagin vers l'utérus après l'éjaculation. Toutefois, ce n'est pas forcément irréversible: 36 % des adolescents présentent encore cette anomalie jusqu'à trois ans après leur guérison.

Le médecin posa son schéma et croisa les mains d'un air de compassion.

— Si tu étais venu me voir dès les premiers symptômes…

Le jeune homme s'était attendu au pire, mais n'était-il pas Trey Don Hall, le petit prodige? Il fit donc bonne figure.

— J'ai l'impression que je fais partie des 64 % qui restent.

— Je ne vais pas te mentir, Trey, ton tissu testiculaire est gravement endommagé. Au bout de deux ans… une amélioration me semble très improbable.

— Quelle était la bonne nouvelle?

— Tu ne souffres pas d'atrophie testiculaire… ce qui ne signifie pas en revanche que ça n'arrivera jamais.

— Quelles sont les probabilités?

— Un tiers des garçons pubères souffrant d'orchite à la suite des oreillons subissent une atrophie d'un testicule, voire des deux. Tu es jeune et vigoureux, tu mènes une vie saine. Tu y échapperas peut-être.

Un tiers. Jusqu'à la fin de ses jours, il allait vérifier la taille de ses testicules chaque matin. La terrible réalité s'abattit sur lui, le laissant prostré. Il n'aurait jamais de fils, ni de fille. Jamais il ne serait père. Catherine Ann ne serait jamais mère… en tout cas pas de lui. Étant elle-même orpheline, elle voudrait avoir des enfants, fonder une famille.

— Qui faut-il en informer? demanda Trey.

— Personne, à moins que tu m'y autorises. Ça relève du secret médical.

— Tant mieux. Personne ne doit savoir, répondit-il en se levant, un peu sonné.

Pour leur voyage en Floride, les deux garçons avaient soigné leur tenue. Mabel avait tenu à acheter un blouson et un pantalon en lin pour Trey et Bert avait fait cadeau à John d'un élégant blazer bleu marine, avec un pantalon assorti, afin que « ces types, en Floride, ne prennent pas mon garçon pour un paysan ». À l'aéroport, en observant les deux grands jeunes hommes si séduisants dans leurs habits neufs, Cathy songea que la nature les avait gâtés. Ils avaient tout pour eux ! Pourquoi, alors, ressentait-elle une sourde appréhension ? Depuis la veille, Trey n'était plus le même, et il ne s'agissait pas de l'une de ses sautes d'humeur si coutumières. Prétextant des bagages à faire, alors que Mabel s'en chargeait, il avait refusé de passer la soirée avec elle. Face aux regards admiratifs de certains passagers, elle se prit à penser avec un peu d'appréhension : *reviens-moi, Trey.*

Avant l'embarquement, au moment des adieux, Cathy s'attendait à des mots d'amour. Or, Trey se contenta d'un « Tu vas me manquer » suivi d'un baiser sur le front. C'était la première fois qu'il était si distant lors d'une séparation.

Ce fut elle qui déclara :

— Ne m'oublie pas quand tu seras parti.

— Comment pourrais-je t'oublier ? répondit-il. Je te laisse mon cœur.

Ce printemps-là, les températures battaient des records depuis le début de la saison. Les fleurs sauvages mouraient avant même d'avoir éclos et les herbes de la prairie étaient brûlées par le vent chaud. Comme le froid glacial de l'hiver, la chaleur accablante incitait les adultes à rester chez eux. Seuls les jeunes trouvaient du plaisir à sortir par ce temps.

— Tu ne sens pas quelque chose de différent dans l'atmosphère, Emma ? demanda Mabel.

— Oh oui ! Des températures à plus de quarante degrés !

— Non, c'est plus que ça... Il y a autre chose.

— Nous sommes tristes à la pensée que les enfants vont nous quitter.

— Oui, c'est vrai... Mais ce n'est pas tout...

Mabel était bizarre, depuis peu, mais Emma partageait ce pressentiment. Peut-être était-ce la solitude qui planait tel un oiseau de malheur et qui attendait de fondre sur elles après le départ de Trey, John et Cathy... Même Rufus ne quittait pas Cathy d'une semelle. Il posait la tête sur la cuisse de Trey, puis celle de John, le regard triste, comme s'il percevait d'instinct leur départ prochain.

Trey et John passèrent cinq jours en Floride. Mabel leur avait donné de l'argent afin qu'ils louent une voiture pour visiter Miami après leur visite du campus. Ils avaient prévu de prendre une chambre de motel et de jouer les touristes. À la fin de leur séjour, cependant, ils n'avaient pas vu grand-chose de la ville, car le campus offrait trop d'activités et de divertissements.

À l'aéroport de Miami, en attendant leur vol de retour, Trey se prit la tête dans les mains, visiblement accablé. À son côté, John restait indifférent à sa douleur.

— Je sais ce que tu penses, Tiger, marmonna-t-il.

— Comment as-tu pu faire ça ?

— Je suis vraiment un imbécile…

Le silence de John confirma ses propos.

— Il y a des choses qui ne se font pas, reprit Trey.

— Dans ce cas, dis-moi ce qui t'a pris ! Tu as franchi les limites. Tu as pensé à Cathy, au moins ?

Trey se tourna vivement vers lui, le regard plein d'angoisse.

— Bien sûr que j'ai pensé à elle ! Sinon, je n'aurais pas le moral à zéro. Je… J'ai honte, mais… je ne savais pas quoi faire d'autre.

— Comment ça, tu ne savais pas quoi faire ?

— John, ces derniers jours m'ont donné à réfléchir…

— N'exagère pas !

— Cathy et moi, on devrait peut-être faire une pause, jusqu'à ce que je sois assez sûr de moi pour savoir que je peux lui rester fidèle. Ne dit-on pas que la distance renforce les sentiments ? J'ai besoin de m'accorder du temps, de l'espace, pour comprendre pourquoi j'ai… franchi les limites, comme tu dis, en cinq jours passés loin d'elle.

Écœuré, John l'écouta parler. Sa conduite n'avait rien d'étonnant, en réalité. Dès leur arrivée sur le campus, ils avaient été pris en charge par les sublimes Hurricane

Honeys qui faisaient visiter aux nouvelles recrues les équipements et les salles de cours. Les Claquettes ne leur arrivaient pas à la cheville. John avait remarqué le regard de Trey, lorsqu'il avait déclaré aimer les filles aux jambes interminables. Il trouvait agréable d'être entouré de beautés qui aimaient le football. D'autres étudiantes s'étaient jetées à son cou, et au sien. Elles étaient sexy, sophistiquées, élégantes... Ils n'avaient que l'embarras du choix. Rien à voir avec les jolies filles un peu simples de chez eux, à part Cathy, bien sûr. Assailli par les propositions alléchantes, Trey s'en était donné à cœur joie.

— Il faut que je sache si je suis le crétin que je crois, John, dans l'intérêt de Catherine Ann ! Elle mérite le meilleur. Et si je ne l'étais pas ? Il est impossible de le savoir sans... profiter de cette liberté. Je ne suis pas salaud au point d'aller voir ailleurs alors que je suis avec Cathy.

— Comment peux-tu cesser d'aimer une fille dont tu es amoureux depuis l'âge de onze ans ? demanda John, éberlué. Ton âme sœur, ton cœur, ta vie ? Et au bout de cinq jours !

Trey rougit.

— Moi aussi, ça me choque, Tiger, crois-moi. Mais je n'ai pas cessé de l'aimer, au contraire, je veux l'épouser. Mais il serait plus juste que... Enfin, je ne suis pas comme toi, John. Je cède à la tentation.

Il voulut sourire, mais n'y parvint pas.

— Je vais lui dire que je l'ai trompée.

John se sentit soudain oppressé. Cathy ne se remettrait pas de cet aveu.

— Je... Je lui expliquerai que je veux être sûr de pouvoir être l'homme qu'elle mérite. Pourvu qu'elle comprenne et qu'elle m'accorde cette pause... On sera tous les deux à Miami, séparés mais ensemble. On ne se perdra pas de vue, on mettra simplement un peu de distance entre nous.

— Tu l'auras sous la main, si tu as envie d'elle, fit John avec dédain. C'est ça, l'idée ?

— Non ! Ce que je dis, c'est que quand je saurai que je peux me faire confiance, elle ne sera pas loin. Allons, John ! On a dix-huit ans. J'ai toute la vie pour ce genre d'engagement. Regarde tous ces couples qui se fréquentaient déjà à l'école secondaire avant de se marier... et qui sont maintenant divorcés. Ils se sont engagés trop tôt, avant d'avoir pu aller voir ailleurs.

— Il n'y a personne de plus merveilleux que Cathy, TD. Et tu le sais. Quand comptes-tu lui parler ?

— Dès notre retour à la maison. Il ne serait pas juste de retarder l'échéance. Le 1er août, on part pour l'entraînement d'automne, toi et moi. Elle aura quelques mois pour s'habituer à l'idée qu'on ne se verra plus jusqu'à ce qu'on soit... prêts.

Jusqu'à ce que TU sois prêt, sale égoïste, songea John, révolté, qui n'en croyait pas ses oreilles.

— Cette volonté de lui parler sans tarder n'a rien à voir avec les numéros de téléphone que tu as dans la poche ?

— Peut-être, admit Trey en rougissant de plus belle.

— Et si, au cours de cette « coupure », Cathy tombait amoureuse d'un autre ? Et si elle découvrait qu'elle est capable de vivre sans toi ?

L'espace d'un instant, une lueur de désespoir passa dans le regard de Trey.

— Je suis prêt à prendre le risque.

Tu ne prends aucun risque car tu es certain que Cathy t'attendra, espèce de salaud arrogant, songea encore John.

— Tu vas lui briser le cœur.

— Je sais... Dieu me pardonne... Je sais.

— J'espère que Dieu te pardonnera, parce que Cathy ne te pardonnera pas, elle. Elle aurait pu faire ses études en Californie.

— Je sais.

Durant le vol, ils n'échangèrent que quelques mots.

Cathy se crut d'abord en plein cauchemar. Non, Trey ne pouvait décider qu'ils s'accordent un peu d'espace, à Miami. Les arguments qu'il invoquait pour justifier cette « coupure » ne sortaient pas de sa bouche...

— Nous ne nous sommes jamais accordé la possibilité de rencontrer d'autres personnes, Cathy. Et je crois que nous devrions, pour être certains que nous sommes faits l'un pour l'autre. De plus... J'ai réfléchi. Et si... si ton aversion pour le football nuisait à notre bonheur ? Et si on n'arrivait pas à concilier ta grande carrière de médecin avec celle d'un imbécile de footballeur ? Ce sont des questions qu'il faut se poser. J'aurais dû y réfléchir avant, mais j'étais tellement fou de toi... On se verra toujours. On sera sur le même campus... On ne sera pas vraiment séparés.

Il ne l'appelait plus Catherine Ann. Elle eut soudain du mal à retrouver l'usage de la parole.

— Dis quelque chose, je t'en prie... Tu es de nouveau muette ?

La jeune fille se leva. Ils étaient installés sur la balançoire, sous le porche de sa grand-mère, Rufus à leurs pieds. Le chien se dressa sur ses vieilles pattes et fixa sa maîtresse, hésitant. Trey semblait tout aussi perplexe.

— Rentre, Rufus ! lança-t-elle en ouvrant la porte.

Elle le suivit à l'intérieur et referma doucement la porte.

Chapitre 21

Cathy rangea sa plaquette de pilules désormais inutile. Abattue, elle se présenta à la clinique du Dr Graves. Pour des raisons économiques, le vétérinaire ne l'avait engagée qu'à mi-temps. Elle consacrait ses après-midi à préparer ce dont elle aurait besoin à l'université. Son budget était limité, l'argent qu'elle comptait dépenser pour s'offrir quelques extras devrait financer son billet d'avion pour Miami, car elle ne se rendrait pas sur le campus en voiture avec Trey et John. Elle le regrettait, mais sa future colocataire, qui vivait à Miami, l'avait invitée à séjourner chez elle une semaine avant la rentrée. Trey et John devaient arriver à peu près en même temps. Elle serait volontiers partie avec John dans sa camionnette, mais les deux garçons comptaient s'arrêter en route. À présent, partager ses repas et une nuit de motel avec eux aurait été délicat…

Cathy put néanmoins faire quelques achats dans une boutique bon marché d'Amarillo. Le trajet à travers la prairie brunie et aride, sur l'autoroute déserte, lui fit du bien. Trey était sorti de sa vie depuis une semaine entière quand, un après-midi, en sortant de la clinique, elle décida de se rendre chez John.

Allongé sur son lit, John feuilletait avec intérêt le livret d'admission de l'université Loyola qu'il avait récupéré dans la poubelle lorsque son père l'avait jeté. L'université avait renoncé au football en 1972 et excellait désormais dans certaines disciplines interuniversitaires. John avait une idée précise de la personne qui lui avait fait adresser ce document et ressentait un certain malaise chaque fois qu'il le consultait.

Le téléphone sonnait toutes les demi-heures, mais John l'ignorait, obligeant son correspondant à lui laisser un message implorant sur le répondeur : « Allez, John ! Je sais que tu es là ! Décroche ! »

Sa chambre donnant sur la rue, il entendit le bruit caractéristique de la vieille voiture d'Emma arriver avant même de la voir. Comment Cathy s'en sortirait-elle, sans véhicule, sur le campus ? Elle qui comptait utiliser la Mustang de Trey en cas de besoin… Elle pourrait toujours emprunter sa camionnette.

John n'avait pas revu Trey depuis leur retour de Miami et il ne lui avait parlé qu'une seule fois depuis sa rupture avec Cathy, au cours de laquelle il ne lui avait pas avoué son infidélité.

— Je n'ai pas pu ! Je n'ai pas pu, c'est tout. J'ai déjà eu assez de mal à lui expliquer que nous devions nous séparer pendant un moment, rencontrer d'autres personnes… Je sais que je peux compter sur toi pour ne pas lui parler des autres filles.

— Uniquement parce que je ne veux pas la torturer davantage, TD.

— Mais tu ne me trahirais jamais, Tiger. Tu pourrais me cogner, pas me trahir.

La nouvelle de la rupture de Catherine Ann et Trey Don Hall avait fait le tour de la ville. Le visage de Cathy indiquait clairement qu'elle n'était pas à l'origine de cette séparation. La jeune fille était l'objet de sarcasmes, surtout de la part de Cissie Jane et de sa cour d'écervelées.

Pour John, fréquenter Trey était une façon de valider ses actes.

— Comment l'a-t-elle pris ? lui avait-il demandé.

— Comme… on pouvait s'y attendre, de la part de Cathy. Elle m'a écouté sans prononcer un mot. Ensuite, elle s'est levée, a appelé Rufus et est rentrée sans un regard. Elle a refermé la porte, et c'est tout.

— Que croyais-tu qu'elle dirait ?

— Je pensais qu'elle me dirait au moins ce qu'elle ressentait.

— Tu n'imaginais pas ce qu'elle ressentait ?

— Bien sûr que oui, mais je m'attendais à ce qu'elle l'exprime, qu'elle pleure, qu'elle essaie de me faire changer d'avis. Elle n'a pas versé une larme.

Trey était tellement borné, parfois… Jamais Cathy ne s'abaisserait à essayer de le convaincre de ne pas la quitter.

— Pendant un moment, j'ai cru qu'elle était redevenue muette, comme autrefois, à cause de moi.

John perçut alors de l'inquiétude et des remords dans sa voix.

— Mais j'ai vite compris qu'elle se taisait, comme quand…

— … elle n'a rien à dire, avait complété John.

Cathy et lui se parlaient tous les soirs. Il veillait à se trouver chez lui pour recevoir son appel.

— Tu es comme une tasse de chocolat chaud, avant de me coucher, John, lui avait confié la jeune fille. Je n'arrive pas à m'endormir si je n'entends pas ta voix.

Mais John savait qu'elle aurait mal dormi, de toute façon. Elle avait aussi perdu l'appétit. Il était passé la voir à la clinique et l'avait trouvée amaigrie.

John posa son livret sur son lit et alla ouvrir la porte, le cœur battant.

— Salut, dit-il, frappé par sa pâleur.

— Je ne te dérange pas, j'espère.

— Jamais tu ne pourrais me déranger, assura-t-il. C'est bon de te voir ! Entre donc.

Dès qu'il eut refermé la porte, elle se prit le visage dans les mains et fondit en larmes. John ressentit un certain soulagement. Il était bon qu'elle évacue son chagrin. Sans un mot, il la prit dans ses bras.

— Comment a-t-il pu me faire ça ? hoqueta-t-elle. Qu'a-t-il trouvé à Miami qu'il n'avait pas ici ?

— Le miroir aux alouettes. Il a été aveuglé, il a cru que c'était la vraie vie. Il ne mettra pas longtemps à se rendre compte qu'il se berçait d'illusions.

Lorsqu'elle s'écarta de lui, il eut l'impression d'un grand vide, comme s'il avait perdu une partie de lui-même. Il sourit pour masquer sa souffrance.

— Tu veux boire quelque chose ? Je crois que j'ai des boissons gazeuses au frigo.

Elle se moucha, les yeux rougis.

— Ton père… il a toujours une bouteille d'alcool cachée dans un coin ?

— Euh… Je crois qu'il y a du whisky quelque part.

— J'en prendrai bien un peu.

Il croisa son regard affligé.

— Cathy… tu es sûre ? Tu ne bois jamais.

— J'en ai besoin, John. Vraiment.

John devait l'admettre : si Bert conservait cette bouteille, c'était pour se prouver qu'il était capable de résister… et plus probablement pour être en mesure de replonger à la première occasion. Cette bouteille presque pleine constituait à la fois un salut et une tentation permanente. Il n'était que treize heures, mais John servit deux verres.

Ils trouvèrent refuge dans la chambre de John, le seul endroit de la maison où ils pouvaient écouter de la musique. Pour contrer le silence qui s'installait entre deux propos anodins, il alluma la radio. Ils s'assirent chacun sur un lit. Bientôt, John vit l'alcool agir sur cette fille qu'il aimait depuis le premier jour. Tout lui plaisait en elle. L'esprit embrumé, il savoura l'intimité de ce moment. Il avait Cathy pour lui seul, dans sa chambre… Soudain, à la radio, une chanson vint briser la magie de l'instant, réduisant ses fantasmes à néant. *All I Ask of You,* de Sarah Brightman et Cliff Richard. Cathy et Trey trouvaient que ses paroles sur l'amour éternel avaient été écrites pour eux.

— Je vais changer de station, déclara-t-il en se levant d'un bond.

— Non ! fit-elle d'une voix ivre, en lui prenant la main. Tout va bien. Je dois apprendre... à vivre... avec ces souvenirs.

Il se rassit tandis que Cathy chantonnait d'une voix brisée, son corps ondulant au rythme de la musique. John voulut lui prendre son verre.

— Danse avec moi, fit-elle en se levant à son tour.

Vêtue d'un short et d'un t-shirt blanc, elle enroula les bras autour de son cou. Sa peau nue était aussi enivrante que le whisky et son parfum si féminin... John fut submergé d'un désir si intense qu'il fut incapable d'éviter ce qu'il se produisit ensuite.

Les yeux fermés, Cathy chantonnait toujours. Leurs corps se frôlaient, épousant le rythme lent. Elle avait la tête sur son épaule. Elle tendit une main vers son verre qu'elle vida d'une traite.

— On devait passer notre vie ensemble, comme dans cette chanson. Partager chaque jour et chaque nuit...

Il lui reprit son verre.

— Ça arrivera peut-être, dit-il, espérant se tromper.

Elle posa le front sur son menton.

— Je voudrais me réveiller un matin et qu'il n'y ait plus jamais de nuit, John...

Les yeux fermés, Cathy trébucha, mais il la rattrapa et la serra dans ses bras. Ivre de désir, il l'allongea sur le lit et voulut s'écarter, mais elle le retint.

— Ne t'en va pas, murmura-t-elle, les paupières lourdes.

— Tu es sûre ? On est saouls...

— Dis-moi que tu m'aimes...

Était-ce elle qui parlait ou la chanson ?

Il lui répondit avec ses propres mots, du fond du cœur :

— Tu sais très bien que je t'aime.

Tandis qu'elle bougeait la tête de gauche à droite sur l'oreiller, il se déshabilla avant de la dévêtir à son tour. Le sang bouillonnait dans ses veines. Entraîné par la musique, il ne voyait plus que sa beauté.

— Cathy… Cathy, ouvre les yeux et dis-moi que c'est ce que tu veux, souffla-t-il.

Prêt à la faire sienne, il la couvrit de son corps. Dès qu'elle écarta les jambes, son sexe en érection se nicha dans les replis de son intimité.

— Trey… murmura-t-elle d'un ton rêveur au moment où il allait la pénétrer.

John se releva d'un bond. Cathy s'était assoupie, la bouche entrouverte. Elle ne réagit pas quand il lui enfila ses sous-vêtements, son short et son t-shirt. Il posa sur elle la petite couverture bleue rangée dans son armoire. Enfin, il éteignit la radio et alla prendre une douche froide. La bouteille de whisky était presque vide.

Cinq heures plus tard, il la réveilla.

— Oh ! s'exclama-t-elle, sonnée. Que s'est-il passé ?

— Tu as un peu trop bu. Beaucoup, même, ajouta-t-il avec un sourire forcé.

— Quelle heure est-il ?

— Six heures.

— Oh non ! Ma grand-mère est encore à la bibliothèque. (Elle porta une main à sa bouche.) Je crois que je vais vomir.

— C'est par là. Ne prête pas attention au désordre.

Il s'en voulut de ne pas avoir mis un peu d'ordre. Si seulement cette journée n'avait jamais existé… Il y avait tant de choses qu'il voulait effacer. Cathy réapparut, blanche comme un linge.

— Je me sens mal, gémit-elle.

— Moi aussi.

Avec un soupir, elle enroula les bras autour de sa taille et posa la tête sur son épaule. John garda les mains dans ses poches.

— J'ai dû perdre connaissance, murmura-t-elle. Ces quelques heures ont… comme disparu. J'ai dit ou fait des bêtises ?

— Tu as travaillé ton chant.

— Aïe ! C'est tout ?

— Tu ronfles un peu.

— Il paraît. Autre chose ?

— Non.

— Tu es sûr ?

— Oui. Crois-moi.

Elle leva la tête pour le regarder avec affection.

— Je te crois, John. Vraiment. C'est ce que j'aime, chez toi. Je peux t'accorder une confiance totale.

— Et si je te déposais chez toi avant d'aller chercher ta grand-mère ? Tu n'es pas en état de conduire.

— Merci ! Tu es tellement gentil…

Elle s'écarta pour chercher son sac d'un air distrait. Pour elle, il faisait partie du décor : solide, fiable, toujours là, mais vite oublié. Elle lui tendit ses clés de voiture avec un sourire.

— Je m'en remettrai, tu sais. Quand mon cœur aura compris, mon esprit acceptera. Pour l'instant, je suis sonnée. J'ai réservé mon cheval préféré demain pour monter après le travail. Vous voulez venir avec moi, Béa et toi ?

— Avec plaisir, répondit-il, fou de chagrin. Bonne idée. Je vais l'appeler.

Le lendemain après-midi, John et Béa chevauchèrent seuls dans la prairie. Trey était de retour dans la vie de Cathy…

Chapitre 22

Pour la première fois de sa vie, Trey avait franchi les limites, aux yeux de sa tante, et elle n'était pas disposée à lui pardonner. Emma lui avait appris ce qu'il avait fait. Le lendemain matin de sa rupture avec Cathy, alors qu'il était malheureux comme les pierres, elle refusait même de le regarder. S'ils n'avaient jamais évoqué sa vie sentimentale, c'était surtout parce que Trey n'était pas porté sur les confidences. Mabel s'occupait de lui sur le plan matériel. Leurs échanges se cantonnaient aux devoirs scolaires, au linge, sans jamais glisser vers les problèmes plus intimes.

En cet instant, Trey déplorait de ne pouvoir lui confier les raisons pour lesquelles il avait renoncé à Catherine Ann.

Je n'ai pas rompu parce que je n'aime plus Catherine Ann, mais parce que je l'aime, au contraire. Je ne voulais pas qu'elle s'engage davantage avec un type qui risquait de « tirer à blanc » sa vie entière. Un jour, elle voudra avoir des enfants. Si je lui avoue la vérité, elle restera avec moi. Jamais elle ne m'abandonnerait. Elle est comme ça. C'est pour ça que je l'aime.

Il aurait pu décrire à sa tante l'expression radieuse de Cathy, un jour de novembre, au supermarché, lorsqu'elle avait tenu un bébé dans ses bras pendant que sa mère vidait son panier. Depuis le verdict du Dr Thomas, Trey se disait qu'il ne parviendrait peut-être jamais à la rendre aussi heureuse. *Nous pourrions adopter, mais Dieu sait ce qu'on nous donnerait. Catherine Ann méritait des enfants à elle, blonds aux yeux bleus, aussi superbes qu'elle.* Ne valait-il pas mieux lui faire mal, ainsi qu'à lui-même, en la portant à croire qu'il l'avait trompée (il l'avait vraiment trompée, mais pas dans son cœur) plutôt que de lui révéler la terrible vérité ?

Comme il aurait aimé expliquer tout cela à sa tante, entendre son avis. Il serait tellement réconfortant d'être compris… Car elle serait d'accord avec lui, il en était persuadé. Cathy et lui n'avaient que dix-huit ans, ils étaient trop jeunes pour s'engager, parler de mariage, d'enfants et d'éternité. Ils avaient la vie devant eux, deux carrières à bâtir. Hélas, Mabel avait dressé une barrière entre eux et sa réprobation était presque palpable. Elle adorait Cathy et le considérait comme le dernier des imbéciles. Depuis, Trey faisait son lit afin qu'elle ne remarque pas les larmes qui avaient coulé sur son oreiller. Elle avait interprété ce geste comme une tactique visant à s'attirer de nouveau ses bonnes grâces.

Même John l'évitait. Son ami lui manquait presque autant que Cathy. Jamais John ne l'avait détesté à ce point, jamais ils n'avaient cessé de se parler pendant aussi longtemps. Si seulement il pouvait lui confier pourquoi il avait dépassé les limites… Même avec lui, il était incapable de partager un tel secret. Les parties intimes n'étaient tout simplement pas un sujet de conversation. Et le fait qu'il se sente moins… viril que les autres créerait un certain déséquilibre, sans parler de la gêne qu'engendrerait cette information dans leurs relations.

S'il parvenait à ne pas voir Catherine Ann pendant encore deux mois, jusqu'à ce que John et lui partent pour l'entraînement d'automne, il aurait surmonté le pire. En attendant, elle lui manquait tant qu'il en souffrait presque autant que quand il avait les oreillons et que rien ne le soulageait. Il n'avait aucune envie de sortir avec les filles qui avaient commencé à l'appeler quelques jours après sa rupture avec Cathy, y compris Tara, la fille de l'entraîneur Turner. Quelle dévergondée ! Comment un homme aussi droit que Ron Turner pouvait avoir une fille comme Tara ? Trey se demandait à quel point il était au courant des activités de sa fille. Par respect pour lui, les joueurs de l'équipe de football l'évitaient comme la peste. Elle s'était présentée chez tante Mabel sous le prétexte de faire dédicacer son album des finissants par Trey. Elle lui avait mis son décolleté plongeant sous le nez, allant jusqu'à se frotter contre lui. Il avait signé et l'avait raccompagnée à la porte.

Il n'avait même pas composé les numéros de téléphone rapportés de Floride. Plus rien n'existait que la souffrance de Cathy et son mutisme. Il ne ressentait que honte, culpabilité et douleur, avec une impression terrible d'avoir renoncé à elle irrémédiablement. Jamais il ne rencontrerait une femme aussi fidèle que Catherine Ann, aussi rassurante…

Il ne s'était jamais senti aussi seul depuis que sa mère l'avait abandonné.

Face à la colère de sa tante, il accepta de se rendre chez les Harbison chercher les œufs et les légumes qu'elle avait réservés. Depuis le mois de novembre, il refusait catégoriquement d'y aller à sa place, une obstination qui n'étonnait personne, car il s'était toujours plaint du trajet ennuyeux et de l'hostilité de Mme Harbison. Celle-ci ne laissait planer aucun doute sur ce qu'elle pensait du neveu adulé de Mabel Church, qui se croyait tellement supérieur à son paysan de fils… Cette fois, Trey ne put se défiler. Il aurait voulu que John l'accompagne, mais il n'était pas question qu'il lui demande de retourner sur la scène de leur pire cauchemar, dont il était l'instigateur.

S'il faisait très chaud, par rapport à ce jour de novembre, rien n'avait changé. Mal à l'aise, Trey s'approcha de la grille. Mme Harbison vint répondre à son coup de sonnette. Depuis la dernière fois qu'il l'avait vue, elle avait vieilli.

— Bonjour, madame Harbison, bredouilla-t-il. Je viens chercher la commande de ma tante.

Elle brandit un bras plâtré. Son poignet était entouré d'une attelle.

— Comme tu le vois, je suis un peu handicapée. Je suis tombée, l'autre jour. Tu vas devoir m'aider à ramasser les œufs.

— Les œufs ? Où ça ?

— Dans la grange. Tu me tiendras le panier.

Trey se sentit pâlir.

— Euh… Je peux revenir un autre jour quand… quand vous irez mieux.

— Ce n'est qu'un bras cassé. Fais le tour de la maison. Je te rejoins derrière.

— D'accord…

Les dalles, la barrière, la cour… tout était exactement comme dans ses souvenirs. La table de pique-nique, l'enclos du bélier, apparemment vide, étaient encore là. La porte du fond fit le même bruit, en claquant. Betty Harbison descendit quelques marches et lui remit un panier.

— Viens avec moi, dit-elle. L'entrée du poulailler est là-bas.

De son couteau, elle désigna la grange. Trey dut se forcer à franchir le seuil.

— On a construit le poulailler sur un côté de la grange, mais avec une entrée intérieure, pour que les braconniers ne viennent pas nous voler nos poules et nos œufs, expliqua Betty en voyant son air de dégoût. Par cette chaleur, l'odeur est assez forte, mais tu vas devoir la supporter. (Elle lui tendit un couteau.) Tu m'aideras aussi à cueillir des tomates. Et je veux donner à ta tante quelques brins de romarin que j'ai fait sécher là-haut.

Elle lui montra la poutre à laquelle John et lui avaient pendu Donny. Le crucifix était toujours en place.

— D'accord, fit-il, au bord de la nausée.

Quand ils eurent réuni toute la commande, Betty déclara :

— Allons dans la cuisine. Tu vas m'aider à emballer ça.

Trey était horrifié. Il s'attendait à lui remettre le chèque de sa tante en échange de ses produits, rien de plus. Il se sentait pris au piège par son regard perçant, son ton sans réplique. Elle devait être stricte avec Donny, une vraie mère ourse prompte à corriger son petit, mais aussi à le protéger, à le câliner. Il lui manquait désormais quelque chose, qu'elle avait perdu en ce jour de novembre.

— Oui, madame.

Muni du panier, Trey la suivit dans la cuisine et referma doucement la porte, comme pour ne pas réveiller le fantôme de Donny. La pièce était vaste. Il y flottait une odeur alléchante, mais l'atmosphère était celle d'une salle de concert sans le public. Sur la grande table ronde étaient posés deux couverts entourés d'une serviette. Sur une étagère, presque caché derrière des livres de cuisine et un vase, il vit une photo d'école de Donny souriant. Mal à l'aise, Trey attendit que Mme Harbison lui prenne le panier des mains.

— Tu es plein de poussière. Lave-toi les mains à l'évier. Je vais te chercher un sac.

Elle lui tendit quelques essuie-tout et, baissant le ton, détourna les yeux :

— Tu prendras bien une part de tarte aux pacanes pour ta peine. Assois-toi, je vais te servir.

Manger à sa table ? Là où Donny s'assoyait ?

— Oh non, madame ! Je ne peux pas faire ça, dit Trey, au bord de la panique. Je vais vous payer et rentrer chez moi.

Il sortit le chèque de sa poche.

Betty pinça les lèvres. Aussitôt, il s'en voulut. La pauvre femme avait simplement envie de servir de la tarte à un adolescent, comme avant. Son refus brutal avait rouvert une plaie qui ne se refermerait jamais.

— Bon, je vais chercher un sac, répliqua-t-elle en s'éloignant vers le garde-manger.

Devait-il lui dire qu'il était désolé de la mort de son fils ? Il risquait de se trahir. Ces derniers temps, il était d'une sensibilité à fleur de peau. Quand elle revint, elle entreprit d'emballer les produits elle-même.

— Madame Harbison, je…

— Tiens, coupa-t-elle en lui arrachant presque le chèque. Tu remercieras ta tante. Tu connais le chemin.

— Oui, madame.

Ce jour de novembre, il avait garé sa voiture au même endroit. Jamais il n'avait oublié le crissement des pneus sur le gravier. Il fut soudain envahi d'une telle tristesse qu'il dut s'arrêter au bord de la route pour ouvrir la portière et respirer profondément. Le bourdonnement accusateur des insectes lui emplit les oreilles. La prairie se mit à trembler, soudain floue.

— Catherine Ann, sanglota-t-il. Catherine Ann… Catherine Ann…

Lorsqu'elle lui ouvrit la porte, il avait les yeux rougis, gonflés. Il eut beaucoup de mal à énoncer les paroles qu'il voulait adresser à celle qu'il aimait le plus au monde.

— Catherine Ann… Je suis… je te demande pardon… Je ne sais pas ce qui m'a pris… Je suis le dernier des imbéciles. Je t'en prie, pardonne-moi.

Elle ne travaillait plus à la clinique et Emma se trouvait à la bibliothèque. Cathy le prit par la main et l'entraîna dans la maison. Elle téléphona à l'écurie pour annuler sa réservation.

— Reste ici ! ordonna-t-elle à Rufus, avant d'emmener Trey dans sa chambre.

Chapitre 23

Trey participait à un stage d'été à l'université de Miami quand un test de grossesse acheté à la pharmacie confirma à Cathy ce qu'elle soupçonnait. La nouvelle lui fit néanmoins l'effet d'une bombe. Quand elle reprit ses esprits, elle se sentit moins dévastée qu'elle ne l'aurait imaginé. Elle ressentit même une certaine joie. Une grossesse, ce n'était pas la fin du monde… Trey et elles devraient simplement se marier plus tôt que prévu. Ce ne serait pas facile, mais les bonnes choses ne l'étaient jamais, de toute façon. Elle devrait renoncer à sa bourse, réservée aux étudiants célibataires, et mettre ses études entre parenthèses. Cependant, elle pourrait présenter de nouvelles demandes au bout d'un an. En attendant, ils vivraient grâce à la bourse de Trey et tante Mabel les aiderait. Dans un premier temps, Trey serait déstabilisé. Un bébé et un mariage si vite… ce n'était pas ce qu'il avait prévu, mais il s'y ferait. Peut-être même se réjouirait-il ! Il n'avait jamais exprimé un désir d'enfant, mais la famille comptait tellement, à ses yeux… Il aimait être entouré d'êtres chers. Et qui l'aimerait davantage qu'un fils ou une fille ? Sa grand-mère et tante Mabel seraient ravies et John content d'être oncle! Ils seraient tous solidaires et Trey et elle s'en sortiraient.

Il revint de Coral Gables la semaine suivante. Dans le salon de Mabel, Cathy l'écouta lui raconter son stage. Le quart-arrière vétéran l'avait pris sous son aile. Il lui expliqua combien il appréciait l'entraîneur Mueller, ses assistants, les autres joueurs. John et lui avaient fait des étincelles.

— Trey, j'ai quelque chose à te dire…

— Avant, j'ai à te parler, moi aussi, répondit-il en lui prenant la main. Je t'ai caché quelque chose, Catherine Ann. Et tu ne me le pardonneras peut-être pas.

Elle posa un index sur les lèvres du jeune homme.

— C'est trop tard, dit-elle avec un sourire. Ça ne changera rien.

Trey ne se rendait-il pas compte qu'elle savait pourquoi il avait voulu marquer une pause dans leur relation, la dernière fois qu'il était rentré de Miami? Cette fois, il l'avait appelée tous les jours pour lui déclarer sa flamme, lui dire qu'elle lui manquait et combien il était heureux qu'ils étudient ensemble à Miami, car il ne souffrirait pas de son absence.

— Ce que j'ai à dire est très important, Catherine Ann, insista-t-il, l'air inquiet.

— Moi aussi.

— D'accord. Je t'écoute.

Blottie contre son torse puissant, elle déclara:

— Je suis enceinte, Trey.

Elle lui expliqua que c'était certainement arrivé l'après-midi où il était venu la voir, car alors elle ne prenait plus la pilule. Trey se crispa, puis relâcha son étreinte.

— Tu es quoi?

Elle s'écarta pour le regarder. Il avait les yeux fixes, les lèvres pâles.

— Je suis enceinte, répéta-t-elle, le corps parcouru de frissons, comme toujours quand elle avait peur. Nous allons avoir un bébé.

— Tu es sûre ?

— Oui, répondit-elle, soudain hésitante. N'est-ce pas... merveilleux ? Je sais que c'est un choc...

— Tu ne peux pas être enceinte. Tu te trompes.

— Il n'y a pas d'erreur, Trey. J'ai consulté un gynécologue à Amarillo pour en être sûre.

Il s'écarta vivement comme si elle était contagieuse.

— Je n'y crois pas.

La gorge sèche, Cathy s'humecta les lèvres.

— Tu ne crois pas à quoi ? À ma grossesse ? Que ça puisse nous arriver à nous ? Compte tenu de ce qu'il s'est passé, quand tu es venu chez moi, tu ne devrais pas être étonné.

— Je te faisais confiance, Cathy. Encore plus qu'à John, je te faisais confiance.

Sa voix se brisa. Il se sentait trahi, cela se lisait dans son regard. Il se leva, chancelant.

— Tu me faisais confiance pour la pilule ? demanda-t-elle, éberluée. Mais, Trey, je n'avais plus besoin de la prendre... Tu m'avais quittée...

— Va-t'en, dit-il si calmement qu'elle l'entendit à peine. Sors d'ici immédiatement.

— Quoi ?

— Je te dis... Comment as-tu pu nous faire ça ? gémit-il.

— Je ne l'ai pas fait toute seule ! répliqua-t-elle, de plus en plus fâchée. Ce sont des choses qui arrivent. Un bébé, ce n'est pas la fin du monde.

— Pour moi, oui. Fiche le camp !

— Tu ne penses pas ce que tu dis.

— Oh, oui !

Il la prit par le bras et l'entraîna vers la porte d'entrée avant de la jeter dehors. Pétrifiée, incrédule, elle demeura bouche bée sous le porche tandis qu'il lui claquait la porte au nez avant de la verrouiller à double tour.

Le lendemain matin, à son réveil, Mabel découvrit qu'il était parti, laissant une note sur son oreiller: «Je t'aime, tante Mabel. Je retourne à Miami. Merci pour tout. Trey.»

Cathy se précipita chez John. Trey ne lui avait même pas dit au revoir.

— Explique-moi, implora la jeune fille. En quoi avoir un bébé est-il si terrible pour lui?

John était abasourdi. Lors de ce dernier séjour à Miami, Trey n'avait même pas regardé une autre fille. Il était fou amoureux, se demandant comment il avait cru pouvoir vivre sans elle. John pensait que plus rien ne pourrait les séparer. Parfois, l'esprit de Trey était si tortueux qu'il avait du mal à le comprendre, mais il n'en avait jamais été choqué à ce point. Trey avait coutume de s'emporter contre ceux qu'il aimait – John, sa tante, l'entraîneur Turner. Dès qu'il se calmait, il s'excusait de façon désarmante, comme avec Cathy, après leur unique séparation.

Cette fois, c'était différent. John en avait le terrible pressentiment.

— Qu'est-ce que tu vas faire? demanda-t-il à Cathy.

— Attendre. Il changera d'avis, je le sais.

— Et… dans le cas contraire?

— Il changera d'avis, John. Je le connais.

John la prit par les épaules.

— Sinon, pourrais-tu envisager de m'épouser, Cathy? Tu sais ce que je ressens pour toi. Je t'aime depuis toujours. J'aimerai cet enfant comme si c'était le mien. Nous pourrions vivre heureux ensemble.

Elle observa son beau visage. Il ressemblait tellement à Trey qu'ils auraient pu être frères, ce qu'ils étaient par le cœur.

— Je sais, et je t'aime bien trop pour te permettre de m'épouser alors que nous savons tous les deux que mon cœur appartient à Trey. Cet enfant est le sien. Il m'aime, John. Il lui faudra sans doute du temps, mais il me reviendra. Et je dois être disponible, à ce moment-là.

Pendant les deux semaines précédant le départ de Cathy pour Miami, Trey ne donna aucune nouvelle. Nul ne savait où le contacter. John suggéra à Mabel d'appeler Sammy Mueller, qui lui assura que Trey était bien arrivé sur le campus et qu'il logeait dans la résidence des sportifs. John et Cathy lui écrivirent, Mabel lui laissa des messages. Il ne répondit à personne. Cathy sentit son univers s'écrouler. Elle et Trey étaient fusionnels, ils ne formaient qu'un. Elle avait l'impression qu'on lui avait arraché une partie d'elle, comme s'il lui manquait des organes vitaux.

Avec Emma, dont le visage reflétait une grande inquiétude et une profonde déception, elle évoqua les possibilités qui s'offraient à elle. L'avortement était exclu. Pourquoi Trey, s'il voulait encore d'elle et s'opposait à ce point à cet enfant, ne lui avait-il pas demandé de mettre fin à cette grossesse ? Il en était capable. Mais elle savait aussi qu'il n'éliminerait jamais leur enfant. Confier le bébé à un service d'adoption et poursuivre sa vie ? C'était inenvisageable. Abandonner un enfant conçu dans l'amour était impossible.

John réitéra sa proposition de mariage, mais Cathy la déclina une nouvelle fois.

— Sais-tu au moins ce qui t'attend ? demanda-t-il. Il est vrai que, nous sommes dans les années quatre-vingt et les mères célibataires sont moins montrées du doigt qu'autrefois, même sur un campus, mais… le regard est différent. Tu seras rejetée. Pense à l'enfant…

— Je ne fais que ça, John.

— Il n'y a aucune chance que tu m'épouses ?

— Aucune. Tu mérites mieux que ça, John.

— Il n'existe personne de mieux que toi.

La veille de son départ pour la Floride à bord de sa camionnette, John appela l'entraîneur Mueller.

— Donc tu n'as pas discuté de ta décision avec ton ami? lui demanda-t-il.

— Je vous laisse vous en charger, monsieur.

— Nous comptions sur ta venue pour former un tandem.

— Trey sera parfait en solo.

— On verra. Tu vas nous manquer, John.

Il avait postulé à l'université Loyola, à La Nouvelle-Orléans et son dossier avait été accepté. Il avait pu se dégager des obligations liées à sa lettre de motivation parce qu'il ne jouerait pas au football dans une autre université. À Loyola, il entendait devenir jésuite avant d'être ordonné prêtre.

DEUXIÈME PARTIE

1986-1999

Chapitre 24

Dans son bureau, Frank Medford, coordinateur de la défense des Hurricanes de Miami et entraîneur des quarts-arrière, mastiquait furieusement sa gomme à mâcher. Quelle terrible déception ! John Caldwell avait renoncé à sa bourse d'études pour intégrer l'université Loyola, à La Nouvelle-Orléans, dans l'espoir de devenir prêtre.

En apprenant la nouvelle, Frank avait failli avoir un arrêt cardiaque.

— Quoi ? Le salaud ! C'est une plaisanterie ?

Tout aussi abasourdi et désappointé, Sammy Mueller, qui se tenait face à lui, lui assura que non. Il y avait de quoi s'arracher les cheveux. Comment la vocation religieuse de John Caldwell avait-elle pu leur échapper ?

— Nous n'avons pas pensé à lui poser la question et il n'en a pas parlé, déclara l'entraîneur Mueller. Il faut avouer que la raison qu'il a invoquée pour se retirer est inédite. Nous aurions pu engager le receveur d'Oklahoma… soupira-t-il.

Frank s'écroula dans son fauteuil. Il avait connu des déceptions, mais jamais d'une telle ampleur.

— Ça explique l'arrivée précoce de Trey Hall sur le campus, reprit-il. Je voyais bien que quelque chose le tracassait.

Il n'est plus le même que lors du stage d'été. Pourquoi ne nous a-t-il pas informés que John envisageait de renoncer ?

— Apparemment, il n'en savait rien, Frank. Il va falloir que tu le lui annonces.

— Hall devait bien avoir une idée de ce que mijotait son ami. Comment expliquer qu'il ait le moral à zéro, sinon ?

Frank n'en revenait pas. John Caldwell était à Trey Don Hall ce que le carburant était à une fusée. Trey serait-il capable des mêmes prouesses sans son ami d'enfance ?

— Va savoir, avec un garçon de dix-huit ans, déclara Mueller. Je veux que tu aies une conversation avec lui, que tu découvres ce qui ne va pas afin de déterminer si la qualité de son jeu sera affectée. Sans John, Trey risque de craquer.

Frank partageait la même appréhension. Son enthousiasme en voyant les vidéos des deux garçons au sein de l'équipe de Kersey, puis en observant le duo de choc lors du stage d'été était refroidi. Entraîneur chevronné et avisé, il avait appris à réserver son jugement tant que les nouvelles recrues n'avaient pas fait leurs preuves sur le terrain. Ces deux garçons venus du nord du Texas, surtout Trey, constituaient de rares exceptions à la règle.

Lors de leur première visite sur le campus, Trey Don était le quart-arrière typique : grand, beau et arrogant. Frank avait jugé bon de le faire redescendre sur terre.

— Je préfère qu'on m'appelle TD, avait-il annoncé avec un sourire satisfait, lors des présentations avec les entraîneurs.

— Chez nous, un surnom, ça se mérite, avait répliqué Frank. Pour l'instant, tu n'es que Trey Don Hall.

Ce qui n'avait pas empêché le jeune garçon de se détacher du lot. Il était évident qu'il serait à la hauteur, que ce soit sur le plan physique ou mental. Lors du stage d'été, il avait impressionné les entraîneurs offensifs par sa concentration et sa conduite. Il ne passait pas ses soirées dans les boîtes de Coconut Grove, à réduire à néant son entraînement de la journée sous la surveillance de John. Son assiduité et son renoncement aux plaisirs qu'il s'était accordés lors de sa première visite les avaient tous surpris, de même que son retour inattendu sur le campus, quelques jours à peine après être rentré au Texas. Lorsque le jeune homme avait demandé à régler le prix de sa pension dans la résidence des sportifs pour les semaines précédant le versement de sa bourse, Frank avait compris que quelque chose clochait. Depuis, Hall vivait comme un moine – ni filles, ni sorties. Il n'était plus ce garçon sociable et ouvert qu'ils avaient rencontré au départ, il restait enfermé dans sa chambre, mangeait seul et se couchait tôt. Pendant la journée, il visionnait des rencontres, s'entraînait et s'exerçait aux passes sur des cibles mouvantes, réussissant presque à tous les coups. Il attirait déjà des spectateurs, mais pas des membres de l'équipe d'entraînement, la fédération interdisant toute interaction entre entraîneurs et joueurs avant le début de la saison. Les entraîneurs avaient néanmoins observé la perfection de son jeu à l'aide de jumelles, depuis leurs fenêtres, imaginant déjà ses prouesses en tandem avec John. Le rêve ultime pour un entraîneur offensif.

La moitié de ce rêve venait de s'envoler et l'autre était en péril, si le talent exceptionnel de Trey Don Hall était un tant soit peu dépendant de celui de John Caldwell. Les vidéos attestaient une confiance mutuelle et une complicité qui avaient permis à l'équipe de Kersey de se distinguer.

— Vous vouliez me voir, *coach* Medford ? demanda Trey, sur le seuil.

— Oui. Entre et assois-toi.

Le jeune homme portait encore sa tenue de sport. Il avait l'habitude de faire de la musculation, ce qui était une bonne surprise – rares étaient les quarts-arrièrequi se donnaient cette peine, jugeant que musculation était seulement pour les arrières. Hall considérait qu'un quart-arrière devait être à la fois fort et rapide. Du haut de son mètre quatre-vingt-dix, il accusait près de cent kilos de muscles. Le désarroi de Frank monta d'un cran.

— Je crains d'avoir de mauvaises nouvelles, Trey.

Alarmé, le jeune homme prit place sur la chaise qu'il lui désignait.

— Ce n'est pas à propos de ma tante, j'espère.

— Non. Il s'agit de John Caldwell. Il ne viendra pas à Miami.

Autant aller droit au but. La réaction de Trey lui indiquerait s'il était au courant et s'il s'était fait à l'idée de jouer en solo.

La nouvelle fit l'effet d'une bombe.

— Quoi ? s'exclama Trey en blêmissant. Comment ça, il ne viendra pas à Miami ?

— John a changé d'avis. Il n'intégrera pas nos rangs à la rentrée et a renoncé à sa bourse.

— Mais il ne peut pas ! Légalement, je veux dire.

— Oui, à condition de ne pas jouer au football dans une autre université pendant un an.

— Ne pas jouer au football…

Il encaissa le choc.

— Sais-tu pourquoi il nous fait faux bond ?

— Non… Je… pensais qu'il se marierait et qu'il vivrait en dehors du campus. Jamais je n'aurais imaginé qu'il renoncerait à Miami, au football. La fille qu'il va épouser a également décroché une bourse ici.

— Je peux t'assurer qu'il ne va pas se marier, répondit Frank. En tout cas pas avec une femme. Il part pour l'université Loyola à La Nouvelle-Orléans afin de devenir prêtre.

Trey afficha l'expression d'un homme à qui un ami vient de tirer une balle en plein cœur. Au bout de quelques secondes, il se leva lentement.

— Non… Il n'a pas pu… Il ne ferait pas… Oh, non, John !

Il se prit le visage dans les mains et se courba en deux.

— Je vais être honnête avec toi, déclara Frank. J'ai envie de pleurer, moi aussi. John Caldwell aurait pu être le meilleur receveur universitaire. Tu ne te doutais de rien ?

— Non... bredouilla Trey. Pas maintenant. Je pensais... qu'il se marierait.

Ah, songea Frank, *voilà l'explication... John Caldwell s'était disputé avec sa copine. Mais de là à renoncer à tout, à dix-huit ans, uniquement à cause d'une fille, et à entrer dans les ordres pour faire vœu de célibat ?*

— Écoute, il est encore possible de le récupérer. Nous irons le trouver et tu discuteras avec lui pour le convaincre de ramener ses fesses !

— Non !

Étonné par la vivacité de cette réponse, Frank insista :

— Pourquoi ?

— Parce qu'il ne changera pas d'avis.

Frank connaissait les garçons. Trey lui cachait quelque chose et n'avait aucune intention de lui en faire part, quelque secret douloureux qu'il jugeait trop personnel. Il opta pour une attitude paternelle.

— TD, qu'est-il arrivé quand tu es rentré à la maison ? Je sais qu'il s'est passé quelque chose parce que tu étais différent à ton retour ici. Et voilà que Caldwell veut entrer dans les ordres ! Je sais qu'il est difficile de parler de certaines choses, mais je peux t'aider. Tu as dit que vous rêviez d'intégrer notre équipe depuis l'école primaire et que vous n'aviez même pas envisagé une autre université que la nôtre. Pourquoi ce revirement ? Si c'est uniquement à cause d'une fille, il faut absolument parler à John. Il est trop jeune pour prendre ce genre de décision. Il n'aura qu'à devenir prêtre plus tard. C'est assez fréquent.

Le chagrin de Trey menaçait de le submerger.

— Il faut que j'y aille, déclara-t-il.

Surpris, car c'était à lui de décider de la fin d'un entretien, Frank répondit :

— Très bien. Sache que tout n'est pas perdu. John reviendra peut-être l'an prochain, quand il aura pris conscience des sacrifices qu'implique la prêtrise. Moi-même, j'ai songé à entrer dans les ordres, jusqu'à ma période de discernement. Je n'ai pas tenu longtemps. Faire vœu de pauvreté, d'obéissance et de chasteté... Je vois bien John accepter les deux premiers, mais la chasteté...

À en juger par l'expression de Trey, il avait touché la corde sensible.

— Une période de quoi ?

— Le candidat à la prêtrise doit prendre le temps de déterminer s'il a vraiment la vocation.

— Il a la vocation, répliqua Trey en tournant les talons.

— Avant de partir, Hall, sois franc avec moi.

Agacé par son impression que ce gamin avait eu le dernier mot, Frank déclara avec fermeté :

— L'abandon de John risque-t-elle de mettre en cause ce que tu es venu faire ici ?

Trey froissa son mouchoir et le lança dans la corbeille située à côté du bureau. Quelques instants plus tôt, il ressemblait à un garçon vulnérable de dix-huit ans, désormais, c'était un homme amer.

— Non, *coach.* Le football est tout ce qu'il me reste.

Dans sa chambre, Trey s'écroula sur son lit. John, prêtre ? Il aurait dû s'en douter. Depuis le mois de novembre, il fréquentait assidûment sa paroisse. Cependant, jamais il n'aurait imaginé qu'il aille aussi loin dans sa quête de rédemption. Et pas maintenant. Qu'allait devenir Cathy ? Il était censé l'épouser sans que personne sache la vérité sur sa grossesse. Pourquoi John laissait-il Cathy dans cet état, à moins... à moins...

Trey ouvrit le tiroir contenant les lettres de Cathy qu'il n'avait pas lues. Il y en avait également une de John, arrivée la semaine précédente. Il déchira l'enveloppe. La page d'écriture confirma ses soupçons.

Cher TD,

Je t'écris pour te demander, pour t'implorer de rentrer à la maison et faire ton devoir envers Cathy et votre enfant. Elle va le garder parce qu'elle se dit incapable de renoncer à un bébé issu de votre amour. Pour les mêmes raisons, elle refuse de m'épouser. Je l'ai suppliée, car je l'aime, moi aussi. Je l'ai toujours aimée, et pas d'un sentiment fraternel. Elle a refusé car elle se déclare incapable d'épouser quelqu'un d'autre que toi puisque son cœur t'appartient. Elle est convaincue que tu ressens la même chose et que tu reviendras vers elle afin que vous puissiez vous marier avant le début des cours. Je n'ai pas toujours compris ton comportement mais, cette fois, je suis abasourdi. Pourquoi es-tu si opposé à la perspective d'être père ? D'épouser Cathy ? Fonder une famille avec elle devrait être la plus merveilleuse des perspectives. Rentre à Kersey et épouse-la. Ensuite, nous irons tous à Miami, comme prévu, d'accord ?

Tu nous manques,

John

En larmes, Trey froissa la lettre dans son poing rageur. *Il ne sait pas… Il n'a pas deviné… Cathy non plus. Sinon, elle aurait épousé John au lieu de m'attendre.*

Il se prit la tête dans les mains. Pour la centième fois, il revécut l'annonce de Cathy et ressentit le choc, l'incrédulité et… l'abandon. Il ne lui avait fallu que quelques secondes pour être sûr qu'il n'éprouverait plus jamais les mêmes sentiments pour elle. En un éclair, elle avait détruit l'élément essentiel qui les unissait.

Il se rappelait le contact de sa peau bronzée quand il l'avait prise par le bras pour la jeter hors de la maison, hors de sa vie. Il s'était appuyé contre la porte fermée, le souffle court, tandis qu'elle martelait le panneau de bois de ses poings en criant son nom, encore et encore. Son petit ange déchu, frappant à la porte du paradis pour qu'elle lui soit rouverte… Mais il n'entendait que la voix du Dr Thomas énonçant son verdict, dans son cabinet, au mois de mai :

— *Tes analyses montrent que tes spermatozoïdes sont de forme anormale et ne peuvent se déplacer.*

— *Ce qui signifie ?*

— *Que tu es actuellement stérile…*

Chaque coup frappé à la porte était un clou qu'elle lui enfonçait dans le cœur, mais elle était coupable du seul péché qu'il ne lui pardonnerait pas. Elle l'avait trompé avec son meilleur ami. Plutôt mourir que d'imaginer Cathy dans les bras de John, une semaine après leur rupture. À tort ou à raison, il pensait qu'elle lui resterait fidèle dans la tourmente. Elle aurait dû se douter que cela finirait mal. Elle le connaissait mieux qu'il ne se connaissait lui-même. Elle aurait dû percevoir que quelque chose n'allait vraiment pas, chez lui, pour qu'il rompe. Elle aurait dû croire suffisamment en son amour pour envisager qu'il faisait cela pour son bien.

Ses supplications avaient fini par cesser. En l'entendant s'éloigner d'un pas hésitant, tel un bruissement de feuilles dans le vent, il avait senti ses yeux s'embuer de larmes. John l'épousera, s'était-il dit, songeant à l'ironie cruelle de la situation. Il l'aimait depuis la sixième année, lui aussi. Trey s'était persuadé que John voyait en elle une sœur. John l'épouserait et élèverait l'enfant qu'elle croyait être celui de Trey Don Hall… pour le moment.

Il avait prévu d'avouer la vérité à John et Cathy en arrivant sur le campus. Il était trop tard à présent.

Il n'aurait pu dévoiler son secret avant de quitter Kersey. Sa douleur était trop intense. Cathy et John l'avaient rendu orphelin à nouveau, ils avaient détruit la famille qu'ils avaient construite et méritaient de se sentir abandonnés, de souffrir autant qu'ils l'avaient fait souffrir. Il s'attendait à ce qu'ils soient déjà mariés lorsqu'ils se présenteraient sur le campus.

Mais John avait décidé de se faire prêtre. Comment avaient-ils pu en arriver là ? Comment leurs rêves, leurs projets, leurs espoirs avaient-ils pu s'écrouler si près du but, les privant de la victoire ?

Les lettres de Cathy lui brûlaient les mains, son écriture évoquant sa silhouette svelte l'attirait comme un aimant. Hélas, le souvenir de son corps ne fit qu'attiser le goût amer de la trahison. Il avait été si stupide de croire qu'elle était différente des autres ! La mère de John était infidèle, et il avait vu le mal provoqué par cet adultère.

Jamais il ne lirait les lettres de Cathy. Il ne céderait pas à la compassion ou à la culpabilité, et encore moins aux remords d'avoir provoqué la rupture. Leur couple était mort à jamais. Mais que faire ? Avouer à Cathy et John l'humiliante vérité avant qu'il ne soit trop tard ou patienter ? À quoi bon, à présent ? L'absence de John dans l'équipe était une catastrophe, mais il était déterminé à devenir prêtre. De quel droit Trey Don Hall se mêlerait-il des projets de John pour se racheter de cette funeste journée de novembre ? Quant à Cathy… elle n'avait que dix-huit ans. Elle s'en remettrait. Elle était belle, intelligente, volontaire. Même avec un enfant, elle était promise à un bel avenir. De plus, si elle avait de la tendresse pour John, elle n'était pas amoureuse de lui. Fallait-il la condamner à l'épouser dans l'intérêt de l'enfant alors que, plus tard, elle pouvait rencontrer un homme qu'elle aimerait vraiment et avec qui elle aurait envie de se marier ?

Trey était conscient des conséquences de son silence… Mabel et Emma auraient honte ; elles étaient d'une génération où une jeune fille sage ne se retrouvait pas enceinte en dehors du mariage. Les plus jeunes hausseraient les épaules. Et alors ? C'était le genre de choses qui arrivaient souvent, mais pas aux filles intelligentes telles que Cathy. En pensant à l'enfant, Trey se sentait un peu coupable. Les amies de sa tante verraient en lui un bâtard, et lui serait considéré comme un salaud parce qu'il avait abandonné Cathy. Avec le temps, les habitants de la ville finiraient par lui pardonner – on pardonne tout à un champion de football. Mais John lui en voudrait à jamais. Le prêtre lui pardonnerait peut-être d'avoir laissé Cathy affronter seule la situation, mais pas le garçon amoureux.

Trey referma le tiroir et décida de laisser passer une année. Si John ne tenait pas le coup à Loyola et si Cathy l'aimait encore, il leur avouerait la vérité. Dans le cas contraire, il garderait son secret. La suite dépendait donc d'eux.

Il se sentit aussitôt mieux. Ses larmes avaient séché. Le vide était toujours là, ainsi que sa douleur qui ravivait le souvenir des journées passées derrière la fenêtre, chez tante Mabel. D'autres amis, d'autres filles viendraient combler ce néant. C'était une question de temps, et il n'en manquait pas.

En attendant… il prit un ballon sur son bureau. Le contact familier du cuir le réconforta. En attendant, il lui restait le sport.

Chapitre 25

Depuis sa chambre, John entendit son père allumer la télévision. C'était la première chose qu'il faisait en rentrant, puis vint le bruit de ses bottes sur le sol, à côté de son fauteuil. Ensuite, il se rendait généralement dans la cuisine pour chercher une bière qu'il estimait mériter après être resté sobre pendant la saison de football. Il retournait ensuite vers son fauteuil où il s'installait avec un soupir de contentement.

— John ! Tu es dans ta chambre ?

— Oui !

— Tu prépares tes bagages ?

— Oui !

— Viens donc ici, quand tu auras terminé. J'ai une surprise pour toi !

C'était leur façon de communiquer, ils hurlaient d'une pièce à l'autre. John n'avait pas encore informé son père que, le lendemain matin, il partait pour l'université Loyola de La Nouvelle-Orléans et non pour l'université de Miami à Coral Gables.

Il avait déjà fait sa tournée d'adieux, d'abord à la station-service du père de Béa Baldwin, où elle tenait la caisse pendant l'été avant de partir avec Cissie Jane Fielding pour l'université du Texas. Le visage de la jeune fille s'était illuminé lorsqu'elle l'avait vu. Il s'en était toujours voulu de ne pas éprouver les mêmes sentiments qu'elle. Désormais, il avait une bonne excuse. En apprenant qu'il allait entrer dans les ordres, la jeune fille s'était fermée.

— Tu ne parles pas sérieusement?

— Oui, Béa.

— Mais tu es trop... viril, trop sexy, trop torride pour être prêtre!

Ce commentaire l'avait fait sourire.

— Être prêtre n'empêche pas d'être tout ça.

— Quel gâchis! Si une fille se jette à ton cou, comment feras-tu pour la repousser?

— Je verrai bien.

John s'était aussi rendu chez tante Mabel, dont la maison était bien vide sans Trey. Ses dernières visites avaient été pour Emma, à la bibliothèque, puis Cathy, chez sa grand-mère. Il avait laissé la jeune fille en larmes, sur le seuil. Le chien l'avait suivi jusqu'à sa voiture en gémissant, l'implorant de rester – John s'était agenouillé pour le caresser, lui murmurant dans l'oreille: *Prends soin d'elles, Rufus.*

— Tu as des nouvelles de Trey? lui avait demandé tante Mabel, les traits tirés par l'inquiétude et la honte.

— Non. Il n'a sans doute pas eu le temps de répondre à ma lettre.

— Tu dis ça pour me rassurer, avait-elle déclaré en lui tapotant la joue.

Il avait fourni la même réponse à Emma, remarquant au passage les rides qui creusaient son visage.

— Je ne comprends pas, avait-elle avoué.

Cathy, elle, n'avait pas parlé de lui.

— Dieu soit avec toi, s'était-elle contentée de murmurer.

— Avec toi aussi.

Il avait également téléphoné à l'entraîneur Turner pour l'informer de ses projets – la nouvelle ne s'était pas encore répandue à travers la ville. L'entraîneur serait étonné et attristé, mais pas choqué.

John ne s'était pas attendu à une telle violence :

— Ce garçon n'est vraiment pas recommandable, avait déclaré l'entraîneur d'un ton amer qui ne lui était pas coutumier. Tu es bien mieux sans ce Judas.

Il ne lui restait plus qu'à faire ses adieux à l'homme qui, à tort ou à raison, l'appelait son fils. John se demandait déjà s'il raisonnerait un jour en jésuite, considérant tous les êtres humains comme des enfants de Dieu, quels que soient leurs péchés. Quoi qu'il en soit, il ferait de son mieux.

— Quand t'es-tu éloigné de nous ? lui avait demandé Béa.

Il aurait pu lui répondre que tout avait commencé en novembre, quand il était allé à l'église implorer le pardon pour son acte de l'après-midi. Il avait allumé un cierge puis prié à genoux face à l'autel. Au cours des semaines suivantes, il était revenu de nombreuses fois, après l'entraînement, à l'insu de Trey. Son ami consacrait son temps libre à Cathy, mais il avait deviné : « Prie pour moi aussi, quand tu seras à l'église, d'accord, Tiger ? »

Le père Richard aussi avait remarqué ses allées et venues. Un jour, il avait pris place à côté de lui sur le banc.

— Tu pries pour le match décisif ?

John avait gardé le silence.

— Il n'y a aucun mal à demander son chemin pour franchir les obstacles qui nous empêchent d'atteindre nos objectifs.

Si le père Richard faisait référence aux adversaires de John sur le terrain, le jeune homme avait pris ses propos au sens large. Il s'était mis à prier pour donner une nouvelle direction à sa vie, qui lui apporte la rédemption et la paix. Néanmoins, s'il était attiré par la religion, et en particulier celle des Jésuites, il était suffisamment informé du parcours de l'aspirant prêtre pour savoir qu'il n'était peut-être pas fait pour cette existence. À Loyola, il envisageait de passer une licence de commerce, puis de suivre le programme destiné à aider les postulants à déterminer s'ils souhaitent vraiment devenir Jésuites. Il aurait la possibilité de changer d'avis à tout moment.

Ses bagages bouclés, John se dirigea vers la salle à manger, mais il s'arrêta sur le seuil. Installé dans son fauteuil, coiffé de la casquette verte, orange et blanche des Hurricanes de Miami, son père affichait un large sourire.

— J'en ai une pour toi, également, annonça-t-il. Elle est sur la table. J'en ai commandé deux. Je me disais qu'on les porterait pour notre petite sortie de ce soir, pour célébrer ton départ.

— Papa…

Il ne l'avait pas appelé ainsi depuis ses huit ans.

— J'ai quelque chose à te dire. Tu devrais peut-être éteindre la télé.

— Bien sûr, fiston. Assois-toi et raconte à ton vieux père ce qui te tracasse. D'abord, tu as fait le plein avant ton départ pour Coral Gables, demain matin ? Les stations-service sont plus rares quand on quitte le Texas.

Face à son enthousiasme, John se sentit un peu coupable.

— J'ai fait le plein, mais pas pour aller à Coral Gables, papa. Je pars pour La Nouvelle-Orléans.

— La Nouvelle-Orléans ? répéta Bert, interloqué. Mais il faut que tu sois à Miami pour l'entraînement d'automne, dans deux jours !

— Je ne vais plus à Miami. Je me suis inscrit à Loyola, à La Nouvelle-Orléans.

— Quoi ?

Éberlué, son père redressa le dossier de son fauteuil.

— Pas question ! s'exclama-t-il. Tu iras à Miami, où tu as obtenu une bourse, et tu joueras au football !

— J'ai renoncé à ma bourse. Je vais à Loyola me préparer à la prêtrise.

Bert en demeura bouche bée. Furieux, il se leva et foudroya John du regard.

— C'est cet imbécile de père Richard qui t'a bourré le crâne, je parie !

— Il n'a rien à voir là-dedans.

— Tu parles ! C'est à cause de lui ! Johnny, écoute-moi bien…

Bert se rassit, les poings crispés.

— Tu te rends compte de ce à quoi tu renonces ? La chance d'être l'un des plus grands receveurs universitaires, de passer professionnel, de gagner des millions, de mener une vie de rêve…

— Oui, papa, je sais, répondit le jeune homme en se levant. Je ne veux plus de tout ça. J'ai besoin d'autre chose. Je pars pour Loyola.

Son père le dévisagea avec mépris.

— Pour passer le reste de ta vie sans baiser ? Qu'est-ce qui cloche, chez toi ?

— Beaucoup de choses. C'est pourquoi j'envisage la prêtrise. La première étape, pour un Jésuite, est de savoir que l'on est un pécheur.

— Qu'est-ce que c'est que ces conneries ? Johnny… Tu es un bon garçon, le meilleur que je connaisse. Tu n'as pas besoin d'une remise en question, de te sacrifier pour te rendre meilleur.

— Ce n'est pas le problème. C'est la vie des autres que je veux rendre meilleure.

Bert afficha un air de dégoût et de déception, une expression que John garderait sans doute gravée dans sa mémoire.

— Je suppose qu'on ne va plus au restaurant, dit le jeune homme.

— Il manquerait plus que ça ! s'exclama Bert en projetant sa casquette contre le mur. J'ai besoin de boire un coup !

John passa le reste de sa soirée avec le père Richard, dans son bureau, à régler les détails de son admission.

Chapitre 26

— Je vais vendre la maison, déclara Emma. L'argent de l'assurance de Buddy te suffira largement jusqu'à la naissance du bébé. D'ici là, la maison sera vendue et tu auras ta bourse. Je m'installerai à Miami pour m'occuper du bébé pendant que tu iras à tes cours. De toute façon, je devais prendre ma retraite à la fin de l'année…

Quelques jours avant le départ de Cathy pour l'université de Miami, elles étaient attablées dans la cuisine. L'atmosphère était pesante.

— Non ! coupa Cathy. Je ne te laisserai pas vendre ta maison et quitter tes amis et ta ville à cause de mon erreur stupide. De mes deux erreurs, plutôt.

La première était de se retrouver enceinte. La seconde était d'avoir accepté, en début d'année, la bourse de quatre ans de la fondation paroissiale, qui lui imposait de renoncer à toute autre bourse à l'exception de la Bourse nationale du mérite qui, quoique prestigieuse, ne couvrait qu'une partie de ses frais de scolarité. En conséquence, Cathy avait refusé plusieurs propositions qui auraient fait la différence face à son dilemme financier. À cause d'une clause de moralité, la bourse de l'Église qu'elle fréquentait depuis l'âge de onze ans avait été annulée.

Informer le pasteur de son état avait été la décision la plus difficile qu'elle avait eu à prendre. Elle avait songé à attendre d'être à Miami et que sa grossesse soit visible, car il restait une chance que Trey change d'avis et revienne vers elle lorsqu'ils seraient ensemble sur le campus. Hélas, dans le cas contraire, elle se serait retrouvée en grande précarité financière et contrainte de rentrer à la maison quand l'Église lui aurait coupé les vivres au milieu du premier semestre.

Le pasteur l'avait mise en garde après lui avoir demandé si son état si fâcheux était connu. Elle lui avait répondu que non.

— Quand j'aurai informé le conseil des diacres de ton changement de... statut, je crains que la nouvelle de ton... problème ne sorte au grand jour. Les gens parlent, Cathy, même s'ils sont tenus de garder le silence. Le conseil se réunit à la mi-septembre, tu as encore quelques semaines de répit.

Dans sa panique, et tout aussi troublée que Cathy, Emma avait négligé certains détails. Cathy avait elle aussi pensé à vendre la maison, avant de se rendre compte que cela ne la sauverait pas, même si elle se montrait assez égoïste pour accepter un tel sacrifice. La maison était en piteux état et ne pouvait être vendue qu'après des travaux coûteux, d'autant que les acheteurs potentiels étaient rares, à Kersey. La transaction risquait de prendre un an, voire davantage. La maison ne se vendrait peut-être jamais. De plus, sa vieille voiture n'allait pas tarder à rendre l'âme et il faudrait régler les frais médicaux. Sur le plan financier, Cathy n'avait d'autre choix que de rester à Kersey et trouver un emploi jusqu'à ce qu'elle puisse postuler à une bourse pour étudier dans la région, l'année suivante. Enfin, si Trey ne venait pas la chercher...

Son espoir de le voir apparaître à temps pour lui épargner la découverte de sa grossesse fondait chaque jour. Mieux vaut tard que jamais, disait-on. Plus elle y pensait, plus elle trouvait espoir et réconfort dans le fait que Trey ne lui ait pas demandé d'avorter ou de faire adopter l'enfant. Peut-être s'accordait-il du temps et de l'espace pour se faire à l'idée du mariage et de la paternité ?

— Je demanderai au Dr Graves de m'embaucher à temps plein jusqu'à la naissance du bébé, dit-elle, le temps de réfléchir à mes projets et de trouver une solution. En attendant, je me débrouillerai.

Cathy prit les mains de sa grand-mère dans les siennes.

— Je regrette tellement de te faire endurer cette épreuve. Je sais que c'est ce que tu as toujours redouté…

— Oui, c'est vrai, mais je croyais que, même si ça arrivait, il n'y aurait pas de problème, que toi et Trey vous marieriez pour élever votre enfant, que la vie continuerait, pas comme tu l'avais prévu, mais peut-être en mieux… (Elle secoua la tête.) C'est à n'y rien comprendre. Trey a toujours été fou amoureux de toi, qui aurait pu croire qu'il se comporterait de la sorte ? Quand je repense à son regard, le soir du bal des finissants. Tu étais si jeune, et pourtant…

Sa voix s'éteignit.

— Tu croyais que nous passerions notre vie ensemble, murmura Cathy. Je le croyais aussi.

Elle sentit son cœur se serrer. De tous ses souvenirs, celui du bal des finissants était le plus beau. Cela ferait un an au mois de mai, mais elle avait l'impression que cette soirée où l'adolescent en complet avait promis de la ramener à Emma remontait à une éternité.

— Le bébé sera très bien ici, jusqu'à ce que je retombe sur mes pieds, reprit la jeune fille. Ensuite, elle et moi déménagerons avant qu'elle ne soit assez grande pour… avoir honte.

— Elle ?

— Je sens que ce sera fille, avoua Cathy avec l'esquisse d'un sourire.

Des rumeurs circulaient déjà sur la rupture. Lorsque Cathy ne partit pas pour l'université comme prévu, les rumeurs allèrent bon train.

— Cathy, qu'est-ce que tu fais encore ici ? demanda le Dr Graves, le jour où elle se rendit à la clinique. Tu devrais être en route pour Miami.

— Je n'irai pas cette année, docteur. Je venais au contraire vous demander de m'engager à temps plein, si possible.

— Tu ne pars pas pour l'université ? Pourquoi ?

— C'est… C'est personnel, bredouilla-t-elle, incapable de croiser son regard.

Le conseil des diacres ne se réunissait que la semaine suivante, mais elle crut déceler une lueur entendue dans les yeux du vétérinaire.

— Viens dans mon bureau.

Elle entra et referma la porte.

— J'ai entendu dire que Trey et toi vous étiez sérieusement disputés. Est-ce que ça a un rapport avec ta décision de ne pas aller à l'université ?

— Docteur, pardonnez-moi, mais c'est mon problème.

— Je te demande ça, Cathy, parce que… quand une fille comme toi, qui a tout pour elle et aucune raison de renoncer à ses chances d'avenir, change d'avis sans crier gare… Je ne vois qu'une explication, à moins que ta grand-mère ne soit malade et que tu restes pour t'occuper d'elle.

— Elle n'est pas malade.

— Je vois.

Un silence pesant s'installa entre eux.

— Cathy, tu me mets dans une situation délicate…

Le Dr Graves lui fit signe de s'asseoir et s'expliqua. Si cela ne tenait qu'à lui, il l'embaucherait sans l'ombre d'une hésitation, assura-t-il d'un ton sincèrement navré. Jamais il n'avait eu de meilleure assistante. Mais sa femme n'apprécierait pas qu'une jeune fille enceinte et célibataire travaille avec son mari, elle redouterait que la présence de Cathy n'envoie un message négatif aux autres adolescentes. De plus, étant donné de la situation économique, il devait songer à ses affaires. Certains clients risqueraient d'être choqués. Cathy devait le comprendre. Il était désolé mais…

Cathy comprit sans difficulté. Elle le remercia de l'avoir reçue et partit. Au détour du premier virage, elle arrêta la voiture et s'écroula, en larmes sur le volant.

À sa grande surprise, le Dr Thomas fut le premier à exprimer ouvertement sa réprobation. C'était un homme doux et gentil qui n'avait jamais eu tendance à porter des jugements. Or, il l'examina sans sa bonté coutumière.

— Tu es enceinte de deux mois environ. L'échographie nous le confirmera. Je t'envoie mon infirmière pour lancer la procédure et t'informer du suivi prénatal.

Il ôta ses gants et les jeta dans la corbeille sans masquer son hostilité.

— Moi qui croyais avoir tout vu, maugréa-t-il en quittant la pièce.

La jeune fille informa le comité de la Bourse nationale du mérite qu'elle ne commencerait pas ses études à la rentrée. Elle reçut en réponse une lettre polie l'informant que la bourse était annulée.

De son côté, abasourdie, affligée par le comportement de son neveu, Mabel proposa son aide à son amie.

— Écoute, Emma, il faut accepter. C'est mon petit-neveu, ou ma petite-nièce, que porte Cathy et je suis en droit d'intervenir. Laisse-moi au moins régler les frais médicaux. Tu utiliseras l'argent de l'assurance de Buddy pour acheter une nouvelle voiture, tu vas en avoir besoin. Et si ta vieille Ford refusait de démarrer le jour où Cathy accouchera ?

Emma refusa. Les placements de son amie avaient perdu de leur valeur à cause du pétrole. Elle ne voulait pas que Mabel vende ses actions bien en dessous de leur cotation et perde des revenus précieux. Elle lui assura qu'elles s'en sortiraient. Cathy avait postulé à plusieurs emplois en ville. Elle finirait bien par trouver.

Il n'en fut rien. Les postes d'employée de banque, de secrétaire dans un cabinet d'assurances et de réceptionniste furent attribués à d'autres candidates, sans doute car on redoutait qu'une jeune fille enceinte ne mette son employeur dans l'embarras. Les semaines s'écoulaient, et les possibilités d'emplois étaient de plus en plus rares.

La grossesse de Cathy se vit très tôt, la privant de toute chance de trouver un travail qui ne soit pas manuel. Au début de son quatrième mois, elle gara la voiture devant chez Bennie, qui affichait un panneau « poste à pourvoir » depuis quelques semaines.

À la perspective de travailler chez Bennie, elle ferma les yeux et respira profondément. Elle appréciait le patron, un petit homme jovial d'une cinquantaine d'années, barbu et bedonnant, qui portait en permanence un tablier taché. Il avait hérité du restaurant de son père, Benjamin, qui avait ouvert l'établissement dans les années cinquante. Il était fier d'affirmer que c'était le seul restaurant familial de la ville. Célibataire, Bennie vivait avec sa mère et ses chats dans une maison située derrière le restaurant. Son restaurant était son foyer, et ses clients des membres de sa famille.

Hélas, Bennie's Burgers était ce que sa grand-mère appelait un boui-boui, un mauvais restaurant, un lieu sombre et enfumé servant des hamburgers et des frites ruisselant de graisse au son d'un jukebox. « Le paradis des cafards », disait-elle d'un air de dégoût. Elle déplorait que les élèves qui avaient le droit de dîner dehors s'y rendent au détriment du Whataburger flambant neuf, à l'autre bout de la ville. Cathy gardait des souvenirs précieux de ses moments passés chez Bennie avec Trey, John et Béa. Mais elle était étudiante, à l'époque, et non employée.

— Tu veux travailler ici ? En tant que serveuse ? s'exclama Bennie Parker, abasourdi.

— Je sais que je n'ai aucune expérience, mais j'apprends vite et…

— C'est bon ! coupa Bennie. Inutile de te vendre. Je sais que tu apprends vite. Tu es la fille la plus intelligente de cette ville. C'est pourquoi je ne te dirai qu'une chose : ce travail n'est pas pour toi.

— Bennie…

Elle baissa le ton pour ne pas être entendue des clients qui buvaient leur café au comptoir.

— C'est… c'est le seul que je puisse obtenir.

Il posa les yeux sur sa taille. Sous sa chemise de garçon que sa grand-mère avait conservée en souvenir de Buddy se cachait un ventre encore discret. Emma avait taillé les manches et le bas, puis les avait ourlés de galon blanc pour façonner une tunique de grossesse.

— Vraiment ? fit Bennie d'un ton dégoûté. Dans ce cas, inutile que je te conseille l'Église méthodiste. Il paraît que la secrétaire du pasteur part s'installer dans l'Ohio.

— Le poste est déjà pourvu, souffla-t-elle.

Bennie fit une grimace.

— Tant pis pour eux. Très bien, je t'engage. Je regrette de ne rien avoir qui soit plus dans tes cordes, mais on sera gentil avec toi. Tu peux commencer quand ?

C'était le mois de septembre. Les cours avaient débuté à Loyola, à Miami et à l'université de Californie du Sud, où Laura était en classe préparatoire de médecine. Trey, John et elle avaient sans doute acheté leurs livres, rencontré leurs professeurs, fait leurs premiers pas vers l'avenir. Le lendemain, Cathy ferait ses premiers pas de serveuse chez Bennie…

Chapitre 27

Au début de l'entraînement d'automne, la résidence universitaire des athlètes se remplit. Les joueurs de football à une extrémité, les autres sportifs à l'autre, les anciens avec les anciens, les nouveaux avec les nouveaux. Tandis que chacun s'installait, Trey s'étonna que personne ne vienne occuper le lit réservé pour John. Il se garda d'en parler de peur que le responsable de la maison ne rapporte cet oubli au service de l'hébergement. Dans son état moral, il ne supportait pas l'idée de partager une chambre avec un inconnu, de devoir s'adapter à ses habitudes; il avait envie d'intimité, de solitude et de paix pour pleurer en toute liberté, projeter des objets contre le mur sans se soucier de la présence d'un camarade.

Dès le départ, même les anciens le traitèrent avec un respect qu'ils n'avaient pas pour les autres nouveaux. Les Hurricanes de Miami n'avaient recruté qu'un seul quart-arrière. Trey savait que, s'il ne faisait pas ses preuves, ce respect disparaîtrait aussitôt. Il trouvait étrange d'entrer sur le terrain sans John à ses côtés. Cette impression qu'il lui manquait un élément essentiel perdura toute la première semaine de l'entraînement d'avant-saison, mais elle n'affecta en rien son jeu, ce qui rassura ses entraîneurs. Trey et un centre vétéran, ainsi que quelques arrières et receveurs de première année, furent opposés aux anciens demis du coin, défenseurs de deuxième ligne et libéros. Après les vacances d'été, l'objectif était d'aider les vétérans à retrouver confiance au détriment des nouveaux.

— Vas-y, Trey, montre-leur de quoi tu es capable ! ordonna Frank avec une tape sur les fesses, à son entrée sur le terrain.

Trey remplit sa mission grâce à ses capacités presque surnaturelles de recul, d'observation, d'intelligence du jeu. D'un geste du poignet, il envoyait le ballon à l'endroit adéquat. Si une passe était ratée, c'était de la faute du receveur. Sa démonstration la plus spectaculaire fut sa façon d'esquiver la charge d'un défenseur avant un lancer à cinquante verges. Le ballon décrivit un arc avant de retomber dans les mains de son receveur.

Rien ne parvenait à troubler la concentration de Trey, son sang-froid à toute épreuve. Jamais il ne tombait dans les pièges de la défense des vétérans qui tentaient de le pousser à l'erreur. Il démontra son talent dans l'exécution des tactiques, sachant quel joueur était marqué et quel autre était susceptible de recevoir la passe. Trey créa une certaine émulation au sein du groupe. Plus d'une fois, les vétérans échangèrent des regards étonnés.

— Vous dormez, les gars ! railla le centre, derrière la ligne de mêlée.

Au bord du terrain, oubliant sa prudence légendaire vis-à-vis des nouvelles recrues, Frank leva les bras en signe de triomphe. Dès le début de la saison, les entraîneurs s'accordaient sur un point : le quart-arrière de Kersey pouvait se passer de John Caldwell. Sur le plan personnel, en revanche, Trey Don Hall donnait l'impression qu'il lui manquait une partie de lui-même.

Lors de sa venue en juin, Trey s'était dit que la vie d'étudiant lui procurerait un tas d'avantages. Ce n'était pas vraiment le cas. Il s'agissait d'une université privée, spécialisée dans la recherche, nichée au cœur d'un jardin tropical dans l'une des villes les plus palpitantes et les plus belles du pays, hélas, les gratte-ciel, le bruit, la circulation lui tapèrent rapidement sur les nerfs. Si le beau temps était à la hauteur de ses attentes, il souffrait de l'humidité qui l'oppressait, malgré les espaces verts du campus et la brise de l'Atlantique. Cette sensation était apparue dès qu'il avait quitté les plaines, en roulant vers le sud, seul, sur l'autoroute 40. En traversant la Louisiane, l'Alabama, le Mississippi, il avait perdu de vue l'horizon de son enfance au profit des pins et des vignes. Les arbres bordant la route s'étaient mués en des tunnels qui le contraignaient à respirer à pleins poumons, en proie à une forme de claustrophobie. Les plages de Miami étaient magnifiques et les filles en bikini sublimes, mais jamais il ne s'était senti aussi seul et perdu en marchant sur le sable, au bord de l'eau qui s'étendait à l'infini. De plus, il n'aimait pas le contact du sel sur sa peau.

L'université de Miami étant l'une des plus chères du pays, les étudiants étaient pour la plupart issus d'un milieu aisé. Au cours de sa première visite sur le campus, avec John, Trey avait pensé qu'il serait intéressant et exaltant de fréquenter des gens susceptibles de l'initier aux plaisirs matériels d'un monde inconnu. Désormais, sans trop savoir pourquoi, il était indifférent à l'idée de fréquenter les riches. Peut-être parce qu'il s'ennuyait encore des joies simples qu'il partageait avec Cathy et John, dans leur pauvreté relative.

Même le climat l'affectait de façon inattendue. Si la fraîcheur de l'automne était déjà installée dans le nord du Texas, il faisait encore doux au pays des palmiers et des hibiscus, avec des couchers de soleil dans des tons rose et bleu. À cette période de l'année, le ciel de sa ville de Kersey se parait chaque soir de longs nuages striés d'or, de pourpre et de magenta, au-dessus de la prairie, qui évoquaient de puissants cavaliers. Du moins était-ce ce que Trey, John et Cathy voyaient dans les nuages.

— Il ne fait jamais un temps de football, par ici? demanda-t-il un jour à un coéquipier, en s'épongeant le front, sur le banc de touche.

— T'es un comique, toi! commenta le jeune homme, originaire de Miami.

Trey avait dépensé presque la totalité de l'argent gagné en travaillant au supermarché pour financer son stage d'été et, pour la première fois de sa vie, il se demandait où trouver de quoi payer son prochain plein d'essence ou une pizza à dévorer à minuit. Il aurait bien pris un emploi à temps partiel, mais le règlement interdisait aux athlètes boursiers de travailler pendant l'automne et au printemps. Si la bourse couvrait tous les frais, elle ne comprenait pas l'argent de poche. Trey n'avait pas honte d'être sans le sou. Son physique avantageux, son talent, son intelligence, son potentiel sportif lui ouvraient toutes les portes sans qu'il ait à débourser un dollar. Il rechignait cependant à accepter l'argent de sa tante, dont les revenus avaient chuté, et lui renvoyait souvent ses chèques, que ce soit par culpabilité, honte ou chagrin. Il préférait se passer des petits extras, car il se sentait indigne de sa générosité.

Sa situation financière avait néanmoins un avantage: elle lui fournissait un prétexte pour décliner les invitations de ses camarades à fréquenter les bars, le dimanche, le mardi et le jeudi, soirées durant lesquelles les sportifs se lâchaient avant de se ressaisir pour la rencontre du samedi. Trey ne pouvait se permettre de boire, de faire la fête. De toute façon, cela ne lui aurait en rien remonté le moral.

Lui qui pensait profiter de son statut de futur champion pour tourner la page sur John et Cathy avait pris goût à la solitude. Il travaillait seul, se rendait en cours seul, ignorait les clins d'œil des filles, comme s'il cheminait dans un tunnel dont il émergerait un jour en plein soleil.

Pour ajouter à son vague à l'âme, Cathy cessa de lui écrire vers la mi-octobre. Jusqu'alors, il recevait chaque semaine une enveloppe bleue, sa couleur préférée. Cette correspondance lui procurait un petit plaisir diabolique. Il n'avait ouvert aucune lettre mais, si elle continuait à lui écrire, c'était qu'elle tenait encore à lui. Et il voulait qu'elle l'aime, qu'elle souffre, qu'elle paie sa trahison. Quand il ne trouva plus de lettres dans sa boîte, un sombre sentiment s'installa en lui. Un jour, il vécut un moment particulièrement cruel en apercevant une enveloppe bleue dans son courrier. Il ne s'agissait que d'une publicité pour un magazine qu'il jeta violemment dans la poubelle en se jurant de ne jamais s'abonner.

Incapable de s'en débarrasser, il conservait les lettres de Cathy dans un tiroir, entourées d'un élastique. Il les sortait de temps en temps pour les caresser. Au bout de quelques minutes, il serrait les dents, le cœur lourd. Cathy, c'était du passé. Le campus regorgeait de filles sublimes et voluptueuses qui n'attendaient que lui. Mais il ne se sentait pas prêt. Cependant, il le serait un jour – le temps guérit toutes les blessures, disait sa tante. Il avait une vie entière pour oublier Catherine Ann Benson.

Mabel lui avait annoncé dans une lettre que Cathy avait perdu sa bourse d'études et ne viendrait pas à Miami. Devait-il être soulagé qu'elle ne vive pas sur le campus ou affligé qu'elle ait renoncé à son rêve ? Ce jour-là, il avait effectué tellement de tours de terrain en courant que l'entraîneur Medford avait dû lui ordonner d'arrêter.

Au départ, tante Mabel lui parlait de Cathy dans ses lettres, l'implorant de rentrer « faire son devoir ». Voyant qu'il ne lui répondait pas, elle avait changé d'approche et tenté de jouer sur sa conscience.

Cathy travaille chez Bennie en tant que serveuse. C'est le seul poste qu'elle ait pu décrocher. Le Dr Graves a refusé de l'engager à la clinique à cause de sa femme, qui a des principes et réprouverait sa présence. Elle a eu plusieurs pistes en ville concernant des emplois en contact avec le public, à la banque, au cabinet d'assurances. Personne n'a voulu embaucher une fille enceinte qui n'était pas mariée. Tu imagines à quel point Cathy était désespérée pour postuler chez Bennie. Ce travail n'est pas digne de ses capacités, de son intelligence. Pourtant, elle l'accepte de bonne grâce afin de gagner sa vie et celle du bébé.

Emma m'a raconté qu'elle avait subi des remarques blessantes et humiliantes de la part de notables, ainsi que les avances douteuses de clients de chez Bennie. M. Miller, votre professeur de biologie, qui la surnommait Dr Benson, ne l'appelle plus que Cathy.

Je pensais que tu voudrais le savoir.

Rufus vieillit. Il aura huit ans en janvier. Tu te souviens du jour où tu es allé le voler chez Odell Wolf pour Cathy ? J'ai l'impression que c'était hier. Tu n'as sans doute jamais su que je t'avais délibérément dit de rester dans ta chambre parce que j'étais certaine que tu t'échapperais par la fenêtre pour voir sa réaction en découvrant le chiot. Emma ne t'avait jamais vu aussi exalté… et frigorifié. Ce chien adorable a toujours été d'un grand réconfort pour Cathy.

Fou de rage, Trey avait froissé la lettre mais n'avait pas répondu pour autant. Sa tante avait fini par comprendre que, si elle voulait communiquer avec lui, il ne servait à rien de jouer la carte de la culpabilité. De temps à autre, ils se parlaient au téléphone dans une atmosphère pesante. Mabel prenait soin de ne rien dire qui puisse le contrarier et gâcher cette rare occasion d'entendre sa voix. Trey souffrait de ne plus pouvoir être le neveu aimant qu'elle méritait. La déception sous-entendue et irrévocable de la vieille dame avait dressé une barrière entre eux.

À l'approche de l'Action de grâces, tante Mabel devait penser qu'il rentrerait à la maison, mais Trey n'aurait même pas songé à retourner à Kersey, malgré son envie de voir sa tante et ses scrupules à la faire souffrir. Pour éviter de lui donner de faux espoirs, il lui écrivit qu'il avait accepté l'invitation d'un camarade à se rendre en Alabama. Trey rédigea le message le cœur serré. Sa vie d'avant était finie. Sans doute ne passerait-il plus jamais une fête dans la maison de Kersey…

Chapitre 28

— Vous préférez une fille ou un garçon ? demanda l'échographiste en étalant du gel sur le ventre de Cathy.

Allongée sur une table d'examen, à Amarillo, elle se préparait à subir une échographie pour déterminer le sexe de l'enfant et repérer d'éventuelles anomalies du fœtus. Après un premier examen prénatal chez le Dr Thomas, elle avait préféré s'adresser à un obstétricien plus éloigné de chez elle. En ce milieu du mois de novembre, elle était dans sa vingtième semaine de grossesse.

Cathy grimaça car le gel était froid.

— Ça m'est égal, mais je suis sûre que c'est une fille.

— Comment ça ?

Malgré son anxiété et son inconfort, Cathy sourit.

— Oh, des histoires de bonne femme ! J'ai eu beaucoup de nausées au cours du premier trimestre. Ça indique que l'on attend une fille, paraît-il. De plus, j'ai le visage arrondi, le teint rose.

Elle se garda de raconter que Mabel avait fait pendre une bague au-dessus de son ventre en déclarant que si elle se balançait d'avant en arrière, c'était un garçon, si elle décrivait un cercle, c'était une fille. La bague avait tournoyé comme une toupie.

L'échographiste parut amusée.

— J'espère que vous n'accordez pas foi à ces histoires de ventre haut pour une fille et de ventre pointu pour un garçon. En tout cas, je peux vous dire une chose : votre bébé risque d'être une très grande fille si ces histoires sont exactes, et très jolie, si elle ressemble à sa maman.

Elle saisit une sorte de manche destiné à transmettre les images du fœtus vers l'écran situé derrière elle.

— Prête ?

— Prête, répondit Cathy, la tête tournée vers l'écran.

Dès que l'échographiste passa son instrument sur le ventre de la jeune fille, une image floue apparut. Elle s'attarda sur les détails du corps, le cœur, la circulation sanguine, les organes.

— Oh ! murmura Cathy, abasourdie.

— Eh oui ! Les signes se sont trompés ! Vous attendez un petit garçon.

Cathy se rhabilla en examinant les photos du petit être qu'elle portait. Elle avait espéré une fille qui vivrait ses premières années à Kersey sans que l'on reconnaisse en elle l'enfant de Trey Don Hall. Ensuite, ce ne serait plus un problème, car elles s'installeraient dans n'importe quelle ville du Texas ayant une faculté de médecine. Mais un garçon… était-ce le nez de TD ? Son front ? Seigneur… Et si son fils était le portrait craché de son père ?

Elle était désormais persuadée qu'il ne reviendra pas la chercher. Leur bébé, leur fils, ne l'attirerait pas vers elle. En novembre, en feuilletant les revues de puériculture au supermarché, elle avait lu, en couverture de l'une d'elles : « Pourquoi certains hommes rejettent-ils leurs enfants ? » L'article, dont l'auteur était psychiatre, expliquait le rejet de Trey. Selon une étude, certains hommes orphelins durant leur enfance ne supportaient pas de partager l'amour de leur femme avec leurs enfants. L'arrivée d'un bébé dans le foyer d'un homme en quête de l'attention exclusive de sa partenaire pouvait engendrer son rejet de la personne qu'il jugeait l'avoir trahi.

L'article expliquait par ailleurs que les hommes abandonnés durant leurs jeunes années et qui étaient aimés comme ils avaient besoin d'être aimés par leur conjoint avaient tendance à rompre la relation. « Leur sentiment d'abandon irrévocable de la part d'un être avec qui ils se sentaient en totale sécurité n'est pas sans rappeler ce qu'ils ont éprouvé en prenant conscience de l'abandon de leurs parents. »

Cathy n'avait vu Trey en présence d'un bébé qu'une seule fois, au supermarché où il travaillait. Une jeune mère tenant son bébé dans les bras était passée à la caisse où il emballait les articles. Cathy avait proposé de prendre l'enfant pendant que la maman posait ses articles sur le tapis de caisse. Elle avait bercé le nouveau-né, une petite fille vêtue de rose.

— Elle est mignonne, non? avait-elle déclaré en souriant à Trey.

Visiblement contrarié, il l'avait ignorée en se concentrant sur sa tâche. Un peu vexée, elle s'était persuadée qu'il ne voulait pas retarder les autres clients, car le magasin était bondé à l'approche de l'Action de grâces. Elle comprenait à présent que sa tension n'était qu'un signe de ce qu'il ressentirait à la perspective d'être père.

Elle avait montré l'article à Mabel.

— Trey savait-il qu'il avait été abandonné quand il est venu habiter chez vous et votre mari?

— Mon Dieu, oui! Il n'avait que quatre ans, mais il était assez grand pour savoir qu'il n'avait pas de père et que sa mère ne reviendrait pas le chercher. Il était tout maigrichon et ne possédait que quelques vêtements, pas de manteau d'hiver et pas un seul jouet. Son oncle et moi l'avons remplumé, nous lui avons acheté des affaires, des jouets à ne plus savoir qu'en faire. Il passait des journées derrière la fenêtre du salon à attendre sa maman. La nuit, je l'entendais pleurer dans son sommeil. Pour Noël ou à chaque anniversaire, il espérait la voir. Elle n'est jamais venue. Heureusement qu'il y avait John. C'est à cette époque qu'ils se sont vraiment liés.

Quelques recherches permirent à Cathy de confirmer les propos de l'article. L'aversion irrationnelle de Trey était une forme de narcissisme. Elle réussit même à comprendre pourquoi Trey avait rejeté John. Ils avaient vécu comme deux frères et, en dépit de leurs différences de caractère, ils étaient égaux et complémentaires. Le comportement de Trey avait fait pencher la balance, du moins à ses propres yeux : il était incapable de rester l'ami de John alors qu'il s'était montré moins honorable que lui.

Si Cathy en ressentait une profonde tristesse, elle avait au moins des réponses à ses interrogations. Elle imaginait Trey seul, perdu sur le campus de Miami, à chercher d'autres bras exclusifs, enchaînant les aventures en quête de cette lumière qui ne brillerait que pour lui seul. N'étant plus cette lumière, Cathy était désormais libre de faire ce qu'elle devait faire.

Dans la salle d'attente du cabinet d'obstétrique, Emma observa à son tour les photos de l'échographie.

— Regarde-moi ça !

Sa joie manifeste trahissait son désir secret, que Cathy avait perçu, d'avoir un arrière-petit-fils. Intriguée par le silence de sa petite-fille, elle leva les yeux.

— Chérie… tu n'es pas… déçue, j'espère ?

— Non, bien sûr que non ! Je suis surprise, c'est tout. Je m'étais habituée à l'idée d'avoir une fille, mais je vais m'y faire. L'important, c'est qu'il soit en bonne santé.

Et qu'il ne ressemble pas à son père, songea-t-elle.

Elle écrivit aussitôt à John pour lui annoncer la nouvelle. Il lui répondit sans tarder.

Un garçon ! As-tu pensé à un prénom ? Pourra-t-il m'appeler oncle John, parce que je l'aimerai comme si nous étions parents. Je me sens encore de la famille de son père. Je suis sûr que toi aussi, Cathy. Nous devons lui pardonner. Il est son propre pire ennemi. Il ne saura jamais qu'il manque quelque chose dans sa vie tant qu'il n'aura pas tout obtenu. Alors, il sera sans doute trop tard.

Cathy plia la lettre et la glissa dans la Bible familiale, avec les autres. Pardonner à Trey? Elle ignorait si telle chose était possible. Elle ne le haïssait pas, c'était déjà cela. Elle ne pouvait le détester alors qu'elle l'aimait encore. Leurs souvenirs, avant ce dernier après-midi, chez Mabel, étaient comme des flammes qui refusaient de s'éteindre. Le temps guérit toutes les blessures, disait-on. Elle en doutait fortement.

Ce jour-là, le journal local avait repris une photo de Trey parue dans le *Miami Herald.* Il faisait une passe à un receveur au cours du quatrième quart-temps d'un match remporté par les Hurricanes. « Un champion local brille à Miami », disait la une, au-dessus des traits familiers de Trey, dans une posture parfaite. Cathy avait aperçu la photo en cherchant des coupons de réduction. Troublée, elle l'avait regardée fixement, étonnée de ressentir encore du désir.

Lorsqu'elle annonça à Bennie le résultat de son échographie, il fronça les sourcils, car il partageait son appréhension.

— Il aura peut-être les cheveux blonds et les yeux bleus de sa maman, commenta Bennie.

— Peut-être, répondit Cathy.

Mais une éventuelle ressemblance physique avec Trey ne serait pas un problème, après tout. Quand John renterait à la maison pour l'Action de grâces, elle lui demanderait de l'épouser et d'être le père de son enfant.

Chapitre 29

Outre une lettre de sa tante, de temps en temps, et du courrier publicitaire qu'il jetait aussitôt à la poubelle, la boîte aux lettres de Trey demeurait vide au point que, certains jours, il ne prenait même pas la peine de l'ouvrir. Gil Baker, qui étudiait à Texas Tech, et Cissie Jane Fielding, à l'université du Texas, auraient aimé correspondre avec lui (au contraire de Béa Baldwin, la camarade de chambre de Cissie), mais ils auraient évoqué Cathy. De plus, Trey n'avait que faire de la vantardise de Gil et des commérages de Cissie. John, lui, devait recevoir beaucoup de courrier, de Cathy, Béa, Gil, Emma, Mabel, le père Richard, certains coéquipiers et des filles de leur classe. Ils étaient tous fous de John, plus que de lui, car John les taquinait gentiment, alors que ses propres piques pouvaient être blessantes. Avec John, tout le monde se sentait en sécurité. Apparemment, personne à Kersey n'avait souhaité obtenir son adresse, ce que Trey vécut comme une injustice. Si seulement ils savaient ! Désireux d'avoir des nouvelles de quelqu'un de Kersey qui ait encore de l'estime pour lui, ne serait-ce qu'en tant que sportif, il décida d'écrire à l'entraîneur Turner.

Miami démarra sa saison de 1986 en tant que troisième équipe du pays et passa deuxième au classement après avoir remporté ses trois premiers matchs. Trey était heureux de relater à son ancien entraîneur qu'un quart-arrière chevronné lui enseignait des techniques que seul un grand joueur pouvait connaître et partager :

Il me transmet ce qu'il a appris assis sur le banc, à regarder évoluer des types tels que Jim Kelly, Mark Richt et Bernie Kosar. J'apprends à attendre mon tour en regardant les autres. Il n'y a rien de tel que d'observer ce joueur. Son expérience impressionnante m'enseigne l'humilité et la patience, une qualité essentielle chez un quart-arrière, paraît-il. Il faut continuer à travailler dur pour être prêt le moment venu. On m'a promis que mon heure viendrait. Ils appliquent des méthodes pour lesquelles vous m'avez préparé, coach. *Quelle que soit ma réussite dans l'avenir, ce sera à vous que je la devrai. À présent, je suis entre les mains de grands entraîneurs, mais aucun n'est meilleur que vous, et je tiens à vous remercier pour votre patience et votre travail.*

Dites bonjour aux autres et donnez-moi des nouvelles de vous et de l'équipe.

Bien à vous,

Trey

Il relut son texte et, satisfait du résultat, posta la lettre. Il attendit quatre jours, le temps qu'elle arrive à destination. Il imaginait déjà la joie de son ancien entraîneur lorsqu'il recevrait des nouvelles de son protégé. Au bout de quatre journées de plus, il se mit à guetter une réponse qui ne venait pas. Frustré, troublé, il écrivit de nouveau, de peur que sa première lettre ne se soit perdue. Toujours pas de réponse. Et s'il était arrivé quelque chose à l'entraîneur Turner ? Il appela sa tante pour lui faire part de son inquiétude.

— Oh, Trey, je suis désolée de ne pas t'avoir prévenu, fit Mabel. J'aurais dû y penser.

— Me prévenir de quoi ?

— Tara est morte il y a un mois.

— Quoi ?

— D'une péritonite. Ce fut très soudain. Les Turner sont effondrés. Voilà pourquoi tu n'as pas de nouvelles de Ron.

— Je… Je lui enverrai une carte de condoléances. Quand tu le verras, dis-lui… que je pense à lui.

— Il sera heureux de l'entendre, Trey. Et je sais qu'il appréciera ta carte.

La carte, puis une autre lettre demeurèrent toutefois sans réponse. Trey chassa l'idée qu'il ne figurait plus parmi les favoris de Ron Turner. Il fallait du temps pour surmonter la mort d'un enfant. Cependant, Trey et lui étaient tellement proches que ce décès ne pouvait expliquer pourquoi son entraîneur ne lui envoyait pas un petit mot. Le jeune homme dut se résoudre à accepter que l'entraîneur lui reprochait la façon dont il avait traité Cathy, qu'il appréciait beaucoup. Sa compassion pour Cathy avait pris le dessus sur son affection pour son champion de quart-arrière, il ne le considérait plus comme son fils…

Si seulement l'entraîneur Turner connaissait la vérité.

Le 1er novembre, Trey reçut non sans étonnement une lettre de l'université Loyola. C'était la deuxième lettre de John. Plein d'appréhension, Trey l'ouvrit sans la moindre intention de lui répondre, mais il avait envie d'entendre la voix de John en la lisant. Trey s'attendait à des reproches, à des supplications pour qu'il sauve Cathy d'une existence indigne, mais ce ne fut pas le cas. La lettre fit naître en lui une peur d'une tout autre nature.

Cher Trey,

Je t'écris de ma chambre de Buddig Hall, le plus haut bâtiment du campus de Loyola. Je vis dans un trois-pièces que je suis censé partager avec trois autres étudiants, mais, pour l'instant, nous ne sommes que deux, de sorte que nous avons chacun notre chambre. J'adore cet endroit. On y mange très bien. Je bénéficie d'une pension complète avec des repas de bonne qualité, sans avoir à faire les courses, la cuisine ou la vaisselle. Ça me change des casseroles de chili ou de goulash de mon père. On peut se rendre partout à pied, au foyer des étudiants, au réfectoire, à la bibliothèque. J'ai donc décidé de vendre ma camionnette. L'argent me permettra de tenir jusqu'au versement de ma bourse. Ça m'a peiné de me débarrasser de cette vieille bagnole chargée de souvenirs, d'autant que celui à qui je l'ai vendue, un Cajun qui tient un club de pêche, ne la respectera pas autant que moi. Mais j'avais besoin de cet argent.

Je me suis inscrit en sciences humaines et sociales avec pour matières principales la philosophie et l'espagnol. Les Jésuites sont tenus de parler et d'écrire couramment l'espagnol, alors je me suis dit: pourquoi pas ? S'il ne m'a pas été facile de renoncer à la carrière que j'avais choisie, je ne crois pas que j'aurais réussi dans le commerce. Pour vivre selon mes convictions, je dois mener l'existence de saint Ignace, fondateur des Jésuites, ce qui n'est pas compatible avec le monde des affaires américain.

Je t'écris pour te dire que, même si je ne comprendrai jamais pourquoi tu as quitté Cathy, ce n'est pas pour ça que j'étudie à Loyola au lieu de Miami. Depuis ce jour de novembre où j'ai repris le chemin de l'église, j'ai besoin de faire autre chose de ma vie que de jouer au football en division nationale ou amasser de l'argent. Je savais au plus profond de mon cœur que, même si je réussissais dans ces deux domaines, je ne trouverais jamais la paix à laquelle j'aspire. Ici, à Loyola, je suis le chemin qui me conduira vers la sérénité. Je suis à ma place, à moins qu'ils ne me mettent à la porte, bien sûr.

Je m'intéresse au parcours des Hurricanes et je regarde les matchs à la télévision. Je t'aperçois de temps en temps sur la ligne de touche. C'est bon de voir mon vieil ami sous le maillot orange, vert et blanc. Face à ton enthousiasme évident, je me dis qu'ils verront ce qu'ils verront, l'an prochain !

Donne-moi de tes nouvelles. Tu me manques et j'espère te voir pendant les vacances de l'Action de grâces.

Bien à toi,

John

Si cette lettre lui rappela combien son ami lui manquait, elle fit naître en lui une nouvelle crainte. Cette paix à laquelle John aspirait… L'exemple de saint Ignace ne le pousserait-il pas, un jour, à confesser au shérif Tyson les événements de « ce jour de novembre », afin que les Harbison puissent enfin faire leur deuil ?

TD Hall devrait-il poursuivre ses études et mener sa carrière avec cette épée de Damoclès au-dessus de la tête ?

Chapitre 30

D'un coup d'épaule, John ouvrit la porte de sa maison. Sa clé fonctionnait, mais le panneau de bois était coincé faute d'être utilisé. De toute évidence, elle n'avait pas servi depuis longtemps. Sur le seuil, le jeune homme fut assailli par une odeur de renfermé. Laissant la porte ouverte pour aérer les lieux, malgré le froid de novembre, il appela Bert.

Pas de réponse. John posa son manteau et traversa le salon et la salle à manger désertée depuis la mort de sa mère pour entrer dans la cuisine. Il régnait un semblant d'ordre, ce qui était étonnant. La vaisselle séchait dans l'égouttoir, la table n'était pas jonchée d'emballages ni de journaux et la cuisinière était propre. Le torchon était accroché à sa place et la poubelle ne contenait ni ordures, ni bouteilles vides.

Intrigué, il se rendit dans la chambre de Bert. La dernière fois qu'il y avait mis les pieds, c'était le jour où il l'avait trouvé au lit avec une inconnue. Comme il s'y attendait, l'armoire ne contenait plus que quelques cintres. Les tiroirs du secrétaire également étaient vides.

Dans sa propre chambre, il trouva une enveloppe sur l'oreiller.

Je pars. À quoi bon rester ? Tu feras ce que tu voudras des affaires. Va voir dans la cachette où ta mère rangeait ses économies. B. C.

Bert Caldwell. Pas « papa » ni « ton père ». C'était on ne peut plus clair.

Dehors, il souleva quelques briques du petit abri où sa mère venait lire, unique aménagement d'un jardin abandonné. La petite niche recelait un coffret. Dans une enveloppe se trouvaient dix billets de cent dollars et l'acte de propriété de la maison, qu'il avait pris la peine de mettre au nom de John.

Pendant un long moment, le jeune homme ne ressentit rien, sous le ciel limpide du Texas, en cette froide journée de l'Action de grâces. Le vent lui soulevait les cheveux. L'homme qui se faisait appeler son père était sorti de sa vie à jamais, sans doute, lui laissant tout ce qu'il possédait. Une étrange tristesse s'insinua en lui. Cet homme avait aimé sa mère. John le revoyait encore la prendre dans ses bras. Envers lui, il faisait preuve d'une affection un peu rude. Ils formaient une famille plutôt heureuse. Lorsque John avait eu quatre ans, sa vie avait basculé. En avouant son infidélité, sa mère avait empêché Bert Caldwell d'être le mari et le père qu'il aurait pu être.

Leur vie aurait été bien différente si elle s'était uniquement confessée à son prêtre.

La paix soit avec toi, papa.

John remit les briques en place et porta son héritage à l'intérieur. L'argent couvrirait ses frais et il emporterait l'acte de propriété à Loyola jusqu'au moment où il devrait se départir de ses biens matériels. Une partie de ses vacances serait consacrée à fermer la maison, puis il s'en irait pour de bon, songea-t-il avec un pincement au cœur.

De retour à l'intérieur, il se rendit compte qu'il avait grand besoin d'une douche et de sommeil. Il avait mis plus de vingt-quatre heures pour rentrer. Après sa journée de cours, un camarade l'avait conduit jusqu'à Shreveport, en Louisiane. Ses économies lui avaient à peine permis d'acheter un billet d'autobus. Après quatre heures d'attente, il avait gagné Amarillo. Arrivé à sept heures du matin, il avait téléphoné à son père, en vain. Il avait failli solliciter Mabel Church, mais la pauvre femme s'aventurait peu en dehors de Kersey. Jamais elle n'aurait trouvé la gare routière d'Amarillo à une heure où tout le monde partait travailler. Cathy devait être chez Bennie. Emma avait dû fermer la bibliothèque, mais il ne voulait pas imposer soixante-quinze kilomètres de route à sa vieille voiture rouillée. Il avait dû se résoudre à partir à pied en espérant être pris sur le pouce et arriver à temps chez tante Mabel pour le repas de l'Action de grâces.

La marche ne lui posait aucun problème. Peu à peu, la température s'était adoucie. L'air pur et le calme de la prairie lui firent du bien après ces heures passées dans un autobus surchauffé et surpeuplé, à endurer quintes de toux, ronflements et autres pleurs des bébés. Il put contempler l'œuvre de Dieu qu'était la nature à perte de vue. L'automne était sa saison favorite. La prairie se muait alors en un océan doré. Toujours curieuse, Cathy avait appris le nom des fleurs et plantes sauvages de la région et les avait enseignés aux deux garçons. Indigo, césalpinie, carypotéris… Trey s'en souvenait-il ? Elle leur avait appris tant de choses qu'ils auraient ignorées, sans elle. Un jour, en passant devant la salle de musique, sur le campus, il avait entendu quelques mesures du *Clair de lune* de Debussy par la fenêtre ouverte et s'était arrêté pour écouter. Le temps s'était suspendu. Il avait songé à ces après-midi où Cathy leur jouait ce morceau au piano à l'église, pendant que Trey et lui échangeaient des ballons dans l'allée centrale.

Quand des souvenirs ressurgissaient ainsi, Trey vivait-il les mêmes émotions ? Songeait-il parfois à la magie de leur amitié ?

Si John regrettait souvent sa vieille camionnette rouge, la sérénité des champs en automne, la présence de Dieu lui apportaient la paix intérieure et le confortaient dans sa décision de commencer son noviciat dès la fin de l'année. En entrant à Loyola, il envisageait de terminer d'abord ses études, voire de travailler quelque temps avant son ordination, mais il ressentait désormais le besoin de s'engager dans la vie religieuse sans attendre. Il en avait longuement parlé avec son guide spirituel, qui avait fini par soupirer en lui disant :

— John, je devrais te dissuader de brûler les étapes au cas où tu voudrais revenir en arrière mais, en ce qui te concerne, le choix d'un autre chemin de vie serait une erreur.

Il s'était donc porté candidat et avait été accepté. Le noviciat constituait la première étape pour tout aspirant à la vie de jésuite. Cette admission n'était en rien une obligation. L'objectif des deux premières années était d'aider le novice à affirmer sa vocation grâce à la réflexion et à la découverte. À l'issue de ces deux années, il faisait vœu de pauvreté, de chasteté et d'obéissance avant de se diriger vers l'ordination, un parcours qui durait entre douze et quatorze ans.

« Autant que des études de médecine », avait commenté Cathy en répondant à sa lettre. Le premier semestre de sa formation débutait en janvier, mais il brûlait déjà d'impatience.

Il marchait depuis un bon moment et commençait à se fatiguer lorsque ses prières furent exaucées. Une voiture de police s'arrêta à sa hauteur.

— Tu montes, John ? proposa le shérif Tyson.

— Volontiers, répondit-il, désarçonné.

— Tu rentres chez toi pour l'Action de grâces ?

— Oui. C'est gentil de m'emmener. Je craignais d'arriver en retard pour le repas de tante Mabel. En arrivant à Loyola, j'ai vendu ma camionnette.

— Tu avais besoin d'argent ?

— Oui.

— Ton père ne t'aide pas trop, j'imagine ?

Le jeune homme rougit. Le shérif Tyson avait peu d'estime pour Bert.

— Non, mais je me débrouille.

— Tu t'es bien adapté à Loyola ?

— Oui. J'y suis très bien.

Deke Tyson se tourna vers lui.

— Ça se voit. Beaucoup de gens ont été choqués de te voir partir dans un établissement religieux. Ils pensent que c'est du gâchis. Mais j'ai toujours considéré que tu savais ce que tu faisais.

Mal à l'aise face à ce compliment, John observa le paysage.

— J'apprécie votre confiance.

— Néanmoins, je dois te poser la question inévitable : le football ne te manque pas ?

— Je mentirais en prétendant que non.

— Et tu n'as plus le droit de mentir, n'est-ce pas ? fit le shérif avec une moue ironique.

— Non.

— Tu dois manquer à TD Hall.

— Apparemment, il s'en sort bien sans moi.

— Tu as de ses nouvelles ?

— Non, malheureusement.

— Il n'en donne à personne. Avec Trey, c'est loin des yeux, loin du cœur. Je ne suis pas le seul qu'il ait déçu. Depuis son départ, Mabel a décliné, Emma aussi. Cathy Benson garde la tête haute. J'ai toujours su qu'elle avait du cran, celle-là. Mais ce doit être dur, pour elle. Elles seront toutes ravies de te voir, John. Au moins, elles pourront compter sur ta présence, pour les vacances.

— Ça me fera plaisir, à moi aussi.

En observant l'acte de vente, John soupira. Quelle ironie du sort ! Il était un peu plus de onze heures. Son estomac se mit à gargouiller. Le commentaire du shérif sur Cathy le tourmentait. Il envisageait d'appeler Emma pour savoir comment allait sa petite-fille; Cathy n'évoquait jamais ses difficultés dans ses lettres, qui se cantonnaient à des anecdotes. Ces derniers temps, elle lui avait écrit:

Il y a quinze jours, quelqu'un a brisé le cadenas de la grille de Hubert Mason pour voler son setter irlandais dans son jardin. Tout le monde s'est demandé qui avait pu vouloir de ce sac à puces de Sprinkle. Hier, en rentrant chez lui, Hubert a trouvé son chien dans le jardin et un nouveau cadenas sur sa grille.

Les seuls propos négatifs concernaient l'économie, les mauvais résultats des Bobcats en championnat et l'arthrite de Rufus.

Il appela d'abord Mabel pour la prévenir qu'il viendrait souper.

— Non, Trey ne rentre pas pour l'Action de grâces, lui déclara Mabel. Un camarade de son équipe l'a invité dans sa famille. Je suis très chagrinée, mais il fallait s'y attendre. Nous aurons au moins le plaisir de ta présence.

John ressentit de la déception teintée d'un autre sentiment. *Un camarade de son équipe…*

— Je serai là, tante Mabel. En revanche, papa ne viendra pas. Je vous expliquerai plus tard.

— Donc il n'y aura que toi, Emma et Cathy, plus un invité surprise, sur l'insistance d'Emma.

— Qui?

— Odell Wolf, répondit Mabel, sans doute avec une moue réprobatrice.

John raccrocha, un sourire aux lèvres. Son cœur de futur novice était en joie. *Bravo, Emma!* songea-t-il en pensant à cette devise des Jésuites: « Ce que vous faites au plus petit de mes frères, c'est à moi que vous le faites. » Il composa le numéro d'Emma.

— Pour répondre à ta question, John, Bennie s'est montré très gentil avec elle. Il tient compte de sa grossesse. Naturellement, elle travaille encore plus dur pour ne pas donner l'impression de profiter de la situation. Chacun sait qu'il l'adore. Aussi, les clients tiennent leur langue. D'autres ont eu des réactions difficiles à encaisser, surtout les mères de certains anciens camarades de classe. La pitié est aussi cruelle que la réprobation, tu sais. Elle n'est plus aussi respectée, mais elle ne baisse pas les bras.

Touché, John imaginait ces réflexions blessantes. La mère de Cissie Jane avait toujours reproché à Cathy d'éclipser sa fille. Elle et ses disciples étaient parties pour l'université et devaient se réjouir de la situation de Cathy.

— Je crois savoir qu'Odell Wolf vient souper. Comment est-ce possible ?

— Eh bien, j'en suis en partie responsable. Depuis des années, tous les lundis, Odell se fait beau pour venir à la bibliothèque et lire dans un coin. Un matin, je l'ai trouvé près de la porte de service. Il s'attendait à ce que je le chasse, mais je lui ai proposé d'entrer. Depuis, il se présente le lundi, à l'ouverture. J'ai commencé à laisser la porte déverrouillée, avec quelque chose à manger sur sa table préférée. Je le voyais penché sur les revues et les journaux, ou les dictionnaires, dans son coin. Il entre et sort par la porte du fond et s'en va si quelqu'un d'autre se présente. Il ne dit pas grand-chose et je n'ai rien appris sur son compte. En revanche, il me laisse un petit mot de remerciement sur la table.

— Et qui est l'autre responsable ?

— C'est Cathy. Elle a vu Bennie lui donner à manger, derrière le restaurant et a pris le relais, en ajoutant des restes pour le chien. Il l'adore. J'ai l'impression que quiconque se disputerait avec Cathy aurait affaire à Odell et son fouet.

— Comment se sent Cathy ?

— Elle se trouve énorme, mais elle se porte bien. Elle sera ravie de te voir, John. Elle voudrait te parler de quelque chose qui te fera plaisir, je crois.

John décela une note d'impatience dans le ton de sa voix.

— Donnez-moi un indice !

— Non, j'en ai déjà trop dit, mais tu en seras très heureux.

— J'ai hâte, alors.

John raccrocha. Il se sentait soudain plus léger. Quelle était donc cette chose merveilleuse dont Cathy voulait lui parler et qui le rendrait heureux ? Un riche bienfaiteur – la femme de l'entraîneur Turner, par exemple – avait-il proposé de financer ses études de médecine ? À moins qu'elle n'ait quelqu'un dans sa vie. Il ne la voyait pas tomber amoureuse, mais ce n'était pas impossible. Peut-être cela avait-il un rapport avec Trey… Et s'il lui était revenu ?

Cette dernière hypothèse était la plus plausible. Sous la douche, John se surprit à chantonner. Ce n'est qu'en éteignant le jet d'eau qu'il redescendit sur terre. Si Trey et Cathy s'étaient réconciliés, pourquoi TD n'était-il pas rentré pour l'Action de grâces ?

Chapitre 31

Cathy retourna la pancarte indiquant que le restaurant était fermé, puis verrouilla la porte. Un peu lasse, elle posa les mains sur son ventre et s'appuya contre le mur pour soulager son dos et ses jambes. Elle avait eu l'impression que les derniers clients ne partiraient jamais… De plus, il lui restait la vaisselle à faire et les tables à nettoyer avant d'appeler sa grand-mère pour qu'elle vienne la chercher.

— Tu es fatiguée, petite, déclara Bennie en émergeant de la cuisine, avec son tablier taché.

Cathy rouvrit les yeux.

— Je soufflais un peu.

— Allez, rentre chez toi et repose tes jambes. Je finirai le travail.

Ce cher Bennie ! La cuisine était en désordre. Il avait congédié le plongeur quelques jours plus tôt pour avoir volé des steaks hachés et Romero, l'autre serveur, ne s'était pas présenté à son poste, ce matin-là. Bennie avait donc remis sa pancarte en vitrine pour trouver de la main-d'œuvre. Si la disparition de Romero arrangeait les finances de son patron, Cathy ne voyait pas comment ils pourraient assurer le service à eux seuls.

Elle résista à l'envie de se masser les reins, tant elle était courbaturée après cette journée épuisante.

— Si je ne vous aide pas, vous allez rater le match à la télévision, dit-elle tristement.

— Je n'ai pas besoin de regarder la télé. J'ai la radio. Allez, appelle ta grand-mère !

— Je nettoierai les tables en attendant qu'elle arrive, répondit Cathy, trop heureuse de partir plus tôt.

Bennie lui manquerait quand elle serait partie. Parviendrait-il à gérer son restaurant sans elle ? Il s'en sortait tout juste. Il était tellement occupé à maintenir son entreprise à flot qu'il n'avait ni le temps, ni l'énergie ni les moyens de réfléchir à des améliorations susceptibles d'augmenter ses revenus.

Cependant, les difficultés de Bennie ne devaient pas prendre le dessus sur le bien-être de son fils, sa priorité, son unique préoccupation, quitte à mettre de côté ses aspirations personnelles. Dès ses premières années, un enfant avait besoin de ses deux parents. Trey n'en était-il pas un exemple éloquent ? Un fils avait besoin d'un père qui l'aime, le nourrisse, lui apprenne des choses que seul un homme pouvait transmettre. Qui était mieux placé pour cela que John Caldwell ? Il l'aimait. Dans l'esprit de Cathy, il ne faisait aucun doute qu'avec le temps, elle finirait par l'aimer comme il le méritait. Il avait tant de qualités ! Elle s'inquiétait simplement de ses propres capacités, car même si ce mariage empêchait John de devenir prêtre, il ne se détournerait jamais de l'Église.

— Et si John refusait de renoncer à devenir prêtre pour t'épouser ? lui avait demandé Emma lorsqu'elle lui avait exposé son projet.

Cathy avait posé sur elle le regard condescendant d'un être éclairé face à un ignorant.

— Grand-mère ! John n'a décidé d'entrer dans les ordres qu'après mon refus de l'épouser.

Cathy n'avait pas transmis à John l'article expliquant la conduite de Trey.

— Je ne comprends pas, objecta Emma en apprenant que Cathy préférait garder ces informations pour elle. Qu'est-ce qui t'empêche de montrer cet article à John maintenant que tu as décidé de te marier avec lui ?

— Je ne veux pas qu'il pense que je l'épouse à cause de ça.

— N'est-ce pas le cas ?

— Je ne sais pas. Quoi qu'il en soit, John est un homme bien et sera un bon père pour mon fils.

Naturellement, il leur serait impossible de cacher à l'enfant la vérité sur ses origines dès qu'il serait en âge de comprendre. Il finirait par apprendre que son père biologique avait quitté sa mère avant sa naissance. Heureusement, John gérerait la situation grâce à sa sagesse et son tact. Quant à savoir comment Trey s'en sortirait dès que la presse s'emparerait de cette histoire... seul l'avenir le dirait.

Cathy avait décidé de faire sa demande à John après le repas. Elle n'aurait pas le temps de lui parler avant qu'elle et Emma ne se rendent chez Mabel. Dès qu'ils seraient seuls sur la balançoire du porche, elle aborderait la question.

Tandis qu'elle nettoyait la dernière table, la vieille Ford s'arrêta devant le restaurant. Elle remit en place la salière, la poivrière et la carte. Elle aurait dû être soulagée à l'idée que John l'emmènerait bientôt loin de tout cela, pourtant elle ne parvenait pas à se réjouir. Sa vie s'annonçait si différente de ce qu'elle avait prévu. Laura Rhinelander s'était bien intégrée à l'université, en Californie. Elle lui racontait ses études en veillant à ne pas blesser son amie, mais sans cacher sa satisfaction d'avoir suivi la voie dont elle rêvait. Il restait peut-être une chance pour Cathy de rattraper le temps perdu, mais elle en doutait. Le travail de John aurait la priorité et elle n'aurait guère les moyens ou la possibilité de se lancer dans des études de médecine.

Emma coupa la tarte à la citrouille pendant que Mabel servait le café. Jamais elle n'avait connu d'Action de grâces aussi morne. Le malheur allait de nouveau frapper avant la fin de la journée, elle le sentait au plus profond d'elle-même.

Dans l'intimité de la cuisine de Mabel, nul ne crut bon de faire semblant. Les masques tombèrent quand, sous le poids de ses soixante-treize ans et au terme d'une journée tendue, Mabel ne parvint plus à feindre la cordialité. En proie à des difficultés financières, elle avait dû préparer un repas de fête sans l'aide de la femme qu'elle engageait pour les grandes occasions. Sa souffrance se lisait sur son visage strié de rides. Emma savait que son amie était très déçue que Trey ne soit pas venu. Ce garçon était vraiment ingrat envers une femme qui avait tout sacrifié pour lui. Chacun comprenait pourquoi il était absent: Trey Don Hall n'avait pas le courage d'affronter Cathy et John, ni Emma Benson, alors tant pis pour sa tante Mabel.

— Je resterai après le départ des autres pour laver la vaisselle et ranger les restes, fit Emma à son amie. Tu en as fait suffisamment. C'était une superbe Action de grâces.

— Tu mens tellement mal, Emma Benson ! C'était un vrai désastre, oui !

Emma ne pouvait affirmer le contraire. Outre le repas (Mabel n'avait rien d'un cordon-bleu), ce fiasco était de la faute d'Emma et de ses invitations intempestives. Elles auraient dû se contenter de préparer une assiette pour la porter à Odell Wolf. Malgré leurs efforts pour le mettre à l'aise, il n'avait certainement pas passé un bon moment. Il n'avait pas l'habitude de porter une cravate, et son costume était si mal coupé qu'il semblait provenir d'une friperie. Dès le départ, le pauvre homme avait paru affolé à l'idée de casser un bibelot ou « d'émettre un vent », selon l'expression mordante de Mabel.

Inviter le père Richard était également une erreur. Les deux amies avaient été choquées d'apprendre le départ de Bert Caldwell, qui avait quitté Kersey sans prévenir son fils ou ses amis. Pour remplacer Bert, Emma avait suggéré d'inviter le prêtre qui, à leur grande surprise, avait accepté volontiers. Emma le soupçonnait d'avoir décliné une autre invitation uniquement parce que son protégé serait présent. Quelle femme de la paroisse aurait laissé le père Richard seul en ce jour de l'Action de grâces ?

Elle avait regretté son initiative dès que le père Richard avait franchi le seuil. Il était le dernier arrivé. Toujours prévenant, John cherchait à mettre Odell à l'aise.

En voyant John et Cathy s'embrasser, Emma avait eu un frisson d'effroi.

— Bonjour, Cathy, avait-il dit du ton nostalgique d'un homme qui revoit un ancien amour mais dont le cœur appartient désormais à quelqu'un d'autre.

Elle espérait que c'était le fruit de son imagination, mais non, John n'avait plus pour sa petite-fille le même regard que quatre mois plus tôt, lors de son départ pour Loyola. Il était pénétré de sa foi. Celle-ci planait au-dessus de lui comme une aura qui ne fut que plus évidente lorsque le père Richard se présenta en soutane. Le prêtre monopolisa l'attention de John tout au long de l'apéritif. Ils s'étaient serré la main puis tapé dans le dos comme deux conspirateurs.

Cathy avait remarqué ce changement, elle aussi. Lorsqu'il annonça avec enthousiasme que son noviciat débutait en janvier, Emma vit les espoirs d'avenir de la jeune fille s'effacer peu à peu. Par la suite, elle se montra peu loquace. Durant les échanges passionnés entre le prêtre et John, elle adressait au jeune homme un sourire compréhensif quand il semblait s'excuser de « parler affaires ». Les deux hommes tentaient d'inclure les autres dans leur conversation, mais Emma avait l'impression qu'ils étaient de trop.

Elle porta les desserts dans la salle à manger.

—Je pourrai te parler, tout à l'heure? entendit-elle John demander à Cathy.

— Oui, bien sûr. Je te garderai une place sur la balançoire, sous le porche. Rufus sera ravi de te voir.

— Tu vas me dire quelque chose qui va me rendre heureux, non?

Cathy foudroya Emma du regard.

— Grand-mère, qu'as-tu raconté à John?

— Rien de plus que ça, avoua-t-elle en soutenant son regard.

En posant une part de tarte devant elle, Emma eut la certitude que John n'entendrait jamais les paroles que sa petite-fille voulait lui adresser.

En fin de soirée, une fois la vaisselle lavée, essuyée et rangée dans le buffet, Emma et Mabel se détendirent en finissant une bouteille de vin. Le père Richard ayant déposé Cathy et John chez elle en lui laissant la Ford, Emma n'était pas pressée de rentrer.

— Cette soirée aura au moins donné un résultat positif, déclara Mabel.

— Lequel?

— Le père Richard va te vendre la voiture de la paroisse et Odell a promis de bricoler la Ford pour que tu puisses la vendre à un ferrailleur. Tu auras un nouveau véhicule et un peu d'argent.

— Un véhicule d'occasion, Mabel.

— À cheval donné…

— C'est vrai. La femme de l'entraîneur Turner est très gentille d'en avoir fait don à la paroisse. Il paraît qu'elle en achetait une neuve tous les ans.

—Je me demande si Flora va tenir le coup. La mort de sa fille a dû être terrible. Je n'aime pas dire du mal des défunts mais, dans la mort, Tara risque de mener sa mère droit dans sa tombe. Elle a bien failli la tuer de son vivant... C'est étrange que des parents aussi convenables que les Turner aient conçu une enfant aussi délurée, fit Mabel. L'hérédité ne fait pas tout, je suppose.

— Parlons donc de ce qui va me rendre heureux, Cathy. Je brûle d'impatience !

Ils étaient assis sous le porche, Rufus installé entre eux, sur sa couverture. Le chien avait été si heureux de voir John qu'il s'était fait mal à la hanche en lui sautant dessus. Les yeux fermés, il laissait John lui gratter l'oreille.

— Tu m'as demandé si j'avais choisi un prénom.

— Oui...

— J'aimerais que mon bébé s'appelle John, si tu le veux bien.

Abasourdi, il se tourna vers elle.

— Oh... Cathy... Je ne sais pas quoi dire. Je suis... c'est un honneur. Tu es sûre ?

— Certaine. Je ne connais personne qui en soit plus digne que toi, mais...

— Mais quoi ?

— Je n'ai pas réfléchi au fait que tu n'aimerais peut-être pas... que le fils de Trey porte ton nom.

Il chassa ses craintes d'un geste de la main.

— Oublie ça ! Je suis ravi ! J'aurai l'impression qu'il est un peu à moi. Il sera ce que j'aurai de plus proche d'un fils.

— Veux-tu être son parrain ?

— J'en serai doublement honoré. Je serai presque père...

Il avança une main vers son ventre.

— Je peux ?

— Bien sûr.

Il posa ses doigts écartés sur l'abdomen de la jeune femme et se pencha en avant.

— Tu as entendu ça, mon petit bonhomme ? Je serai ton parrain.

Cathy observa ses cheveux bruns et bouclés, brûlant de l'attirer vers elle pour l'implorer de ne pas repartir. *Reste, épouse-moi et élève mon enfant comme ton fils.*

— John… Tu es certain de vouloir renoncer à avoir une femme, des enfants pour… ce que tu vas faire ?

Il se redressa.

— Les années à venir le diront. C'est l'objectif du noviciat. Il s'agit d'assimiler ce qu'implique la vie au sein de la Société de Jésus et les sacrifices à consentir. Pour l'instant, ma seule certitude est que je n'ai jamais été aussi sûr d'avoir pris la bonne décision. Et je n'ai jamais été aussi heureux. Que je sois digne des Jésuites ou pas… qui vivra verra.

— Tu y arriveras, déclara Cathy.

Le ton de sa voix incita John à poser un bras sur ses épaules. Rufus parut contrarié qu'il cesse de lui gratter l'oreille.

— Qu'est-ce que tu as, Cathy ? Quelque chose ne va pas. Tu n'es pas heureuse pour moi ?

Dans la pénombre, elle ravala ses larmes.

— Bien sûr que oui, mais… je suis triste, aussi. Allons-nous te revoir, maintenant que tu n'as plus ton père ici ? Ta maison ? Cet été, tu vas partir en mission, comme tous les étés, jusqu'à ton ordination.

— Tu me verras chaque fois que j'aurai l'occasion de venir. Je suis chez moi, ici. Vous êtes ma famille, ta grand-mère, toi, tante Mabel et le bébé. Ne l'oublie jamais, quelles que soient mes obligations.

Elle se tourna vers lui. Ce profil, cette carrure auraient pu être ceux de Trey.

— Le bébé doit naître en février, vers la Saint-Valentin. Tu prieras pour nous ?

— Vous êtes toujours dans mes prières, répondit-il en la serrant plus fort.

Vint le moment de partir. Il faisait froid et elle devait se lever de bonne heure pour le service du matin, au restaurant. John consacrerait la journée à fermer la maison de son père, puis il se rendrait à la messe du vendredi soir à St. Matthew. Il avait accepté à contrecœur l'invitation de Lou et Betty Harbison à souper. C'étaient eux, et non le père Richard, qui avaient adressé à John la brochure de l'université Loyola. John verrait Cathy le samedi, chez Bennie, avant que le père Richard ne le conduise à Amarillo où il prendrait l'autobus pour La Nouvelle-Orléans. Rufus à son côté, Cathy fit signe à John qui s'éloignait. Le chien ne lui courut pas après, comme s'il avait compris, lui aussi, qu'il ne pouvait le suivre là où il se rendait.

Chapitre 32

— Bennie, il faut que je te parle, déclara Cathy.

Elle s'assit avec précaution sur une chaise chambranlante et lui fit signe de s'installer à côté d'elle. En ce lundi suivant l'Action de grâces, à huit heures, la salle était vide. Vendredi, Romero était réapparu pour annoncer qu'il avait accepté un emploi sur une plate-forme pétrolière et que samedi serait son dernier jour de travail. Son cousin Juan était disponible, si Bennie souhaitait l'engager. Ce dernier n'eut pas le choix.

Cathy n'y alla pas par quatre chemins :

— Inutile de te dire que ce restaurant est en perte de vitesse. Il faut absolument attirer une clientèle plus fortunée que des adolescents qui se contentent de café et de beignets.

— Et comment veux-tu que je m'y prenne, sans financement ?

— C'est justement ce dont je voulais te parler.

Bennie était un peu vexé. Il aimait son restaurant comme une mère aime son enfant et ne supportait pas que l'on en dise du mal.

— Ne m'en veux pas, Bennie, mais si rien n'est fait, tu vas droit dans le mur.

— On s'en sortira. On s'en est toujours sortis. Mais je suppose que tu n'aurais pas abordé le problème si tu n'avais pas une solution à me proposer.

Elle sourit: il la connaissait bien.

— J'ai même plusieurs suggestions à te soumettre.

— Je suis tout ouïe.

L'idée lui était venue la veille en regardant sa grand-mère préparer des beignets de maïs pour accompagner son sauté de porc aux navets. Le dimanche était le seul jour où elles partageaient un vrai repas. Cathy avait toujours été émerveillée de voir comment des ingrédients simples donnaient un mets aussi succulent que les fameux beignets de maïs « à l'eau chaude » d'Emma. Il suffisait de verser de l'eau bouillante dans un saladier de semoule de maïs salée pour obtenir une pâte lisse, puis de faire frire des cuillerées de ce mélange dans de l'huile pour obtenir des bouchées croustillantes à l'extérieur et moelleuses à l'intérieur. Un vrai délice.

— Ton grand-père aurait parcouru cent kilomètres à pied pour déguster mes beignets de maïs! lui racontait souvent Emma. En réalité, c'est pour ma cuisine qu'il m'a épousée.

— Chacun sait que tu es la meilleure cuisinière du comté, lui répondait invariablement Cathy.

Autrefois, Trey espérait qu'elle apprenne à cuisiner aussi bien.

Cathy la regardait égoutter ses beignets quand une idée avait germé dans sa tête.

— Grand-mère, j'ai un projet pour le restaurant de Bennie. Dis-moi ce que tu en penses.

— Tes prières seraient exaucées, Cathy! avait-elle commenté quand sa petite-fille avait eu terminé. Qu'avons-nous à perdre? Allons-y! J'ai accumulé des jours de récupération. Je peux commencer tout de suite.

— Je vais d'abord voir ce qu'en pense Bennie.

Auparavant, elle devait travailler sur une autre idée un peu folle.

— Je vais me promener, avait-elle annoncé après le repas. C'est une belle journée et j'ai besoin d'exercice.

Sa destination ne se trouvait qu'à deux rues de chez elle. Si Mabel s'était trouvée à sa fenêtre, elle aurait vu passer Cathy en se demandant où diable elle se rendait, car il n'y avait qu'une seule maison, au bout de la rue, et qu'elle attirait peu de visiteurs.

En ouvrant sa porte, Odell Wolf avait froncé les sourcils broussailleux sous ses longs cheveux.

— Cathy ? Qu'est-ce que tu fiches ici ?

— Je viens vous voir, monsieur Wolf. Je peux entrer ?

— Entrer ? Tu veux entrer dans ma maison ?

— Oui, s'il vous plaît. J'ai une proposition à vous faire.

Odell s'était effacé. Visiblement, le mot « proposition » l'avait déstabilisé.

— Il s'agit d'une offre d'emploi, avait expliqué la jeune femme en souriant.

— Une offre d'emploi ? Qui voudrait m'embaucher ?

— C'est ce dont je viens discuter avec vous.

— Et si nous servions un menu familial et des spécialités maison comme un pain de viande, du poulet frit, du rôti de bœuf et sa garniture, ce genre de choses ?

Bennie la dévisagea avec une pointe de déception.

— Et pourquoi pas des grands crus français pour arroser ça, pendant que tu y es ? Et des petites sucreries ?

Il désigna la salle d'un grand geste.

— Je ne plaisante pas, Bennie. Tu n'en as pas assez de tes maigres revenus et des employés instables ?

— Le seul moyen de régler le problème est de vendre.

— Qui voudrait t'acheter ça ?

La mine renfrognée, Bennie haussa les épaules. Cathy poursuivit :

— Et si on avait une cuisinière qui préparerait ces plats pour changer un peu des hamburgers et des déjeuners ?

— Qui ça ?

— Ma grand-mère.

Bennie eut un mouvement de recul tant il était abasourdi.

— Emma Benson ? Ici ?

— Elle est partante ! Fin décembre, elle sera obligée de prendre sa retraite de la bibliothèque et elle ne savait pas comment s'occuper en attendant la naissance du bébé. Nous avons tout prévu. L'enfant viendra avec nous au travail. On le mettra dans ton bureau. Et j'ai une autre proposition : j'aimerais que tu embauches Odell Wolf en tant que plongeur et gardien des lieux.

Bennie en demeura bouche bée.

— Avec quel argent suis-je censé payer ces personnes ? bredouilla-t-il enfin.

— Tu ne les paieras pas, du moins au début. Ma grand-mère accepte de travailler gratuitement pendant quelques mois. Si les affaires marchent, tu lui verseras un salaire raisonnable qui augmentera en fonction de tes bénéfices. Pareil pour Odell. En attendant, il se contentera de trois repas par jour et des restes pour son chien.

— Tu lui as déjà parlé ? demanda Bennie, sidéré.

— Oui, et il est d'accord. Il est même très enthousiaste. Ne t'inquiète pas pour son apparence. Il sait se faire beau. Tu l'aurais vu, jeudi dernier, chez Mabel…

Bennie se gratta la barbe.

— C'est bien joli, tout ça, Cathy, mais comment concurrencer le Monica's Café ? C'est elle qui domine le marché de la cuisine familiale. La ville n'est pas assez grande pour deux restaurants concurrents.

— Pour eux, le « maison » consiste à réchauffer des produits industriels. Nous, nous ferons tout nous-mêmes à base de produits frais. Crois-moi, les gens verront la différence. Ensuite, il faudra adapter les horaires d'ouverture. Laissons les déjeuners à Monica. Nous ouvrirons pour le dîner et le souper…

— Attends une minute, ma belle ! coupa Bennie en levant une main. Et mes buveurs de café du matin ?

Cathy soupira, sachant qu'elle s'aventurait en terrain glissant. Outre les quelques clients du déjeuner, les habitués étaient surtout des retraités passant des heures à bavarder au comptoir en ne consommant qu'un café et un beignet. Ils s'adonnaient à ce rituel depuis des années et Bennie les considérait comme ses amis.

— Bennie, pour que ça marche, il faut fermer le matin afin que ma grand-mère ait le temps d'effectuer sa mise en place. Nous aurons ainsi du temps pour les factures, le ménage, les courses, ce que tu n'as jamais le temps de faire.

— Et les étudiants ? Sans eux, ce ne sera plus la même chose.

— C'est vrai, admit-elle.

Le hamburger-frites était une tradition pour les finissants. Les parents avaient beau les mettre en garde contre le manque d'hygiène des lieux, rien ne pouvait les empêcher de dîner chez Bennie.

— Mais que feras-tu sans leur clientèle en été ? rétorqua-t-elle.

Elle vit qu'elle avait marqué un point, car il semblait pensif.

— Qu'est-ce que tu as à y gagner, petite ? Enfin, outre les pourboires d'un emploi mal payé ?

— Si la situation s'arrange, un meilleur salaire et mon mot à dire dans la gestion. Je veux que tu t'engages à écouter mes autres suggestions pour faire tourner ce restaurant.

— Quelles autres suggestions ? demanda-t-il, perplexe.

Cathy décida de battre le fer pendant qu'il était chaud :

— Il faut nettoyer les lieux du sol au plafond. Je propose de fermer pendant une semaine pour tout décrasser, fenêtres, sols, murs, cuisine et toilettes. Si le cousin de Romero nous aide, nous serons cinq. Mabel Church nous donnera peut-être un coup de main. Bennie… (Elle posa une main sur son bras.) Il faut que ce soit un restaurant familial, où les couples viendront souper en amoureux.

Elle le laissa deviner par lui-même pourquoi les gens ne se précipitaient pas pour manger des hamburgers surgelés sur des tables à la propreté douteuse, près d'une vitrine crasseuse.

— Cette semaine de fermeture nous permettra de contacter des fournisseurs, des producteurs de fruits et légumes. Ma grand-mère travaillera sur ses menus. Ce sera un sacrifice au niveau des rentrées, mais, au final, tu en tireras des bénéfices. Cette ville a besoin du genre de restaurant auquel je pense.

Bennie réfléchit, les mains croisées sur son tablier taché.

— Je suppose que je peux me permettre de fermer quelques jours, mais… Je serai interdit de séjour à la cuisine, ensuite ?

— Tu seras le patron ! Tu te promèneras dans la salle, tu salueras les clients pour qu'ils se sentent bien accueillis.

— Je ne devrais pas porter une cravate, quand même ?

— Non, un tablier suffira ! répondit-elle en riant. Un dernier détail… Accepterais-tu de réfléchir à un nouveau nom pour ton restaurant ?

Elle s'attendait à des protestations, mais il déclara simplement :

— Je pense pouvoir encaisser ça, aussi.

— Tu veux dire que tu es d'accord ? demanda-t-elle, triomphante.

— Ai-je vraiment le choix ? Mais sache, mademoiselle je-sais-tout, que ce qui m'a convaincu, c'est que le bébé sera dans mon bureau.

Chapitre 33

Dès le lendemain, une pancarte apparut dans la vitrine du restaurant: « Fermé pour travaux, réouverture le 1er décembre ». L'équipe retroussa ses manches. Dans la rue principale, les voitures ralentissaient pour observer les meubles de l'unique restaurant de hamburgers de Kersey entassés sur le trottoir, tandis que le nettoyage allait bon train à l'intérieur. Ils commandèrent de nouvelles cartes plastifiées, astiquèrent les tables, chaises et banquettes. Bennie publia une annonce publicitaire dans le journal local et répondit même à une entrevue: « Il était temps de changer. »

Bennie alla jusqu'à afficher « salle non fumeurs » – dans l'intérêt du bébé, expliqua-t-il.

Naturellement, des critiques s'élevèrent.

— Aurais-tu perdu la raison, Emma? demanda Mabel. Tu sais bien que je n'ai jamais accordé d'importance aux rumeurs mais... je comprendrais que les gens trouvent que les Benson ont touché le fond, avec Cathy en salle et sa grand-mère aux fourneaux.

— Allons, Mabel, il y a pire: nous pourrions devoir mendier.

— Qui voudra manger dans un restaurant où Odell Wolf est en cuisine ?

— Ceux qui apprécieront mes beignets de maïs.

Le jour de la réouverture, un étrange cortège de curieux investit une salle pimpante, avec des bouquets de poinsettias sur les tables. Emma avait vu juste. Ses beignets tout chauds et croustillants attirèrent à eux seuls des clients qui n'avaient jamais mis les pieds chez Bennie. À la fin du mois de janvier, l'ancien Bennie's Burgers avait réalisé son meilleur mois depuis des années.

Si Mabel s'inquiétait du mépris éventuel de leurs concitoyens, elle oubliait le caractère texan qui respectait quiconque travaillait dur de ses mains. Les Benson redorèrent peu à peu leur blason au sein du comté de Kersey. Si le comportement indigne de son neveu empêchait Mabel d'organiser une fête en l'honneur du bébé à naître, Paula Tyson, la femme du shérif, ne s'embarrassa pas de telles considérations. Un dimanche après-midi, elle accueillit chez elle d'anciennes camarades de classe de Cathy, quelques notables, dont l'épouse de l'entraîneur Turner, ainsi que Béa et Mélissa, qui vinrent en voiture depuis leurs campus.

Trey n'était pas rentré chez sa tante pour les vacances de Noël. Les habitants de la ville réprouvaient sa façon de traiter une femme qui avait tant fait pour lui. Peu leur importait qu'il ait proposé à Mabel de l'accompagner dans la famille dont il avait accepté l'invitation. Chacun considérait que la place de Trey était au coin du feu, chez sa tante si aimante et si seule. L'opinion publique penchait de plus en plus en faveur de Cathy contre Trey qui « n'était pas un homme puisqu'il n'osait pas rentrer et assumer ses responsabilités ».

À l'approche de la Saint-Valentin, Cathy écrivit à John : « Les gens du coin veillent sur moi comme si j'étais la Sainte Vierge, sans vouloir t'offenser. » À dire vrai, ces bonnes âmes étaient souvent aussi curieuses que bienveillantes – l'enfant ressemblerait-il à Trey Don Hall ?

Cathy avait beau s'être documentée, savoir que le corps d'une femme était fait pour concevoir, mettre au monde et nourrir un enfant, elle s'attendait à un accouchement difficile. Elle avait le bassin étroit et l'échographie indiquait que le bébé risquait de peser plus de quatre kilos. Contre l'avis de son médecin, elle avait décidé d'accoucher naturellement au lieu d'accepter un déclenchement précoce ou une césarienne. Elle s'était renseignée sur les complications éventuelles de ces deux méthodes et considérait qu'un accouchement par les voies basses était préférable, malgré la douleur et les complications possibles.

— Vous comprenez que votre enfant peut être blessé lors de l'accouchement, avait déclaré l'obstétricien. Il arrive par exemple que les gros bébés se fracturent la clavicule. C'est rare, mais ça arrive.

— Une échographie permet-elle d'évaluer avec précision le poids du bébé ?

— Non.

— Et ne devrais-je pas subir une IRM pour déterminer la largeur de mon bassin ?

— Je vois que vous vous êtes renseignée.

D'après les calculs du médecin, le travail commencerait une semaine plus tard. Elle avait préparé son unique valise, qu'elle avait placée dans la voiture que le père Richard avait vendue à sa grand-mère. Le réservoir de la voiture était plein et les pneus vérifiés, tout était prêt pour son départ vers l'hôpital d'Amarillo. Normalement, Cathy ne serait hospitalisée que deux jours ; le choix d'un accouchement naturel était également motivé par des considérations financières. Ce qu'elle appréhendait surtout, c'était le mauvais temps. Le vent glacial et le verglas sur les autoroutes étaient courants, à cette époque de l'année, dans le nord du Texas. Pour parer à toutes les éventualités, elles avaient placé des couvertures, des vivres et une trousse de premiers soins dans le coffre.

Cathy sentait le poids du bébé, notamment quand elle se retournait dans son lit. Le temps des jeux était révolu, son fils était à l'étroit et voulait sortir. Dès les premiers coups de pieds, elle avait appuyé du pouce sur le point précis et, en grandissant, il s'était mis à répondre à ces pressions. Quand elle lui chatouillait le pied, sa façon de remuer portait à croire qu'il riait dans son ventre. Persuadée qu'il l'écoutait, elle l'appelait John, lui chantait des chansons.

Il fallait s'attendre à ce que le fils de Trey soit sportif. Hélas, Cathy avait du mal à maîtriser sa souffrance morale. Comment Trey pouvait-il tourner le dos à l'enfant qu'ils avaient fait ensemble ? Quand elle baissait sa garde, elle l'imaginait arrivant en courant à l'hôpital, après l'accouchement, découvrant le bébé dans ses bras. Il se mettait à pleurer et, comme ce jour de juin, lui disait : *Catherine Ann… je te demande pardon… Je ne sais pas ce qui m'a pris… Je suis le dernier des imbéciles. Je t'en prie, pardonne-moi.*

Elle espérait reprendre son travail au bout de deux semaines, mais Bennie lui avait dit de prendre davantage de temps.

— On se débrouillera. Ne reviens que lorsque vous serez en pleine forme tous les deux.

— Nous ne serons pas malades, Bennie. Autrefois, les femmes accouchaient dans les champs, mettaient leur enfant au sein et reprenaient leur travail.

Le vieux célibataire avait rougi.

— Mon restaurant n'est pas un champ de coton et je ne suis pas esclavagiste. On se débrouillera, je te dis !

Cependant, ils étaient déjà débordés à cinq. Juan se révélait plus efficace qu'elle ne l'avait pensé, mais il suivait des cours du soir trois fois par semaine. Bennie devrait assurer le service et la caisse, tandis qu'Odell préparerait les assiettes en cuisine. La nouvelle des transformations du restaurant avait fait le tour de la région et les clients venaient parfois d'Amarillo, de Delton et des comtés voisins. Cathy ne voulait pas briser cet élan. Les gens risquaient de ne pas revenir si le restaurant ne répondait pas à leurs attentes ou si Bennie reprenait ses hamburgers-frites.

À quelques jours du terme, un miracle se produisit. Entre deux services, quelqu'un se présenta à la porte alors que Bennie bavardait avec un client à la caisse.

— Béa Baldwin ! Qu'est-ce que tu fais là, au milieu du semestre ? s'étonna Cathy.

Sa camarade d'école s'installa au comptoir. Elles s'étaient revues pendant les vacances de fin d'année et lors de la fête en l'honneur du bébé. Envieuse, Cathy l'avait écoutée se plaindre de ses professeurs, des cours, des études en général.

— J'ai laissé tomber, déclara-t-elle. J'ai essayé, mais l'université n'est pas pour moi. À quoi bon gaspiller l'argent de mon père ? Naturellement, Cissie Jane s'éclate, surtout au sein de Kappa Kappa Gamma, la fraternité étudiante.

— Je la reconnais bien là, s'esclaffa Cathy en lui servant une tasse de café. Quels sont tes projets ?

Béa haussa les épaules.

— Je vais chercher du travail. J'aimerais bien trouver par ici mais, vu le marché du travail…

— Tu travaillerais pour Bennie ?

Elle avait posé la question sans même réfléchir.

— Comme tu le vois, nous avons changé de décor et je vais bientôt accoucher.

Soudain, elle sentit un liquide chaud couler le long de ses cuisses et posa les mains sur son ventre.

— Oh… je vais même avoir mon bébé tout de suite…

— Oh mon Dieu ! s'exclama Béa en se levant d'un bond. Qu'est-ce que je peux faire ?

— Appelle ma grand-mère. Elle est dans la cuisine.

À la caisse, Bennie se retourna, l'air hébété.

— Bennie, je te présente ta nouvelle serveuse ! souffla Cathy. D'accord, Béa ?

— D'accord !

À la sortie de Kersey, le temps se dégrada. De gros nuages bas annonçaient une tempête au cours de la nuit.

— Ça va, ma chérie ? demanda Emma, les mains crispées sur le volant, concentrée sur la route.

Cathy surveillait sa montre pour calculer l'écart entre ses contractions.

— Jusque-là, tout va bien.

Ses contractions étaient régulières, il ne faisait aucun doute que le travail avait commencé. Déterminée à garder son calme, elle se massa le ventre. *Ne t'inquiète pas, John. Maman va te sortir de là rapidement.*

À plus d'un kilomètre de Kersey, Emma lâche un juron. Étonnée, Cathy regarda sa grand-mère, puis derrière elle pour voir ce qui avait pu provoquer cet éclat.

— Oh non ! gémit-elle en voyant une voiture de police, gyrophare allumé, s'approcher sirène hurlante.

— Pourquoi m'arrête-t-il ? demanda Emma, furieuse. Je respectais la limite.

À travers la vitre arrière ruisselante de pluie, Cathy ne distinguait que la silhouette en blouson de cuir d'un représentant des forces de l'ordre, et la lueur d'un insigne. Il sortit un bras de sa voiture et leur fit signe de le suivre.

— C'est bon, Grand-mère ! dit Cathy, soulagée, en proie à une nouvelle contraction. C'est le shérif Tyson. Il va nous escorter jusqu'à l'hôpital.

Chapitre 34

L'air maussade, Trey prit place à côté de la jeune fille avec qui il avait accepté de prendre un café au centre universitaire. Ils sortaient ensemble depuis le mois de décembre, et il avait passé les fêtes de fin d'année avec sa famille, dans leur grande maison de Coral Gables où son père possédait une importante agence de publicité.

Lorsqu'elle l'avait vu s'approcher, son visage s'était illuminé, mais l'expression boudeuse de Trey avait vite effacé son sourire. À côté de sa part de gâteau, elle avait posé un petit paquet cadeau entouré d'un ruban rouge et blanc.

— Qu'est-ce que tu as ? lui demanda-t-elle. Tu sembles… contrarié.

— Contrarié ? répéta Trey en se renfrognant davantage. Je suis inquiet. Tu ne vois donc pas la différence ?

— Qu'est-ce qui t'inquiète ?

— Rien d'important. J'ai… une connaissance qui doit rentrer à l'hôpital, aujourd'hui.

— Qui ça ? Je croyais connaître tous tes amis.

— Eh bien tu te trompes. C'est quelqu'un de chez moi.

— Un garçon ou une fille ? demanda-t-elle, soudain méfiante.

Trey hésita.

— Une fille. J'espère que quelqu'un me donnera de ses nouvelles.

— Qu'est-ce qu'elle a ?

— Elle va avoir un bébé.

Il n'avait pas enlevé son blouson et ne semblait pas avoir l'intention de rester.

— De toi ?

— Pourquoi cette question ? rétorqua-t-il en se redressant.

Elle haussa les épaules pour atténuer l'importance de cette remarque manifestement déplacée. Quelle mouche l'avait piqué ?

— Je ne sais pas, moi. Parce qu'il y a de l'amour dans l'air, aujourd'hui…

— Donc tu trouverais normal que je quitte une fille que j'ai mise enceinte ?

Elle eut un mouvement de recul face à son ton réprobateur.

— Bien sûr que non ! Ce n'est pas ce que je voulais dire.

— Alors que voulais-tu dire ?

— Trey…

Elle se pencha vers lui et lui prit la main pour la poser sur le cœur rouge qui ornait son chandail blanc.

— C'est la Saint-Valentin. Ce serait dommage de se disputer, déclara-t-elle.

— Je n'ai pas envie d'aller à la soirée dansante, ce soir, maugréa-t-il en retirant sa main. Excuse-moi, Cynthia, mais j'ai besoin de marquer une pause, de respirer un peu, reprit-il en se levant.

Cynthia le regarda s'éloigner sans trop de regret. Ces derniers temps, ses sautes d'humeur étaient insupportables, et ils s'ennuyaient. Les autres étudiants le suivirent des yeux – il avait été désigné quart-arrière titulaire pour la prochaine saison, ce qui faisait de lui la vedette du campus. Les renseignements que l'enquêteur de son père avait recueillis devaient être exacts, songea-t-elle. Son père se renseignait sur tous ses petits amis. Après tout, elle hériterait d'une véritable fortune le jour de ses vingt et un ans. D'après le dossier, Trey Don Hall était parti pour Miami en abandonnant une petite amie enceinte à qui il n'avait plus donné de nouvelles depuis. L'enfant était sur le point de naître. Face à son père, Cynthia avait sauvé la face, affirmant que cette grossesse n'avait rien à voir avec sa relation avec Trey. Elle n'aurait jamais dû tomber amoureuse de TD Hall. Il y avait quelque chose de froid, d'indifférent chez lui, il ne pouvait que la faire souffrir, comme il avait fait souffrir cette pauvre fille, au Texas. Il devait néanmoins ressentir quelque chose pour elle s'il s'inquiétait de son accouchement. Rien d'important, tu parles ! Elle glissa le cadeau dans son sac. Il ne l'avait même pas remarqué. C'était une photo encadrée d'elle et Trey posant devant l'énorme sapin de Noël familial. Elle la garderait en souvenir de ses études et déciderait si elle devait parler du passé douteux de Trey, qui ne nuirait en rien à son statut à Miami.

Trey alla vérifier son courrier : pas de nouvelles de tante Mabel. Depuis le mois de novembre, elle ne lui avait écrit que deux fois. Sans doute pour le punir de ne pas être rentré pour les fêtes. Elle n'évoquait ni Cathy ni John. Celui-ci ne lui avait pas écrit depuis longtemps, lui non plus. C'était aussi bien. Plus il mettait de distance entre lui et ses deux amis, mieux il s'adapterait à sa nouvelle vie, loin du village qu'il avait quitté.

En regagnant sa chambre, il demanda au surveillant s'il avait un message. Il avait deux enveloppes, mais aucune de sa tante. Cathy devait accoucher ce jour-là et il aurait aimé téléphoner à Mabel, mais il ne voulait pas qu'elle se méprenne sur son appel, qu'elle y voie un signe et dise à Cathy qu'il l'aimait encore, alors que c'était faux. Il voulait simplement savoir si le bébé et son ancien amour allaient bien.

Il jeta son courrier à la corbeille dès qu'il en eut pris connaissance. Un étudiant journaliste du journal de l'université sollicitait un entretien et une boutique de mode masculine lui proposait de servir de mannequin pour leur ligne de vêtements lors d'un événement étudiant. Six mois plus tôt, il aurait accepté avec plaisir, mais il considérait désormais ces choses-là comme une perte de temps. Ne s'occuper que de ses études et du football était une véritable libération, pour lui. Il aurait dû s'inquiéter que Cynthia sache qu'il avait laissé une fille enceinte chez lui et se soucier des rumeurs qui risquaient de ternir son image, mais non. En quoi l'image comptait-elle dans la façon de jouer d'un quart-arrière ?

— Il est superbe !

La voix du médecin résonna telle une symphonie aux oreilles de Cathy. Épuisée, elle retomba sur l'oreiller et sourit au miracle qu'il tenait entre les mains. *Tu as réussi, mon fils. Tu as réussi !* Après onze heures de travail, alors qu'elle pensait ne plus pouvoir endurer sa souffrance, elle avait senti sa volonté de venir au monde. Il refusait qu'elle cède, qu'elle demande une césarienne. Entre la douleur, les nausées, les lumières vives, le son des appareils, les rires et les conversations, l'indignité d'être exposée à la vue d'inconnus qui allaient et venaient dans la salle, il avait lutté contre la tentation de sa mère de supplier pour qu'on la soulage de cette torture.

— Will, murmura-t-elle à sa grand-mère qui lui épongeait le visage. Je veux que… son deuxième prénom soit Will. John Will Benson. On l'appellera Will.

— Je veillerai à ce que ce nom soit inscrit sur son acte de naissance, chérie.

Après un examen préliminaire, le médecin déposa le nouveau-né dans ses bras.

— Quatre kilos et demi et un excellent résultat au test d'Apgar ! annonça-t-il. Félicitations.

Emma, qui n'avait pas quitté son chevet, fondit en larmes.

— C'est magnifique, murmura-t-elle.

Cathy effleura la petite tête brune d'un baiser du bout des lèvres.

— Mes efforts valaient la peine. Il est beau, n'est-ce pas ?

— Il a de qui tenir, déclara Emma en s'essuyant les yeux.

En effet, songea la jeune femme en reconnaissant le front, le nez et le menton de Trey.

— Je ferais mieux d'appeler Mabel avant qu'elle ne pique une crise, reprit-elle. Elle préviendra les autres.

Par « les autres », elle entendait Bennie et John, le shérif Tyson, peut-être. Elle lui serait éternellement reconnaissante, car il les avait escortées jusqu'aux urgences de l'hôpital, gyrophare allumé, sous la pluie, dans la circulation dense. Avec une gentillesse et une considération qu'il aurait accordées à sa propre fille, il avait aidé Cathy à descendre de voiture pour l'installer dans le fauteuil roulant et la confier au personnel soignant. Mabel téléphonerait-elle à Trey ? Leurs relations s'étaient détériorées. Son refus de rentrer pour Noël avait été la goutte d'eau qui avait fait déborder le vase. Trey connaissait la date prévue pour l'accouchement, s'inquiétait-il de la santé de la mère et de l'enfant ? Appellerait-il s'il restait sans nouvelles de sa tante ? Voudrait-il savoir si l'enfant lui ressemblait ? En apprenant la naissance de son fils, Trey serait-il capable de rester à distance ?

Emma se retira pour téléphoner. Lorsqu'une infirmière emmena le bébé, Cathy ressentit un grand vide, mais une fois installée dans sa chambre, elle put enfin récupérer son fils.

— Je ne sais pas comment j'ai pu vivre sans lui, avoua-t-elle en le mettant à son sein.

Aussitôt, sa bouche minuscule téta avidement.

— C'est une question à laquelle nul ne peut répondre, répondit l'infirmière. Vous êtes prête à recevoir votre première visite en tant que maman? Un jeune homme demande à vous voir.

Le cœur de Cathy s'emballa.

— Qui est-ce?

— Je ne connais pas son nom, mais il est grand, brun et séduisant.

Cathy se redressa, une main sur la tête du bébé. Trey!

— Qu'il entre! souffla-t-elle, tiraillée entre joie et soulagement. John Will, tu vas bientôt rencontrer ton papa.

Quand la porte s'ouvrit, ce fut John Caldwell qui entra dans la pièce.

Chapitre 35

Au bout de deux semaines, Cathy reprit son travail de serveuse chez Bennie. Elle espérait un retour discret, mais quelqu'un avait envoyé un bouquet de fleurs blanches et bleues orné de ballons portant l'inscription « C'est un garçon ! ». En le voyant sur le comptoir, certains demandèrent à voir le bébé installé dans le bureau de Bennie. Les clients apportèrent des cadeaux, des cartes, curieux de constater si l'enfant endormi dans son berceau ressemblait à Trey. Un consensus tacite affirmait que oui. Il n'y avait aucun doute possible : Will ne pouvait avoir hérité ces boucles brunes et ces traits que de Trey Don Hall.

La semaine suivante, Cathy lâcha le ballon gonflé à l'hélium dans le ciel, puis elle se rendit au cimetière pour déposer les œillets sur la tombe d'un nourrisson qui n'avait survécu que quelques minutes après sa venue au monde.

Le frimas de février fit bientôt place à la douceur du printemps. L'année s'écoula tranquillement. Le bébé grandit, calme, curieux, particulièrement éveillé pour son âge. Il faisait rire Odell Wolf, une grande première, et apportait tant de bonheur au restaurant que Bennie, fier d'augmenter ses employés grâce à ses bénéfices accrus, affirmait que le petit garçon méritait un salaire, lui aussi.

Bennie n'était pas loin de croire que Cathy Benson était ce qu'il lui était arrivé de mieux dans sa vie. Elle avait sauvé son restaurant et apporté joie et fierté à son existence, sans parler de ceux qu'il avait appris à aimer. S'il était de plus en plus difficile de savoir qui était le patron, il ne s'en offusquait pas. Cathy avait d'excellentes idées et rehaussait l'image de l'établissement. Les serveurs portaient désormais un pantalon noir et une chemise blanche, les côtes levées étaient servis avec un rince-doigts et les serviettes en tissu avaient remplacé le papier.

Seule ombre au tableau : un jour viendrait où Emma ne serait plus apte à travailler. C'était inévitable, malgré son énergie incroyable. Bennie en avait fait l'expérience avec sa propre mère qui, du jour au lendemain, s'était fragilisée et avait décliné.

Ce serait une tragédie ! Avec Emma en cuisine, tout allait bien dans le meilleur des mondes. Grâce à elle, Odell s'était épanoui. Quant à Béa, elle finirait par s'en aller, elle aussi. Pourquoi resterait-elle ? Elle était jeune, jolie, dynamique. Cet emploi n'était que provisoire. Mais ce que Bennie redoutait le plus, c'était le jour où un bel inconnu se présenterait pour gagner le cœur de Cathy et les emmener, elle et son fils. Cela finirait par arriver. Pourvu qu'il soit trop vieux pour travailler. Il vendrait le restaurant avant que l'acheteur ne se rende compte que la clé de son succès – et de son bonheur – était partie.

Le 1er janvier 1988, alors étudiant de deuxième année, Trey mena les Hurricanes de Miami jusque-là invaincus vers le championnat national. Au fil de la saison, les habitants de Kersey avaient suivi les exploits de leur quart-arrière. Il faisait souvent l'objet d'articles dans la rubrique sportive du journal local, qui reprenait des extraits de la revue du campus de Miami. Aucun détail concernant le champion n'était épargné aux lecteurs. Un article sur la fête annuelle de l'université capta l'attention de Cathy et lui brisa le cœur. La tradition voulait que l'on embrase un bateau en bois au milieu du lac Osceola, autour duquel était construit le campus. Si le mât restait dressé tandis qu'il sombrait, les Hurricanes remportaient leur match. Dans le cadre de cette cérémonie, les joueurs jetaient un objet personnel dans les flammes. Le journaliste précisait que TD Hall avait jeté une courtepointe.

Ce fut après « le match du siècle », qui vit la victoire de Miami sur une équipe présentée comme favorite, à l'Orange Bowl, que les médias nationaux découvrirent l'existence de Cathy.

Quelques jours après la rencontre, dans l'après-midi, un inconnu franchit le seuil du restaurant et commanda un café. Il était jeune, environ trente-cinq ans, d'après Bennie. Plutôt séduisant et bien habillé, il portait autour du cou un appareil photo professionnel qu'il posa sur le comptoir. Sans avoir un regard de prédateur, il semblait en alerte. Cathy avait déposé le bébé dans la salle pour quelques minutes, afin de le distraire, car il n'y avait pas d'autres clients.

Au bout d'un moment, l'inconnu reprit son appareil.

— Mademoiselle ?

Concentrée sur son fils, Cathy tourna la tête vers lui et… fut prise en photo.

— Hé là ! Qu'est-ce que vous faites ? s'exclama Bennie en se levant. Elle ne vous a pas autorisé à la photographier !

— Vous êtes Catherine Ann Benson ? demanda le photographe, ignorant Bennie.

— En quoi ça vous regarde ? insista le restaurateur.

— Et alors ? fit Cathy, son enfant dans les bras.

— C'est l'enfant de Trey Don Hall et vous êtes sa mère ?

— Odell ! hurla Bennie en direction de la cuisine. Viens vite et apporte ton fouet !

— Qui êtes-vous ? demanda Cathy en protégeant le visage de Will.

— Je suis photographe indépendant. J'ai été engagé pour prendre des photos de vous et de votre bébé. Vous serez dédommagée. Je...

Le fouet d'Odell claqua sur le sol. L'homme sursauta mais, soit par audace, soit par réflexe professionnel, garda son appareil braqué sur Odell qui fit voler son fouet au-dessus de la tête de l'intrus, frôlant ses cheveux. L'homme recula en mitraillant furieusement les lieux et sortit sous le regard éberlué de Cathy.

Quelques jours plus tard, la scène parut à la une d'un journal à scandale avec le titre : « L'enfant de l'amour ». Le visage blême de Cathy, au-dessus de la chevelure bouclée du bébé, contrastait avec l'air féroce d'Odell brandissant son fouet. En encadré, on voyait un Trey Don Hall victorieux après son match à l'Orange Bowl.

L'intérêt de la presse pour les amours d'un sportif de dix-neuf ans et d'une adolescente retomba comme un soufflé, mais le mal était fait. Humiliée, Mabel Church se terra chez elle. À Coral Gables, l'article ternit quelque peu l'admiration des Hurricanes pour leur quart-arrière. Frank Medford convoqua Trey dans son bureau pour obtenir sa version de l'histoire.

— Tu as vu ceci ? demanda l'entraîneur en lui tendant le journal.

Intrigué, Trey s'en saisit. En découvrant la photo de Cathy, il sentit son cœur se serrer. Il ne l'avait pas revue depuis le jour où il l'avait mise à la porte de chez sa tante.

— Oh non ! souffla-t-il après avoir parcouru l'article.

Il y avait aussi leurs portraits extraits d l'album des finissants, au temps du bonheur.

— C'est la vérité ? demanda Frank.

— Cathy Benson était ma petite amie, oui, mais l'enfant n'est pas de moi.

Frank le dévisagea tel un juge face à un accusé pris en flagrant délit qui plaide non coupable.

— Je ne t'ai pas convoqué pour me mêler de tes affaires personnelles, Trey, ni pour te faire la leçon. Je te conseille néanmoins de garder le silence sur cette histoire. Ne dis pas un mot aux journalistes qui chercheront à te tirer les vers du nez. Réponds simplement : « Pas de commentaire ». Tu dois rester concentré sur ton jeu, c'est compris ?

— Compris, *coach.*

— Ce genre d'article n'est jamais bon, Trey, ajouta-t-il en pointant l'index sur le journal. Tu risques de le traîner comme un boulet tout au long de ta carrière. Les journalistes adorent ces dossiers qu'ils peuvent ressortir quand ça les arrange, surtout quand un enfant est en jeu. Prépare-toi à subir les questions des médias, sans parler des pressions de cette fille, plus tard, quand tu seras riche et célèbre.

— Elle ne posera aucun problème.

— Elle ne risque pas de brandir un test de paternité pour obtenir une pension alimentaire ?

— Non.

— Comment peux-tu en être certain ?

— Je la connais.

Frank fronça les sourcils. Depuis deux ans, il cherchait à comprendre ce qui avait pu clocher au cours des quelques jours que Trey avait passés chez lui, après le stage d'été, à s'expliquer pourquoi son meilleur ami était entré dans les ordres. Trey avait évoqué un mariage… Frank était prêt à parier que la jolie fille du journal faisait partie d'un triangle amoureux avec Trey et John Caldwell.

— Quand tu en auras les moyens financiers, as-tu l'intention de… faire quelque chose, pour le gamin ?

Chaque fois que Frank franchissait les limites, Trey gardait le silence, l'air impassible et le regard droit pour lui signifier de se mêler de ses affaires.

— Les journaux vont te décrire comme une ordure, soupira l'entraîneur.

— Qu'ils racontent ce qu'ils veulent ! Réagir serait admettre que je suis le père, et je ne le suis pas.

Frank jeta le journal dans la corbeille à papiers.

— Bon, je vais te donner un dernier conseil : écoute ta conscience. N'oublie pas ce que je t'ai dit sur la suite de ta carrière.

Quand Trey partit, les paroles de l'entraîneur résonnaient encore dans son esprit. *Écoute ta conscience.* Medford ne l'avait pas cru quand il avait affirmé ne pas être le père de l'enfant. Personne ne le croirait, et alors ? Persuadé que cette histoire ressurgirait un jour, il y avait longuement réfléchi. S'il devait passer pour « le méchant », il préférait encore être accusé d'avoir failli à son devoir envers un enfant illégitime que de se voir reprocher sa… son véritable péché. En automne, il avait eu l'intention d'avouer à Cathy et John qu'il était stérile, mais seulement si John changeait d'avis sur la prêtrise et que Cathy l'aimait encore. Or, John persistait dans sa vocation. D'après Mabel, il était en deuxième année de noviciat et heureux comme un pape. Quant à Cathy… elle avait tourné la page. Elle avait transformé le boui-boui de Bennie en un paradis gastronomique. Pour elle, Trey était mort. John était le parrain de l'enfant, qui aurait au moins une figure paternelle. Quelle ironie du sort ! Tout le monde était content. Que se passerait-il si Trey troublait la situation en dévoilant la vérité ? John devrait quitter son noviciat pour épouser Cathy qui, telle qu'il la connaissait, s'en voudrait à jamais de l'avoir détourné de sa vocation.

Et comment la presse exploiterait-elle cette double trahison ? Le public et le comité Heisman lui pardonneraient peut-être d'avoir fui ses responsabilités vis-à-vis d'un enfant illégitime dont il niait être le père, mais quand ils apprendraient qu'il avait délibérément caché sa stérilité… Qu'il avait laissé son ami entrer dans les ordres sans l'informer que l'enfant était de lui et empêché sa petite amie – également dans l'ignorance – d'épouser le véritable père de son fils.

Pire encore, à cause de lui, Will grandirait dans l'illusion d'être le fils de Trey Don Hall.

Quand les médias s'empareraient de l'histoire, ce qui ne manquerait pas d'arriver, quel portrait dresseraient-ils de lui ? Sa carrière serait terminée. Il jouerait encore, mais aurait perdu le respect de ses entraîneurs, de ses admirateurs, la loyauté et l'amitié de ses coéquipiers. L'ombre de cette affaire le suivrait pour le reste de ses jours.

L'espace d'un instant, en voyant Cathy et l'adorable enfant, Trey avait eu un sursaut de conscience. Il avait essayé d'oublier son visage, son corps, mais cette photo en avait ravivé les moindres détails. Sa présence semblait incongrue, dans cette salle sordide, avec un jukebox en arrière-plan. Sa place était dans un laboratoire, vêtue d'une blouse blanche. Trey ne passait jamais devant la faculté de médecine et le célèbre Jackson Memorial Hospital sans se rappeler combien Cathy était impatiente d'y étudier. Parfois, il lui en voulait d'avoir renoncé à une carrière prometteuse. Étant donné l'attitude de Trey, Cathy et John auraient dû comprendre que le bébé n'était pas de lui et ne pouvait être que de John, puisqu'ils avaient couché ensemble…

Cette amertume empêchait la conscience de Trey de ressurgir. Cathy et John l'avaient privé de tout ce qu'il aimait. Le seul élément fiable de sa vie était désormais le football et il ne le sacrifierait pour rien au monde. Une ombre le poursuivait déjà, une ombre dont il aurait pu se défaire mais qui était dépendante de la conscience du novice John Caldwell.

Chapitre 36

L'invitation arriva en mai, alors que le frimas du nord du Texas cédait le pas à la première journée de douceur d'un printemps tardif. En sortant du bureau de poste, Emma se rendit immédiatement chez Bennie pour la montrer à Cathy.

— Le temps passe vite ! commenta-t-elle.

— Je ne te le fais pas dire !

Cathy observa l'élégant logo en relief de l'ordre des Jésuites. Le problème n'était pas de savoir si le temps passait vite, mais de se demander ce qu'il laissait dans son sillage. Pour John, c'était un rêve enfin réalisé.

C'est avec joie et gratitude que les Jésuites de la province de La Nouvelle-Orléans vous convient à vous joindre à leurs prières à l'occasion de l'ordination de John Robert Caldwell.

6363 St. Charles Avenue

La Nouvelle-Orléans, Louisiane

À 10 heures, le samedi 5 juin 1999

À trente et un ans, Cathy avait connu des joies, mais pas celles qu'elle envisageait quand elle était encore à l'école secondaire, treize ans plus tôt.

Cette invitation évoquait à ses yeux la persévérance d'un homme qui avait surmonté tous les obstacles qui s'étaient dressés devant lui. Derrière la fenêtre de son bureau, elle leva le visage vers le soleil comme pour lui adresser un message de félicitations. *Je suis fière de toi, John.*

— Je m'en vais, annonça Emma en s'appuyant sur sa canne pour se lever de sa chaise. Je savais que tu voudrais voir l'invitation sans tarder. J'imagine que Mabel et Ron Turner, sans oublier le père Richard, ont reçu la leur. Que dirais-tu d'organiser une petite fête pour célébrer l'événement et discuter de la possibilité de prendre l'avion tous ensemble vers La Nouvelle-Orléans ? Il nous faudra deux voitures pour les bagages.

— C'est une excellente idée.

— Nous séjournerons au St. Charles. C'est là que j'ai passé ma lune de miel avec ton grand-père.

— C'est bien.

— En arrivant à la maison, j'appellerai les autres pour savoir ce qu'ils en pensent.

— Génial.

— Catherine Ann, je lis dans tes pensées comme dans un livre ! Tu te demandes si Trey Don Hall est invité.

Cathy afficha un sourire gêné.

— Et Bert Caldwell, aussi, avoua-t-elle.

— Je suis sûre que John n'a pas l'adresse de Bert, mais je sais qu'il a demandé à Mabel de lui indiquer celle de Trey. Que feras-tu s'il se présente ?

Cathy prit un air désabusé.

— Tu as une suggestion ?

— Oh oui, mais je ne voudrais pas que la mère de mon arrière-petit-fils de douze ans soit arrêtée pour tentative de meurtre.

— Nous n'aurons pas à nous en inquiéter puisque Trey ne viendra pas.

Après le départ de sa grand-mère, Cathy demeura près de la fenêtre donnant sur le stationnement du personnel pour regarder la vieille dame de quatre-vingt-trois ans monter en voiture. Elle avait renoncé à devenir médecin.

Six ans plus tôt, une possibilité s'était pourtant présentée. Un après-midi, en discutant du plat du jour, Bennie avait soudain renversé sa tasse de café, les mains crispées sur sa poitrine. Malgré les efforts de Cathy, Odell et Béa pour le réanimer, il avait succombé à une crise cardiaque en quelques minutes. À la grande surprise de la jeune femme, Bennie lui léguait tous ses biens, à part la maison familiale, qui revenait à Odell.

Emma avait déjà rendu son tablier pour passer le relais à un cuisinier diplômé de l'école hôtelière de Canyon College. À cette époque, le fils de Cathy avait six ans, le moment idéal pour déménager avant que la gloire de son père ne vienne troubler sa scolarité. Elle avait décidé de vendre le restaurant pour s'installer à Dallas et intégrer une classe préparatoire à la Southern Methodist University. Elle avait une chance de terminer ses études de médecine avant son quarantième anniversaire.

Hélas, quelques mois plus tard, Emma avait appris qu'elle souffrait également d'une maladie cardiaque. Désespérée, Cathy avait vu cette porte se refermer. Elle ne pouvait s'en aller en confiant sa grand-mère aux soins d'étrangers, ni la faire déménager dans un petit appartement, dans un lieu inconnu, avec son arrière-petit-fils de six ans, pendant que Cathy travaillerait.

Le cœur gros, Cathy avait donc retiré sa petite annonce du journal, étrangement rassurée qu'aucun acheteur potentiel ne l'ait contactée.

Sachant que sa petite-fille la guettait par la fenêtre jusqu'à ce qu'elle soit partie, Emma lui fit un signe de la main. Cathy ne manquait jamais une occasion de lui dire au revoir, désormais. Elle retourna à son bureau, furieuse d'être encore troublée par le souvenir de Trey. La plupart du temps, il n'était qu'une ombre dans sa mémoire. Elle s'était entraînée à ne pas lui donner de visage, de voix, de corps, de gestes, même lorsqu'elle regardait son fils. Dès le jour de sa naissance, elle avait fait fi des traits hérités de son géniteur pour s'intéresser à ceux qui n'appartenaient qu'à l'enfant, et ils étaient nombreux. En réalité, Will était très différent de Trey pour tout ce qui comptait vraiment.

Mais, parfois, en entendant son nom, en voyant sa photo dans le journal, à la télévision ou quand elle avait vent de quelque rumeur, elle sentait son cœur se serrer. Il surgissait dans son esprit comme s'il ne l'avait jamais quittée.

Elle relut le faire-part. Que ferait-elle si Trey assistait à l'ordination de John ? Elle ne l'avait pas revu depuis presque treize ans. Il n'avait jamais posé les yeux sur leur fils, pas même en photo – Mabel Church lui avait donné sa parole : « Ça me peine de ne pas lui montrer une photo de mon petit-neveu, mais si je le faisais, Trey ne m'adresserait plus jamais la parole. Il est irrémédiablement indifférent à cet enfant. »

Pas étonnant, de la part d'un narcissique. La question était de savoir ce que dirait son fils en se retrouvant face à Trey. Will avait appris l'identité de son illustre père à l'âge de quatre ans. Cathy avait toujours trouvé cruel que Will fasse l'expérience de l'abandon au même âge que Trey. Jusqu'alors, même si ses visites étaient rares et espacées, John avait été une figure paternelle dans la vie de Will, comme Bennie et Odell Wolf.

— Où habite mon papa ? avait-il un jour demandé.

Cathy n'oublierait jamais ce dimanche après-midi de novembre, en pleine saison de football. Il venait de jouer avec un groupe de garçons un peu plus grands que lui et sa question était sans doute le fruit de leurs conversations. Il avait les cheveux en bataille, les joues roses. Elle l'avait pris sur ses genoux et, humant son parfum familier, elle l'avait enlacé pour atténuer son chagrin.

— En Californie, à San Diego. Il joue au football dans l'équipe des Chargers.

Will avait posé sur elle ses grands yeux sombres bordés de longs cils.

— Pourquoi il n'habite pas ici ?

— Parce qu'il a choisi de vivre là-bas.

— Il ne nous aime pas ?

— Je crois qu'il nous aimerait, s'il le pouvait, mais quelque chose, à l'intérieur de lui, l'en empêche.

Ravalant ses larmes, elle avait essayé d'expliquer le comportement de son père à l'enfant :

— Tu sais, ce camion pour lequel il a fallu acheter des piles ? Eh bien, c'est ce qui fait défaut, chez ton père. Une pile spéciale.

— On n'a qu'à lui en acheter une.

— Non, chéri. Ce genre de pile n'est pas à vendre.

L'enfant avait pris un air pensif.

— Il viendra me voir, un jour ?

— Peut-être… quand il aura grandi.

Ce jour n'était jamais venu. Trey enchaînait les exploits sur le terrain et Will, sportif né, grandissait dans l'ombre d'un champion, sous le regard attentif des habitants de la ville qui espéraient le voir suivre les traces de Trey Don Hall. Heureusement, Ron Turner encourageait Will à s'en tenir à sa vraie passion : le baseball. Dès qu'il avait été en âge de tenir un bâton, il avait été attiré par le diamant, laissant ses camarades à leurs genouillères et à leurs casques. À douze ans, il avait déjà une excellente réputation de frappeur et de joueur de champ.

— Tu devrais demander un test de paternité et poursuivre ce salaud pour obtenir une pension, avait suggéré Béa, faisant écho à l'opinion de Bennie et Emma.

Cathy s'y refusait. Elle ne voulait rien imposer à Trey et commençait à déceler chez son fils la même fierté. Odell avait parfaitement résumé sa vision des choses :

— Mieux vaut qu'il se passe de lui maintenant que de lui être redevable plus tard.

De temps à autre, des journalistes venaient fouiner aux abords du restaurant. L'un d'eux avait réussi à coincer Will dans la cour de l'école et à lui demander ce qu'il ressentait à ne pas être reconnu par son célèbre père. Un enseignant avait vite contacté le shérif, qui s'était présenté avant que le journaliste ne puisse déguerpir et l'avait mis à l'amende pour trouble à l'ordre public.

Dans ces moments-là, Cathy détestait Trey Hall. Si les gens qu'elle aimait n'avaient pas tous eu un lien avec Trey, elle aurait regretté de l'avoir rencontré.

Chapitre 37

Les larmes aux yeux, Trey reposa le faire-part sur son bureau. *Nom de Dieu, Tiger, tu as réussi!* John avait mis douze ans à atteindre son but. Après qu'il eut cessé de lui écrire, tante Mabel lui avait transmis de ses nouvelles. La dernière lettre lui était arrivée du Guatemala, à l'été 1990 – il décrivait l'horreur des bidonvilles où s'entassaient des dizaines de milliers d'enfants et leurs familles. « Tu n'imagines pas la misère qui règne ici. Ma mission est d'évaluer comment l'Église peut venir en aide à ces malheureux, leur fournir nourriture, médicaments, eau potable et spiritualité. » À une époque, la rubrique « Étranger » du *San Diego Union-Tribune* relatait les actes de violence du régime en place contre la population, prêtres et nonnes, en particulier. Pour cette seule année, deux cent mille citoyens avaient été massacrés. Durant le séjour de John, des autochtones furent exécutés sur la place de Santiago-Atitlan où il logeait de façon temporaire chez un prêtre assassiné pour s'être opposé aux escadrons de la mort.

« Je m'efforce d'être discret, sans perdre courage. Ce n'est pas facile, car j'ai mes propres angoisses, crois-moi. Je ressens un peu la même chose que lorsque je courais vers la ligne en sachant qu'un défenseur de cent kilos était en embuscade. »

En dépit de son envie de lui conseiller de ficher le camp, Trey ne lui avait pas répondu pas, mais il avait adressé un chèque de façon anonyme à une fondation catholique du Guatemala. Par la suite, il avait guetté une lettre de John qui n'était pas venue. Fou d'inquiétude – tante Mabel l'aurait prévenu s'il était arrivé quelque chose, non ? –, il avait téléphoné à la vieille dame. John avait réussi à quitter le pays sain et sauf et partait pour l'Inde l'été suivant avec l'espoir de rencontrer mère Teresa. En attendant, il enseignait dans une école secondaire religieuse de La Nouvelle-Orléans et était entraîneur de football.

Privé des lettres de John, Trey se sentait abandonné. Il devinait néanmoins ses motivations. D'abord, John avait renoncé à lui faire entendre raison – il avait peut-être compris que l'ami pour qui il avait sacrifié une partie de son âme n'en valait ni la peine, ni le temps. Cette idée le préoccupait. Si c'était pour cette raison que John s'était éloigné de lui, qu'est-ce qui l'empêchait d'aller trouver les autorités – et les Harbison – afin de dévoiler la vérité sur cet après-midi funeste de novembre ? À moins que John ne se soit tout simplement lassé de ne pas recevoir de réponse de sa part… Ou alors il n'avait pas le temps d'écrire, ou encore pensait-il que Trey n'avait pas envie d'avoir de ses nouvelles… Rien de cela ne correspondait à l'ami dont Trey gardait le souvenir ; John était loyal, fidèle et, quand il s'agissait des gens qu'il aimait, tenace.

À l'époque, Trey venait de signer avec les Chargers de San Diego et était impatient de mener l'existence des gens riches et célèbres, ou plutôt des gens surpayés et connus. Il avait coupé les ponts avec Kersey, et ne recevait des nouvelles plus que de tante Mabel sur les gens du coin, dont Laura Rhinelander, l'amie d'enfance de Cathy. Elle était étudiante en médecine en Californie. Trey imaginait combien cela devait affecter Cathy.

Cette année-là, la mort de Rufus l'avait fait pleurer à chaudes larmes. Le chagrin jusque-là contenu s'était déversé en un véritable torrent. Il avait toujours considéré Rufus comme son chien. D'après Mabel, il dressait l'oreille chaque fois qu'il entendait sa voix à la télévision et courait dans toute la maison à sa recherche. Il aurait tant aimé lui dire au revoir… Au fil des ans, Laura avait passé son doctorat, Cissie Jane s'était mariée puis avait divorcé, Béa Baldwin était restée chez Bennie, promue au rang de directrice, Gil Baker était rentré aider son père sur son exploitation, et Ron Turner, qui n'avait plus disputé de championnat depuis 1985, avait été contraint de prendre sa retraite. Quant à Mlle Whitby, toujours célibataire et écervelée, elle avait péri dans un accident de la route à l'âge de trente-sept ans.

En apprenant son décès, Trey avait vu ressurgir une foule de souvenirs.

C'était en 1995, il avait vingt-sept ans. Depuis Cathy, il n'avait pas réussi à vivre une seule relation durable. Après avoir été brièvement marié à une mannequin qui s'était vite lassée, il avait enchaîné les conquêtes sans lendemain, se forgeant une réputation de séducteur volage à éviter comme la peste si l'on cherchait l'amour. Les colporteurs de rumeurs sur les sportifs en vue ne prenaient jamais la peine de s'interroger sur les raisons d'une telle instabilité, à la différence des autres stars qui attiraient les filles par leur gloire et leur argent. Seule Cathy l'avait aimé pour lui-même.

Depuis sa première année d'université, Mabel n'avait pas évoqué Cathy ou son fils une seule fois. Quand elle lui rendait visite en Californie, ils ne parlaient jamais des Benson. S'il oubliait vite le visage, le corps et le nom des filles qui passaient dans sa vie, Cathy en revanche demeurait gravée dans sa mémoire.

Son fils devait avoir douze ans. Sans doute assisteraient-ils tous les deux à l'ordination de John.

— Je te dérange ?

Trey ravala ses larmes. Oui, elle le dérangeait, mais elle était plus gentille que les autres et lui avait préparé du café.

— Tu lis ton courrier ? demanda-t-elle en posant une tasse devant lui.

Elle avait enfilé un peignoir un peu ample sur sa nuisette. Pourvu qu'elle ne cherche pas à s'asseoir sur ses genoux et à jouer avec ses cheveux…

— Oui… Je n'ai pas eu le temps, hier soir.

— Tu avais autre chose en tête, fit-elle avec un sourire.

Il ne releva pas le sous-entendu. Elle prit l'invitation, ce qui eut le don de l'agacer.

— C'est beau. Qu'est-ce que ça veut dire A. M. D. G. ? Et cette croix ?

— C'est du latin. *Ad majorem dei gloriam*, pour la plus grande gloire de Dieu, la devise des Jésuites.

— Tu connais ces trucs-là, toi ? demanda-t-elle, étonnée.

Sa réaction était claire : son image d'hédoniste ne collait pas avec la religion. Il avait effectué des recherches sur la Société de Jésus et lu de nombreux témoignages sur les motivations des futurs prêtres. Trey ne comprenait pas le vœu de célibat ; il trouvait anormal qu'un homme renonce à des pulsions somme toute créées par Dieu. La libido de John était aussi puissante que la sienne, quoique plus maîtrisée. Béa avait dû le prendre pour un fou lorsqu'il lui avait annoncé sa décision d'être prêtre. Ou alors… il était incapable d'aimer une autre femme que Cathy.

Internet lui apporta une réponse. Un prêtre était considéré comme marié avec l'Église. L'individu était ainsi libre de se concentrer sur la famille de Dieu sans être distrait par une vie conjugale personnelle. Un prêtre écrivait : « On ne choisit pas le célibat par refus de se marier, bien au contraire. On choisit de vivre le célibat afin d'offrir son cœur tout entier à Dieu et aux autres. » Mabel lui avait écrit avec émotion que John était conscient de sacrifier une épouse, des enfants, au profit de la grande famille de l'Église.

Si John avait connu la vérité, aurait-il sacrifié son fils et la femme qu'il aimait pour suivre cette voie ?

Cette question venait souvent le tourmenter la nuit. Quand il ne trouvait pas le sommeil, il surfait parfois jusqu'à l'aube, à s'informer sur les Jésuites.

Sa petite amie sortit l'invitation de l'enveloppe.

— Ouah ! s'exclama-t-elle, admirative. Qui est John Robert Caldwell ?

— Un vieil ami, répondit Trey en reprenant le faire-part.

— Tu ne m'as jamais parlé de lui.

— Je suppose que non.

— Ne suppose pas, Trey. Tu ne m'as jamais parlé de lui !

Il se détourna d'elle et se leva. Il venait toujours un moment où ses compagnes lui reprochaient de les rejeter. Il était prêt à parier que ce moment était arrivé.

— Trey, pourquoi ne me parles-tu jamais de ton passé ?

Gagné !

— Écoute, Tangi, si tu t'habillais ? À quoi bon traîner ici ? Je vais aller courir et j'ai des choses à faire le reste de la journée. Quant à ce soir, je ne sais pas encore... Je t'appellerai.

Elle afficha cet air qu'avaient eu beaucoup d'autres filles avant elle en réalisant que c'était fini.

— J'ai dit quelque chose de mal ? demanda-t-elle d'une petite voix d'enfant.

— Non, assura-t-il en l'attirant dans ses bras pour l'embrasser sur le front.

Il l'aimait bien, et ils avaient partagé de bons moments.

— Tu n'as rien dit ni rien fait de mal. C'est... Je suis comme ça, c'est tout.

— Tu es vide à l'intérieur, répliqua-t-elle en s'écartant. J'ai de la peine pour toi, Trey.

— Moi aussi.

Chapitre 38

Cathy tourna difficilement la tête et sourit à son fils. L'appareil était sur le point de se poser à l'aéroport international de La Nouvelle-Orléans. C'était le baptême de l'air de Will. Il avait un an de plus qu'elle quand, en 1979, à l'âge de onze ans, elle avait voyagé en avion pour la dernière fois. Il lui sourit à son tour et se pencha vers elle du haut de son mètre quatre-vingts.

— Comment va ta nuque ?

En proie à un terrible torticolis, Cathy se massa le côté gauche du cou.

— J'ai encore mal. Pourvu que je me décoince à temps pour la cérémonie.

Elle voulait profiter pleinement de l'ordination de John. Il entrerait par le fond de l'église et elle comptait suivre chacun de ses pas. Elle et Will seraient assis au premier rang, de sorte qu'elle devrait se retourner.

— John sera surpris de constater à quel point son filleul a grandi, déclara Emma, à côté d'elle.

Cela faisait un an qu'il ne l'avait pas vu. Depuis, les traits et la silhouette de Will s'étaient affinés. Cathy voyait Trey dans ses cheveux bruns, son regard sombre et sa grâce athlétique – heureusement, il n'était pas affligé du caractère instable et de l'arrogance qui démarquaient son père au même âge. Il attirait déjà le regard des filles. Excellent élève, il était chef de classe et doué pour le baseball, mais sans la moindre fanfaronnade. Will possédait ce qui avait toujours manqué à son père, un mélange rare d'humilité et d'assurance.

Au mois de juin, l'année précédente, John était venu passer quelques semaines à Kersey entre la fin de ses études de théologie et une mission d'été dans une paroisse de Chicago. Will ne l'avait pas lâché d'une semelle. Ils avaient profité des vacances pour échanger des balles dans le gymnase de l'école et sur le terrain de baseball. S'il logeait chez le père Richard, John passait ses journées avec Will pendant que Cathy travaillait au restaurant. Ils y dînaient à midi, puis repartaient se promener, monter à cheval, pêcher, naviguer sur le lac Meridian, tout ce que John et Trey faisaient ensemble dans leur jeunesse.

Aussi bronzés l'un que l'autre, ils soupaient à la table d'Emma épuisés par leur journée, puis ils regardaient la télévision jusqu'à ce que John rentre chez le père Richard.

Après son départ, John avait beaucoup manqué à Will. Cathy avait reconnu en lui la solitude de l'enfant abandonné. Elle, John et Trey appelaient cela le blues du coucher de soleil, parce que c'était le moment où ils en souffraient le plus. Dans ces instants-là, Cathy aurait volontiers étranglé Trey. Nul n'avait prononcé son nom depuis longtemps, pas même Mabel. Will pensait-il à lui ? Se demandait-il ce qu'il ressentirait à être le fils désiré de TD Hall ?

— Will sait que toi et Trey avez grandi ensemble, avait-elle dit à John. Il t'a posé des questions sur son père ?

— Jamais.

— Tu lui as parlé de lui ?

— Non.

Will ne répondait jamais aux réflexions qu'il entendait sur la réussite de son père à la tête des Chargers de San

Diego. À partir de ses neuf ans, il n'avait plus jamais prononcé le nom de Trey devant Cathy.

— Il a compris et accepté, avait déclaré Emma.

— Si seulement je savais ce qui se passe dans sa tête. Il ressent beaucoup de choses et parle peu. Je ne veux pas qu'il déteste son père ou qu'il soit amer à cause de lui, mais comment lui expliquer le rejet de Trey?

— La seule chose que tu puisses faire, c'est continuer à ne pas jeter de l'huile sur le feu, lui démontrer que l'on devient ce que l'on est grâce à soi et non en fonction de ses parents.

— J'espère que ce sera efficace.

— Ça l'est déjà.

Parfois, Cathy avait des doutes. Lorsqu'il avait dix ans, elle avait trouvé un exemplaire d'un magazine de sport caché sous son matelas. En couverture, Trey Don Hall figurait dans une pose de quart-arrière, sa tenue témoignant de la rudesse du combat. Un tiers des quatre pages de l'article était consacré à sa régularité et sa chance d'avoir effectué sept saisons en division nationale sans une blessure. L'auteur évoquait ses démêlés avec les médias, ses joutes verbales avec certaines journalistes qui lui collaient leur micro sous le nez. Selon lui, les femmes n'avaient rien à faire sur un terrain de football à part remuer leurs fesses en agitant des pompons.

« Trey, pouvez-vous nous dire votre sentiment ?

— À quel propos ?

— Euh… de la marque.

— Non. Et vous ?

— Lors de cette dernière rencontre, Trey, qu'aviez-vous en tête ?

— Allez savoir ! Et vous, qu'aviez-vous en tête ? »

Cathy n'avait pu s'empêcher d'en rire.

Un autre paragraphe décrivait son style de vie un peu bohème, son goût pour la voile et son penchant pour les mannequins brunes. Elle avait aussi découvert son appartement de cinq millions de dollars à Carlsbad, à cinquante kilomètres au nord de San Diego, l'un des endroits les plus chers des États-Unis. L'article montrait les trois voiliers de Trey, ses nombreuses voitures. Will l'avait vu au bras de nombreuses femmes très belles. À l'époque, Cathy gagnait un peu mieux sa vie grâce au succès du restaurant. Will n'avait toutefois pas pu s'empêcher de comparer la richesse de son père avec les années difficiles de sa mère lorsqu'il se réveillait la nuit et la trouvait penchée sur ses comptes, sur la table de la cuisine – les frais liés aux soins de son arrière-grand-mère, les réparations de la voiture, la toiture de la maison et les travaux du restaurant ne lui permettaient pas de recevoir un vélo pour Noël ou un séjour à Disneyland.

La prédilection de Trey pour les grandes femmes n'avait sans doute pas échappé à l'enfant. Il était naturel d'en vouloir à un père qui choisissait des maîtresses diamétralement opposées à sa mère et qui empochait des millions pendant qu'elle tirait le diable par la queue.

Avait-il prêté attention au reste de l'article qui traitait de la double personnalité de Trey :

« Sérieux, concentré, exemplaire sur le terrain, totalement déluré en dehors. Un vrai coureur de jupons, précisait le journaliste. Sur le terrain, on voit une personne. En dehors, c'est un personnage. Il semble poser pour la couverture d'un magazine sur papier glacé, à mille lieues de ce qu'il est en réalité. C'est à se demander comment un costume haute couture, des chaussures de luxe et une Rolex incrustée de diamants projettent l'image d'un homme épanoui et heureux. »

Cathy s'était alors rappelé les paroles de John : *Il ne saura jamais qu'il manque quelque chose dans sa vie tant qu'il n'aura pas tout obtenu.*

Elle avait remis le magazine en place sans en parler à Will. Par la suite, elle regretta de l'avoir privé de cette occasion d'ouvrir son cœur à propos de son père, qui ne s'était plus jamais présentée.

L'hôtesse remonta l'allée pour récupérer quelques gobelets. Jeune et jolie, elle sourit à Will. En attachant sa ceinture, Cathy surprit un sourire amusé de Ron Turner, qui n'avait guère eu l'occasion de sourire depuis la victoire de son équipe en championnat. La mort de sa fille l'avait anéanti. Sa femme avait fini par succomber à une maladie cardiaque. Son travail en avait pâti ; au terme de plusieurs saisons ratées, il avait été poussé vers la retraite. Si la perte de revenus n'était pas un problème, son sentiment d'échec personnel, son amertume se traduisaient dans son attitude. Ce voyage à La Nouvelle-Orléans le remettrait peut-être sur les rails.

John les attendait à l'aéroport. Sa haute silhouette fut facile à repérer dans la foule. En le voyant pour la première fois en soutane, Cathy sentit son cœur se serrer.

— Oh ! souffla Mabel, impressionnée.

Subjugués par sa prestance, ils s'arrêtèrent à un mètre de lui.

— Dois-je me mettre à genoux ou me jeter dans tes bras ? demanda Cathy en riant.

John lui répondit d'un large sourire, les yeux pétillants de joie.

— On s'embrasse ! Bienvenue à La Nouvelle-Orléans !

Ils s'étreignirent longuement, sans un mot, comme s'ils étaient seuls au monde, puis John embrassa Emma et Mabel avant de serrer la main de Ron et du père Richard. Un peu intimidé, Will demeura en retrait du groupe, comme si son parrain était soudain devenu un étranger.

— Salut, Will, dit-il d'une voix douce.

L'adolescent parut ne pas voir la main qu'il lui tendait.

— Comment dois-je t'appeler ? interrogea-t-il avec un regard hésitant vers sa mère.

— John, comme tu l'as toujours fait.

— Pas « mon père » ?

— Seulement si tu le souhaites… et après mon ordination.

— Je veux t'appeler « mon père », déclara Will d'une voix brisée, avant de se jeter dans ses bras.

L'église était une imposante bâtisse néogothique érigée en 1918 et inspirée de la cathédrale de Canterbury. Jamais Cathy n'avait rien vu d'aussi somptueux que son autel. Certes, elle n'avait pratiquement jamais quitté Kersey depuis l'âge de onze ans, toutefois, même le plus blasé des aventuriers aurait admiré le marbre blanc sculpté. D'après John, le premier bienfaiteur de l'église avait choisi ce matériau immaculé pour rendre hommage à ses ancêtres producteurs de sucre. La modeste église du père Richard faisant pâle figure face à tant de dorures, tant d'opulence. Sur l'autel était posée l'étole blanche qu'il poserait sur les épaules de John.

Derrière elle, Cathy entendait un brouhaha de conversations. John était très respecté de tous, camarades et professeurs de Loyola, scolastiques et novices, membres du clergé, paroissiens, étudiants et leurs parents. Aujourd'hui, les sans-abri côtoieraient les propriétaires, les nécessiteux, les riches. La veille, lors d'une petite réception, le guide spirituel de John avait précisé que des personnes de tous les horizons seraient présentes : « C'est un érudit très doué, mais ce n'est pas pour son savoir qu'il est reconnu, c'est pour sa capacité à communiquer, à créer des liens avec les autres, qu'ils soient étudiants ou professeurs, religieux ou laïcs, modestes ou exaltés. John est touché par la grâce. » À l'exception du père Richard, qui prenait part à la cérémonie, la petite délégation venue du nord du Texas occupait le premier rang du côté droit. Cathy aurait aimé se retourner pour voir l'église se remplir, mais son torticolis l'en empêchait.

Une porte s'ouvrit et le Père provincial, en tenue d'apparat, prit place près de l'autel. La chorale de chanteurs en aube blanche ornée d'une croix dorée s'aligna à droite. Lorsque le chef de chœur se positionna, ils sortirent leurs partitions et entonnèrent *Soli Deo Gloria*, à la seule gloire de Dieu, au son des grandes orgues, marquant le début de la messe.

Cathy consulta sa montre. Dans deux heures, elle aurait perdu John à jamais au profit de Dieu. Au fil des années, elle s'était parfois imaginée quelle aurait été sa vie si elle avait accepté d'épouser John la veille de son départ pour Loyola. Elle ne ressentait pas les mêmes sentiments pour lui, à l'époque. Au cours de la cérémonie qui allait suivre, le Père provincial ne demanderait pas si quelqu'un dans l'assistance s'opposait à cette union entre John et Dieu.

Cathy se tairait donc à jamais.

Pour la procession d'entrée, l'assemblée se leva. Will écarquilla les yeux. C'était la première fois qu'il était témoin de tant de splendeur et de cérémonial. John était l'avant-dernier, suivi de l'évêque qui fermait la marche. Dans sa longue aube blanche symbole du baptême, il était superbe. Cathy avait remarqué à quel point il attirait le regard des femmes, à l'aéroport. Était-il possible qu'un homme aussi séduisant renonce de son plein gré aux plaisirs de la chair ?

Arrivé à leur hauteur, John sortit du rang et prit place à côté de Cathy jusqu'à ce que l'on vienne le chercher pour sa présentation à l'évêque. Durant les lectures, le sermon et la profession de foi, Cathy résista à l'envie d'agripper le bras de John pour s'écrier, comme elle aurait voulu le faire sous le porche de sa grand-mère, en ce soir d'Action de grâces 1986 : *Ne pars pas, John... Reste et épouse-moi...*

Elle crispa les doigts sur son livre de messe lorsqu'un garçon en aube et surplis blancs accompagna John vers le Provincial qui le présenterait à l'évêque. *Ne te retourne pas, ne me regarde pas dans les yeux, John. Tu y verrais mon cœur brisé.* Il n'en fit rien et suivit le jeune homme sans un regard pour elle, sans un geste. Il venait d'entrer dans la lumière pour abandonner son passé sur ce banc. Face à l'évêque, le supérieur posa une main sur l'épaule droite de John et déclara :

— Je vous présente John Robert Caldwell pour la charge du presbytérat. Il a été jugé digne d'être ordonné, appelé par l'Église à travers la Société de Jésus.

Trey crut qu'il allait craquer. Durant ces moments d'émotion intense, il eut toutes les peines du monde à retenir ses larmes. Pour les journalistes, cette sensibilité à fleur de peau ne convenait pas à son cynisme légendaire. Assis à l'extrémité de la rangée du milieu, il avait une vue unique sur les premiers rangs et n'aurait bougé de son poste d'observation pour rien au monde, quitte à ce que les gens lui marchent sur les pieds en le foudroyant du regard. Nul ne parut le reconnaître. Entre deux saisons, il laissait pousser ses cheveux, sa barbe naissante et ses lunettes à monture en écaille constituaient le seul camouflage dont il avait eu besoin pour prendre l'avion vers La Nouvelle-Orléans, louer une voiture, réserver une chambre et se faufiler discrètement à l'intérieur de l'église.

Les larmes lui étaient montées aux yeux quand il avait reconnu les proches de John venus de Kersey, au premier rang. Sa famille de cœur. Penchée sur une canne, l'intrépide Emma avait beaucoup changé. L'entraîneur Turner, son héros, son père de substitution, était méconnaissable tant le chagrin l'avait vieilli. Même sa tante, qu'il avait vue à Noël, semblait plus fragile. Cependant, ce fut en posant les yeux sur la tête blonde de Cathy Benson qu'il ressentit le plus gros choc. Assise près de son fils, elle avait gardé une place pour John à côté d'elle. Si les années avaient souligné sa beauté, Trey constata avec tendresse et amusement qu'elle se tenait toujours aussi droite.

Il l'avait observée longuement, prenant le risque qu'elle sente son regard appuyé et se retourne. Cathy, elle, ne serait pas dupe de son apparence. Se demandait-elle s'il se trouvait dans cette église, à la regarder ?

Chaque fois que l'assemblée se levait, Trey était à la fois surpris et déçu qu'elle ne tourne pas la tête pour le chercher des yeux. Elle n'avait d'yeux que pour la vedette du jour, comme lui, lorsqu'il ne regardait pas la jeune femme. Il n'avait eu aucun mal à reconnaître son ami de jeunesse sous cette aube. John n'avait pratiquement pas changé. Il était plus mûr, bien sûr, ses traits étaient plus marqués, mais il incarnait la force tranquille. C'était un homme posé, confiant, bien dans sa peau et dans son environnement, si différent de l'homme qui l'observait.

Trey s'était préparé pour ce grand moment d'émotion. Tandis que la chorale entonnait la *Litanie des saints*, un chant magnifique, John gagna le milieu de l'allée centrale. La vision de Trey se troubla lorsque la silhouette blanche s'allongea face à l'autel et écarta les bras pour former une croix, symbole de son allégeance à Dieu.

Lui seul savait ce qui avait mené John jusque-là. Pourvu qu'il trouve la paix à laquelle il aspirait…

Jusqu'au bout, Trey retint ses larmes, mais, pendant l'imposition des mains par laquelle l'évêque lui conférait l'ordination, il dut s'essuyer discrètement le coin des yeux. Les autres prêtres imposèrent à leur tour les mains sur John qui tournait définitivement la page sur son passé. Lors de cette cérémonie interminable, il restait encore au nouveau prêtre à s'agenouiller face au père Richard pour recevoir les attributs de son ordre, l'étole sacerdotale et la chasuble. On aurait dit un chevalier recevant son armure. Pas un bruit ne troublait le silence. Cette fois, Trey fut moins touché que le reste de l'assemblée. Il en voulait au père Richard d'avoir détourné John du football, d'avoir profité de sa vulnérabilité après ce jour funeste de novembre. John s'était-il confessé à lui du rôle qu'il avait joué dans la mort de Donny ?

Le profil de Cathy le submergea de chagrin. Son front, son nez, son menton volontaire, ses cils, chaque détail était demeuré gravé dans sa mémoire. Son fils, un beau garçon, la dépassait déjà de plus d'une tête. Il se tenait droit, la tête haute, les yeux rivés sur John. Le cœur de Trey se serra. Que se serait-il passé, où en serait-il, aujourd'hui, s'il avait joué différemment les dernières minutes de l'ultime quart-temps de son enfance ? Aurait-il pu aimer cet enfant comme le sien ou bien l'aurait-il rejeté comme Bert Caldwell avait rejeté John ? Il ne le saurait jamais. S'il regrettait d'être venu, il savait qu'il n'aurait pu rester à distance. Il devait s'assurer que le secret qu'il partageait avec John était bien gardé. Celui-ci avait désormais le droit d'agir *in persona Christi*, au nom du Christ. S'il lui avait coûté de venir à La Nouvelle-Orléans, Trey était pourtant convaincu que John Caldwell, prêtre, membre de la Société de Jésus, défenseur de la foi, ne révélerait jamais son seul et unique péché.

Avec un ultime regard vers ceux qu'il ne reverrait sans doute jamais, il s'éclipsa dès que l'assemblée se leva pour les félicitations, avant que John ne se retourne pour être présenté à la congrégation, tel un jeune marié.

Chapitre 39

Le ministère de John commença.

— Où souhaitez-vous servir, mon fils ? lui demanda le Provincial.

Il eut envie de répondre : à la paroisse St. Matthew, pour être proche de Cathy et de mon filleul. L'hiver suivant, Will entrerait dans l'adolescence et aurait besoin d'une figure paternelle. De plus en plus vulnérables, Emma et Mabel ne tarderaient pas à quitter cette Terre et, quand son fils partirait faire ses études, Cathy se retrouverait seule.

Mais il s'était engagé envers Dieu et saint Ignace de Loyola, qui invitait les Jésuites à voyager de par le monde pour aider les nécessiteux.

— Envoyez-moi où je pourrai me rendre utile, répondit-il au Provincial.

Ce fut à la prison d'État de Pelican Bay, un établissement de haute sécurité proche de Crescent City, dans le comté de Del Norte, en Californie. Elle abritait certains des détenus les plus dangereux dans une région boisée proche de l'Oregon, loin des grandes métropoles californiennes. En été, la température moyenne oscillait entre quinze et vingt degrés, un changement bénéfique après la chaleur humide de La Nouvelle-Orléans. John avait un logement confortable à Crescent City, sur le magnifique littoral, et profitait de la proximité de l'océan Pacifique et des grands parcs nationaux, avec toutes les activités de plein air qu'il appréciait. Au bout d'une semaine, il eut l'impression d'avoir été envoyé en enfer.

— Vous avez déjà visité un QHS ? lui demanda le surveillant en uniforme chargé de lui faire visiter l'établissement.

Un quartier de haute sécurité, un autre nom pour l'isolement ou le cachot. Ils se tenaient devant une cellule de deux mètres cinquante sur trois mètres en béton, sans fenêtre. La seule source de lumière était une haute lucarne à barreaux aussi grise que les murs, une couchette, un tabouret et une table fixes, sans oublier un lavabo et une cuvette de toilettes en inox. Seuls quelques murmures et le bruit d'une chasse d'eau de temps en temps venaient troubler le silence imposé. Le détenu ne pouvait voir le couloir extérieur qu'au travers les perforations très espacées et de la taille d'une pièce de monnaie d'une porte en acier. Une petite trappe, à hauteur de genoux, permettait de servir les repas sur un plateau en plastique.

John frémit d'effroi. Au cours de ses années de formation, il s'était retrouvé dans des villes grouillantes et miséreuses, mais il avait toujours emporté avec lui le ciel infini et les vastes prairies de sa région d'origine. C'était un exercice mental qu'il avait mis au point afin de chasser la sensation d'oppression que provoquaient en lui la surpopulation et la pauvreté. Il n'imaginait pas de pire sentence que d'être confiné dans ce lieu, derrière une porte électronique, dans une cage aseptisée de béton et d'acier, sans pouvoir se déplacer de plus de deux mètres, sans voir la verdure et le ciel bleu pendant des années.

Face à son air affligé, le surveillant afficha un sourire cynique.

— C'est dans cette… cellule que les détenus prennent leurs repas, dorment et vivent vingt-deux heures trente par jour ? Où passent-ils l'heure et demie consacrée au temps libre ?

— Dehors, déclara le surveillant, nullement offusqué par le ton sarcastique de John.

Sans doute était-il habitué aux réflexions des bien-pensants tels que lui sur cette prison qui n'avait aucune chance de réhabiliter le moindre criminel. Il suivit l'employé derrière une porte actionnée à distance donnant sur une minuscule cour en béton de la taille d'une cage, ceinte de murs hauts de six mètres et surmontée d'une grille métallique permettant au détenu d'entrevoir une parcelle de ciel. John la trouva aussi accueillante qu'une mine de charbon désaffectée.

— C'est la zone d'exercices, expliqua le surveillant.

— Le délinquant n'a ni équipement sportif, ni contact avec les autres détenus, c'est ça ? demanda John pour confirmer ce qu'il avait lu dans le règlement de l'établissement.

— C'est ça. L'isolement est total. La plupart des détenus font des flexions ou marchent d'un mur à l'autre. En principe, la cour permet de se dégourdir les jambes et de respirer un peu.

Face à l'air triste du prêtre, il ajouta :

— Mon père, le terme de délinquant est un peu faible pour désigner les hommes qui sont envoyés ici. Celui qui va occuper la cellule que je viens de vous montrer a assassiné une famille de cinq personnes, dont un bébé de deux mois.

— Comment répondre aux besoins spirituels de ces hommes, écouter leurs confessions, leur administrer les sacrements sans contact humain ?

Le surveillant sourit, une lueur moqueuse dans le regard.

— Grâce à la trappe des plateaux-repas… Si vous avez des clients.

Des clients, il en avait. Les détenus de QHS ne recherchaient pas un conseil spirituel, John en était conscient, mais l'unique contact humain auquel ils aient droit, la possibilité de glisser l'auriculaire dans un trou de la porte pour lui «serrer le doigt». Le temps qu'il avait passé à conseiller ces détenus, à écouter leurs confessions, ainsi que celles du reste de la population, lui en avait appris bien plus que les manuels de psychologie sur le mal et la dépravation dont l'être humain était capable. Son engagement auprès de meurtriers et de violeurs, de bourreaux d'enfants constituait une mise à l'épreuve continuelle de sa foi dans la notion ignacienne selon laquelle Dieu était présent en toutes choses.

— Croyez-vous que Dieu ait créé l'Homme à son image, mon père ?

John dévisagea le tueur en série de petites filles, menotté devant lui, son rictus cynique, la lueur moqueuse de son regard. Il ne décelait pas la moindre rédemption chez cet homme. C'était un monstre. Pour quelque raison un peu injuste, John pensa à Trey.

— Dieu en est à l'origine, déclara-t-il.

Si la malveillance de ceux qu'il rencontrait quotidiennement ébranlait sa conviction que la bonté de l'Homme l'emporterait sur le mal, il demeurait convaincu que Dieu avait ce pouvoir, même si tout n'allait pas pour le mieux dans le meilleur des mondes. John avait pour mission de montrer à ces hommes que, par la grâce de Dieu, le mal qui était en eux n'était pas irrémédiable, même dans une prison violente où la bonté n'avait guère de chance de s'épanouir.

Il célébrait la messe ainsi depuis presque un an quand sa logeuse lui annonça une visite inattendue.

— Un médecin, précisa-t-elle. Elle est au salon. Seriez-vous malade, mon père ?

John prit connaissance de la carte de visite: Laura Rhinelander, neuro-oncologue. L'amie d'enfance de Cathy, à Santa Cruz ! Il se réjouissait que Cathy corresponde encore avec une amie qui avait poursuivi le rêve qu'elle-même avait dû abandonner. Laura s'était spécialisée dans le diagnostic et le traitement des tumeurs cérébrales, elle était même réputée dans son domaine. Cathy lui avait suggéré de rencontrer Laura car elle exerçait à San Diego, un nom qui lui laissait un goût amer dans la bouche. Cathy avait sans doute donné son adresse à Laura. Elle serait ravie que Laura ait pris l'initiative de venir le voir.

Il songea un instant à enlever son col et à changer de chemise, mais il était impatient de voir une amie de Cathy, quelqu'un qui n'avait aucun rapport avec la prison.

— Non, je ne suis pas malade, répondit-il à sa logeuse. C'est une amie d'une amie.

Il se rendit au salon d'un pas léger.

— Laura ?

Quand elle se détourna de la fenêtre, il reconnut les cheveux châtains, les yeux noisette et l'élégance de la fille de douze ans qu'il avait rencontrée.

— J'espère que je ne te dérange pas en venant à l'improviste, déclara-t-elle avec un sourire hésitant. Je n'ai su que j'avais une journée de libre qu'hier matin.

Il remarqua chez elle les signes du surmenage – sans doute avait-elle soudain eu envie de s'échapper de ses patients pendant quelques jours.

— Quel plaisir de te revoir, assura-t-il avec un large sourire. Je suis ravi. Allons marcher un peu, tu me raconteras ce que tu as fait, depuis dix-neuf ans.

Associée dans un centre anti-cancer de San Diego, elle exerçait depuis quatre ans.

— Cathy me l'a dit. Vois-tu parfois Trey Hall ?

— Uniquement à la télévision, quand il joue avec les Chargers. Et une fois, dans un restaurant, où il était avec un groupe d'amis. Il ne m'a pas reconnue et je ne me suis pas présentée, de peur de lui planter un couteau dans le cœur. Et toi ? As-tu cherché à renouer le contact avec lui depuis que tu es en Californie ? Cathy m'a raconté votre brouille.

— J'y ai songé, admit John, sans aller plus loin.

Plus tard, quand vint le moment de sa mutation, il n'eut qu'un seul regret de quitter la Californie du Nord : Laura. Ils étaient devenus amis. Il fallait deux jours de route pour relier San Diego et Crescent City, mais les visites que rendait Laura à John lui permettaient de s'évader de la dureté de son travail et de souffler un peu. C'était une femme très sensible et réfléchie. Un après-midi de février, elle s'était précipitée vers Crescent City après qu'une émeute raciale eut éclaté dans la cour de la prison. La nouvelle avait été diffusée dans tout le pays. Les surveillants avaient dû faire usage de fusils d'assaut, tuant un détenu, en blessant trente autres, sans oublier une cinquantaine de coups de couteau. Parmi eux se trouvaient plusieurs « paroissiens » de John. Désespéré mais résigné, il avait assisté à cette scène affligeante derrière la grille de la prison.

— Je me suis dit que tu aurais besoin d'une amie, avait-elle déclaré en lui tendant un panier de victuailles.

Laura l'avait initié à la planche à voile, à la dégustation de palourdes, de pain au levain et aux vins californiens. De son côté, il avait été une oreille attentive et une épaule rassurante après son divorce d'un pianiste qu'elle aimait encore.

John partit ensuite pour une mission relativement paisible en Jamaïque, où il vécut en communauté avec d'autres jésuites. Au fil des ans, ils construisirent des écoles et des églises sur l'île. Il œuvrait avec les autorités locales pour développer l'instruction et le logement des plus pauvres. Plus tard, en 2002, il fut renvoyé au Guatemala pour travailler dans le domaine social, comme avant son ordination, au moment de la signature des accords de paix mettant fin à trente-six ans de guerre civile. En dépit des progrès effectués, il trouva le pays en proie à une rare violence. Certains militaires encore au pouvoir se souvenaient de son visage et de son action en faveur des droits de l'homme. Assassinats, enlèvements, vols, trafic de drogue, émeutes de détenus faisaient rage, avec « quatre cent vingt-six morts pour le seul mois de décembre, treize par jour », écrivit-il au père Richard, en lui interdisant de parler du danger de la situation à Cathy et aux autres. Dans ses lettres à Cathy, il ne décrivait que l'extrême pauvreté de la population dans un pays magnifique oublié de tous.

Il avait envie de retourner aux États-Unis, mais se retrouva au Belize, petit pays voisin, dans le port de Saint-Pierre Claver, pour aider les Jésuites de la province du Missouri à répondre aux besoins humanitaires de la population maya gravement affectée par l'ouragan Iris. Son travail consistait à nourrir et reloger les autochtones nécessiteux, à faciliter leur formation et leur instruction et œuvrer pour l'amélioration de leur situation sociale et économique. Dans cette région que les cartes postales dépeignaient comme un paradis tropical, il dut implorer l'aide des autorités médicales pour combattre les maladies transmises par les insectes, le manque d'eau potable et les conditions sanitaires déplorables. Il scia des planches, cloua, planta, laboura, enseigna, prêcha, il résista, lutta contre la tyrannie des privilégiés sur les masses populaires. À l'été 2004, il parlait et lisait couramment le kriol, le créole bélizien, pêchait à la lance tel un Maya, construisait des canots et détectait la présence d'une vipère venimeuse dans un arbre, prête à mordre. Il avait la peau dorée, dix kilos en moins. À trente-six ans, il n'était pas rentré à Kersey depuis cinq ans.

Un jour, il reçut un message du Provincial de La Nouvelle-Orléans. Le père Richard prenait sa retraite, souhaitait-il reprendre ses fonctions à la paroisse de St. Matthew, à Kersey, au Texas ?

Chapitre 40

Le 31 décembre 1999, Mabel fit couler un bain, répandit des lampes torches avec des piles de rechange dans toute la maison, verrouilla les portes, ferma les fenêtres et posa l'un des fusils de chasse de son défunt mari à côté de son lit, chargé et armé. Elle avait rempli ses placards de denrées non périssables, emmagasiné des bombonnes d'eau, des sacs de charbon de bois et des flacons de liquide à briquet. Son coffre-fort recelait billets de banque et bijoux, le réservoir de sa Cadillac était plein, sans oublier les bidons d'essence qu'elle avait entreposés dans le garage.

— Toi et les enfants devez rester avec moi, ce soir, dit-elle à Emma, faisant allusion à sa petite-fille de trente-deux ans et à son arrière-petit-fils de bientôt treize ans. Ma maison est plus sûre.

— Ta maison est un bunker, répondit Emma. Et tu risques de me tirer dessus si je me lève en pleine nuit pour aller aux toilettes !

— Il n'y a pas de mal à être prévoyant ! protesta Mabel. Et tu regretteras de ne pas être venue quand ce qui doit arriver ce soir arrivera.

Kersey n'avait jamais connu de 31 décembre aussi calme. La fin du monde n'eut pas lieu et il n'y eut pas non plus de bogue de l'an 2000. En revanche, aux premières heures de l'année, Emma Benson s'éteignit dans son sommeil. Le restaurant étant fermé pour les fêtes, Cathy était à la maison. Elle s'était levée de bonne heure pour préparer du pain perdu. Elle comptait s'installer devant la télévision avec Emma et Mabel pendant que Will serait sur le terrain de baseball avec ses amis.

Voyant que l'odeur du café n'attirait pas sa grand-mère, pourtant matinale, Cathy frappa à la porte de sa chambre.

— Grand-mère, le café est prêt !

Pas de réponse. Cathy retint son souffle. Elle ouvrit doucement la porte pour découvrir ce qu'elle redoutait depuis longtemps : Emma, allongée dans son lit, les yeux fermés, les doigts croisés sur sa couverture, endormie pour l'éternité.

Ils accrochèrent une couronne mortuaire sous la pancarte « Fermé » du restaurant. Le drapeau de l'hôtel de ville fut mis en berne. Accablée de chagrin, Cathy tint bon pour son fils et pour Mabel, qui avait terriblement vieilli en une nuit. La jeune femme suggéra d'appeler Trey pour lui demander de venir, mais Mabel s'y opposa :

— Ce serait un affront à la mémoire d'Emma qu'il se présente maintenant.

Le matin des obsèques, Cathy découvrit une superbe composition de glaïeuls blancs, les fleurs favorites de sa grand-mère, avec une carte de Trey et un message simple : « Reposez en paix, madame Emma ». John vint de Californie mais ne put rester que quelques jours. Il avait promis à un détenu transféré de Pelican Bay au couloir de la mort de San Quentin de l'accompagner jusqu'à son exécution.

Fidèle à l'exemple d'Emma, Cathy se tourna vers l'avenir.

— Je dois dire que tu as accompli un excellent travail, dans ce restaurant, Cathy, déclara Daniel Spruill, directeur de la banque de Kersey. Quel contraste avec l'époque où Gloria crachait dans son mouchoir pour essuyer une table avant de s'asseoir !

Gloria était sa défunte épouse. Daniel avait grandi à Kersey et fréquenté l'école secondaire sept ans avant Cathy. Le couple était revenu dans la région après leurs études et leur mariage, Daniel en tant que directeur adjoint de la banque de son père et Gloria pour jouer les épouses de notable. À la mort de son père, Daniel avait hérité de son poste. Trois ans plus tôt, Gloria avait été emportée par un cancer. Cathy et lui se fréquentaient depuis le jour où elle s'était présentée dans son bureau pour lui expliquer ses projets de transformation du restaurant.

C'était six mois plus tôt, en décembre 2000. Cathy redoutait que le ralentissement économique n'affecte ses chances d'obtenir un prêt, mais le directeur de la banque lui avait assuré que son établissement serait ravi de répondre à sa demande de financement.

— Je n'aurais jamais réussi si tu n'avais pas cru en moi, répondit Cathy au compliment de Daniel.

— Mais oui. Ton assurance aurait suffi. Je suis simplement ravi d'y contribuer.

Il désigna la vaste salle, le buffet, le comptoir et prit la jeune femme par la taille. Ils étaient seuls. Le restaurant n'avait pas encore rouvert après les travaux. L'inauguration était prévue pour le lendemain.

— Tu te rends compte de ce que tu représentes pour moi ? murmura-t-il à son oreille.

Oui, elle s'en rendait compte, mais il allait un peu trop vite pour elle. Néanmoins, comme il l'avait déclaré au moment de lui avouer ses sentiments : « À quoi bon perdre du temps ? »

Elle ne l'aimait pas autant qu'elle espérait aimer à nouveau un homme, mais il était gentil, bon et il adorait Will. Il avait lui-même deux fils étudiants adorables. Daniel les voyait déjà en vacances ensemble, en voyage, partageant des sorties, prenant du bon temps en famille. Daniel avait du charme, un petit air sérieux. Il portait la marque de ses lunettes sur son nez. C'était un amant tendre et sensuel. Il trouvait en elle tout ce qui faisait défaut à son épouse – Gloria souffrait d'insécurité affective, elle était dépensière pour compenser les privations endurées en tant que fille d'ouvrier, elle était jalouse, autoritaire. Elle éprouvait le besoin de posséder des biens matériels afin de ne pas se sentir inférieure face aux amis de son mari, elle n'avait jamais souhaité voyager, découvrir le monde. Elle était entièrement dévouée à ses fils, n'accordant à Daniel que le second rôle.

Sur le seuil de la cuisine, quelqu'un toussota.

— Oui, Odell ? fit Cathy en se retournant.

— Le camion de livraison est là.

— J'arrive.

Quittant les bras de Daniel, elle se concentra sur son travail.

— J'espère que les clients viendront, conclut-elle.

Ils affluèrent. La situation à Wall Street n'influa en rien sur la fréquentation grandissante du restaurant. Grâce à des critiques élogieuses parues dans la presse, les gens de la région n'hésitaient pas à parcourir des kilomètres pour souper chez Bennie, de même que les automobilistes de passage sur l'autoroute 40, qui faisaient le détour. Les murs affichaient des cartes dédicacées par des célébrités. Cathy s'installa dans une existence relativement prospère. Une seule question la tourmentait : devait-elle renoncer à un succès acquis à la sueur de son front pour se marier ? Daniel s'attendrait à ce qu'elle vende le restaurant. D'après sa description de leur vie future, il n'y aurait pas de place pour les exigences de son travail. Leur première et unique querelle concerna d'ailleurs le restaurant.

— New York, Cathy ! Je te parle de New York ! Le théâtre, les restaurants, les promenades dans Central Park, les galeries d'art, le Waldorf-Astoria. Tu imagines ? New York en automne !

Il brandit le guide touristique de la Grosse Pomme.

— Je sais, soupira-t-elle.

— Non, tu ne sais pas ! rétorqua Daniel en posant l'ouvrage avec fracas sur son bureau. Comment pourrais-tu le savoir ? Tu n'es pas sortie de Kersey depuis tes onze ans !

Ils se trouvaient dans le bureau de Daniel, à la banque, et discutaient, ou plutôt se disputaient, au sujet du déplacement prochain de Daniel à New York pour une conférence. Il voulait qu'elle l'accompagne, mais les dates correspondaient à des réservations privées de la salle du restaurant. Béa ne s'en sortirait pas seule et ces réceptions permettaient à l'établissement d'être vraiment rentable. Cathy ne pouvait se permettre de s'absenter à cette période.

Elle imaginait pourtant sa frustration et sa déception chaque fois que Gloria refusait de le suivre en déplacement à cause des enfants.

— Je sais qu'il serait merveilleux d'aller ensemble à New York, reprit-elle. Écoute, j'ai une idée : et si nous y allions pour notre lune de miel ?

— Quoi ?

Son visage s'illumina peu à peu.

— Qu'est-ce que tu racontes ?

Cathy lui sourit.

— J'accepte ta demande en mariage. Je veux t'épouser !

Elle en était certaine, désormais. Elle aimait Daniel, pas aussi passionnément qu'elle avait aimé Trey, mais assez pour savoir qu'elle prenait la bonne décision. Elle avait trente-trois ans. Sa grand-mère était partie et Will s'en irait faire ses études dans trois ans. John était en Jamaïque et Trey ne reviendrait jamais. Elle risquait de passer de longues années seule avec son restaurant. En épousant Daniel, elle s'installerait dans sa grande maison, sur la colline, et pourrait avoir un autre enfant. Elle n'aurait plus à s'inquiéter de gagner sa vie et celle de son fils. Et, surtout, elle partagerait sa vie et vieillirait avec un homme qu'elle respectait et admirait.

Il fit le tour de son bureau, radieux, abasourdi.

— Tu ne changeras pas d'avis durant mon absence ?

— Je ne changerai pas d'avis.

— Dieu soit loué !

Il la prit dans ses bras et la fit tournoyer en l'air, puis il l'embrassa.

— Maintenant, dit-elle en riant, tu veux bien demander à ta secrétaire de me donner un exemplaire du programme de ta conférence, que je puisse au moins t'accompagner par la pensée ?

Le premier jour de la conférence, elle vérifia où se tenait sa réunion : au World Trade Center, au quatre-vingt-douzième étage de la tour nord. Le 11 septembre 2001…

Chapitre 41

Pour Trey, la mort d'Emma, le 1er janvier 2000, avait marqué le début d'une longue période de tristesse. À quatre-vingt- quatre ans, la vieille dame souffrait d'une maladie cardiaque depuis des années, de sorte que son décès ne fut guère une surprise. Néanmoins, la disparition de cette femme si forte lui inspirait de la mélancolie. Il ne pouvaitqu'imaginer le chagrin de Cathy et Mabel. De plus, ce décès lui rappelait cruellement que les années de sa tante étaient comptées.

— Pourquoi ne fais-tu pas venir ta tante chez nous? avait suggéré sa deuxième épouse.

Il s'en était étonné, car Mona ne se préoccupait généralement que d'elle-même.

— Ça ne te poserait pas de problème?

— Je suis prête à tout pour que tu retrouves ton entrain, pour que tu sois moins morose.

Elle pensait bien à elle, finalement. Sa tante avait refusé sa proposition:

— Non, c'est ici, chez moi, avait-elle déclaré.

Elle ne lui demandait plus de venir la voir et affirmait être trop âgée pour prendre l'avion seule quand il l'invitait à passer les fêtes en Californie. La dernière visite de Trey remontait au Noël précédant l'ordination de John. Par la suite, il avait connu des moments d'angoisse et de nostalgie terribles, durant lesquels il aurait donné n'importe quoi pour retourner chez lui, embrasser sa tante et Emma, étreindre Cathy et John, effacer le passé d'un coup de baguette magique et repartir de zéro. Hélas, Emma était morte, sa tante avait renoncé à lui, John faisait son devoir en Amérique centrale et Cathy était tombée amoureuse d'un directeur de banque. Toutes les portes se refermaient devant lui.

Pourquoi avait-il toujours compris les choses quand il était trop tard?

— Trey, tu m'écoutes? Je viens de te dire que tu es presque ruiné.

— J'ai entendu.

Il avait rendez-vous avec son conseiller financier, à l'agence de Carlsbad du cabinet Merrill Lynch. En ce mois de septembre 2007, il n'avait pas besoin de consulter le compte rendu de son conseiller pour connaître l'état de ses finances et comprendre comment il en était arrivé là. Au cours de ses cinq années de carrière en division nationale, il était tombé dans le même piège que la plupart des jeunes sportifs qui touchent un million de dollars par mois et qui n'arrivent pas à épargner, même en sachant que la carrière d'un footballeur professionnel est courte.

Au cours des quatre premières saisons, après déduction des impôts et de la commission de six pour cent de son agent, il avait dépensé sans compter: voitures de course, voiliers, un appartement à Carlsbad, un autre à Santa Fe, sans parler des costumes sur mesure, des fêtes somptueuses, des restaurants, des bijoux et d'un premier divorce coûteux.

Par la suite, il avait investi. Son objectif était d'avoir assez d'argent pour faire le tour du monde à la voile sans jamais devoir travailler après sa retraite sportive. Il avait étudié les marchés, la Bourse et analysé avec soin les placements potentiels, du restaurant à la ligne de vêtements jusqu'aux sociétés pétrolières. Ses recherches poussées ne l'avaient pas empêché de se tromper. Contre l'avis de son conseiller, il avait transféré les millions de son portefeuille d'actions d'entreprises de premier ordre vers le secteur des logiciels, des télécommunications et Internet. En 1996, il avait réalisé un gain de cent cinquante-cinq pour cent dès le premier jour, puis trente mille dollars placés dans une seule société s'étaient transformés en un million en un an. L'avenir, c'était la technologie et Internet, comme autrefois le chemin de fer, l'électricité et l'automobile. Il n'avait pas prévu le danger de ne compter que sur des perspectives. Avant que la bulle n'éclate et que ses actions de deux cent quarante-quatre dollars ne chutent à sept dollars, sa femme avait demandé le divorce, empochant la moitié d'un portefeuille alors à son apogée.

En 2001, au terme de sa onzième saison avec les Chargers, son contrat ne fut pas renouvelé. Le choc se produisit avant le 11 septembre, avant qu'il n'apprenne que le fiancé de Cathy avait péri dans la tour nord du World Trade Center. Les 49ers de San Francisco l'engagèrent en tant que quart-arrière remplaçant. Hélas, dès sa première rencontre, il se déconcentra et garda le ballon un peu trop longtemps. Un coup violent à la tête le laissa à l'écart à cause d'une commotion cérébrale. Victime d'une douleur au genou, il termina tant bien que mal la saison, puis San Francisco lui dit adieu à l'issue de son contrat d'un an. Il avait trente-quatre ans.

Pour lui, la partie était finie. Il refusait de poursuivre sa carrière en tant que joueur de seconde zone, à se battre pour passer quelques minutes sur le terrain comme un novice. Il ressortit donc son diplôme de commerce de l'université de Miami. Sa renommée lui permit de décrocher des entretiens avec les responsables des grandes entreprises de la région de San Diego, dont la plupart se serraient la ceinture à cause du déclin de la Silicon Valley et des attaques terroristes qui avaient fait chuter les marchés financiers. Aucun poste ne lui convint, jusqu'à ce qu'il soit embauché en tant que collecteur de fonds pour une organisation à but non lucratif. Il appréciait le domaine caritatif et les gens qu'il rencontrait, surtout des bénévoles. Pour la première fois, il exploita sans scrupule son statut de vedette et joua de son charisme pour soutirer de l'argent aux riches afin de soulager les moins favorisés. Parfois, au terme d'une campagne réussie, il regrettait que John ne puisse le voir accepter un chèque obtenu grâce à son pouvoir magnétique. *Qu'est-ce que tu penserais de ça, Tiger ?*

— Au moins, tu n'as pas de dettes, reprit le conseiller financier. Et si tu vends ton appartement…

— Je ne vendrai pas mon appartement, coupa Trey. C'est inenvisageable.

— Eh bien, en continuant à travailler, tu devrais avoir un train de vie plus… réduit, mais correct.

En continuant à travailler. Il avait rendez-vous chez un médecin de San Diego juste après cette entrevue. Depuis un certain temps, il souffrait de maux de tête et de troubles de la vision, des symptômes qui empiraient. Les séquelles du coup violent qu'il avait reçu sur le terrain, peut-être…

La pluie martelait son pare-brise lorsqu'il s'engagea sur le stationnement du cabinet médical. En coupant le moteur, il s'attarda quelques minutes à observer la pluie, les mains crispées sur le volant, puis il respira profondément et ouvrit la portière. Au diable son parapluie ! Être trempé n'était pas ce qu'il pouvait lui arrivait de pire.

Une assistante prit note de ses symptômes, puis il passa un examen neurologique de vision, d'équilibre, de coordination, ainsi que des tests cognitifs, suivis d'un scanner et d'une IRM. En apprenant qu'il devrait rester immobile sur une table, enfermé dans un tube, il sentit ressurgir sa claustrophobie. Il aurait fait demi-tour sur-le-champ si l'opérateur ne lui avait pas déclaré avec admiration : « Vous êtes mon héros, monsieur Hall ! »

— Pensez à une époque heureuse de votre vie et tout sera très vite terminé, promit-il en lui injectant un liquide de coloration.

Ensuite, Trey patienta une heure avant que l'opérateur ne revienne dans la salle d'attente.

— Un radiologue va analyser les photos et envoyer un compte rendu à votre médecin traitant, monsieur Hall. Vous aurez des nouvelles dans environ trois jours.

Moins de vingt-quatre heures plus tard, il fut convoqué au cabinet médical. Le médecin lui expliqua les résultats de ses examens.

— Voici une liste des meilleurs spécialistes de votre maladie, monsieur Hall. Comme vous le voyez, il y en a dix, qui exercent tous au centre anti-cancer de San Diego. À votre place, j'opterais pour l'avant-dernier nom de la liste.

Trey baissa les yeux vers le nom qu'il indiquait de la pointe de son stylo :

Dr Laura Rhinelander, neuro-oncologue.

TROISIÈME PARTIE

2008

Chapitre 42

Le père John Caldwell se réveilla en sursaut. Il avait eu du mal à s'endormir après l'appel aussi bref que mystérieux de Trey Don Hall, son meilleur ami d'autrefois. Il s'était couché sous le choc de cette voix qu'il n'avait pas entendue depuis vingt-deux ans. Pire encore, Trey arrivait à Kersey le jour même. Pourquoi ce retour dans sa ville d'origine après une si longue absence ? Il était évident qu'il ne s'agissait pas uniquement de la vente de la maison de Mabel. À l'aube, John s'était assoupi avant d'émerger d'un cauchemar, la bouche sèche, le cœur battant, en entendant frapper à la porte de sa chambre. Betty Harbison, sa gouvernante, lui apportait son café du matin.

— Entrez ! lança-t-il, trop fatigué pour se lever.

— Mon père ? fit-elle en passant la tête dans l'entrebâillement. Tu n'es pas levé ?

— Pas tout à fait, répondit-il en se frottant les yeux. J'ai mal dormi.

— Vu l'heure à laquelle tu t'es couché !

Sans masquer sa réprobation, Betty posa le plateau sur la table et versa du café corsé dans une tasse.

— J'ai entendu le téléphone sonner vers minuit. Les gens ne se rendent donc pas compte qu'il faut que tu dormes de temps en temps ?

— J'étais réveillé. Désolé que la sonnerie vous ait dérangée.

— Je disais ça surtout pour toi.

— Je sais, assura John en se redressant pour prendre sa tasse. Vous vous faites trop de soucis pour moi, Betty.

— Qui d'autre s'en ferait ?

Elle ouvrit les rideaux et lui sourit, ce qui ne lui arrivait pas souvent. Il ne l'avait pratiquement jamais entendue rire. Seuls lui et son mari, ainsi que leurs plus anciennes connaissances, savaient pourquoi.

— Nous aurons un invité pendant quelques jours, un ancien camarade de classe, annonça John. Il arrive aujourd'hui à l'heure du dîner. J'espère que ça ne vous pose pas de problème. Je ne l'ai su qu'hier soir.

— L'appel de minuit, commenta-t-elle. Non, il n'y a pas de problème. La fondation m'envoie Eunice Wellborn et Bella Gordon pour m'aider, ce matin. Un vieil ami, dis-tu ?

— Un ancien camarade de classe, répéta John. Je ne l'ai pas revu depuis la fin du secondaire. Inutile de me préparer un déjeuner. J'ai rendez-vous à Kersey dans peu de temps.

Betty attendit des précisions, au moins le nom du visiteur, mais John n'avait pas l'air de vouloir en dire plus.

Elle récupéra son plateau et sortit en refermant doucement la porte derrière elle. Le père John ne semblait guère se réjouir de cette visite. Sans doute un pique-assiette, songea-t-elle. Les gens avaient tendance à abuser de sa bonté.

John rejeta enfin ses couvertures et se rendit sur le balcon. Si le café ne fit aucun bien à son estomac barbouillé, la vue sur le vaste potager, les enclos et le poulailler l'apaisa. Les pensionnaires de Harbison House élevaient quelques animaux dans le cadre du programme

FFA, *Futurs fermiers d'Amérique.* Félix, le chien, dévorait son déjeuner sur les marches du porche. La prairie parsemée de fleurs aux tons pastel s'étendait à perte de vue. Dans ce cadre idyllique, John pressentait qu'un drame imminent viendrait encore troubler sa quiétude, tel un orage qui gronde au loin.

Il pensa à la dernière fois qu'il avait tenté d'entrer en contact avec TD Hall. C'était à l'été 1990, alors qu'il était au Guatemala. Il travaillait au service des réfugiés, en pleine période de troubles. Fuyant les forces de sécurité gouvernementales qui massacraient les dissidents et leurs partisans présumés, dont les Jésuites, des milliers de personnes avaient quitté le pays. John avait pour mission de les aider à remplir leur demande d'asile politique et de dénoncer les violations des droits de l'homme. Après des journées à écouter leurs témoignages poignants, à échapper aux escadrons de la mort, à se battre dans la chaleur étouffante, la boue, parmi les serpents, les moustiques, John avait trouvé le répit en écrivant à son vieil ami. Il n'avait pas perdu l'espoir que Trey, Cathy et lui soient un jour de nouveau réunis. Il savait grâce au père Richard qu'un donateur anonyme envoyait chaque année un chèque substantiel à la fondation Donny Harbison chargée de gérer des bourses d'études – Trey n'avait pas oublié la promesse qu'il lui avait faite après leur grand match.

Puis, un soir, John avait surgi d'un profond sommeil et, à compter de cet instant, n'avait plus écrit à Trey. C'était l'un de ces moments étranges où le subconscient fait ressurgir une vérité après des années de déni. Trey ne rentrerait pas à Kersey. Il avait disparu comme la civilisation maya. Ce subconscient lui dirait peut-être pourquoi Trey les avait abandonnés, ainsi que son enfant. Quelle que soit sa raison, qu'elle soit réelle ou le fruit de son imagination fantasque, ils ne reverraient jamais Trey. John en avait la certitude, comme un frère jumeau sent qu'il est arrivé malheur à son *alter ego*. Ses lettres et ses prières ne le ramèneraient pas. Il avait aussitôt écrit à Cathy pour l'informer de cette terrible prise de conscience.

« Ce n'est rien, John, lui avait-elle répondu. J'ai renoncé à Trey depuis longtemps. »

Alors pourquoi ce retour tardif ?

« N'en sois pas si certain, Tiger », avait-il déclaré quand John avait exprimé son plaisir de le revoir. Que voulait-il dire par là ? Quelle menace planait derrière ce commentaire ?

Il affirmait avoir des détails à régler. Depuis quand TD Hall se souciait-il des détails ? Il n'était même pas venu aux obsèques de sa tante, qui lui avait tout donné. En 1986, il ne s'était pas gêné pour abandonner une jeune fille enceinte de lui et n'avait jamais reconnu son fils. Au cours de sa carrière prestigieuse, un journaliste avait déniché une photo de lui à huit ans et souligné une ressemblance étonnante avec un garçon du même âge, dans sa ville natale, qui serait son fils. « Dans le nord du Texas, il y a beaucoup de grands et beaux garçons de ce type. Il y en a autant que de virevoltants dans la prairie », avait répondu Trey au journaliste.

Si Cathy avait gardé la tête haute, John savait que ce commentaire l'avait atterrée, sans parler des conséquences sur Will. Dans le comté, cette déclaration s'était retournée contre Trey. Refuser d'entretenir un fils illégitime était une chose, mais le renier alors que tant d'éléments le désignaient comme le père en était une autre. Pas étonnant qu'il n'ait pas remis les pieds à Kersey depuis vingt-deux ans.

Venait-il reconnaître Will ? Reconquérir Cathy ? Cette perspective lui serra le cœur. Les gens avaient passé l'éponge sur son erreur de jeunesse, son « indiscrétion », comme elle disait d'un ton sarcastique : « Quand on garde la tête hors de l'eau assez longtemps, la décrue finit par arriver et on regagne la rive. »

C'était ce que Cathy avait fait, elle, et Trey n'allait pas tarder à découvrir que la jeune femme était désormais un pilier de la communauté, présidente du conseil scolaire, membre du conseil municipal, administratrice de plusieurs organismes… Tout le monde l'adorait. Plus belle que jamais, elle dirigeait avec succès un restaurant réputé dans la région.

À présent, la ville était aussi fière de Will qu'elle l'avait été de John et Trey. John Will Benson avait porté son équipe de baseball en finale de l'État avant de perdre d'un cheveu. « Il aurait également brillé sur un terrain de football », avait un jour déclaré l'entraîneur Turner avec un mélange de regret et de soulagement que Will n'ait pas suivi les traces de son père. Il aurait pu intégrer n'importe quelle université avec une bourse de sportif, mais sa réussite scolaire lui avait ouvert les portes de la Rice University. Il venait de passer un diplôme d'ingénieur en pétrochimie et d'accepter un poste à Delton dans l'agence régionale d'une compagnie pétrolière où il avait été stagiaire. Si John et Cathy se réjouissaient de l'avoir proche d'eux, celle-ci aurait préféré qu'il intègre une autre des succursales disséminées dans tout le pays et dans le monde entier. « Il a besoin d'élargir ses horizons, de vivre des expériences en dehors du comté de Kersey », disait-elle. Will, lui, adorait sa région et projetait d'y acheter un ranch pour élever des chevaux.

À quarante ans, deux fois divorcé, champion vieillissant, Trey rentrait-il pour profiter de la chaleur du foyer de Cathy ?

John ressentit de nouveau ce malaise, telle une décharge électrique, qui l'incita à regagner sa chambre. En voyant son reflet dans la porte vitrée, il eut un mouvement de recul. Pour la première fois depuis des années, il prit le temps de se regarder. Il avait repris les kilos perdus en Amérique centrale. À son retour, il n'avait plus que la peau et les os, mais n'avait rien perdu de sa force. Il avait les tempes grisonnantes et, si son visage reflétait le poids des ans, on y décelait encore la beauté juvénile qui rivalisait avec celle de Trey Don Hall. La nature avait été clémente, malgré la rigueur de sa vocation. En était-il de même pour Trey?

Sous la douche, John se demanda comment Trey avait enduré deux mariages ratés, deux divorces houleux, les procès, les problèmes financiers, une sérieuse commotion cérébrale qui l'avait privé de terrain et de sa vie trépidante. Il ne s'était jamais soucié des conséquences de ses actes. À quarante ans, son visage accusait certainement la marque de ses mauvaises décisions.

Comme toujours, lorsqu'il quittait Harbison House, John passa dans la cuisine pour saluer Betty et lui indiquer où le joindre, en cas de besoin. Elle appréciait cette attention. Quand il l'informait de ses déplacements et de l'heure probable de son retour, elle voyait en lui un fils.

— En quittant Kersey, j'irai à St. Matthew pour les confessions, mais je serai de retour à temps pour accueillir notre invité.

— Où vas-tu, à Kersey?

— Chez Bennie. Je dois parler à Cathy Benson.

Betty afficha un sourire:

— Je comprends pourquoi tu ne prends pas ton déjeuner ici.

— Je plaide coupable.

Dans la grande salle à manger, il entendait les pensionnaires de la maison, dix enfants âgés de six à douze ans, tous orphelins. Impatient de voir Cathy, il préféra ne pas les saluer. Ils ne cesseraient de le solliciter, lui demanderaient de jouer avec eux au ballon, de regarder leurs plantations de légumes, leurs animaux, leurs dessins, d'écouter leurs morceaux au piano et d'admirer leurs cibles de tir à l'arc. Félix, un enfant recueilli au bord de l'autoroute, apparut. John le caressa avant de se mettre en route.

Il engagea sa camionnette dans l'allée qui, en juin, était jonchée de fleurs blanches provenant de deux vieux orangers flanquant la grille. Les pétales tombaient comme des flocons de neige sur le capot. En général, ce spectacle le mettait de bonne humeur. Ce matin-là, il resta de marbre. Trey avait dû s'esclaffer, autrefois, quand Mabel lui avait annoncé que les Harbison avaient fait don de leur ferme au diocèse en tant que foyer d'accueil pour enfants en difficulté, à condition que le père John en soit le directeur. La veille, John avait perçu la note d'amusement sarcastique dans le commentaire de Trey: « Tu dois trouver ça agréable », lorsqu'il avait déclaré que les Harbison l'aidaient à gérer la maison.

Il était prêtre à la paroisse St. Matthew depuis moins d'un an lorsque Lou et Betty Harbison avaient demandé à lui parler. C'était au mois de novembre, aux environs de l'anniversaire de la mort de leur fils, dans la grange, dix-neuf ans plus tôt. Depuis, John redoutait les mois de novembre. En les introduisant dans son bureau, par ce bel après-midi, il était encore plus mélancolique.

— En quoi puis-je vous aider ?

Ils lui avaient soumis leur projet en demandant à pouvoir habiter la ferme en tant que gouvernante et gardien. Abasourdi, John avait eu une vision blasphématoire de Dieu observant la scène d'un œil cynique.

— Pourquoi renonceriez-vous à votre bien pour devenir employés ?

— Pour Donny.

— Donny ?

— Notre fils, avait précisé Betty. Tu ne te souviens pas de lui, n'est-ce pas ? Tu déposais des fleurs sur sa tombe. Il… est mort à dix-sept ans. C'était… un accident. Il aurait ton âge, aujourd'hui.

Elle était à la fois peinée et gênée.

— Mais c'était un bon garçon, s'était empressé d'ajouter Lou. C'était un fils dévoué.

— Je n'en doute pas, avait assuré John, la gorge nouée. En une fraction de seconde, il avait décidé de risquer le tout pour le tout, sa réputation, sa vocation, sa liberté et celle de Trey, pour donner aux Harbison l'apaisement qu'exigeait leur chagrin.

— Votre fils n'a rien fait qui exige une absolution, avait-il déclaré. Que vos cœurs soient en paix. Donny est mort en état de grâce. Ne sacrifiez pas votre maison pour le racheter.

Ils l'avaient dévisagé, ébahis par la façon dont il avait perçu le fond de leur âme et l'assurance avec laquelle il avait parlé d'un garçon qu'il connaissait à peine. Le souffle court, John avait attendu la question inévitable qui l'aurait incité à avouer.

Comment pouvez-vous en être certain ?

Mais ils n'y avaient vu que les propos d'un prêtre.

— Merci pour ta confiance, mon père, avait dit Betty, mais notre décision est prise. Si l'évêque est d'accord, nous souhaitons céder notre propriété au diocèse en mémoire de notre fils.

L'évêque avait consenti à leur demande. John s'était alors installé à l'étage supérieur de la grande maison tandis que les Harbison conservaient leur ancienne chambre. Le reste était pour les « enfants du père John », de petits marginaux qui entraient et sortaient de leur vie chaque année.

Ce changement remontait à presque quatre ans. John n'avait jamais été aussi heureux, aussi épanoui. Si l'ombre de son péché d'autrefois planait encore, il ne la sentait presque plus. Certains jours, il se disait qu'il était presque trop heureux. TD Hall était-il revenu chambouler son existence ?

Chapitre 43

Depuis la fenêtre du salon, Betty Harbison regarda la voiture du prêtre s'éloigner. La camionnette presque neuve leur avait été léguée par un membre de la congrégation. Bien avant l'époque du père John, la défunte Flora Turner offrait toujours une Lexus à la paroisse. Soulagée que John ait enfin remplacé son vieux tas de ferraille, Betty le vit passer sous les orangers jasmin, puis franchir la grille. Si elle priait pour sa sécurité et son bien-être, elle n'avait aucune certitude d'être exaucée. Elle avait vu les cicatrices qui témoignaient de ses années passées en Amérique centrale.

Tout à sa nostalgie et ses souvenirs, Betty s'attarda devant la fenêtre bien après que la camionnette eut disparu en direction de l'autoroute. Combien de fois avait-elle vu son fils s'éloigner dans un nuage de poussière en priant pour qu'il lui revienne sain et sauf? À sa mort, Donny n'avait son permis de conduite que depuis un an à peine. Elle n'avait pu le suivre des yeux que pendant un seul mois de juin…

— Le père John est de sortie, ce matin? demanda son mari.

— Il est allé à Kersey, répondit Betty en se ressaisissant, au bord des larmes. Nous allons recevoir un visiteur pour quelques jours – il n'a pas précisé qui. Je ferais bien d'aérer la chambre.

Lou lui prit le bras.

— Tu as de nouveau cette sensation bizarre, n'est-ce pas ?

Ces moments où elle avait l'impression qu'on lui plantait un couteau dans le cœur n'échappaient pas à Lou. Elle ne pouvait rien lui cacher.

— Après toutes ces années, on pourrait croire…

— Chérie, le temps n'apaise pas un chagrin tel que le nôtre. Au moins, nous avons le père John. Il a l'âge qu'aurait Donny, s'il était en vie. Dans sa grande bonté, Dieu nous l'a envoyé.

La gorge nouée, elle ne put qu'approuver ses propos. Au moins, ils avaient le père John. Il était comme un fils arrivé dans la paroisse dix-huit ans après la mort de Donny. Elle et Lou avaient remarqué l'attention qu'il portait aux enfants abandonnés et maltraités ainsi que le manque d'une structure d'accueil. Un jour, en rentrant de la messe dans cette immense maison vide où régnait la solitude depuis que Cindy était partie pour la Californie avec son mari et ses enfants, Betty avait dit à Lou :

— Et si on faisait don de la ferme à l'Église pour fonder un foyer d'accueil pour les enfants abandonnés dirigé par le père John ?

Le visage de Lou s'était illuminé comme rarement.

— Pourquoi pas ?

Le projet s'était réalisé. Depuis, le père John vivait sous leur toit et, avec les enfants, ils formaient désormais une grande famille. Peu à peu, le chagrin de Betty s'atténuait, le vide se comblait. S'il ne se passait pas une journée sans qu'elle ne pense à Donny, elle remerciait le ciel d'avoir mis le père John sur son chemin.

John avait appelé Cathy pour s'assurer qu'elle lui accorderait quelques instants en privé. Le matin, elle était généralement occupée à préparer le service de la journée avec Béa avant le dîner.

— Bien sûr, mais tu es bien mystérieux… Quel est le problème ?

— Je te le dirai tout à l'heure. Dans ton bureau, vers neuf heures ?

Elle accepta en lui recommandant de ne pas dévorer tout le déjeuner de Betty car elle l'accueillerait avec des brioches à la cannelle et du café.

Quelques minutes avant l'heure de son rendez-vous, il gara sa voiture à côté de la Lexus blanche de Cathy. En passant devant le restaurant, il essaya d'observer la façade avec le regard de Trey. Il aimerait tant voir son expression lorsqu'il découvrirait à quel point les lieux avaient changé ! Même l'entrée de service n'avait plus rien à voir avec l'époque où Odell Wolf venait quémander un repas. Le stationnement du personnel était alors un véritable dépotoir, plein de poubelles, de matériel inutilisé et de déchets balayés par le vent.

Cathy avait fait construire un abri pour les poubelles et affiché une pancarte : « Réservé au personnel et aux livraisons ». Les clients ne s'y aventuraient pas.

À part John.

Il gravit les quelques marches du porche et sonna à la porte de Cathy. De part et d'autre de l'arche, des mufliers multicolores se balançaient au gré de la brise de juin. John caressa une fleur veloutée du bout du doigt, mais la beauté de la nature ne parvint pas à apaiser son appréhension. Des nuages s'amoncelaient au-dessus de sa tête, telle l'ombre menaçante des péchés d'autrefois que le temps n'avait pu disperser.

En voyant la jeune femme, il ressentit comme toujours une bouffée de tendresse. Autrefois, c'était un désir charnel qui n'était ni réciproque, ni exprimé, un secret entre lui et ses pulsions qu'il avait chassé depuis des années. Il n'en restait que l'affection profonde et dévouée d'un ami.

Elle arborait une tunique bleu vif brodée de pâquerettes jaunes aux couleurs de l'établissement.

— Entrez dans ma maison, père John, dit-elle en reprenant la formule taquine de sa grand-mère. Je suis impatiente d'entendre pourquoi j'ai la priorité sur l'homélie que tu rédiges en général le vendredi matin.

John ne parvint pas à afficher le même entrain.

— Où est passée Béa ? demanda-t-il en la suivant dans son bureau.

Les murs jaunes, une abondance de plantes vertes et les volets blancs conféraient à la pièce le charme d'un manoir du Sud.

— Elle est partie déposer de l'argent à la banque. Je lui ai dit de prendre son temps, répondit Cathy en le dévisageant, intriguée. Je vois que tu entretiens le suspense...

Incapable de prononcer un mot, il s'assit face à elle. Elle avait écarté ses piles de documents pour poser sur le bureau une cafetière et une assiette des délicieuses brioches à la cannelle qui faisaient sa réputation.

— À en juger par le nombre de voitures, ton « café » est un succès, déclara-t-il.

Outre la salle de restaurant, Cathy réservait un espace aux habitués, qu'ils soient retraités, hommes d'affaires, agriculteurs ou autres éleveurs qui s'y retrouvaient chaque matin. Cathy se rachetait d'avoir chassé les amis de Bennie – les commères, comme disait Béa – vers le Monica's Café et les bancs du palais de justice. Les « habitués » se servaient eux-mêmes et débarrassaient leurs tables avec la seule contrainte d'être partis à onze heures pour la mise en place du dîner.

— C'est l'une de mes décisions commerciales les plus avisées, admit-elle en s'assoyant derrière son bureau. Les gens avaient besoin de se réunir dans un lieu convivial. L'opération devrait être rentable d'ici un an. Passe donc leur dire bonjour en partant, ils seront contents.

— Si j'ai le temps, répondit John. Je suis un peu pressé, aujourd'hui.

— Pourquoi ?

— Je dois être au confessionnal à dix heures puis accueillir un invité à Harbison House vers midi.

— Ah oui ? Qui est-ce ?

Il lui prit la cafetière des mains pour lui éviter de se brûler.

— Trey Don Hall.

Elle demeura bouchée bée. Quelles pensées envahiraient son esprit raisonnable une fois surmonté le choc initial ? Avait-elle encore des sentiments pour Trey ? John l'ignorait et ne voulait pas le savoir. Il se demandait simplement si elle avait été déçue par son absence aux obsèques de sa tante, deux ans plus tôt.

— Trey m'a appelé hier soir, très tard. Sinon, je t'aurais prévenue avant. Il prétend venir se débarrasser des affaires de Mabel et rencontrer les Tyson à propos de la vente de la maison. Deke prend sa retraite à Kersey et souhaite l'acquérir.

Cathy reprit la cafetière et les servit.

— Il est obligé de se déplacer en personne pour ça ? demanda-t-elle avec un tremblement imperceptible de la main. Il aurait pu envoyer un de ses employés, non ?

— Je me suis posé la même question, admit John.

— C'est tout ?

John lui relata leur bref échange.

Très posée, Cathy lui tendit sa tasse. La tempête couvait-il sous ce calme apparent ?

— Qu'entend-il par « des détails à régler », d'après toi ? demanda-t-elle.

— Aucune idée.

John la regarda se lever. À quarante ans, elle était toujours svelte et désirable. Elle semblait plus grande qu'elle ne l'était vraiment, avec son port de reine. Elle ouvrit les volets pour laisser entrer un peu de lumière, mais aussi pour se donner une contenance.

— Quel salaud, dit-elle doucement en regardant par la fenêtre. Pas un appel, pas une réponse à mes lettres, pas une carte d'anniversaire ou de Noël, pas un cent, pas un mot de félicitations pour les succès et les diplômes de son fils, pas la moindre préoccupation pour notre bien-être. C'est comme si Will et moi n'avions jamais existé. Si nous sommes les détails qu'il vient régler, il a vingt-deux ans de retard.

— Tu es sûre, Cathy?

Elle se retourna, des reflets dans les cheveux. Le souffle coupé, John la vit soudain comme autrefois et la trouva irrésistible.

— Tu me crois toujours amoureuse de lui, n'est-ce pas? D'après toi, il n'aura qu'à lever le petit doigt pour que je me précipite dans son lit.

— L'idée ne m'a même pas effleuré.

— Il a blessé mon fils, déclara-t-elle, une lueur furieuse dans les yeux derrière son masque de froideur. Je ne m'en remettrai pas, John.

— Même si… le désir était encore présent?

Elle se tourna de nouveau vers la fenêtre.

— Ta question est légitime. Je reprendrai ce que tu as dit à Béa en lui annonçant que tu partais pour Loyola afin de devenir prêtre et qu'elle a affirmé que tu aurais du mal à renoncer aux filles.

John sonda sa mémoire.

— Qu'est-ce que je lui ai dit?

— Que tu avais besoin de le découvrir par toi-même.

Ce n'était pas ce qu'il espérait entendre.

— Béa a la langue bien pendue! Et toi, tu as bonne mémoire.

Cathy revint à son bureau.

— Justement. Tu n'as pas à t'inquiéter. Je ne laisserai pas Trey Don Hall nous faire du mal.

— Will et toi, vous ne pourriez pas vous en aller quelques jours…

Le regard de Cathy lui fit aussitôt regretter ses paroles.

— Bien sûr que non, reprit-il avec un soupir. C'était une mauvaise idée. Tu n'es pas comme ça.

Béa était de retour de la banque. John l'entendait plaisanter avec les habitués du matin qui commençaient à s'en aller. En se levant, il se rendit compte qu'il n'avait pas touché aux brioches à la cannelle, qu'il aimait pourtant beaucoup.

— Je t'appelle dès que je saurai quels sont les projets de Trey.

— Will et moi n'en faisons peut-être pas partie, répondit-elle.

Il détecta dans le ton de sa voix une note de regret qui lui serra le cœur. Elle avait beau le nier, elle avait encore Trey dans la peau.

— Reste joignable, conclut-il.

Chapitre 44

Après le départ de John, Cathy s'attarda dans son bureau. Elle respira profondément de peur de perdre à nouveau la voix – elle s'était renseignée sur ce trouble, dont les symptômes – palpitations, tensions musculaires, nausées – faisaient partie d'une réaction de type « fuite ou combat » provoquée par une poussée d'adrénaline. L'astuce consistait à permettre au cerveau d'évaluer la situation pour déterminer si la menace était fondée et, le cas échéant, de trouver une esquive. Pour cela, il existait des techniques cognitives et concrètes, mais Cathy n'en eut pas besoin.

Trey Don Hall ne représentait pas un danger. Il n'était plus en mesure de leur nuire, ni à elle, ni à son fils, et il ne parviendrait pas à les charmer. Elle n'avait plus sombré dans son mutisme d'enfance depuis son arrivée à Kersey et cela ne se reproduirait pas. Mais elle était troublée, car elle avait souvent imaginé la scène: Trey Don Hall entrait dans leur ancien café crasseux pour le trouver transformé en un restaurant soigné et réputé dont elle était la propriétaire respectée. Quelle ne serait pas sa stupeur lorsqu'il comparerait l'adolescente enceinte, brisée, démunie qu'il avait abandonnée avec la femme d'affaires brillante qu'elle était devenue ! Le jour où Trey s'était contenté d'envoyer des fleurs au lieu d'assister aux obsèques de sa tante, elle avait chassé cette image de son esprit. Folle de rage face à son indifférence, son manque total de respect pour la mémoire de Mabel, Cathy avait observé son fils de dix-neuf ans, pendant les funérailles, en se félicitant qu'il n'ait pas hérité de la dureté de son père. La dernière fois qu'elle avait pensé à TD Hall, c'était pour lui souhaiter de brûler en enfer.

Et voilà que, soudain, à la mention de son nom, son cœur s'emballait, son ventre se nouait… Elle se demandait comment s'habiller pour sa venue. *Ce n'est pas très brillant, ma fille. Pas futé du tout.* Quelle que soit la révélation qui avait frappé Trey à San Diego, elle arrivait trop tard pour elle et Will. Ils n'avaient pas besoin et ne voulaient pas de cet homme fini. Depuis longtemps, elle n'était plus obligée de subir cette épreuve.

Néanmoins, elle avait envie de le revoir et de lui présenter Will. Pas pour démarrer quoi que ce soit, ni pour rattraper le temps perdu. Pour que Trey sache ce qu'il avait manqué, ce qu'il aurait pu avoir, ce qui aurait persisté quand il aurait cessé de gagner, dilapidé son argent, quand il n'aurait plus de genou pour jouer.

En dépit du narcissisme de Trey, elle restait persuadée qu'ils auraient pu vivre ensemble si elle ne s'était pas retrouvée enceinte à cette époque-là. Il l'aimait, de façon égoïste peut-être, mais d'un amour absolu et, avec le temps, il aurait accepté des enfants dans leur vie.

Ou peut-être pas. « J'ai l'impression que Will est le seul petit-neveu que j'aurai », avait un jour déclaré Mabel.

Elle ne s'était pas trompée. Des deux mariages de Trey, il n'était né aucun enfant. Cependant, Cathy sentait qu'il n'en aurait pas été de même pour Trey et elle. Leur histoire n'était pas une amourette de secondaire. Au-delà de leur intimité précoce, les gens décelaient quelque chose de spécial, de presque spirituel dans leur façon d'être ensemble, et ce depuis le jour où l'enfant muet était entrée dans la salle de cours de Mlle Whitby. « Laissez-la s'asseoir ici, mademoiselle ! » Cathy n'avait pas oublié sa voix juvénile dans le silence pesant de la classe, son regard intense, tandis qu'il désignait le pupitre voisin du sien.

Trey aurait-il l'arrogance de croire que, si elle ne s'était jamais mariée, c'était parce que son cœur lui appartenait toujours ? Mabel avait dû lui annoncer ses fiançailles avec Daniel. Avait-il cru qu'elle cherchait simplement à se caser ? Elle éclata d'un rire teinté d'ironie. Sans doute aurait-il eu raison sur ce point… En revanche, Trey Don Hall serait abasourdi d'apprendre que le seul homme qu'elle aimait, à présent, l'homme qu'elle aurait voulu épouser était prêtre.

— Cathy ? fit Béa en frappant à la porte. Je peux entrer ?

— Bien sûr ! Écoute, tu vas devoir te débrouiller sans moi. Il faut que j'aille voir mon fils chez Morgan Petroleum.

Dans le bureau de son patron, Will Benson s'interrompit dans son compte rendu d'analyse des échantillons prélevés sur un site pétrolier. Il venait de voir la voiture de sa mère se garer dans le stationnement. Son responsable leva les yeux pour voir ce qui distrayait le jeune homme.

— Ne serait-ce pas votre charmante maman ? Quel bon vent l'amène ? Rien de grave, j'espère.

— Je l'espère aussi, répondit Will, soudain alarmé, car Cathy portait encore sa tenue de travail. Je ferais bien d'aller voir.

— Naturellement. Nous finirons plus tard.

Will se précipita à la réception. Il crut d'abord que sa mère venait lui faire part d'un résultat inquiétant, après son bilan de santé. Chaque année, il retenait son souffle jusqu'à ce qu'elle lui téléphone pour le rassurer. Cette fois, elle n'avait pas appelé. Quelle autre raison avait pu l'inciter à parcourir quarante-cinq kilomètres au moment de l'ouverture du restaurant ?

Elle bavardait avec un géologue de sa connaissance. Quand elle franchit la porte, Will la dévisagea en quête d'un signe alarmant, en vain. Si elle semblait détendue, les apparences pouvaient être trompeuses – sa mère n'exprimait jamais rien en public.

Will fusilla du regard son collègue, qui saisit l'allusion et s'éloigna.

— Maman, qu'est-ce que tu fais là ?

Cathy lui sourit et se hissa sur la pointe des pieds pour l'embrasser.

— John Will, est-ce une façon de s'adresser à sa mère ?

— Qu'est-ce qui ne va pas ? demanda-t-il en scrutant ce visage si cher.

— Allons dans ton bureau…

Quelque chose n'allait pas, c'était certain. Si elle souffrait d'un cancer, il fallait agir rapidement. Il lui procurerait les meilleurs soins. Elle surveillait sa santé, qui était excellente, et la médecine évoluait sans cesse.

— Linda, dit-il à la réceptionniste, appelez la plateforme six pour prévenir que je serai un peu en retard, s'il vous plaît.

— Bien sûr, *John Will*, railla-t-elle.

— Jolie fille, commenta Cathy en suivant son fils dans un long couloir, vers le placard à balais qui lui servait de bureau.

En tant que nouvelle recrue, il devait encore faire ses armes avant d'obtenir une pièce dotée d'une fenêtre. Elle admirait son élégance naturelle. Ses tenues plutôt décontractées étaient toujours impeccables.

— Elle est mariée ?

— Oui, maman, elle est mariée ! répondit Will, un peu tendu, en ouvrant la porte. À présent, explique-moi ce qui ne va pas.

Comprenant enfin ce qu'il redoutait, elle lui caressa la joue.

— Ce n'est pas ce que tu crois, chéri… Je me porte comme un charme. Je n'ai reçu mes résultats que ce matin et je n'ai pas eu l'occasion de t'appeler. C'est d'autre chose que je suis venue te parler.

Will poussa un long soupir de soulagement.

— Tu devrais t'asseoir. Tu risques de recevoir un choc.

Oh non… Sa mère allait épouser ce magnat du pétrole de Dallas deux fois divorcé, qui avait eu le coup de foudre pour elle en venant au restaurant, au printemps dernier. Si Will l'appréciait, aucun homme au monde n'était digne de sa mère, à part le père John.

— Ton père est de retour en ville. Il a appelé John hier soir pour l'informer qu'il arriverait à Kersey vers midi. Il est venu vendre la maison de sa tante à Deke et Paula Tyson, les parents de Mélissa.

L'espace d'un instant, ce fut le brouillard. Le regard de Will s'éteignit. À six ans, en comprenant qui était son père, il rêvait du jour où TD Hall apparaîtrait comme par enchantement pour les emmener, lui et sa mère, vivre avec lui à San Diego. Son arrière-grand-mère aussi, bien sûr. Le soir, en se couchant, il s'accrochait à cet espoir comme d'autres à un gant de baseball ou à une peluche. À dix ans, il avait découvert la vie dissolue de son père, ses aventures, son salaire astronomique alors que sa mère s'épuisait à faire marcher son restaurant en s'inquiétant de ne pouvoir régler les frais de santé de sa grand-mère. Il savait aussi que Trey avait abandonné sa mère enceinte pour partir étudier en Floride. À treize ans, il s'était juré que si cette ordure se présentait, il lui tirerait un coup de fusil entre les jambes.

Cependant, il tenait de sa mère une faculté à masquer ses sentiments.

— Il est revenu pour ça ?

— D'après ce que je sais.

— Combien de temps restera-t-il ?

— Quelques jours, d'après John.

— Il n'a donc pas l'intention de s'éterniser…

— En effet. Il séjournera à Harbison House jusqu'à ce qu'il ait réglé ses affaires. On n'en sait pas plus, pour l'instant.

— Il a posé des questions sur nous ?

— Non, mais il tâte peut-être le terrain. Voilà pourquoi je suis venue. Je voudrais que tu le rencontres, s'il le souhaite. Tel que je connais mon fils, il risque d'aller promener le chien toute la fin des semaine en attendant que son père s'en aille… Je te le déconseille, Will. Si tu n'apprécies pas ce qu'il a à te dire, mets-le dehors, crache-lui au visage, claque-lui la porte au nez, fais ce que bon te semblera. Mais si tu ne le rencontres pas, tu le regretteras plus tard.

— Et s'il n'était pas venu pour me voir, maman ? Et s'il voulait simplement vendre son bien ? Nous ne figurons pas sur son programme.

Cathy secoua la tête.

— Il n'était pas obligé de se déplacer en personne pour vider la maison et la vendre. Il aurait pu régler ces questions depuis San Diego. John et moi sommes d'accord sur ce point.

Will sembla alors prendre conscience de quelque chose. Et si sa mère se réjouissait de cette visite qu'elle attendait depuis tant d'années ? Elle était encore jeune et belle. Que ferait-elle si Trey, divorcé et ruiné, l'implorait de lui accorder une seconde chance ? C'était une femme très respectée dans tout le comté. Qu'en serait-il de sa réputation si elle reprenait le salaud qui les avait abandonnés, son fils et elle ?

— Maman, que ferais-tu si ce type entrait dans cette pièce, te déclarait son amour, te demandait pardon et voulait se réconcilier avec nous ? Quelle serait ta réaction ?

Elle lui adressa un sourire plein de compréhension.

— Ton parrain m'a posé à peu près la même question, alors je vais te donner la même réponse. Il lui faudrait plus qu'un beau discours et une séance d'autoflagellation pour me reconquérir. Depuis vingt-deux ans, il ignore ton existence, sans parler de la mienne. Sa façon de te rejeter est ce qu'il y a de pire. Je ne lui pardonnerai jamais d'avoir gâché ton enfance. En revanche, je ne le hais pas non plus parce que, aussi incroyable que ça puisse paraître, tu ne serais jamais devenu ce jeune homme merveilleux s'il avait été présent.

— C'est grâce à toi, maman, assura Will sans cacher sa fierté. Car tu étais là.

— Si TD Hall m'avait épousée, je ne serais pas celle que je suis aujourd'hui, ni la mère que tu connais.

Elle n'avait pas tort. Le jeune homme devait reconnaître que sa mère avait surmonté une série d'épreuves plus honorables que celles qu'elle aurait affrontées avec un mari volage, égocentrique et indomptable.

— Je te demande de lui accorder une chance de s'exprimer, reprit-elle. C'est ce que je compte faire. J'ai la sensation qu'il me confirmera que, finalement, cet abandon fut une chance pour nous.

— Très bien, concéda Will, je le ferai pour toi. Mais ne sois pas déçue s'il est là uniquement pour vendre la maison de sa tante.

Cathy se leva et prit ses clés de voiture dans son sac.

— Je ne crois pas que Trey Don Hall puisse me décevoir à nouveau.

Will l'espérait de tout son cœur, mais il était tendu en la raccompagnant vers le stationnement. Naturellement, elle devina ses pensées.

— Il va essayer de te séduire, Will, afin que tu ne le haïsses plus. Ce serait une bonne chose. N'ait pas peur de lâcher prise. On peut se départir de sa haine sans pour autant oublier. Ça n'implique en rien une réconciliation.

Troublé, Will la regarda s'éloigner. Elle savait ce qui lui faisait peur depuis qu'il était en âge de réfléchir. En dépit de sa haine, il redoutait, en le rencontrant, de succomber à son charisme, sa gloire. Il s'en voudrait d'être vulnérable, demandeur, alors qu'il avait toujours reçu l'amour et l'attention de la meilleure des figures paternelles : le père John Caldwell.

Dans ce cas, comment expliquer ses recherches sur TD Hall, si ce n'était la quête d'un père ? Will avait lu tous les articles qui lui étaient consacrés, visionné les images de ses matchs. Peut-être cherchait-il à savoir à quel point il lui ressemblait ? Très tôt, il avait décidé qu'il ne voulait avoir aucun point commun avec Trey Don Hall. Il avait hérité de la courtoisie innée de sa mère, de son calme et de son sens de l'engagement. Il n'était pas coureur de jupons, ni libertin.

En réalité, son objectif était de connaître ce père, de passer du temps avec lui, ne serait-ce que par écran interposé. Sa mère n'en avait jamais rien su, mais, jusqu'à la fin de ses années de secondaire, il avait attendu un colis à Noël, une carte d'anniversaire, un coup de téléphone, un signe lui indiquant que son père reconnaissait son existence.

Mais cette quête du père était révolue. Il n'avait plus que mépris pour Trey Don Hall. S'il était venu s'insinuer dans leur existence parce que la sienne était ratée, il allait le regretter amèrement…

Chapitre 45

Ce matin-là, John entendit trois fidèles en confession.

— Pardonnez-moi, mon père, parce que j'ai péché.

— En quoi avez-vous péché, mon fils ?

— C'est à propos de mon père. Je n'ai pour lui ni respect, ni affection. Il ment, il flambe, il trompe ma mère, il n'a aucune parole. Je n'ai pas confiance en lui. Il est gros, il fume comme un pompier, il boit. Il se fout complétement de moi.

— Vous l'aimez ?

— Oui, justement. Je tiens à lui malgré tout. Je sais que c'est pécher de détester quelqu'un, surtout son père... Mais ma vie serait bien plus facile et moins douloureuse si je pouvais le détester. Je m'en veux d'en être incapable.

— Ne vous accablez pas de reproches. Vous avez pour lui le plus grand amour possible. Vous aimez un être indigne de votre amour. Cette croix que vous portez est aujourd'hui un fardeau mais, bien portés, ces fardeaux finissent par ouvrir les portes du paradis.

— Les gens peuvent-ils changer, mon père ?

— Comment ça ?

— Peut-on changer malgré nos gènes héréditaires?

— Pas les gènes, mais le comportement qu'ils entraînent. Nous avons le pouvoir de contrôler nos actes car chaque être dispose de son libre arbitre. Avec l'aide de Dieu, les êtres humains peuvent choisir de désobéir aux exigences de leurs plus bas instincts. Nos tendances demeurent présentes, comme la propension à boire d'un alcoolique. Le combat contre notre nature profonde est sans fin. Toutefois, on peut le remporter.

— Bénissez-moi, mon père, parce que j'ai péché.

— Comme nous tous, mon fils.

Chapitre 46

En quittant l'autoroute 40 pour prendre la direction de Kersey, Trey Hall ralentit. Son vol avait atterri avec quelques minutes d'avance. Il n'avait pas de bagages et n'avait pas fait la queue à l'agence de location de voitures, de sorte qu'il avait un peu de temps à tuer avant son rendez-vous avec les Tyson, à onze heures. Outre les éoliennes qui se dressaient tels des albatros, à l'horizon, la prairie au printemps n'avait pas changé. Il laissa un moment sa vitre baissée pour humer le parfum frais de l'herbe, mais trouva le vent trop violent et dut la remonter. Il ne fallait pas qu'il prenne froid.

À moins de deux kilomètres de sa destination, il aperçut le château d'eau de Kersey. Les souvenirs ressurgirent de l'époque où John et lui escaladaient cette tour. S'ils étaient trop respectueux de son importance dans le paysage, avec son inscription « ville de Kersey », pour la défigurer, ils avaient surtout peur que le shérif Tyson ne les prenne la main dans le sac. En revanche, ils n'hésitaient pas à laisser un souvenir concret de leur passage après avoir gravi les barreaux de l'échelle vers la passerelle qui entourait la structure. En cinquième année, ils s'étaient livrés à un rite en nouant un foulard appartenant à Cathy sur la rampe.

Pendant un moment, la pièce de tissu avait voleté au vent, avant de disparaître.

Tant de choses avaient été emportées par le vent, songea-t-il.

Aux abords de la ville, il remarqua de nouveaux panneaux, quelques boutiques inconnues, un salon de coiffure, un magasin d'antiquités, une usine agroalimentaire. Cependant, le vieux garage, le vendeur de foin et la décharge, derrière des barbelés, étaient toujours là. Le village ne se distinguait guère des autres que par la pancarte délavée qui accueillait les visiteurs: « Bienvenue à Kersey, ville des Bobcats, vainqueurs du championnat d'État scolaire en 1985 », rappelant une heure de gloire révolue, tel un hôtel condamné dans une ville fantôme.

Droit devant lui se dressait la grille du cimetière. Il y fit une halte et ses pas retrouvèrent de mémoire la tombe de son oncle Harvey. Comme il s'y attendait, sa tante Mabel était inhumée à côté de lui. Les deux pierres étaient identiques. Sur chacune était gravée une main tournée vers l'autre. Tante Mabel ne s'était jamais remise de la mort de son mari, ce dont Trey s'était rendu compte bien trop tard pour lui apporter un peu de réconfort. S'il n'avait côtoyé son oncle que quelques mois avant son décès, il se souvenait très bien de lui. Quand il était plus jeune, il trouvait le couple mal assorti, Mabel petite et frêle, Harvey robuste et chasseur de gros gibier. Que savait-il de la vie, à l'époque ?

À l'aéroport, il avait acheté un bouquet composé d'œillets, de giroflées et de pâquerettes qu'il déposa sur la tombe de Mabel.

— Pardon, ma tante, dit-il avec tristesse. Je voulais venir, mais je n'en ai pas eu le courage. Maintenant que tu es au ciel et que tu sais tout, j'espère que tu me pardonneras…

Il observa les autres sépultures et releva les noms familiers des personnes disparues pendant son absence. L'ancien chauffeur d'autobus scolaire qu'il avait fait souffrir injustement, une employée de la cafétéria qui lui donnait toujours un supplément de pommes de terre. Il regrettait de ne pas avoir exprimé plus de gratitude. Le pasteur de Cathy, un type moralisateur qui l'avait privée de tout avenir lorsqu'elle s'était retrouvée enceinte. Trey chercha des yeux les tombes de Mlle Whitby et d'Emma Benson, en vain. Il était temps pour lui de partir, il quitta le cimetière non sans avoir donné un coup de pied dans les fleurs qui ornaient la sépulture du pasteur.

L'école secondaire et le stade se trouvaient de ce côté de la ville. Il s'engagea sur la route menant vers le lieu où il avait passé les années les plus heureuses de sa vie. À la place du panneau d'affichage en bois, un écran numérique souhaitait aux élèves et aux enseignants de bonnes vacances et informait les moins chanceux que les cours de rattrapage d'été débutaient la semaine suivante. Seules quelques voitures étaient garées dans le stationnement. Il n'y avait personne aux alentours.

Le claquement de la portière du véhicule de luxe résonna dans le silence. L'établissement avait subi quelques travaux de modernisation, mais l'ambiance n'avait pas changé. Il se revit descendant de l'autobus scolaire, puis dans sa vieille Mustang ou la camionnette de John, Cathy entre eux deux. Le trio infernal de Kersey High.

Trey marcha jusqu'à la clôture entourant le stade et le terrain de football, dont la grille était sans doute fermée à clé. Cependant, il entendait de jeunes voix masculines, sans doute des élèves qui s'entraînaient sur la piste. Il ne s'était pas trompé. Le cadenas de la grille était ouvert. Il l'ouvrit et vit trois adolescents en short et en t-shirt en train d'effectuer étirements et rotations à l'extrémité de la piste. En entendant la porte du local grincer, Trey se retourna. Un homme coiffé d'une casquette aux couleurs de l'école apparut, un sifflet autour du cou. Un entraîneur.

— Je peux vous renseigner ?

— Non, pas vraiment, répondit Trey. J'ai été élève ici et je me demandais si les lieux avaient beaucoup changé. Ça vous dérange si je jette un coup d'œil ?

L'homme était entre deux âges, mais trop jeune pour avoir entraîné Trey.

— Pas du tout, au contraire, répondit-il en le dévisageant, avant d'avoir un mouvement de recul. Vous êtes… TD Hall, n'est-ce pas ?

— Oui.

— C'est pas vrai ! s'exclama-t-il en lui tendant la main. Tony Willis, entraîneur des escouades spéciales. C'est un honneur de vous rencontrer ! On aurait dû donner votre nom à ce stade, après tous les trophées que vous nous avez rapportés. C'est la première fois que vous revenez ?

Trey lui serra la main.

— Oui, hélas. Il y a encore des entraîneurs de l'époque ?

— Bobby Tucker. Il est maintenant directeur sportif.

— Je ne me souviens pas de lui. Il a remplacé l'entraîneur Turner ?

— Bobby a effectué quelques remplacements, en effet. L'entraîneur Turner n'a tenu que cinq années, après votre départ. Quand sa fille est morte soudainement, il a perdu tout intérêt pour le football et le reste. Vous… vous êtes au courant ?

Trey hocha la tête.

— Ma tante me l'a appris. Elle a eu une sorte d'infection, je crois.

— Oui. C'est bien triste. Sa femme est décédée quelques années plus tard. Ron a sombré dans l'alcool. Il vit en ermite, à présent, mais je suis sûr qu'il serait ravi de voir le meilleur joueur qu'il ait jamais entraîné.

— Sans compter John Caldwell.

— Oui, il y avait le père John, aussi. À en juger par les images d'archives, il était doué. Le football a beaucoup perdu quand il est entré dans les ordres, dit-on.

— C'est sûr, confirma Trey en sortant ses clés de voiture de sa poche.

L'entraîneur Willis sembla perplexe.

— Vous ne faites pas un tour ?

— Je n'ai pas le temps, malheureusement. Ravi de vous avoir rencontré.

— Euh... attendez, fit-il, gêné. Où séjournez-vous ? On pourrait boire un verre...

— À Harbison House, chez John. Je ne reste qu'une nuit. On se verra la prochaine fois.

Trey le laissa perplexe. Sa vague de nostalgie était passée. Les nouvelles de l'entraîneur Turner l'avaient troublé. Une colère irrationnelle contre Tara monta en lui, puis retomba aussitôt. Laura, le Dr Rhinelander, l'avait mis en garde contre les accès de rage.

— Inutile de précipiter les choses, avait-elle précisé.

Pourquoi fallait-il que cette traînée de Tara meure alors qu'elle les avait déjà rendus si malheureux ? Il aurait donné n'importe quoi pour se racheter auprès de l'entraîneur Turner, lui expliquer pourquoi il avait abandonné Cathy. Hélas, l'entraîneur le considérerait toujours comme un fumier car il n'avait pas eu le courage de dire une vérité qui aurait pu tout changer.

Sa prochaine étape s'annonçait encore plus déprimante, mais c'était pour la bonne cause. Il se contenterait de passer en voiture devant chez Bennie pour entrevoir la tête blonde de Cathy, derrière la vitrine. John avait dû l'avertir de sa présence en ville, ce jour-là. S'attendait-elle à le voir franchir le seuil du restaurant ? Cette simple pensée fit battre son cœur. Lorsque Laura lui avait appris qu'il était condamné, sa première impulsion avait été de chercher le réconfort dont il avait besoin dans les bras de Cathy pour les mois qu'il lui restait à vivre, de s'installer dans son ancienne chambre, chez tante Mabel, et de recevoir la consolation spirituelle du seul véritable ami qu'il ait jamais eu.

Après le choc initial du diagnostic, son arrogance lui avait paru choquante et risible. Étant donné la souffrance qu'il avait laissée dans son sillage, comment osait-il croire que Cathy et John l'accepteraient ?

En réfléchissant à une façon de quitter ce monde en douceur, il avait décidé de se soulager des mensonges qui avaient gâché la vie de deux parents aimants et coupé court aux projets de ses meilleurs amis. S'il avait gardé le silence, c'était parce qu'il s'était senti blessé, trahi, c'était à cause de son ego, de son orgueil et des démons destructeurs qui avaient rongé son âme. Être confronté à la mort mettait en lumière ce qu'il avait toujours refusé de voir. Il était venu dire la vérité et, peut-être, réparer une partie des dégâts. Il quitterait cette terre détesté de deux êtres qu'il aimait et qui l'avaient aimé. Toutefois, il refusait de mourir avec ces mensonges sur sa conscience.

Il s'engagea sur la rue principale, curieux de voir si quelqu'un le reconnaîtrait. Il suffisait que l'entraîneur Willis raconte leur rencontre à une seule personne pour que la nouvelle fasse le tour de la ville.

Une grosse Lincoln ralentissait la circulation en attendant qu'une camionnette quitte sa place de stationnement, devant chez Bennie. Trey en profita pour observer la nouvelle devanture, l'auvent à carreaux bleus, les bacs de fleurs, la porte jaune. Derrière les vitres impeccables, pas de Cathy, mais la brune Béa Baldwin qui s'occupait de ses clients. Des souvenirs d'adolescence ressurgirent à nouveau, un moment de joie avec Cathy, John et Béa, à dévorer des hamburgers et des frites bien gras en buvant des boissons gazeuses qui leur piquait la gorge. Enfin, la Lincoln démarra et il put avancer. C'est alors qu'il vit Cathy, à bord d'une Lexus blanche, arrêtée au feu rouge.

Il l'observa avec attention, n'osant broncher de peur qu'elle ne disparaisse. Elle ne l'avait pas vu. Il reconnut son petit froncement de sourcils dénotant une intense concentration, tandis qu'elle attendait que le feu passe au vert. Que ferait-il si elle posait soudain ses grands yeux bleus sur lui ? L'automobiliste qui suivait Trey lui adressa un coup de klaxon. En accélérant, il se retrouva bloqué au carrefour à quelques mètres de la Lexus.

Toujours pensive, Cathy passa devant lui. Le soleil se reflétait dans ses cheveux blonds et courts, illuminant son profil familier. Rivé sur son siège, Trey la regarda s'engager sur le stationnement situé derrière le restaurant, là où les chiens errants fouillaient les poubelles, autrefois. Juste avant que l'automobiliste impatient ne klaxonne à nouveau, Trey eut envie de suivre Cathy. Il restait peut-être une chance que, pour le temps qu'il avait à vivre, elle le reprenne et que ses secrets soient enterrés avec lui. Hélas, il ne pouvait infliger cela à Cathy, l'inciter à l'aimer de nouveau en sachant qu'il la quitterait à nouveau définitivement. Il renonça donc à son ultime chance de face à face avec la seule femme qu'il ait jamais aimée.

Chapitre 47

Avec précaution, Deke Tyson posa son imposante carcasse sur la vieille balançoire, sous le porche de tante Mabel. Le siège semblait assez solide. Il se détendit en attendant Trey Don Hall pendant que sa femme, Paula, jetait un dernier coup d'œil à la maison. Elle avait tenu à faire une contre-visite des lieux avant l'arrivée du propriétaire pour être plus tranquille. Deke était persuadé que Trey ne l'aurait nullement importunée – le notaire lui avait même donné l'impression qu'il se moquait de leur vendre ou non son bien. C'était à l'homme de loi que le couple avait eu affaire pour les visites, l'évaluation des travaux éventuels et les formalités administratives.

C'est pourquoi Deke fut surpris et presque touché lorsque Trey, qui n'était pas revenu à Kersey depuis sa dernière année de secondaire, lui avait écrit pour l'informer qu'il viendrait signer en personne la promesse de vente.

Deke posa les mains sur son ventre. En 1986, lorsque Trey et Mélissa avaient achevé leurs études secondaires, Deke avait le ventre plat et plutôt fière allure dans son uniforme toujours impeccable, grâce à sa femme. Ses solides pectoraux s'étaient affaissés et la silhouette de Paula s'était arrondie. TD Hall avait-il beaucoup changé depuis la dernière fois qu'il l'avait vu à la télévision, onze ans plus tôt ? Si Mélissa et ses amis le surnommaient le bourreau des cœurs, à l'école secondaire, c'était surtout à cause de toutes les filles qu'il avait déçues en sortant avec Cathy Benson. Qui aurait pu croire qu'il l'abandonnerait ainsi ? Aux dernières nouvelles, il n'avait pas réussi à se fixer et n'avait toujours pas d'enfants. Trey avait-il des regrets à propos de Cathy et de ce fils formidable qu'ils auraient pu élever ensemble ?

Deke venait d'étendre ses jambes pour faire une petite sieste, son chapeau sur les yeux, sous le soleil printanier, quand il entendit une voiture s'approcher. *Bon sang ! Il est à l'heure !* Étrangement, il s'attendait à ce qu'une vedette du football arrive en retard. Deke le trouva vieilli et amaigri. Il descendit les marches avec l'enthousiasme qui était le sien quand il admirait les prouesses de Trey. Il avait peut-être la réputation d'un salaud, mais c'était un sacré quart-arrière.

— Salut, TD ! lança-t-il. Bienvenue chez toi !

— À vous aussi, shérif, répondit-il en lui serrant la main. Amarillo ne vous plaît plus ?

— Pas pour ma retraite. C'est trop grand, trop bruyant. Et Mélissa habite ici avec son mari et notre petit-fils.

— Mélissa ?

— Notre fille. Vous étiez en classe ensemble, au secondaire.

— Ah oui, fit Trey, l'air ahuri. J'ai des moments d'absence...

— Et je ne suis plus shérif. Je ne suis plus que le vieux Deke Tyson.

— Eh bien, vieux Deke Tyson, si on entrait pour discuter un peu.

Toujours aussi arrogant, songea-t-il en se souvenant de son sourire malin que, bizarrement, il trouvait attachant.

— Après toi, dit-il en laissant Trey franchir le seuil de sa maison d'enfance.

Il était curieux de voir la réaction de Trey dans ce lieu qu'il avait quitté vingt-deux ans plus tôt. Ce bric-à-brac, les photos, les coussins brodés, les trésors de sa tante devaient avoir un sens pour ce garçon qui avait grandi sous son toit. Deke demeura sur le pas de la porte pour lui permettre de se plonger dans ses souvenirs, pour que les fantômes viennent accueillir le jeune homme qu'ils avaient perdu. L'espace d'un instant, il crut que c'était le cas. Trey demeura immobile dans le salon qui sentait le renfermé, le corps tendu comme s'il entendait des voix du passé.

— C'est plus petit que dans mes souvenirs, déclara-t-il.

— C'est souvent le cas quand on revient sur les lieux de son enfance, répondit Deke tandis que Paula s'extasiait sur quelque trouvaille, dans une autre pièce. Excuse-moi, je vais chercher ma femme.

— Vous pouvez garder ce qui vous intéresse, dit soudain Trey en balayant la pièce d'un geste. Ça ne me servira plus.

— Ah bon ? fit poliment l'ancien shérif, intrigué par l'emploi de « plus » au lieu de « pas ». Tu comptes déménager de San Diego ?

— C'est ça. Et je n'aurai pas besoin de grand-chose.

— Tu vas réduire ton train de vie.

— En quelque sorte.

— Eh bien, c'est très généreux de ta part.

Deke scruta les lieux, attristé de constater que Trey n'accordait aucune valeur à ces objets qui avaient fait partie de sa vie.

— Il y a de belles choses, ici, reprit-il. Et tu n'as pas encore visité toute la maison. Tu voudras certainement conserver un souvenir.

— Non, rien. Et j'apprécierais que vous me débarrassiez de l'ensemble. Vous n'aurez qu'à vendre ou donner ce que vous ne voulez pas.

Sur le seuil, Paula affichait une expression que Deke ne connaissait que trop bien. Elle détestait le football, qu'elle trouvait brutal, et n'appréciait guère ces sportifs professionnels mal éduqués et à la moralité douteuse qui gagnaient des fortunes tandis que sa fille si méritante se contentait d'un maigre salaire en tant qu'enseignante. Elle n'avait jamais aimé Trey Hall à cause de ce qu'il avait infligé à Cathy.

— Et le grenier ? demanda-t-elle froidement, sans masquer son hostilité. En général, quand un garçon s'en va, on range ses affaires au grenier. J'imagine que Mabel y a entreposé les tiennes. Tu y trouveras peut-être quelque chose que tu as envie de garder.

Amusée par sa froideur, Trey lui adressa un sourire démoniaque.

— Bonjour, madame Tyson. Quel plaisir de vous revoir ! Non, je ne veux rien garder. Si je me souviens bien, les seuls objets rangés au grenier sont les animaux empaillés de mon grand-oncle, ses trophées de chasse. Ils doivent être bons à jeter aux ordures.

— Comme tu voudras, répondit Paula, pour qui la question était réglée. Mais n'oublie pas que ce que nous ne garderons pas sera jeté ou vendu. Ne t'avise pas de changer d'avis dans un an et de nous réclamer quoi que ce soit. Il sera trop tard.

— Je vous garantis que ça n'arrivera pas, déclara Trey. À présent, shérif Tyson, si nous sortions sous le porche pour conclure notre affaire ?

Ce fut réglé en moins de temps qu'il n'aurait fallu pour boire une tasse de café. En remettant son chèque à Trey, l'ancien shérif décela chez lui une certaine tension, comme un signe de regret de se séparer de son bien.

— Tu rentres tout de suite à San Diego ou bien tu restes un peu ? demanda-t-il tandis que Trey glissait le chèque dans la poche de sa veste.

— J'ai prévu de repartir demain matin, après avoir réglé quelques détails. Je séjourne à Harbison House, avec John Caldwell.

— C'est bien.

Cathy Benson et son fils faisaient-ils partie des « détails » qu'il voulait régler ?

— Les gamins seront ravis, reprit-il. Ils n'ont jamais vu une vraie vedette.

Trey fit semblant de lui donner une tape sur le bras.

— Vous datez un peu, shérif. Ces gamins sont trop jeunes pour savoir qui je suis. (Il lui tendit la main.) Je vous souhaite d'être heureux, ici, Mme Tyson et vous. Je suis content de vous confier la maison. Ma tante serait ravie.

— J'aimerais bien que tu réfléchisses et que tu regardes un peu ces affaires, tout de même… Tes trophées, par exemple.

— C'est du passé, répondit Trey. De toute façon, je ne pourrais pas les emporter là où je vais. Au revoir, shérif. Je suis content de vous avoir connu.

Les mains dans les poches, étrangement déprimé, Deke le regarda s'éloigner vers sa voiture. Trey Don Hall lui donnait l'impression d'être un homme très triste. Sa situation n'était guère enviable : une carrière terminée, plus d'argent, pas d'épouse aimante ni de foyer, pas d'enfants susceptibles de lui donner des petits-enfants, outre le fils que Cathy avait dû élever seule à cause de lui. D'après les rumeurs, Will Benson ne voulait rien avoir à faire avec lui, ce que Deke trouvait particulièrement tragique, car Trey avait engendré un jeune homme formidable.

Une fois encore, Trey n'accordait aucune valeur à ce qu'il laissait derrière lui. Avec un soupir, Deke regagna l'intérieur pour monter au grenier avec Paula. C'était l'unique partie de la maison qu'ils n'avaient pas encore explorée. Ils avaient confié cette tâche à leur gendre, qui était entrepreneur dans le bâtiment. Paula refusait d'y aller seule au cas où il y aurait des araignées et autres créatures indésirables. Par miracle, l'ampoule au plafond fonctionnait encore, ce qui n'empêcha pas Deke de brandir sa lampe de poche.

Il faillit ne pas le remarquer. Trey Hall n'avait pas menti. Le grenier servait surtout à entreposer les animaux empaillés du mari de Mabel. Ils étaient entassés dans un coin, sous une couche de poussière, oubliés de tous. Deke les balaya du faisceau de sa lampe et, au moment de s'éloigner, se ravisa.

— Qu'est-ce qu'il y a ? demanda Paula en voyant son mari regarder les animaux de plus près.

Sans lui répondre, il tendit le bras pour extraire un gros lynx au regard sauvage, montrant les dents, toutes griffes dehors. Sa posture aurait pu être menaçante, à ce détail près : il lui manquait une patte antérieure.

Chapitre 48

Derrière la fenêtre de son bureau, à l'étage, John regarda la voiture grise franchir la grille et remonter lentement l'allée. Il s'attendait à le voir arriver en trombe à bord d'un bolide rouge et clinquant, les pneus crissant sur le gravier, en retard pour le dîner que Betty avait pris soin de préparer. Telle était l'image que ses souvenirs avaient façonnée de son meilleur ami d'autrefois.

John connut un moment d'angoisse. Le Christ avait-il ressenti la même chose en voyant entrer Judas, le matin de sa trahison ?

Trey gara la voiture sur un emplacement réservé aux visiteurs et ouvrit la portière. L'homme que John avait considéré comme son frère semblait plus vieux, ses cheveux étaient clairsemés sur le dessus, et il était bien mieux habillé que lorsque Mabel lui achetait ses vêtements. Mais il avait toujours la manie de remonter son pantalon et le même air arrogant. Si John avait l'impression que le serpent venait de pénétrer le jardin d'Éden, il ne put contenir sa joie. C'était bon de le revoir !

Il apparut sur le perron avant que Trey n'en eût gravi les marches. Les deux hommes se fixèrent, puis ils éclatèrent de rire et tombèrent dans les bras l'un de l'autre en se tapant dans le dos, comme après une victoire.

— Tiger ! souffla Trey, la voix brisée par l'émotion. Comment tu vas ?

— Je ne peux pas me plaindre, répondit John, tout aussi ému.

Ils se regardèrent, les yeux embués de larmes qu'ils ne cherchèrent pas à cacher.

— Tu ne t'es jamais plaint, reprit Trey en observant d'un œil moqueur son jeans et sa chemise à carreaux. Quoi ? Ni soutane ni croix, pour le retour d'un pécheur devant l'Éternel ?

— À quoi bon ?

— Tu as l'air en forme, Tiger, reprit Trey en riant. Un peu maigrichon, peut-être, comme tous les hommes d'Église zélés. Un gage de sincérité.

— Et toi ? Les filles comme des mouches, je parie. Tu veux une bière avant de dîner ?

— Volontiers. Je prends ma valise ?

— Plus tard. Je t'emmène dans mes quartiers, à l'étage. C'est parfois un peu bruyant, ici. Les enfants n'ont pas d'école. Ils vont faire hurler la télévision dans la pièce voisine. Monte. Je vais chercher les bouteilles dans la cuisine.

Trey obéit. En le rejoignant, John le trouva planté devant la photo de l'équipe de football de 1985.

— Sacrée équipe, non ?

— On avait un bon quart-arrière.

— Et un excellent receveur. Tu étais le meilleur, John.

— Toi aussi.

— Au football, répondit Trey en haussant les épaules. À part ça…

John ne fit aucun commentaire et lui tendit une bière.

— J'aurais pu prendre des verres, mais je me suis souvenu que tu aimais boire à la bouteille. C'est toujours le cas ?

— Toujours.

Ils s'assirent, John à son bureau, en contre-jour, et Trey dans un fauteuil. Le bruit des capsules résonna dans un silence un peu gêné. Trey observa avec un intérêt teinté d'ironie les murs tapissés de livres, la cheminée, la chambre et le balcon.

— C'est incroyable que tu vives ici.

John but une gorgée de bière.

— Avant, je logeais au presbytère de St. Matthew, puis je suis venu ici quand les Harbison ont fait don de leur propriété au diocèse en tant que foyer d'accueil pour enfants en difficulté. J'en suis devenu le directeur. Nous hébergeons dix enfants qui seraient placés en institution, sans nous. Le travail est prenant, donc il m'est plus facile d'être sur place.

— Ce n'est pas exactement ce que je voulais dire.

— Je sais. Je voulais simplement t'expliquer ce qui se passe ici. Pourquoi es-tu revenu, Trey ?

Il but une longue gorgée de bière avant de répondre :

— Je te l'ai dit. Me débarrasser de la maison de tante Mabel.

— C'est tout ?

— Ce regard d'ecclésiastique suggère-t-il que j'ai autre chose en tête ?

— Ne joue pas avec moi. Je suis John, souviens-toi.

— Je me souviens.

Il ferma les yeux un instant, puis reprit la parole d'un ton las :

— Je me souviens que tu lisais en moi comme dans un livre, tu savais ce que je pensais avant même que je ne parle. Pas moyen de te faire marcher. C'était ma plus grande consolation de savoir que mon meilleur ami me connaissait et qu'il tenait à moi quand même. Tu savais toujours quand j'étais sur le point de sortir une carte de ma manche, pas vrai, Tiger ?

Il lui adressa un sourire furtif qui fit aussitôt place à de la tristesse.

— Eh bien voilà : je vais mourir, John. C'est le Dr Laura Rhinelander, l'amie de Cathy, et la tienne, semble-t-il, qui me l'a annoncé. J'ai une tumeur au cerveau au stade terminal. Quand je l'ai consultée, Laura me donnait environ onze mois. J'en ai déjà consommé la moitié.

Plusieurs secondes s'écoulèrent avant que John ne surmonte le choc pour assimiler ces paroles. Trey, condamné ? C'était impossible. Pas TD Hall, la grande vedette invincible, indestructible ! Il n'avait que quarante ans, pour l'amour du ciel ! Lui, mourant ? Hélas, ses yeux cernés l'attestaient et sa douleur se lisait sur ses traits tirés.

— C'est pour ça que tu es venu ? Pour me l'annoncer ?

— Je suis venu me confesser.

— À moi, en tant que prêtre ?

— Non, mon père. En tant qu'ami. Et pour me confesser à d'autres, aussi. Je veux soulager ma conscience pour mourir en paix. Tu comprends certainement de quoi je parle.

En effet. Le sens de ses paroles planait comme un spectre surgi d'une tombe. John fut soudain plus alarmé que compatissant ou peiné. Le malaise que lui avait inspiré le retour de Trey était justifié. Trey était venu acheter la paix de son âme au détriment de la sienne.

— C'est drôle, j'ai toujours cru que ce serait toi qui me dénoncerais, reprit Trey. Au début de ma carrière, je vivais dans la peur que tu aies une crise de conscience et que tu craches le morceau. J'ai cessé de m'inquiéter quand tu es entré en religion.

— Pourquoi ? demanda John froidement.

Trey parut étonné qu'il ne saisisse pas l'évidence.

— Eh bien… à cause de tout ça, fit-il en désignant la pièce. Tu aurais eu autant à perdre que moi si tu n'avais pas gardé le silence.

— En effet, mais il ne t'est jamais venu à l'esprit que je gardais le silence à cause de la promesse que je t'avais faite ?

Trey s'empourpra.

— Bien sûr que j'y ai pensé ! Tu me pardonneras de m'être senti mieux protégé une fois tes vœux prononcés.

Au terme d'un silence pesant, il ajouta :

— Dis-moi, John, ça a marché ?

— Quoi ?

— La prêtrise. Y as-tu trouvé… la paix que tu recherchais ?

John hésita. Il ne décelait aucune moquerie dans le regard de Trey, seulement un espoir qu'il allait le décevoir.

— Par moments, avoua-t-il.

— Ah… donc pas toujours. Eh bien, je vais effacer cette expression de ton visage, Tiger. Je ne suis pas venu anéantir ton œuvre. Je n'ai pas l'intention de t'impliquer dans mes aveux aux Harbison. Le père John ne risque rien. Il n'est question que de moi, de ma conscience, pas de la tienne. Les Harbison apprendront que j'ai agi seul, ce jour-là. Tu étais à Kersey, en proie à une indigestion, dans la salle d'économie domestique.

Il but une longue rasade de bière, puis il s'essuya les lèvres et reprit :

— Ne t'inquiète pas, les Harbison ne diront rien aux autorités. Pourquoi feraient-ils savoir publiquement dans quelles conditions ils ont trouvé leur fils ? Ils seront rassurés que Donny ne soit pas allé en enfer. Je suppose qu'ils l'ont descendu, rhabillé et qu'ils ont fait passer sa mort pour un accident. Sinon, le shérif Tyson aurait ouvert une enquête.

John aurait dû être soulagé. Les Harbison connaîtraient enfin la vérité. Leur chagrin serait apaisé et ils pourraient poursuivre leur existence en ignorant quel rôle John avait joué dans le crime, sans perdre un autre fils. Hélas, il savait d'expérience que lorsque l'on dévoilait une partie de la vérité, le reste ne tardait pas à sortir au grand jour.

— Que se passe-t-il, John ? Tu ne te réjouis pas d'être soulagé de ce fardeau ?

— De ta part du fardeau, oui. La mienne pèse encore.

— Tu t'es largement racheté.

Betty frappa à la porte. Mal à l'aise, John l'invita à entrer.

— Désolé de vous interrompre, mon père, mais le dîner est prêt. Tu veux que je vous le monte ?

Trey se retourna, parut surpris et se leva.

— Bonjour, madame Harbison. Comme allez-vous ? Et votre mari ?

Betty le dévisagea comme si elle ne se souvenait pas de lui.

— Trey Hall. Vous vous rappelez ?

— Oui, je me rappelle, répondit-elle avec soudain beaucoup moins de chaleur. Tu venais chercher les œufs et les légumes de ta tante.

— En effet. C'est tout ce dont vous vous souvenez ?

— C'est tout ce dont je veux me souvenir, dit-elle en se tournant vers John. Je vous sers le dîner ?

— Volontiers, Betty.

Dès qu'elle eut refermé la porte, John s'expliqua :

— Elle et Cathy sont amies et Betty adore Will. Tous les ans, pour son anniversaire, elle lui prépare ses fameux biscuits au caramel.

— Et elle me déteste à cause de ce qu'elle croit que j'ai fait à Cathy.

— Parce que tu ne lui as rien fait ?

Trey retourna s'asseoir d'un pas lent. Ses omoplates saillaient sous sa chemise en soie.

— J'ai aperçu Cathy. Elle ne m'a pas vu. Elle était arrêtée à un feu rouge, près de chez Bennie. Elle était superbe, plus belle que jamais.

— Elle s'en est bien sortie. Elle a son fils.

— Will Benson ? Encore une raison pour laquelle je suis venu.

— Ah oui ? Encore une erreur que tu veux rectifier avant de partir ?

— Je dirais plutôt qu'il s'agit d'une méprise.

— Comment ça ?

— Depuis le départ, tout le monde, toi et Cathy compris, croit que Will est de moi. C'est faux.

— Pour l'amour du ciel, Trey ! s'exclama John en se détournant.

Il avait vraiment du culot, aux portes de la mort, de renier un fils merveilleux qui aurait fait la fierté de n'importe quel père.

— Et de qui d'autre veux-tu qu'il soit ?

— De toi, répondit Trey.

Chapitre 49

Parcouru d'un frisson d'effroi, John se retourna.

— Comment ?

— Tu as bien entendu.

Trey sortit deux comprimés d'un flacon de médicaments et les avala avec une gorgée de bière. Son beau visage se plissa de douleur.

— Ta tumeur affecte ton raisonnement. J'espère que tu ne répéteras jamais ce que tu viens de dire, que tu ne répandras pas ce mensonge.

— Ce n'est pas un mensonge, Tiger, crois-moi.

— Qu'est-ce que tu racontes ? Will te ressemble.

— Vraiment ?

— Même carrure, même couleur de cheveux, mêmes yeux.

— Eh bien, non, mon père. Ce sont les tiens. Tout le monde s'attendait à ce qu'il me ressemble parce que je couchais avec Cathy. Les gens ont cherché des ressemblances et en ont trouvé, mais ils se sont trompés. Regarde bien comment nous étions tous les deux à son âge.

Trey désigna la photo des Bobcats. Trey et John étaient assis côte à côte au premier rang.

— On se ressemble comme deux frères. La prochaine fois que tu verras Will, observe son visage sans penser au mien. Tu reconnaîtras tes traits. De toute façon, une analyse ADN prouvera que je dis la vérité.

John examina la photo avec soin. On leur avait souvent dit qu'ils se ressemblaient… Trey devait être en proie à un délire lié à sa maladie. Will ne pouvait être que le fils de Trey. Avait-il oublié ce jour où il avait rampé aux pieds de Cathy pour qu'elle lui pardonne ? Ils étaient restés enfermés pendant une semaine…

— Qu'est-ce qui te porte à croire qu'il n'est pas de toi ?

— Je suis stérile, répondit posément Trey. Depuis l'âge de seize ans. Pour avoir un enfant de moi, il faudrait être la Vierge Marie.

John en demeura bouche bée. Il se rappela alors le malaise de Trey, pendant l'entraînement de printemps, sa gorge enflée, l'inquiétude de Mabel en constatant qu'il avait de la température, son retour peu glorieux après deux semaines de confinement.

— Ça y est ! Tu te souviens ! reprit-il. Les oreillons ont touché les deux testicules. Ils étaient gros comme des citrons quand ma tante m'a emmené chez le médecin. J'ai passé des jours entiers avec des poches de glace dans le pantalon. À dix-huit ans, j'ai fait une analyse de sperme : plus de têtards ! C'est irréversible. Donc je ne peux être le père de Will Benson.

— Mais… les condoms… Cathy prenait la pilule…

— C'était pour assurer le coup, avant d'avoir le courage de subir les analyses. J'allais en parler à Cathy le lendemain de notre retour du stage d'été. Mais elle m'a coupé l'herbe sous le pied en m'annonçant sa grossesse. J'en ai conclu qu'elle était enceinte de toi.

L'espace d'un instant, John afficha le détachement dont il faisait preuve au confessionnal. La grille qui le séparait du pénitent l'empêchait de s'engager personnellement et lui permettait de prodiguer des conseils avisés. Il écoutait Trey comme si sa révélation concernait quelqu'un d'autre. Comment avait-il pu mettre Cathy enceinte ? Il l'avait à peine touchée…

Oh, non…

— Je comprends que ce soit un choc pour toi, John. Comme lorsque j'ai appris que mon meilleur ami, mon frère, que j'aimais plus que moi-même, avait sauté ma petite amie derrière mon dos. Je me suis toujours étonné que ni toi ni Cathy n'ayez soupçonné que Will puisse être de toi. Vous avez dû coucher ensemble pendant notre séparation, au retour de Miami, la première fois. Tu démens ?

John en eut le souffle coupé.

— J'admets que Cathy et moi… un après-midi, nous avons failli faire ce dont tu m'accuses. Quand tu l'as quittée, elle était dévastée, hors d'elle. Elle est venue me voir en quête de réconfort. Nous avons bu, nous étions éméchés, mais il ne s'est rien passé… Cathy s'est évanouie. Elle n'en garde aucun souvenir.

— Aucun souvenir de quoi ?

— J'étais sur le point de profiter de son désarroi… En revanche, je ne l'ai pas… Je ne l'ai pas… enfin, tu vois, je ne l'ai pas vraiment pénétrée.

— Tu avais un condom ?

— Non… C'est arrivé trop vite.

— Elle était nue ?

— Oui, avoua John en rougissant.

— Pourquoi n'es-tu pas allé jusqu'au bout ?

— Parce que…

Il n'avait pas oublié le murmure ensommeillé et satisfait de la jeune fille.

— Parce qu'elle a prononcé ton nom, TD. Elle croyait être avec toi. J'ai aussitôt reculé. Je ne vois pas comment elle a pu se retrouver enceinte de moi.

Trey agrippa les accoudoirs de son fauteuil et se redressa. Il regarda John comme s'il venait d'entrevoir le paradis… ou l'enfer.

— Elle a prononcé mon nom ? Elle croyait être avec moi ?

— Oui. Elle était complètement ivre. Elle t'aimait, TD ! Cathy n'aurait jamais couché de son plein gré avec un autre que toi. Comment as-tu pu croire le contraire ?

Trey s'affaissa sur son siège. Son visage exprima une angoisse grandissante à mesure qu'il prenait conscience de la situation.

— Catherine Ann… Catherine Ann, gémit-il en fermant les yeux. Oh, John, si j'avais su…

— Tu l'aurais su si tu n'avais pas pris la fuite.

— Je ne pouvais pas… rester, Tiger. Pas à l'époque.

Il leva la tête, l'air hanté et fébrile.

— Tu ne t'es pas demandé pourquoi j'ai… franchi les limites, lors de ce premier voyage à Miami, comment j'ai pu tromper Cathy ?

— Tu sais bien que je me suis interrogé.

— J'avais eu connaissance des résultats de mes tests la veille de notre départ. Je n'arrivais pas à en parler à Cathy. C'était impossible. Elle serait restée avec moi quand même. Le moment était propice pour une rupture. Je préférais qu'elle me croie infidèle plutôt qu'incapable de lui faire des enfants. J'étais persuadé qu'elle tournerait la page.

John secoua la tête.

— Bon sang, TD…

Il avait l'impression que Trey lui parlait derrière une vitre tant sa voix était assourdie.

Moi, le père de Will ? Si seulement c'était vrai… mais je ne peux l'être… ce n'est pas possible…

— Tu sais bien que je n'ai jamais réussi à respecter les règles, Tiger. À rester dans le droit chemin.

— Eh bien, tu t'es trompé, cette fois encore. Je ne peux être le père de Will. Je n'ai fait qu'effleurer Cathy.

— Tu l'as tout de même fécondée. Tu étais encore bien innocent, à dix-huit ans. Cathy avait arrêté la pilule, et il a suffi que ton sperme soit en contact avec l'entrée de son vagin…

— Mais je n'ai pas éjaculé !

— Ce n'était pas indispensable, insista Trey en haussant le ton. Une goutte de liquide séminal suffit ! La plupart des hommes ne le sentent pas sortir. Voilà pourquoi la méthode du retrait si chère aux catholiques n'est pas très efficace. J'étais persuadé que tu finirais par réaliser que l'enfant était de toi.

— Comment en sais-tu autant sur le sujet ? demanda John.

Trey afficha un rictus désabusé.

— Crois-moi, j'ai lu toute la documentation disponible sur le sperme. Tu es le père de Will, John, insista-t-il en le regardant dans les yeux.

L'image de Will Benson apparut à son esprit. Les indices auxquels lui et Cathy n'avaient pas prêté attention furent soudain flagrants : le sourcil droit plus incliné, la forme de l'épaule gauche, la démarche, le rire… la signature de John Caldwell. Comment cela avait-il pu leur échapper ? Cathy et lui n'avaient cherché que des ressemblances avec Trey.

— Je regrette, John, reprit Trey d'une voix brisée par les remords. Je sais que ça ne change rien pour toi et Cathy, que vous ne me pardonnerez jamais de ne pas avoir avoué la vérité immédiatement. Je ne m'attends pas à votre pardon mais, Dieu m'en est témoin, j'étais certain que tu épouserais Cathy et que vous viendriez en Floride comme prévu. J'ignorais que tu envisageais la prêtrise.

Abasourdi, toujours incrédule, John s'écria :

— Et plus tard, pourquoi n'as-tu pas dit la vérité ? Pourquoi as-tu laissé ce garçon grandir dans l'idée que son père l'avait abandonné ? Tu sais pourtant ce que c'est. As-tu au moins une idée des épreuves et de la honte que Cathy et Will ont endurées à cause de toi ?

Cette question frappa Trey de plein fouet.

— Je croyais que vous m'aviez trahi ! rétorqua-t-il, les yeux brûlant de colère et de fièvre. Vous étiez ma famille, tout ce que j'avais au monde, tout ce qui comptait pour moi. Et toi, tu as une idée de ce que j'ai ressenti en découvrant que l'ami pour qui j'aurais donné ma vie avait couché avec celle que j'aimais ? Et qu'il lui avait fait le fils que je n'aurais pas pu lui donner ? À l'époque, vous auriez pu aller brûler en enfer, je m'en moquais. Je voulais vous faire souffrir comme j'avais souffert. Ensuite, les années ont passé… et il était trop tard. Le petit avait sa mère, son arrière-grand-mère et… toi. Will et toi étiez proches comme un père et un fils. Toi, tu étais sur la voie de la droiture et Cathy était… installée. Le scandale aurait rejailli sur vous tous. Valait-il mieux que Will pense que son père était un salaud ou qu'il sache que sa mère l'avait conçu avec le meilleur ami de son père ?

Il était encore très beau parleur, songea John. Trey était capable de vendre n'importe quoi à n'importe qui.

Trey leva vers lui son regard tourmenté.

— J'ai agi en fonction de mes convictions, déclara-t-il. C'était dur, mais j'étais désemparé.

— J'arrive ! lança Betty en ouvrant la porte.

Ravi de cette interruption, John se leva pour lui prendre le plateau et le poser sur la table. Elle avait déjà dressé le couvert pour deux. L'odeur lui retourna l'estomac. Le regard ahuri de Mme Harbison lui indiqua qu'il devait être blanc comme un linge. Elle jeta un coup d'œil en direction de Trey, toujours voûté, l'air grave.

— Merci, Betty. Tout ça semble délicieux, déclara John. Nous nous débrouillerons. Je descendrai les plats quand nous aurons terminé.

— Très bien, mon père, dit-elle en posant sur Trey un regard d'avertissement qu'il ne vit pas, avant de partir.

— Quand as-tu l'intention de parler à Betty et Lou ? demanda John.

Trey se ressaisit.

— À toi de me dire quel moment sera propice. Je prends l'avion demain midi à Amarillo, donc je partirai de bonne heure. Je ne veux pas que tu assistes à l'entretien – tu auras l'air coupable et Mme Harbison devinera que tu es impliqué.

Sentant ses jambes se dérober, John dut s'asseoir.

— Ce soir, quand Lou rentrera de la messe avec les enfants, répondit-il. Betty reste ici avec ceux qui n'y vont pas. Ensuite, elle et Lou s'installeront dans leur chambre pour regarder la télévision, vers vingt heures. C'est à l'autre bout du couloir. Je rentre tard. À présent, essaie de manger quelque chose, histoire de prendre des forces.

Trey se leva péniblement et s'attabla.

— Tu crois que j'irai en enfer, John ?

L'aspect le plus difficile de son travail était de dire à des personnes à la moralité douteuse que leurs péchés seraient pardonnés. Il s'exprimait au nom de Dieu et non en tant que John Caldwell.

— Quand on se repend sincèrement de ses péchés et que l'on demande pardon à ceux que l'on a offensés, on ne va pas en enfer, Trey. Ton cœur connaît la vérité, il te dictera la réponse.

C'était le meilleur réconfort qu'il puisse lui apporter. Trey serait-il venu à Kersey s'il n'avait pas été condamné par la maladie ? Lui seul le savait.

John prit sa cuillère pour goûter le délicieux velouté de légumes que Betty avait pris la peine de préparer, avec une salade du jardin.

— Quand vas-tu parler à Cathy ? demanda Trey.

— Quand *je* vais lui parler ? répéta John, éberlué.

—Je suis incapable de l'affronter, Tiger. Je ne veux pas mourir avec le souvenir de son regard. Ma seule consolation sera son soulagement d'apprendre que Will est ton fils.

Will, mon fils ! C'était presque impossible à croire, mais il voulait s'accrocher à cette lueur dévorante.

— Il ne sert à rien d'annoncer au monde entier qu'il est de toi. Ça doit rester entre toi, Cathy et Will. Pense à ta réputation. (Trey s'efforça de sourire.) Laisse-moi mourir avec cette image publique d'ordure. Je le mérite. Je préfère que les gens continuent à avoir une bonne opinion de toi.

— Tout dépendra de Will et de la volonté de Dieu.

Chapitre 50

Incapable d'avaler une bouchée, Deke Tyson joua dans son assiette. Ils célébraient l'achat de la maison chez Mélissa, mais son esprit était à mille lieues de la conversation familiale.

— Qu'est-ce que tu as, papa ? demanda Mélissa. Tu ne manges rien. Tu n'aimes pas mon ragoût ?

— Oui, oui ! assura Deke. J'ai la tête ailleurs.

— J'espère que tu n'as pas de regrets à propos de l'achat, déclara Paula.

— Oh non, j'adore cette maison. On y sera bien.

Deke avala une bouchée de poulet avec un enthousiasme forcé et chercha la meilleure façon de leur annoncer qu'il devait interrompre cette fin de semaine. Il devait regagner Amarillo pour demander aux techniciens du laboratoire de la police scientifique de vérifier un détail dans les pièces à conviction relevées sur les lieux de la mort du jeune Harbison.

— J'ai l'impression de revoir la tête que tu faisais quand tu travaillais sur une affaire, reprit Mélissa.

— Ça a un rapport avec ce lynx empaillé que tu as mis dans le coffre de la voiture ? demanda Paula.

— Chut ! ordonna Deke. Tu n'as pas à raconter tout ce que tu sais, bon sang !

Les autres convives furent surpris par cet éclat de voix. Paula fut la première à se ressaisir :

— Tu as raison, admit-elle sans s'offusquer. J'ai la langue trop bien pendue. Ce ragoût est délicieux, Mélissa. Il faudra me donner ta recette.

— Mélissa, tu te souviens de Donny Harbison ? demanda soudain Deke.

— Donny Harbison ? répéta sa fille en arquant les sourcils. C'est ce garçon de Delton mort accidentellement quand j'étais au secondaire, non ?

— C'est ça. Tu sais si Trey Hall le connaissait ?

— J'en doute, dit Mélissa, intriguée. Les deux écoles étaient rivales et Trey était une vedette. Il traînait avec ses semblables, comme John Caldwell. Donny, lui, jouait dans la fanfare. Même s'il avait été élève à Kersey, Trey n'aurait même pas posé les yeux sur lui.

Paula posa une main sur le bras de son mari.

— Pourquoi ces questions ?

La mort du fils Harbison avait toujours perturbé son mari.

— Comme ça… répondit Deke.

Perplexe, Paula se garda toutefois d'insister. Il rechignait à partager ses pensées, surtout avec sa femme et sa fille. Dans une ville comme Kersey, les rumeurs allaient bon train, et elles risquaient d'avoir du mal à garder le silence.

— Enfin, je suis sûre que non, reprit Mélissa. Les Bobcats et les Rams ne se fréquentaient pas à l'époque.

Deke ne put réprimer une exclamation, puis il ôta vivement sa serviette de son col de chemise.

Les Bobcats… les Rams… les lynx et les béliers, le voilà, le lien ! Il se leva d'un bond.

— Désolé, mais il faut qu'on retourne à Amarillo.

Son gendre voulut protester et son petit-fils émit une plainte, car son grand-père devait l'emmener à la pêche, ce jour-là.

— Pourquoi ? demanda Mélissa. Vous venez d'arriver !

— Parce que ton père le dit, chérie, déclara Paula en se levant avec un regard entendu. Nous reviendrons dans la semaine, mon ange, ajouta-t-elle à l'adresse de l'enfant.

Dans la voiture, elle demanda :

— Pourquoi retourner à Amarillo comme si tu avais le diable à tes trousses ?

— Je veux arriver avant la fermeture du labo.

Pendant que Mélissa leur empaquetait des parts de gâteaux au chocolat, il avait passé quelques appels. D'abord à Charles Martin, le directeur du laboratoire de la police scientifique d'Amarillo. Lorsqu'il était shérif du comté, Deke l'avait connu en tant que technicien débutant. Il se rappelait l'affaire Harbison. Deke lui avait confié des empreintes digitales relevées sur des revues pornographiques et une corde afin de les comparer avec celles d'un adolescent suicidé. Charles n'avait pas oublié le regard de Deke lorsqu'il lui avait annoncé que la victime n'avait jamais touché ni les revues, ni la corde. Deke avait une idée pour expliquer l'absence des empreintes de Donny. Il appela ensuite Randy Wallace, l'actuel shérif.

— Tu veux que je cherche quoi ?

— Si ce n'était pas important, je ne te le demanderais pas, Randy.

— Je sais. Bon, donne-moi le nom inscrit sur la pièce à conviction. Je vais aller voir.

— Tu es vraiment un type bien, dit Deke.

— Ravi de l'entendre. C'est grâce à ça que j'ai été élu.

Deke était comme un chien de chasse sur une piste. Dès le départ, il avait douté des circonstances de la mort de Donny Harbison. En apprenant par la suite que ses empreintes ne figuraient pas sur les pièces à conviction, il s'était interrogé davantage. La personne qui avait éparpillé les magazines avait aussi noué la corde, soit en tant que meurtrier de Donny, soit en participant à l'expérience.

Son enquête discrète à l'école de Delton ne lui avait pas permis de trouver le moindre suspect pour conforter sa théorie. Donny n'avait pas d'ennemis connus et ne semblait pas se livrer à ce genre d'expériences sexuelles. Ses camarades non plus. Donny semblait être tel que ses parents le décrivaient, un garçon apprécié, innocent sur le plan sexuel, qui fréquentait des jeunes comme lui, des membres de la fanfare. Sa seule passion était son trombone et sa seule obsession le beurre d'arachides.

D'après les feuilles de présence, Donny était en cours le lundi, jour du départ de ses parents pour Amarillo. Les trois jours suivants, il était noté absent et son corps avait été retrouvé jeudi, en fin d'après-midi. L'état de décomposition et la certitude que Donny n'aurait pour rien au monde manqué la répétition de la fanfare pour le grand match du vendredi portaient Deke à croire qu'il était mort lundi, en fin de journée.

Son enquête sur les activités des quelques élèves de l'école de Delton absents ces jours-là n'avait rien donné. Aucun de ses camarades n'avait déclaré lui avoir rendu visite après la répétition de la fanfare.

La chemise manquante demeurait un mystère. On ne l'avait jamais retrouvée. Lorsque Betty avait eu la force de vérifier les affaires de son fils, Lou avait informé Deke que la chemise bleue que Donny avait reçue pour son anniversaire peu de temps auparavant avait disparu.

Le shérif s'était documenté sur l'asphyxie autoérotique. Il en ressortait que la mort de Donny ressemblait de moins en moins à un accident. Il fallait nouer la corde d'une façon complexe afin de pouvoir s'en libérer rapidement. Les adeptes avaient coutume de porter une protection autour du cou pour plus de confort et pour éviter des traces et ecchymoses révélatrices. Or, sous la corde rugueuse, il n'y avait rien.

Certes, Donny s'y adonnait peut-être pour la première fois et, malgré les conseils livrés dans le magazine, il ignorait les détails précis d'une telle pratique.

Les rapports écrits et entretiens enregistrés de Deke se trouvaient dans une boîte des archives du shérif, avec de nombreuses notes, la patte de félin, les revues, la corde et les rapports médico-légaux. C'est cette boîte scellée que Randy Wallace avait accepté d'apporter au laboratoire pour éviter toute contamination des pièces et veiller à ce qu'elles soient recevables par un tribunal. Toujours hanté par ses remords d'avoir couvert un homicide potentiel, Deke avait veillé à ce que la boîte soit en sécurité, lorsqu'il ne s'était pas présenté à la réélection au poste de shérif, en y inscrivant en grosses lettres noires: « Ne pas détruire ». La mort ayant été déclarée accidentelle, l'affaire était classée. Pas pour Deke. Il ne s'était pas passé une journée, au cours de son mandat, et longtemps après, sans qu'il ne regrette sa décision de ne pas recourir à une autopsie qui aurait déterminé l'heure et la cause exacte du décès. Il avait fini par se raisonner. À quoi aurait servi une autopsie ? Elle n'aurait pas révélé le nom d'un meurtrier. Il n'y avait ni suspect, ni mobile. Il aurait fallu relever les empreintes de tous les habitants de Delton pour trouver une correspondance. Entre-temps, les détails sordides de la mort de Donny auraient été dévoilés, l'Église catholique aurait pu refuser à Donny des funérailles religieuses et les Harbison auraient subi la honte que Deke avait accepté de leur épargner.

Alors il n'avait rien fait, rien dit, espérant simplement que, un jour, quelque part, un élément permettrait d'expliquer ce qu'il s'était vraiment passé chez les Harbison, en ce lundi de novembre.

Et cet élément, Deke l'avait trouvé. Il avait peine à croire à ce miracle. Il était si exalté qu'il en tremblait. Pourtant, l'implication de Trey Don Hall, gloire douteuse du comté de Kersey, si différent de Donny Harbison, était un choc.

Le jour et la nuit. Jusqu'à ce jour, Deke n'avait pas réussi à relier la patte de félin avec les autres indices relevés sur les lieux. Même en découvrant le lynx empaillé, dans le grenier de Mabel, et en ayant la certitude que la patte qui se trouvait parmi les pièces à conviction correspondrait au reste du corps, il n'avait pas établi le lien. Mais quand Mélissa avait déclaré que les Bobcats et les Rams ne se mélangeaient pas, il avait eu une révélation. Il avait pensé à un détail auquel il n'avait pas accordé d'importance, à l'époque : Donny s'occupait de la mascotte des Rams, un petit bélier du nom de Ramsey. Il était facile de deviner ce qui était arrivé dans la cour des Harbison, au cours de la semaine précédant le match de football décisif entre Kersey et Delton.

— Pourquoi t'arrêtes-tu ici ? demanda Paula lorsqu'il gara la voiture devant la maison de Mabel.

— J'en ai pour une minute, répondit-il. Je laisse tourner le moteur.

Il gravit vivement les marches du porche et glissa la clé dans la serrure. Il ne lui fallut qu'un instant pour trouver ce qu'il cherchait. À l'aide de son mouchoir, il glissa l'objet dans un sac en papier, puis regagna sa voiture.

— Pour l'amour du ciel, vas-tu m'expliquer ce qui se passe, Deke ?

Il embrassa sa femme sur la joue.

— Je te le dirai quand je serai sûr de moi, chérie.

Le doute n'était plus permis. Tout avait commencé dans l'imagination fertile de Trey Don Hall, quart-arrière vedette des Bobcats. Il avait eu l'idée de scier une patte du lynx empaillé de son oncle pour griffer la toison du petit bélier des Rams afin de les impressionner avant le match. Trey savait que les Harbison seraient absents, sans doute grâce à Mabel, qui achetait des œufs et des légumes à Betty. Deke devrait déterminer l'heure à laquelle Trey avait agi, ce lundi-là, mais c'était sans doute après le retour de Donny de la répétition de la fanfare. Ce dernier mangeait une collation dans la cuisine quand il avait vu Trey ouvrir l'enclos. Il était allé voir et une bagarre avait éclaté. Trey avait eu le dessus sur le jeune homme plus petit et moins sportif. Dans un des accès de colère qui faisaient sa réputation, il avait essayé d'étrangler Donny… et avait réussi.

Pour dissimuler les traces de ses doigts, Trey avait mis en scène une asphyxie autoérotique, pratique certainement connue de l'adolescent précoce qu'il était. Il avait éparpillé des revues, jeté la chemise et raclé le sol pour effacer les traces de lutte. Dans sa précipitation, il avait oublié de refermer l'enclos. Et de récupérer la patte de lynx.

Deke n'imaginait pas d'autre scénario. Comment expliquer autrement la présence de cette patte de lynx dans la cour des Harbison ? Naturellement, il fallait désormais que les empreintes digitales non identifiées présentes sur la patte et la corde correspondent à celles du trophée de football qu'il venait de subtiliser dans l'ancienne chambre de Trey. Si le résultat était positif, Deke posséderait assez d'éléments pour que Randy rouvre le dossier. Ce serait un grand coup de pied dans la fourmilière. En tant qu'enquêteur, il aurait des comptes à rendre. Une exhumation rouvrirait une plaie qui ne s'était toujours pas refermée pour les Harbison. Le couple se sentirait coupable à jamais d'avoir caché la vérité sur la mort de Donny aux yeux de la loi et de l'Église. Le don de la maison serait perçu comme un acte de réparation et non de générosité envers les enfants abandonnés. Au final, un avocat habile parviendrait à faire acquitter Trey.

Cela n'avait plus d'importance. Deke avait l'intention de réunir autant de preuves qu'il le pourrait avant de décider de les soumettre ou non à Randy Wallace.

Il appuya sur l'accélérateur, révolté en pensant à l'état dans lequel Donny avait été retrouvé, à ce que sa mort avait infligé à ses parents. Depuis 1985, l'Église catholique avait évolué dans sa position sur le suicide mais, forts de leurs convictions, les Harbison avaient toujours redouté que leur fils aille droit en enfer pour s'être donné la mort lors d'une pratique répréhensible. Deke espérait être en mesure de leur prouver une fois pour toutes que leur fils n'était pas responsable de sa mort et qu'il était décédé en essayant de défendre un animal victime d'une plaisanterie cruelle.

Quel acte stupide et irresponsable de la part d'un garçon aussi intelligent que Trey Don Hall, surtout la semaine du grand match, que les Bobcats avaient remporté avec trente-cinq points d'avance ! Si ce garçon était bien à l'origine de la mort de Donny Harbison, Deke veillerait à ce qu'il soit traduit en justice quoi qu'il en coûte. Le meurtre n'était pas prescrit et, au Texas, un inculpé de dix-sept ans était jugé en tant qu'adulte pour un tel crime. *Ne fais pas trop de projets d'avenir, TD. Ta prochaine résidence pourrait bien être une cellule de prison.*

Chapitre 51

Trey faisait une petite sieste. John avait insisté pour qu'il se repose après avoir rendu son dîner. En allant voir s'il allait bien, le prêtre l'avait trouvé profondément endormi, les paupières bleutées, ses mains pâles croisées sur son ventre, dans la posture de sa mort annoncée. Il ferma les volets pour le protéger du soleil et quitta la pièce en silence, toujours sous le choc de ces révélations.

Dans son bureau, il s'écroula sur son fauteuil, en proie à un mélange de joie et de peur, la joie de savoir que le jeune homme qu'il aimait tant était la chair de sa chair, et la peur de perdre tout ce que la vie lui avait donné. Trey, lui, était convaincu que les Harbison seraient tellement soulagés d'apprendre la vérité qu'ils tourneraient la page.

John n'en était pas si sûr. Certes, les Harbison seraient assez apaisés pour ne pas réveiller le chat qui dort, de peur de subir la honte d'une plainte et d'un procès. Ils préféreraient garder le secret de leur mensonge envers l'Église pour assurer des obsèques religieuses à leur fils.

John connaissait bien Betty. Elle ne serait peut-être pas disposée à enterrer vingt-trois ans de chagrin sans représailles. Lou serait plus conciliant. En s'installant chez les Harbison, le prêtre avait prié pour être soulagé de son fardeau sans les blesser ni impliquer Trey. Au fil des années, il avait fini par se considérer comme un cadeau que Dieu leur faisait. Leur amour, leur dévouement étaient parfois gênants, mais il comprenait leur besoin de l'aimer comme le fils qu'ils avaient perdu. L'amour n'était jamais mal placé, même envers quelqu'un qui n'en était pas digne.

À ce jour, toutefois, la photo de Donny – son mausolée – demeurait en partie cachée derrière un bouquet de fleurs, sur une étagère de la cuisine. John surprenait parfois Betty en train de prier devant, tête baissée, implorant la miséricorde pour l'âme de son fils. Dans l'après-midi, elle allait souvent allumer un cierge à l'église. Dans ces moments-là, il était tenté d'implorer sa miséricorde et de tout lui confesser.

L'hostilité de Betty envers Trey risquait de se transformer en haine. Elle voudrait le dénoncer, le voir puni pour son acte et les tourments qu'il leur avait infligés.

Si elle le livrait aux autorités, une enquête dévoilerait le rôle joué par le père John Caldwell dans ce crime.

John se leva, l'estomac noué par l'angoisse, et sortit sur le balcon. S'il avait envisagé d'exposer à Trey les conséquences éventuelles de son aveu, en tant que prêtre, il ne pouvait pas refuser à Trey une ultime occasion de se laver de ses péchés. Quelques instants plus tôt, alors qu'il posait une couverture sur lui, Trey lui avait pris les mains avant de fondre en larmes.

— Je t'en prie, pardonne-moi ce que je vous ai infligé, à toi, Catherine Ann et au petit. Moi aussi, j'ai fait pénitence. Après mon départ pour Miami, je n'ai jamais retrouvé des gens comme vous, je n'ai plus rien vécu d'aussi doux, d'aussi solide. Personne d'autre n'est venu me sauver de moi-même.

— Je comprends, avait répondu le prêtre, conscient qu'il disait vrai.

— J'avais laissé mon cœur ici. Voilà pourquoi personne n'a réussi à le trouver, pas même moi.

— Je sais, TD.

— Tu le diras à Cathy, hein ?

— C'est promis.

— Et tu lui diras que si je ne suis pas venu aux obsèques de tante Mabel, c'était pour ne pas les mettre dans l'embarras, elle et Will. Je ne suis pas salaud à ce point.

— Je le lui dirai.

— Tu vas la voir, maintenant, n'est-ce pas ?

— Oui.

Trey avait lâché ses mains pour croiser les doigts sur sa poitrine en fermant les yeux, ses lèvres pâles laissant échapper un petit soupir.

— Tiger ? avait-il repris tandis que John s'écartait de lui.

— Oui ?

— Je vous aime… toi et Catherine Ann. Je vous ai toujours aimés, malgré les apparences.

— Je sais. Repose-toi, à présent.

— Tu me pardonnes ?

— Oui.

— Tu es vraiment un ami…

Le prêtre observa le paysage qui lui avait si souvent apporté la paix et la sagesse. Le père John tel que le connaissaient ceux qui l'aimaient vivait-il ses dernières heures ? Il ne s'inquiétait pas de la réaction de ses fidèles en découvrant qui était le géniteur de Will, ni de celle du jeune homme. Ce dernier l'aimait et serait ravi d'être débarrassé de TD Hall pour de bon. Il aurait pu surmonter le malaise qui grondait en lui si Dieu ne l'avait pas mis en garde contre un scandale bien plus spectaculaire et retentissant que les origines de Will Benson. John ne s'en remettrait pas, ni en tant que prêtre de la paroisse de St. Matthew, ni en tant que directeur de Harbison House.

Ainsi soit-il… Il avait toujours su qu'il devrait rendre des comptes, mais après sa mort, face à Dieu. Comme il avait été naïf de croire qu'il pourrait quitter cette vie sans que son péché d'autrefois soit révélé, en ayant accompli un travail sans tache. Les ombres du passé ressurgissaient enfin. Il sentait leur présence comme des chiens de chasse encerclant leur proie, prêts pour la mise à mort. Il se signa. *Au nom du Père, du Fils et du Saint-Esprit, que ta volonté soit faite.* Il embrassa une dernière fois du regard la prairie infinie, puis rentra passer quelques appels. D'abord à Cathy, au restaurant.

— Il faut qu'on se voie, dit-il.

— Oh, je n'aime pas le ton de ta voix.

— Mieux vaut qu'on se retrouve chez toi.

— Je t'accorde une demi-heure d'avance. Je serai là à ton arrivée.

John prévint ensuite l'autre prêtre de la paroisse qu'il devrait peut-être célébrer les messes de la fin de semaine.

— Tu ne seras pas en ville ? demanda le père Philip, un peu surpris.

— Un événement inattendu, Philip. Tu devras me remplacer pendant un moment.

John contacta ensuite l'évêque du diocèse d'Amarillo.

— Oui, répondit ce dernier, je peux vous recevoir à trois heures, cet après-midi. De quoi s'agit-il ?

— Je vous le dirai quand je vous verrai, monseigneur.

Il jeta un coup d'œil dans sa chambre pour constater que Trey dormait paisiblement, puis il descendit le plateau à la cuisine, honteux qu'ils n'aient pas mangé grand-chose. Il flottait une odeur de bouillon de volaille dans la pièce – Betty avait sans doute prévu un pâté au poulet. Elle était en train d'ôter la chair de plusieurs carcasses sous l'œil vigilant de Félix qui guettait le moindre morceau tombé à terre. Dehors, les enfants jouaient à s'éclabousser en poussant des cris de joie.

Soudain, John ne put réprimer son émotion. Ses yeux s'embuèrent de larmes. Il faillit lâcher le plateau. Surprise, Betty s'en empara.

— Qu'est-ce qui ne va pas, mon père ?

— Plusieurs choses qui auraient dû être réparées il y a longtemps, je le crains.

— C'est lui, n'est-ce pas ? fit-elle en désignant le plafond. Il t'a contrarié. Je l'ai bien remarqué quand je suis montée.

— Ne lui faites pas de reproches. Il est malade, Betty. Je l'ai laissé dormir. À son réveil, vous voudrez bien lui servir un bol de bouillon ? Le dîner était délicieux, mais il n'a pas réussi à le garder.

Betty prit la vaisselle et déclara :

— Je vois que tu n'as pas vraiment mangé, toi non plus. Tu sors ?

Elle avait remarqué qu'il s'était changé alors qu'aucun appel n'était arrivé pour lui.

— Oui, et je ne rentrerai que tard dans la soirée.

— Que se passe-t-il, mon père ? insista-t-elle, visiblement inquiète.

— Betty…

Sa voix s'éteignit. Les mots ne sortirent pas. Ils n'auraient aucun sens, si ce qu'il redoutait se produisait. Elle remonta ses lunettes sur son nez.

— Oui, mon père ?

— J'allais dire que Trey partira demain matin. Il prend l'avion à midi.

Après le départ de John, Betty resta figée devant son plan de travail. Elle en avait la certitude : quelque chose clochait, et c'était à cause de Trey Don Hall. Cela ne présageait rien bon. Peut-être était-ce en rapport avec sa maladie… Quand elle avait monté le dîner, il semblait pourtant en bonne santé. Il avait peu changé depuis qu'il s'était présenté à sa porte, avec son air insolent, son visage d'ange, contrarié que sa tante l'ait envoyé chercher ses légumes et ses œufs. Pourtant, il devait tout à cette femme qui l'avait élevé. En devenant riche et célèbre, il l'avait jeté comme une vieille chaussette.

Betty avait néanmoins été surprise qu'il lui demande des nouvelles d'elle et de son mari. Trey voulait savoir comment ils s'en sortaient, sans Donny. Sa compassion ne le rendait pas plus sympathique. Il avait fait preuve d'un tel mépris envers Donny, les quelques fois où ils s'étaient croisés...

Son instinct la trompait rarement. Elle savait que quelque chose tourmentait le prêtre. Lou s'en était rendu compte, lui aussi. Il l'avait trouvé distant et distrait, quand il était allé chercher la camionnette au garage. Pour elle, il était plutôt inquiet et perdu comme un paysan sur le point de perdre ses terres.

Betty se remit au travail en levant les yeux vers la chambre, à l'étage. Malade ou pas, Trey Don Hall n'avait pas intérêt à créer des ennuis au père John. Ni elle ni Lou ne le toléreraient.

Cathy guettait l'arrivée de John. Nerveuse, elle lissa sa blouse. Que pouvait-il avoir à lui dire dont il ne puisse parler au téléphone ? Pourquoi n'avait-il pas évoqué les intentions de Trey ? Cela ne lui ressemblait pas d'entretenir un tel suspense. Pas plus qu'elle n'était du genre à le bombarder de questions alors qu'il tenait manifestement à lui parler de vive voix. Elle regrettait néanmoins de ne pas lui avoir demandé si Trey l'accompagnerait. Au cas où, et elle s'en voulait, elle s'était arrangé les cheveux et avait remis une touche de rouge à lèvres.

Quand la voiture s'engagea dans l'allée, elle constata que le prêtre était seul. Sa déception momentanée s'envola dès qu'elle le vit descendre avec sa grâce habituelle, vêtu de sa chemise et de son col ecclésiastique qui lui donnaient un attrait sensuel qu'elle ne s'expliquait pas. Le goût du fruit défendu, sans doute. Comment éprouver encore le moindre sentiment pour Trey Don Hall alors qu'elle était de plus en plus amoureuse de John Caldwell ?

En ouvrant la porte, elle fut saisie d'une impression de déjà-vu. Elle avait vécu ce moment précis le jour où elle avait trouvé un Trey accablé sur le pas de sa porte. Son visage affichait la même expression que celui de John en cet instant. Il l'avait imploré de lui pardonner et de le prendre dans ses bras. C'était l'après-midi où Will avait été conçu. Submergée par une vague de désir, elle se ressaisit avant de commettre la même erreur.

— Bonjour, mon père ! dit-elle avec son calme habituel. Je sais qu'il est tôt, mais tu as l'air d'avoir besoin d'un petit whisky.

— Je le crois aussi, répondit-il.

Elle leur servit deux verres et vint s'asseoir à côté de lui sur le canapé. John baissa les yeux vers son verre.

— Je me rappelle avoir bu du whisky avec toi, un après-midi, autrefois, déclara-t-il.

— C'est vrai.

— Autrefois, quand nous avions le cœur juvénile et mélancolique.

— Oui… Trey m'avait quittée. J'étais ivre morte et je me suis endormie sur ton lit.

— Ça fera vingt-deux ans ce mois-ci.

Elle avait d'autres raisons de se rappeler ce mois de juin.

— C'est fou ce qu'on retient, tant d'années plus tard, dit-elle.

— Trey affirme que Will n'est pas de lui, Cathy, déclara John en buvant une gorgée d'alcool. C'est l'une des confessions qu'il est venu faire.

Furieuse, Cathy tourna vivement la tête.

— Quelle ordure ! Il nie toujours être le père de Will ?

— Tu te souviens que Trey a eu les oreillons, à l'âge de seize ans ?

Une idée sinistre et troublante commença à prendre forme dans l'esprit de Cathy.

— Oui… Je me souviens… Il était… très malade.

— Les oreillons l'ont rendu stérile. Trey n'a jamais pu avoir d'enfant.

Elle posa vivement son verre sans se soucier de laisser une auréole sur le bois de sa table basse.

— C'est impossible, John. Il ment. Will ne peut être que de lui. Je n'avais jamais été… intime avec un autre.

Calmement, le prêtre glissa deux sous-verres sous leurs verres, puis il prit les mains de Cathy.

— Oui. Tu l'avais été avec moi.

Chapitre 52

Dans le laboratoire de police scientifique d'Amarillo, sous les yeux de Deke et de Charles Martin, le shérif Randy Wallace brisa les scellés et déversa le contenu d'une boîte sur une table.

— Tu n'as pas l'intention de m'expliquer ce qui te tracasse, je suppose, Deke, déclara-t-il.

— Pas encore.

Deke saisit la patte de lynx. Elle correspondait parfaitement avec l'animal empaillé qu'il avait apporté.

— Ah, ah !

Il n'était pas étonné. Il sépara ensuite deux sachets d'empreintes non identifiées de celles de Donny, de Lou Harbison et d'autres. Un sachet marqué « X » contenait deux séries d'empreintes identiques trouvées sur les revues et la corde. L'autre sachet, marqué « Y », recelait une série d'empreintes non identifiées trouvées sur le nœud, mais pas sur les revues pornographiques.

Deke tendit les sachets à Charles.

— Voyons si ces empreintes correspondent à celles de ce trophée.

Muni de gants, il sortit la coupe du sac en papier. Charles et Randy lurent l'inscription faisant de Trey Don Hall le meilleur joueur de football étudiant pour la saison 1985.

— Eh bien ! s'exclama Randy en sifflant. C'est une plaisanterie ?

— Hélas non, répondit Deke.

Il avait sorti l'objet d'une vitrine dans l'espoir que Mabel ne l'ait pas dépoussiéré.

— Voyons ça, déclara Charles.

Il mena les deux hommes dans une pièce remplie d'ordinateurs et de divers appareils. Il releva les empreintes du trophée et les fit apparaître sur un écran pour les comparer aux autres. Au bout de quelques secondes, ils entendirent un « bip ». Les empreintes correspondaient.

— On dirait que tu as vu juste, annonça Charles, du moins pour les empreintes dites « X ». Ça ne fait aucun doute : la personne qui a touché les revues et la corde a aussi manipulé ce trophée.

— J'en étais sûr ! s'exclama Deke.

— Mais il y a aussi les empreintes « Y » sur ce trophée, reprit Charles en désignant la carte des empreintes trouvées uniquement sur la corde.

— Quoi ? s'écria l'ancien shérif.

— Voyez vous-même.

Charles s'écarta pour permettre à Deke et Randy d'examiner l'écran. Les empreintes « Y » correspondaient également.

— Nom de Dieu ! fit Deke.

Trey avait donc un complice, sans doute un camarade de classe. Il ne s'était pas rendu seul chez les Harbison !

— Allez, Deke, parle ! Qu'est-ce que c'est que cette histoire ? implora Randy.

— Désolé, mais je ne peux t'en révéler davantage avant d'avoir réuni d'autres éléments.

Charles semblait perplexe.

— Vingt-deux ans, c'est long. Si TD Hall a été impliqué dans quelque chose, il avait… dix-sept ans ?

— C'est ça, confirma Tyson.

— Allons, Deke ! lança Randy. À part un meurtre, qu'est-ce que Hall a bien pu faire à dix-sept ans pour que tu m'appelles à Amarillo un vendredi après-midi alors que j'ai rendez-vous avec les copains pour boire une bière ?

L'ancien shérif demeura impassible en rangeant les pièces à conviction dans leur boîte. Les autres échangèrent un regard sidéré.

— Mon Dieu, souffla Randy.

De retour dans sa voiture, Deke mit au point un plan d'action. Il fallait partir du principe que Trey n'était pas seul au moment de la mort de Donny Harbison. Il s'étonnait lui-même de ne pas avoir pensé qu'il fallait être deux, un pour tenir le bélier, l'autre pour le griffer. Ce n'était pas le genre de plaisanterie à laquelle un étudiant se livrerait seul. Il voudrait partager les risques, le danger, avec un copain, un témoin de son audace quand il s'en vanterait, plus tard.

Deke devait donc déterminer de qui il s'agissait, puis obtenir ses empreintes. Randy avait accepté de lui accorder la fin de semaine avant d'entrer en jeu. Le complice faisait certainement partie de l'équipe de football de 1985, un coéquipier que Trey menait par le bout du nez, c'est-à-dire tout le monde sauf John Caldwell. Il n'aurait jamais réussi à convaincre son acolyte de maltraiter un animal. Deke interrogerait Ron Turner pour obtenir les noms des joueurs dévoués à leur quart-arrière vedette. La plupart des membres de l'équipe de 1985 avaient quitté Kersey, mais il obtiendrait leurs coordonnées grâce à la liste établie par Mélissa pour les retrouvailles d'anciens élèves.

Il consulta l'horloge de son tableau de bord : presque quinze heures. En se dépêchant, il pouvait être de retour à Kersey en un peu plus d'une heure et trouver Ron encore sobre.

Deke rejoignit Kersey en un temps record. Il s'arrêta devant la bâtisse en briques rouges ornée de colonnes corinthiennes. Elle avait bien changé, hélas. À une époque, ce petit joyau d'architecture se dressait fièrement au cœur d'un jardin impeccable. L'épouse de Ron était une riche héritière. Grâce à elle, Turner avait pu vivre dans une maison bien au-dessus de ses moyens, compte tenu de son salaire d'entraîneur. À en juger par la pelouse, les plates-bandes de fleurs et les haies mal entretenues, l'allée craquelée, la propriété était à l'abandon.

Quel dommage ! Ron Turner avait été l'un des meilleurs entraîneurs. Sa vie s'était écroulée à la mort de sa fille, à l'aube de ses dix-neuf ans, des suites d'une péritonite. Il était resté entraîneur cinq années de plus, à faire de son mieux avec des équipes médiocres. À la mort de sa femme, il avait décroché. Aux dernières nouvelles, il buvait et vivotait dans ce palais où il avait régné en roi.

Deke l'avait appelé pour s'assurer qu'il était là.

— Oui, viens donc ! En revanche, ne t'attends pas à être reçu par un majordome ! avait fait Ron en riant.

Celui-ci ouvrit la porte dès la première sonnerie. Il n'avait plus rien de l'entraîneur robuste que son équipe de football avait porté en triomphe.

— Tiens, tiens, le shérif Tyson… Je me demande ce qui t'amène. En tout cas, c'est agréable de te voir.

— Pour moi aussi.

— Je sais, j'ai une sale gueule. Je suis bouffi. Viens dans la cuisine. J'ai mis des bières au frais.

Ron le suivit dans une maison sombre, aux rideaux tirés, vers une cuisine en désordre, avec un coin repas et un salon dominé par une élégante cheminée. Il flottait l'odeur d'un homme qui vit seul et oublie de sortir la poubelle.

— Assois-toi ! lança Ron en ôtant des journaux d'une chaise. Alors, qu'est-ce qui t'amène ?

— Trey Don Hall.

Ron se redressa lentement. L'espace d'un instant, ses yeux injectés de sang se firent aussi froids que de la glace.

— Trey ?

— J'ai quelques questions à te poser sur la semaine qui a précédé le grand match de championnat en 1985.

— Pourquoi ? C'est du passé, ça.

— Allez, je parie que tu te souviens de chaque minute.

— Tu n'as pas tort, admit Ron en sortant deux bières du réfrigérateur. Mais je ne vois pas en quoi ça t'intéresse, au bout de tant d'années.

— Je ne peux pas te le dire, hélas, et j'apprécierais que tu ne parles à personne de ma visite.

— Ne t'en fais pas pour ça ! Je ne parle plus à personne. Tu étais shérif, à l'époque. TD est impliqué dans quelque chose ?

— Peut-être, admit Deke en acceptant une bière. J'espérais justement que tu m'aiderais à le découvrir. Tes informations pourraient peut-être réparer une injustice et apaiser la douleur de gens bien qui souffrent depuis trop longtemps.

— Des parents, sans doute, dit Ron en avalant une gorgée de bière. En général, les gens bien qui souffrent trop longtemps sont des parents. Qu'est-ce que tu veux savoir ?

Deke posa sa bière et ouvrit son calepin.

— Rappelle-toi la semaine du 4 novembre 1985. Le lundi. Au cours des journées précédant le match, as-tu remarqué quelque chose de bizarre chez Trey Don ?

— Et comment, répondit l'entraîneur. Lundi, lui et John Caldwell étaient malades. Cet après-midi-là, ils sont arrivés à l'entraînement malades comme des chiens.

— Quoi ? fit Deke, interloqué. Caldwell aussi ?

— Tous les deux. Je peux te garantir que j'ai eu peur.

— Qu'est-ce qu'ils avaient ?

— Ils avaient mangé un truc pas très frais à midi. En dernière année, ils avaient le droit de dîner à l'extérieur.

Je ne laissais mes gars sortir avec leurs copains que le lundi. Les autres jours, ils devaient se contenter d'un sandwich à emporter et on se retrouvait au stade pour un entraînement. J'ai toujours regretté de ne pas les avoir confinés la semaine entière. Trey et John ont attrapé un virus en mangeant un hamburger dans le restaurant que Cathy Benson a repris.

— Tu es sûr que c'était alimentaire ?

— C'est ce qu'ils croyaient, en tout cas, fit Ron en haussant les épaules.

— L'entraînement a commencé juste après les cours ?

— Pile à l'heure.

— Trey et John étaient là ?

— Non, justement. Ils sont arrivés en retard. Personne ne savait où ils étaient passés. D'après certains garçons, ils avaient séché leur dernier cours. Finalement, ils se reposaient dans la salle d'économie familiale – il y avait un lit pour apprendre aux filles à changer les draps. Tu imagines si on enseignait encore ça de nos jours ?

Pour Deke, c'était la douche froide. John Caldwell ? Le père John Caldwell, de la paroisse de St. Matthew, directeur de Harbison House ?

— Il y avait d'autres malades, dans l'équipe ?

— Non, Dieu merci.

— Quelqu'un d'autre a dîné chez Bennie, ce jour-là ?

— Comment veux-tu que je m'en souvienne ? C'était il y a vingt-trois ans ! Allez, dis-moi de quoi il s'agit !

— Quel était le nom de la professeure d'économie familiale ?

— Thelma quelque chose. Une vieille fille. Elle a pris sa retraite en Floride.

Deke nota le prénom dans son calepin. Mélissa se souviendrait du reste. L'adresse de cette femme figurait peut-être dans la liste qu'elle avait dressée pour la réunion d'anciens élèves. Il la contacterait pour avoir la confirmation de la présence des deux garçons dans sa salle.

— Tu te rappelles combien de temps après le début de l'entraînement les garçons sont arrivés ?

— Une bonne heure, je dirais. Ils ont débarqué sur le terrain pâles comme des linges. Je les ai renvoyés chez eux avant la fin.

Deke en eut le souffle coupé. Il était prêt à parier que Trey Hall et John Caldwell ne se trouvaient pas en salle d'économie familiale, ce jour-là. Ils avaient quitté l'école avant leur dernier cours et comptaient être de retour pour l'entraînement de football. Ils n'avaient pas prévu qu'un meurtre ou un accident les retarderait, chamboulerait leur plan et leur donnerait mal au ventre. Hélas, un détail contredisait cette théorie : le temps. Trey et John n'auraient pas mis plus d'une heure à faire l'aller-retour entre la maison des Harbison et l'école. Même en comptant une demi-heure pour la querelle, la mise en scène dans la grange et le ratissage du sol, plus quelques minutes pour vomir dans l'herbe, les garçons auraient été partis depuis longtemps au retour de Donny de la répétition de la fanfare. Ils auraient aussi eu le temps d'enfiler leurs tenues d'entraînement.

— Sans vouloir te mettre en cause, Ron, peux-tu m'indiquer le nom de quelqu'un d'autre, parmi les entraîneurs de l'époque, qui puisse confirmer tes souvenirs ?

— Bobby Tucker, l'actuel entraîneur en chef. Il était débutant, alors. Tu n'as qu'à lui demander, si tu ne me crois pas.

— N'y vois rien de personnel, Ron.

— J'en ai assez de la bière, grogna-t-il en se levant. Je vais passer à quelque chose de plus corsé. Ça te dit ?

— Je préfère ma bière, répondit Deke. Dis-moi, tu as vérifié leur histoire auprès de la prof d'économie familiale ?

L'entraîneur se servit un verre de whisky. Plusieurs bouteilles étaient alignées sur le comptoir.

—Je n'en ai pas vu l'utilité. Ces garçons n'avaient pas coutume de sécher les cours. Ils étaient très sérieux, surtout John. Et il suffisait de les regarder pour voir qu'ils étaient malades.

Naturellement, songea l'ancien shérif, mais pas à cause de ce qu'ils avaient mangé. Il fallait qu'il détermine le déroulement des événements. En se levant, il aperçut une photo de la femme de Ron et leur fille, sur la cheminée.

— Merci pour ton aide, Ron.

—J'aimerais bien savoir ce qui se passe. Avec Trey, il faut s'attendre à tout.

— Tu l'aimais bien?

— Oui. J'ai essayé d'être un père pour lui. Au-delà de son talent pour le football, je lui trouvais des qualités. Cependant, il était capable de trahison en une fraction de seconde. Regarde ce qu'il a fait à Cathy Benson et John Caldwell.

— C'est vrai, admit Deke face à l'expression amère de Ron et la lueur de rage qu'il décelait dans son regard.

Il se garda de préciser que Trey séjournait à Harbison House. Dans un accès d'ivresse, Ron risquait d'aller lui demander des comptes et mieux valait qu'il ne lui dise pas que le shérif Tyson l'avait interrogé. Deke partit, laissant Ron se saouler devant la cheminée éteinte, sous le regard de sa femme et de sa fille.

Chapitre 53

Lorsque John eut terminé de lui expliquer comment John Will Benson avait été conçu, Cathy demeura silencieuse.

— Reste avec moi, Cathy.

Il pensait avoir reconnu les signes de son mutisme d'autrefois.

— Je sais que c'est un choc, pour toi…

Dès qu'il lâcha une de ses mains, elle se sentit partir à la dérive. Ce n'était pas son trouble de la parole qui menaçait, mais son incrédulité qui la paralysait.

— Bois, ordonna-t-il en portant son verre à ses lèvres.

Elle avala son contenu d'une traite et sentit l'alcool lui piquer la gorge, puis elle posa le verre et reprit la main de John, sèche et chaude comme un gant, ses doigts forts et familiers… comme ceux de son fils.

— Toi et moi… Mais je ne m'en souviens pas… bredouilla-t-elle. Comment puis-je avoir oublié ça?

— Tu étais complètement saoule et tu as sombré dans un profond sommeil, répondit-il en souriant. Tu étais… quasiment évanouie.

— J'aurais dû avoir des soupçons…

— Pourquoi ? Tu as revu Trey le lendemain. Si j'avais été… mieux informé, j'aurais identifié l'origine de son comportement. Je me serais rappelé ses oreillons et les séquelles éventuelles de cette maladie. Les signes étaient là : il était frappant qu'il avait perdu un élément essentiel de sa vie, un élément irremplaçable.

Cathy aurait aimé réagir aux dix-huit années de souffrance de Trey, à ce qu'il avait dû ressentir en apprenant qu'elle était enceinte, mais rien ne vint. Elle ne ressentit absolument rien ! Elle n'avait d'yeux et de cœur que pour l'homme qui se tenait devant elle. Savoir qu'il était le véritable père de son fils l'exaltait. Plus jamais elle n'aurait à s'inquiéter que les gènes de Trey ne viennent polluer l'intégrité qui marquait la différence entre lui et Will depuis le jour de sa naissance.

— John…

Elle le dévisagea longuement, songea à la façon dont ses cheveux bouclaient quand ils étaient humides… Elle aurait dû reconnaître les traits de John chez son fils.

— Tu es le père de Will, souffla-t-elle, émerveillée.

— Ça ne fait aucun doute.

— J'aurais dû savoir… j'aurais dû deviner…

Il crispa ses doigts sur les siens.

— Trey a vu juste : nous ne cherchions que des ressemblances avec lui.

— Comment Will va-t-il réagir ? J'ai de la difficulté à me l'imaginer.

— Il ressentira la même chose que moi.

Ils se dévisagèrent, chacun lisant dans les yeux de l'autre leurs regrets de ce qui aurait pu arriver.

— John…

L'énormité des mensonges de Trey, ses tromperies ressurgirent dans son esprit embrumé comme de gros nuages menaçants.

— Comment a-t-il pu nous infliger ça, à nous et à Will ?

— Il était persuadé que nous l'avions trahi, répondit le prêtre. Nous avions détruit tout ce en quoi il croyait et il a voulu nous punir.

Une fureur maternelle monta en elle. Elle se leva pour s'éloigner de ce prêtre qu'elle ne voulait pas offenser par sa colère.

— Mais il a laissé Will croire que son père l'avait abandonné ! s'exclama-t-elle, les poings serrés de rage. Il a laissé un petit garçon endurer le même sentiment de rejet qu'il avait lui-même subi ! Il aurait pu avoir la décence de parler.

— Il croyait que c'était trop tard. J'étais déjà prêtre et il savait que tu ne me demanderais jamais de renoncer à ma vocation pour t'épouser.

— Je le méprise, dit-elle simplement.

— Tu as de quoi.

— Tu devrais le mépriser, toi aussi, ajouta-t-elle.

— Je le mépriserais si je n'avais pas tellement pitié de lui. Il n'a pas cessé de nous aimer, Cathy, et ce fut son plus grand tourment. Si tu le voyais, tu croirais qu'il a bien plus souffert que nous des conséquences de ses actes. Toi et moi avons été privés de quelque chose, mais notre amitié est intacte, et nous avons Will.

Elle fit volte-face.

— Si je le voyais, je lui tirerais une balle ! Je te jure que s'il entrait maintenant, j'irais chercher le vieux fusil de ma grand-mère pour lui faire sauter la cervelle !

— Pour lui, la mort viendra bien assez vite, déclara John.

— Que veux-tu dire ?

— Il est condamné, Cathy. Il a une tumeur inopérable au cerveau, un astrocytome. Voilà pourquoi il est revenu.

Une image de Trey sur le court de tennis, en dernière année, grand, fort, bronzé, surgit du passé. Au fil des années, elle avait gardé ce souvenir de lui comme une photo que l'on cache sous son oreiller et que l'on regarde de temps en temps. Apprendre que ce modèle de virilité et de santé, cet homme qu'elle avait tant aimé, était mourant était un choc, mais la nouvelle ne suscita en elle ni chagrin, ni pitié, ni compréhension. Elle atténua simplement la haine qu'elle ressentait pour lui.

— Je vois, dit-elle avec dédain. Il est donc venu se mettre en accord avec Dieu, c'est ça ? Réciter un *Je vous salue Marie*. Je reconnais bien là TD Hall !

— Assois-toi, Cathy, ordonna John. J'ai autre chose à te dire.

Il vida son verre d'une traite.

Cathy sentit sa joie retomber. Il allait lui dire qu'ils ne pouvaient rendre public le nom du véritable père de Will. Il fallait considérer le métier de John, sa réputation, sans oublier les siens et ceux de Will. Le pire était-il de rétablir la vérité sur un scandale né d'un mensonge ou d'en déclencher un nouveau fondé sur la vérité ?

— Que se passe-t-il ? Tu refuses de révéler que tu es le père de Will ?

— Pas du tout, Cathy. Je serai fier de crier sur les toits que Will est mon fils, si c'est ce que vous souhaitez. Il a été conçu avant que je ne prononce mes vœux et l'Église me demanderait de veiller au bien de mon enfant. Quand tu auras entendu ce que j'ai à te dire, Will n'aura peut-être plus envie de me reconnaître en tant que père. Et toi non plus, d'ailleurs.

— Pourquoi pas ? demanda-t-elle, soudain alarmée.

— Trey est venu faire deux aveux.

Elle se boucha les oreilles.

— Je n'ai pas envie d'entendre la suite.

— Tu te souviens, quand Trey et moi avons été malades, la semaine précédant le match de championnat contre Delton ?

— Très clairement, répondit-elle. C'était un lundi. Trey et toi étiez verts après avoir mangé un hamburger chez Bennie.

— Nous étions dans cet état non pas parce que nous avions mangé chez Bennie, mais parce que nous étions responsables de la mort de Donny Harbison.

D'abord pétrifiée, Cathy ouvrit lentement la bouche.

— Tu as bien entendu, reprit John. Donny est mort par accident, mais à cause de nous. Tel est l'autre péché que Trey est venu confesser… aux Harbison.

Cathy avait l'impression d'avoir du coton dans les oreilles. Elle pensa à la photo d'école de Donny qu'elle avait vue sur une étagère, dans la cuisine des Harbison. Il y avait toujours un vase de fleurs. Cette photo était tout ce qu'elle savait du fils qu'ils avaient perdu. Elle achetait des fruits et légumes du potager de Harbison House depuis des années et n'avait jamais entendu prononcer son nom.

John se tourna vers la fenêtre. Cathy vit les souvenirs affluer dans son regard, comme la marée qui entraîne des débris vers le rivage.

— Trey était persuadé que nos bourses d'études pour Miami seraient en péril si nous ne remportions pas le match, et il s'est mis en tête de nous donner un avantage psychologique…

Il ne lui fallut pas plus de cinq minutes pour lui relater les événements. Horrifiée, Cathy l'écouta en silence. Un rasoir avait effectivement disparu du cabinet du Dr Graves et elle se rappelait l'ecchymose que Trey avait à l'épaule. Cet après-midi-là, il s'était accroché à elle comme à une bouée de sauvetage en pleine tempête. À l'époque, elle pensait qu'ils seraient ensemble à jamais, que rien ne les séparerait.

— Trey a l'intention de dire la vérité aux Harbison sur la mort de leur fils ce soir, pendant que je serai à la messe, conclut John. Il affirme qu'il ne m'incriminera pas, qu'il endossera l'entière responsabilité.

Elle était encore trop affligée pour lui répondre. Elle essayait d'imaginer la peine des Harbison en se demandant ce qu'elle aurait ressenti, si c'était Will qu'elle avait trouvé pendu à cette corde, dans la grange. S'en aller et laisser le jeune homme dans cet état, sachant que ses parents allaient le découvrir ainsi… Cet acte était inconcevable, au-delà de toute raison, et c'était l'idée de John. Mais il n'avait que dix-sept ans. En proie à la panique, il n'avait songé qu'à éviter la prison à un garçon qui était plus qu'un frère pour lui, et à préserver l'avenir de la fille qu'ils aimaient tous les deux. Sa conscience religieuse l'avait incité à choisir le moins horrible de deux maux.

Et cet acte l'avait poussé vers la prêtrise.

— Tu le crois ? reprit-elle.

Il se tourna vers la fenêtre pour observer un rapace dans le ciel. Face à son regard nostalgique, Cathy se demanda s'il enviait à l'oiseau sa capacité à déployer ses ailes et s'envoler.

— Je crois en son intention, répondit-il.

— Son intention ?

— Trey est un homme mourant qui se confesse. Il est bouleversé, en quête d'absolution. Il prend des médicaments. Il suffirait d'une erreur pour que les Harbison commencent à se poser des questions…

— Qu'es-tu en train de m'expliquer ? bredouilla Cathy, troublée. Tu crois qu'ils sauront d'une façon ou d'une autre que tu étais impliqué ?

— Les Harbison sont intelligents. Ils se demanderont comment Trey a pu agir seul. Il fallait être deux pour soulever le corps de Donny. Trey ne m'incriminerait pas délibérément, mais les Harbison, surtout Betty, voudraient peut-être qu'une enquête soit ouverte. Elle n'est pas femme à pardonner facilement. Dans son état, Trey ne supporterait jamais un interrogatoire de police. Mon nom sortirait. J'étais le meilleur ami de Trey, à l'école secondaire. Nous étions inséparables…

Cathy sentit monter la panique en elle.

— Oh non ! Tu l'as prévenu qu'il risquait de t'impliquer ?

— Non. Je dois laisser Trey agir comme il le sent.

— John !

Elle eut soudain envie de lui arracher son col de prêtre.

— Comment peux-tu être aussi… religieux ? Il faut l'empêcher de parler ! Trey risque de t'anéantir, de ruiner ta vie, ton travail et ta réputation. Pense à ce que ressentiraient les Harbison en apprenant le rôle que tu as joué.

— Crois-moi, j'y pense. Hélas, je n'ai pas le choix, je dois laisser les choses suivre leur cours.

Il se leva et glissa les mains dans ses poches en regardant par la fenêtre.

— Je m'inquiète peut-être pour rien, reprit-il.

— Tu n'en crois pas un mot.

— Non. Dieu m'a mis en garde.

Il se tourna de nouveau vers elle. Elle observa sa silhouette qui se profilait à contre-jour, ses épaules carrées.

— Cathy… il m'a été très… difficile de vivre avec le mensonge que j'ai infligé aux Harbison pendant toutes ces années. C'est un péché que je ne me suis pas pardonné, et Dieu non plus.

Elle n'aimait pas le chemin que lui indiquait sa conscience de prêtre.

— Au diable ton Dieu ! s'écria-t-elle. Tu t'es racheté mille fois pour ton *péché,* si tu veux appeler ça un péché. Tu as fait pénitence. Betty ne te pardonnera jamais ! Crois-moi, en tant que mère, je le sais. Il faut empêcher Trey de parler !

— Chut ! fit-il doucement en la prenant par les épaules. Je dois m'en remettre à la volonté de Dieu. Si le pire survient, je dois être prêt à l'accepter. Je serai au moins soulagé d'un fardeau que je porte depuis si longtemps. J'en ai assez…

— Mais c'est trop injuste ! s'exclama Cathy. Trey est responsable de ce qui s'est passé, ce jour-là ! C'est à lui de tout assumer ! Avec Dieu et les Harbison. Il t'est redevable. Tu n'avais que dix-sept ans !

Il la prit dans ses bras. Elle posa la tête sur sa chemise noire, comme ce jour dont elle gardait un souvenir flou, autrefois, après avoir cédé à une nausée dans la salle de bains.

— Une fois adulte, j'aurais pu réparer, dit-il d'une voix douce. Je me demande à présent si je n'ai pas utilisé ma loyauté envers Trey pour ne rien dire à la police et aux Harbison. En tant que prêtre, je me suis persuadé que l'œuvre de Dieu ne pouvait s'accomplir qu'à travers la foi des fidèles en les prêtres et que je n'avais aucun droit de soulager ma conscience en détruisant ce que j'avais construit au nom de Dieu. J'avais tort. L'œuvre de Dieu prévaudra malgré la faiblesse des prêtres. Et tous mes efforts pour compenser ce que j'ai fait ne m'ont pas apporté la paix. Chaque fois que je regarde les Harbison, je me sens coupable.

Elle leva la tête vers lui.

— Il ne faut pas qu'ils apprennent le rôle que tu as joué.

— Je prie pour qu'ils n'en sachent jamais rien.

— Si Trey n'était pas revenu, continuerais-tu à vivre avec ta culpabilité ? Ne serais-tu pas tenté, pour apaiser ta conscience, de sortir du silence ?

— Dieu me pardonne, mais non.

Il s'écarta d'elle et consulta sa montre.

— J'ai rendez-vous avec l'évêque à trois heures. Il me conseillera, déclara-t-il avec un sourire. Discutons maintenant de la façon dont nous allons annoncer la bonne nouvelle à Will. J'aimerais que nous soyons ensemble, comme une famille, avant... enfin, quoi qu'il arrive. Je peux revenir après la messe ?

— Nous serons là, répondit-elle.

— Tout va bien se passer, Cathy. D'une façon ou d'une autre, tout va bien se passer.

— Tu risques d'être révoqué, murmura-t-elle, inculpé, de tout perdre...

Il lui caressa la joue de son pouce.

— Il me restera toujours ton amitié et mon fils. À présent, je dois m'en aller.

Il l'embrassa sur le front, puis s'éloigna sous son regard vide.

Chapitre 54

Deke quitta la maison des Turner avec l'impression que des nuages noirs s'amoncelaient au-dessus de sa tête. *Bon sang! John Caldwell, complice de la mort de Donny Harbison!* Il avait espéré que Trey ait convaincu quelqu'un d'autre de l'accompagner dans sa mission, ce jour-là. Hélas, il avait le pressentiment que l'autre série d'empreintes digitales trouvées sur la corde appartenait à John. Deke n'en aurait le cœur net que lorsqu'il serait en possession des empreintes du prêtre. Au préalable, il devait être absolument certain de l'heure à laquelle les garçons s'étaient présentés à l'entraînement.

Il était possible que Donny ait été tué le soir, et que les aliments restés sur la table aient été son souper, et non une collation prise dans l'après-midi, comme il l'avait cru. Trey et John avaient pu arriver après la nuit tombée, accomplir leur geste, puis retourner chez eux sans que personne le sache. Mais plusieurs détails le troublaient. D'abord, un adolescent seul chez lui prendrait-il son souper à la table de la cuisine et non devant la télévision? Et si Trey et John étaient réellement malades, auraient-ils été en état de se livrer à ce type de plaisanterie? Ils n'auraient certainement pas été d'humeur à rire.

De plus, les garçons se seraient attendus à ce que Donny et sa famille soient à la maison, dans la soirée, à moins qu'ils n'aient eu des raisons de croire que les Harbison se trouvaient hors de la ville. Encore un point à éclaircir: comment les garçons savaient-ils qu'ils seraient tranquilles pour s'en prendre au bélier?

Il commencerait par Bobby Tucker, l'entraîneur des défenseurs à l'époque, qui avait peut-être un souvenir différent de celui de Ron quant à l'heure d'arrivée des deux garçons sur le terrain.

Deke le surprit en train de travailler dans son jardin, en cette première semaine de vacances d'été. Bobby se réjouit de marquer une pause. Les deux hommes s'assirent sur les marches du porche. Deke alla droit au but sans expliquer les raisons de sa requête ni préciser qu'il s'était rendu chez l'entraîneur Turner. Bobby n'eut pas à réfléchir très longtemps.

—Je me souviens de cet incident comme si c'était hier. L'entraîneur Turner était au bord de la crise de nerfs quand ils sont arrivés en retard d'une heure à l'entraînement. On a eu la peur de notre vie en voyant notre quart-arrière et son meilleur receveur malades comme des chiens.

— Vous êtes sûr que c'était une heure et pas deux?

Bobby se mit à rire.

— Vous plaisantez? Une minute de plus et l'entraîneur Turner pétait les plombs.

— Comment pouvez-vous en être certain? insista Deke.

— On leur avait accordé une heure, répondit Bobby avec un sourire. S'ils n'étaient pas arrivés, on allait vous appeler au bureau du shérif pour que vous partiez à leur recherche. Ils sont arrivés juste à temps.

—Je vois, fit Deke, qui ne voyait pas du tout, en réalité.

Donny rentrait à peine de la répétition de la fanfare quand Trey et John s'étaient présentés sur le terrain de football.

— Encore une question, et je vous laisse à votre tondeuse. Ça va vous sembler bizarre, mais répondez de votre mieux. Avez-vous remarqué un changement psychologique chez TD et John pendant et après cette semaine ? S'ils étaient distraits, nerveux…

Bobby fronça les sourcils.

— Je ne suis pas du genre à poser des questions. C'était ma première année ici, et je n'avais pas souvent affaire à Trey et John. L'entraîneur Turner les considérait comme sa chasse gardée. C'est à lui que vous devriez vous adresser. Enfin, s'il répond au téléphone. Vous êtes au courant de sa... dépendance ?

— Mélissa nous donne des nouvelles.

— C'est terrible que l'entraîneur Turner ait sombré dans le travers contre lequel il nous mettait en garde. Il a tout, de l'argent, une résidence magnifique, un garage plein de belles voitures.

— Sauf ce qui compte sans doute le plus, à ses yeux, dit Deke.

Il consulta sa montre. 16 h 45. Il décida de passer chez Bennie voir Cathy Benson. Si quelqu'un était en mesure de lui parler du comportement de Trey et John, la semaine du grand match, c'était bien elle. Ensuite, il se rendrait chez Mélissa pour chercher le nom de la professeure d'économie familiale.

— C'est vrai que vous achetez la maison de Mabel Church ? demanda Bobby au moment où Deke se levait.

— Trey et moi avons signé à midi. Les nouvelles vont vite.

— Vous pouvez remercier Mélissa, shérif. Elle ne cache pas que vous et Mme Tyson avez rencontré Trey. J'ai cru voir TD en ville, aujourd'hui, vers midi. Il ne m'a pas vu. Qu'est-ce qui suscite chez vous cet intérêt pour la semaine du match contre Delton ?

— Mélissa est chargée de rédiger un journal de sa dernière année de secondaire pour la postérité, mentit-il.

— Une tranche de vie, répondit Tucker avec un sourire compréhensif, en raccompagnant l'ancien shérif à sa voiture. TD Hall et John Caldwell. Quelle équipe ! À mon avis, John aurait pu être un excellent professionnel. Vous l'auriez imaginé devenir prêtre ?

— Pas à la sortie du secondaire, admit Deke, qui avait désormais une idée de ce qui avait incité le jeune homme à entrer dans les ordres. Merci beaucoup, *coach*.

Le cœur lourd, Deke retourna en ville. S'il faisait tomber Trey Don Hall, il anéantirait également John Caldwell, qui avait passé sa vie à se racheter d'une erreur de jeunesse. Trey s'était tourné vers la richesse et la gloire sans jamais regarder en arrière. John, lui, avait porté son fardeau sur le chemin de la pauvreté, de la chasteté et de l'obéissance à Dieu. Deke était certain que John était allé chez les Harbison pour atténuer, voire empêcher un acte de cruauté envers le bélier. Il était prêt à parier que Trey avait opté pour le scénario de l'asphyxie autoérotique parce que John avait refusé de faire passer la mort de Donny pour un suicide.

Laver la réputation de Donny auprès de ses parents valait-il la peine de ruiner celle de John Caldwell ? Il était considéré comme un saint, dans le comté, et avec raison. La dénonciation et l'arrestation éventuelle du prêtre pour obstruction à la justice auraient des conséquences dévastatrices sur l'Église, sans parler des Harbison. Que ressentiraient-ils en apprenant que cet homme qu'ils aimaient comme un fils avait eu un rôle à jouer dans la disparition de leur enfant et la mise en scène de sa mort ? Le scandale chasserait de la paroisse l'homme le plus honorable que Deke connaisse. Sans doute renoncerait-il à la prêtrise. Sa vie, son travail seraient anéantis.

Avait-il le droit, tant d'années plus tard, alors que le passé était presque oublié, la vie de chacun bien réglée, de déterrer et de révéler une vérité si destructrice ?

Il n'avait pas à se poser ces questions. À ses yeux, la vérité valait toujours mieux qu'un mensonge, quelles que soient les conséquences. La vérité ne détruisait pas, elle construisait. Il était policier et avait la justice dans le sang, même s'il ne portait plus l'insigne. En tant que père de famille, il voudrait que son fils repose en paix, lavé de toute honte. Son honneur vaudrait mieux que le prix de la vérité. Le prêtre devrait accepter son destin.

Toutefois, avant de faire part de ses hypothèses au shérif, il devait être certain de ses preuves. En ville, il s'arrêta chez Bennie pour parler à Cathy, mais elle était partie de bonne heure et ne reviendrait plus de la journée. Béa avait l'impression qu'elle avait un problème personnel. Deke devinait lequel. Déçu, il regagna sa voiture pour appeler Paula sur son portable. Par chance, elle ne décrocha pas et il put lui laisser un message pour lui annoncer qu'il passerait la nuit à Kersey, chez leur fille. Il envisageait d'assister à la messe de dix-huit heures à St. Matthew. Il avait une idée de l'endroit où relever les empreintes digitales du père John…

Chapitre 55

Trey ouvrit les yeux et cligna les paupières, désorienté. Cela faisait longtemps qu'il ne s'était pas réveillé dans une pièce inconnue, et jamais pour se trouver face à un crucifix accroché au mur. La chambre de John. Submergé par le désespoir, il se rappela que son ami était parti voir Cathy. Elle devait désormais le haïr avec la même intensité qu'elle l'avait aimé. Il posa les pieds à terre au risque d'avoir un vertige. Il était dix-sept heures. Il avait dormi plus de trois heures. Tant mieux, car il attendrait moins longtemps sa conversation avec les Harbison. Dans la salle de bains, il se passa de l'eau froide sur le visage et se rinça la bouche en évitant de se regarder dans la glace car il savait ce qu'il verrait. « Tes péchés finiront par te rattraper », lui avait plusieurs fois répété sa tante. Chacune de ses fautes était gravée dans ses traits amaigris d'homme malade.

Il sortit dans le couloir pour aller chercher son sac dans la voiture. Son estomac chargé de médicaments réagit à une odeur appétissante provenant de la cuisine. Une fillette passa devant lui d'un pas léger. Sans doute allait-elle souper. En jetant un coup d'œil dans la salle à manger, il vit une tablée d'enfants. Une adolescente, apparemment une pensionnaire, distribuait de petits pâtés.

Il avait garé la voiture près de l'un des poteaux d'attache encore présents à l'entrée de la maison. Une fleur blanche d'oranger était coincée sous un essuie-glace. Il la dégagea pour l'examiner. Un petit miracle de la nature, songea-t-il. Vaporeuse, odorante, parfaitement dessinée, comme Cathy. Il fut envahi d'un sentiment de paix inattendu. Pourquoi n'avait-il pas remarqué ces petits détails à l'époque où ils auraient tout changé ?

Il glissa la fleur dans la poche de sa chemise qui contenait le chèque de Deke et, pris d'une impulsion, suivit une allée de briques vers l'arrière de la bâtisse. Elle n'existait pas la dernière fois qu'il était venu. Quelqu'un avait soigné le motif, la pose des briques, un travail d'expert, sans doute la bonne action d'un paysagiste. John était très doué pour inciter les gens à faire le bien. La grange dans laquelle ils avaient pendu Donny était toujours là. Sa sérénité passagère fit soudain place à un froid glacial. Il posa son sac et emprunta une allée qui longeait le verger et le potager. Tout était bien entretenu. En arrivant devant une série d'enclos et de granges abritant animaux et outils, il entendit le bruit d'une scie.

Lou Harbison leva les yeux de son ouvrage et éteignit le moteur de sa scie électrique.

— Bonjour, dit-il en relevant ses lunettes de sécurité. Tu cherches quelque chose ?

— Non. Je jette un coup d'œil à ce que vous avez ici, le jardin, les bêtes… Vous avez toujours des poules ?

— Il y a un poulailler de l'autre côté de la grange. Tu te souviens de ça ?

Lou rougit légèrement, à la fois surpris et content, sans doute parce que, après avoir mené la grande vie, Trey se rappelait un détail aussi modeste que les poules de sa femme. Si Lou Harbison semblait plus conciliant, moins torturé que sa femme, ils donnaient tous les deux l'impression qu'il leur manquait quelque chose.

— Bien sûr que je me souviens, répondit Trey. Je n'ai jamais mangé d'aussi bons œufs. Ma tante me préparait des crêpes bien dorées.

— C'est parce qu'on donnait du maïs à manger à nos poules, pas d'hormones ni de produits chimiques.

— C'est tellement meilleur, sans additifs.

— Et comment !

Lou tenait encore sa scie électrique. Son expression polie semblait demander à Trey s'il avait quelque chose à ajouter.

— Vous faites le bien, ici, monsieur Harbison.

— On peut remercier le père John. Sans lui, ce foyer ne serait pas grand-chose. Betty et moi… non plus, d'ailleurs.

Il s'exprimait avec douceur, sans l'ombre d'une menace, mais ses paroles étaient teintées d'une mise en garde et d'une supplication sous-entendue. *Ne va pas chercher des ennuis à John… je t'en prie.*

Trey hocha la tête et sortit. Tandis qu'il s'approchait de la maison, Betty apparut sous le porche arrière, l'air soupçonneux. Elle avait dû le voir par la fenêtre de la cuisine, celle par laquelle son fils les avait repérés, ce jour funeste.

— Je vois que tu es debout, dit-elle.

Plus pour longtemps, mais merci quand même, eut-il envie de répondre. Hélas, elle ne semblait pas d'humeur à plaisanter.

— J'ai eu envie de me promener dans votre belle propriété. Il fait tellement beau.

Mon dernier après-midi dans le nord du Texas.

Chaque fois qu'une telle pensée lui venait, la terreur venait briser la surface de son acceptation de la mort.

Elle se détendit un peu.

— C'est vrai. Le père John m'a dit que tu avais été malade après ton dîner et que je devais te servir un bol de bouillon de poulet. Rentre donc.

Elle lui ouvrit la porte moustiquaire d'un air déterminé qui n'acceptait aucune protestation.

Il pénétra à contrecœur dans la cuisine et aperçut la photo de Donny, près d'un vase rempli de fleurs.

— Tu penses pouvoir digérer un pâté au poulet? demanda Betty. Tu m'as l'air d'avoir besoin de quelque chose de plus substantiel que du bouillon. Il y a aussi de la gelée de pêches du jardin.

— Je ne dis pas non, répondit Trey.

Elle afficha enfin un sourire.

— Tu devras patienter quelques minutes, le temps que je fasse partir les enfants qui vont à la messe.

— Volontiers.

Resté seul, il retourna à la porte moustiquaire, d'où Donny avait surgi comme un fou. Il était gonflé, le petit salaud. Au bout de toutes ces années, Trey ne l'avait pas oublié.

Il vit Lou s'installer au volant d'une vieille fourgonnette utilisée pour le transport des enfants de Harbison House. Dans le couloir et dans l'escalier, il entendit une course bruyante et des éclats de voix. Betty réapparut enfin dans la cuisine.

— Vous avez finalement acheté un nouveau rouleau à pâtisserie ? lui demanda Trey.

— Oui, dit-elle en arquant les sourcils. Il y a longtemps. Juste après que le mien a disparu. Comment savais-tu que je l'avais perdu ?

— Ma tante a dû m'en parler, répondit-il avec un sourire désarmant. Ce sont les pâtés qui m'y ont fait penser.

Il s'assit de façon à tourner le dos à la photo de Donny et mangea autant que le lui permit son estomac atrophié, glissant quelques bouchées au chien posté près de sa chaise.

Il régnait toujours une grande activité, dans la maison. Betty ignora Trey tout en vaquant à ses occupations dans la cuisine. Elle se trouvait dans son élément, à distribuer des ordres aux enfants, mais de façon très maternelle. Trey reconnut l'influence de son ami dans son attitude.

— Que dirait le père John? lança-t-elle plus d'une fois lorsque les enfants qui essuyaient la vaisselle se chamaillaient et que d'autres se disputaient sur les émissions de télévision.

Trey plia sa serviette et porta son assiette et ses couverts dans l'évier. Il faisait bien chaud, au rez-de-chaussée. Il lui restait encore quelques heures avant de se confesser. Il aurait presque préféré les passer dans une unité de soins intensifs plutôt que d'attendre à l'étage, dans la chambre de John.

— C'était délicieux, madame Harbison. Je n'ai jamais aussi bien mangé. Ça vous ennuie que je visite les lieux?

— Non, vas-y.

La cuisine donnait sur un long couloir dont les murs étaient tapissés de photos du prêtre et des enfants de Harbison House dans des moments de joie, de jeu et de succès. Betty se sécha les mains sur son tablier et se faufila derrière lui tandis qu'il les observait.

— Ce n'est qu'une partie de celles que l'on a prises au fil des années, expliqua-t-elle. Tu ne trouveras aucune de ses distinctions, comme les récompenses attribuées par le Club Rotary pour services rendus à la communauté ou encore le père John posant avec les notables. Tout ça est remisé au grenier.

— Je reconnais bien John, fit Trey d'un ton cynique.

Son propre bureau, en Californie, était un véritable temple à la gloire de son ego, rempli de gages de son succès.

— C'est un homme merveilleux. Je ne sais pas ce que les gens d'ici feraient sans lui.

Une lueur de mise en garde apparut dans son regard, plus marquée que chez son mari.

— Les enfants l'adorent. Mon mari et moi le considérons comme notre fils. Tu te souviens que nous avons perdu un garçon…

— Je me souviens.

Elle garda les yeux rivés sur lui. Que pensaient-ils donc qu'il était venu faire ici? Défroquer le père John? Transpercé par ce regard, Trey retint son souffle. Mon Dieu! Soudain, une idée terrifiante lui vint à l'esprit. La voix de John résonna dans sa tête malade. *De ta part du fardeau, oui. La mienne pèse encore.*

Il dut blêmir et chanceler, car Betty lui agrippa le bras.

— Que se passe-t-il? Tu as encore mal au cœur?

— J'ai besoin de m'asseoir… là-bas.

Il désigna un coin relativement calme du salon.

— Tu veux un verre d'eau?

— Non, répondit-il en se massant les tempes. J'ai besoin d'un endroit pour réfléchir.

Elle le laissa assis sur une chaise droite, devant la cheminée. Il l'entendit ordonner aux enfants qui l'aidaient à la cuisine de baisser le ton. Trey avait l'impression d'avoir reçu un seau d'eau glacée sur la tête. John penserait-il que, son vieil ami ayant soulagé son âme auprès des Harbison, il était libre d'en faire autant? Quand John n'aurait plus à garder le silence, écouterait-il enfin sa maudite conscience pour renoncer à tout afin de se mettre en règle avec Dieu?

Seigneur, c'était bien possible…

Et s'il incriminait involontairement John en disant la vérité? Son cerveau n'était plus très vif. Sa langue risquait de fourcher. Et s'il disait « nous » au lieu de « je »? Et si la perspicace Mme Harbison posait des questions auxquelles il répondrait maladroitement? Ou encore, s'ils décidaient de le dénoncer à la police? Il était parti du principe que les Harbison préféreraient garder pour eux les détails gênants de la mort de leur fils car ils n'avaient rien dit vingt-trois ans plus tôt… mais s'il se trompait? S'ils voulaient se venger de lui? Il ne comptait pas leur révéler qu'il était condamné par la maladie. Pourtant… comment avoir la certitude que, même en évoquant sa maladie incurable, Betty et Lou Harbison ne réclameraient pas justice pour Donny? S'ils voulaient le faire accuser d'homicide, il y aurait une enquête. John serait impliqué…

Dieu du ciel! À quoi pensait-il donc?

Il se leva et alla chercher son sac pour le monter dans la chambre.

— Tout va bien? demanda Betty, au pied des marches.

— Je ne me suis jamais senti aussi bien, madame Harbison!

Chapitre 56

Chez Mélissa, Deke refusa de souper et passa dans le bureau de son gendre pour téléphoner. Il lui restait un quart d'heure avant de se rendre à la messe. Il terminerait ses appels dans la soirée, à son retour. Par chance, Thelma Goodson, la professeure d'économie familiale, figurait sur la liste des anciens élèves de sa fille. Il l'appela en Floride, mais n'obtint pas de réponse. Au lieu de lui laisser un message, il décida de réessayer plus tard. Il contacta ensuite Harbison House en espérant que Lou soit déjà parti avec les enfants. Une mère était plus susceptible de connaître les réponses que cherchait Deke, et Betty ne répéterait rien à personne, pas même à Lou.

Il la trouva un peu hésitante lorsqu'il se présenta. Elle se comportait ainsi avec lui depuis la découverte du corps de Donny. Il lui demanda s'ils pouvaient parler en privé.

— Je suis avec une des filles, dans la cuisine. Vous voulez que je lui dise de sortir ?

— Non, ça ira. Il faut que cette conversation reste entre nous, d'accord ?

— Je vous dois bien ça, répondit Betty un peu sèchement. Je ne dirai rien à Lou. Qu'est-ce qui vous préoccupe ?

Comme il s'y attendait, sa première question la laissa perplexe :

— Si Trey Hall connaissait Donny ? répéta-t-elle. Eh bien, oui, il le connaissait vaguement. Pourquoi ?

— Je ne peux pas vous le dire, Betty. Qu'entendez-vous par « vaguement » ?

— Ils n'étaient pas amis, loin de là, mais ils se croisaient quand Trey venait chercher une commande de sa tante.

Deke avait bien deviné. Voilà comment Trey savait que Donny s'occupait de la mascotte de son école.

— Et John ?

— Ils se parlaient de temps en temps, à l'église. Vous suscitez ma curiosité, shérif.

— Je veux bien vous croire. Betty, je dois vous poser une autre question : Trey savait-il que Lou et vous seriez absents de chez vous la semaine où Donny est mort ?

Le silence de Betty était éloquent. Elle était surprise.

— Trey aurait pu l'apprendre de la bouche de Mabel. Elle devait faire partie des clients que j'ai prévenus de notre départ.

Deke poussa un soupir satisfait. Une nouvelle pièce du casse-tête venait de se mettre en place.

— C'est… bizarre que vous me posiez des questions sur Trey Hall, reprit Betty. Vous savez peut-être qu'il dort chez nous, ce soir. Tout à l'heure, il m'a demandé si j'avais remplacé mon rouleau à pâtisserie, ce qui m'a étonnée. Mon rouleau à pâtisserie, je l'ai cherché partout pendant une semaine, après notre retour, cette semaine-là.

Deke se redressa vivement.

— Vous avez fini par le retrouver ?

— Non. Je l'ai utilisé le lundi matin pour préparer des biscuits. J'en ai laissé pour Donny. Quand j'ai voulu m'en resservir, par la suite, il n'était plus dans le tiroir.

Une arme ! Donny avait dû se munir du rouleau à pâtisserie en voyant les deux sportifs de l'école rivale dans sa cour. Il avait dû comprendre ce qu'ils avaient en tête.

— Il m'a affirmé que sa tante lui avait raconté que je l'avais égaré, dit Betty, mais je ne vois pas pourquoi je lui aurais parlé de ça.

Deke fut parcouru de frissons, de même que Betty, sans doute, songea-t-il.

— Trey s'en va toujours demain matin ?

— D'après le père John, c'est son intention, oui.

Demain matin. Cela ne lui accordait que peu de temps.

— Je vous demande une nouvelle fois de ne rien répéter de cette conversation jusqu'à ce que je vous recontacte, Betty. C'est promis ?

— Promis… Vous me faites peur, shérif.

— Je sais. Hélas, je n'y peux rien. Je vous remercie pour votre coopération.

Deke raccrocha. L'étau se resserrait. Le seul problème demeurait cette histoire d'horaire. Il avait relu les notes qu'il avait prises de mémoire (ses notes d'origine se trouvaient parmi les pièces à conviction, chez Randy) en quête d'un détail qui lui aurait échappé, mais rien ne situait Trey et John dans la cour de Donny après son retour de la répétition de la fanfare. Cependant, il trouverait. Il referma son calepin. L'heure était venue de se rendre à la messe.

Au moment de sortir, une idée le frappa. Il avait négligé la règle numéro un de l'enquête policière : ne jamais rien considérer comme évident. Il revint sur ses pas et fouilla les tiroirs dont il sortit un vieil annuaire téléphonique. Le nom qu'il avait oublié mais qu'il reconnaîtrait sans doute commençait par un P. Deke avait eu affaire à lui lors de sa première enquête. Peut-être cet homme vivait-il encore à Delton. Voilà ! Martin Peebles, chef de la fanfare de l'école. Deke se souvenait d'un petit homme imbu de lui-même, qui semblait lui en vouloir de lui faire perdre un temps précieux avec ses questions. Deke avait de la chance : il décrocha au bout de six longues sonneries. Deke lui fit une nouvelle fois perdre son temps en vérifiant qu'il s'agissait bien de la bonne personne, puis il lui demanda de se remémorer l'après-midi en question.

— Euh… le 4 novembre… Oui, je m'en souviens bien.

— Vous rappelez-vous si Donny Harbison a participé à la répétition, après les cours ? Je sais qu'il était là lors du dernier cours, parce qu'il n'était pas inscrit comme absent. Était-il à la répétition du défilé ?

— Vous vous trompez, monsieur Tyson. Donny n'était pas présent lors du dernier cours.

— Comment ? fit Deke, en crispant les doigts sur son téléphone. Il n'était pas noté comme absent. Vous êtes sûr ?

— Absolument ! Qui oublierait la date de la naissance de son fils ? Cet après-midi-là, ma femme a eu ses premières contractions et j'ai confié mon dernier cours à un assistant. En revanche, j'ai dispensé les élèves de dernière année et j'ai annulé le défilé.

— Pourquoi ne me l'avez-vous pas dit quand je vous ai interrogé, à l'époque ? cria Deke.

— Sans doute parce que vous ne m'avez pas posé la question, shérif. Vous vouliez savoir si Donny aurait pu sécher la répétition, et je vous ai assuré qu'il n'aurait manqué ça pour rien au monde.

Deke faillit tomber à la renverse. Il la tenait, sa pièce manquante ! Il récolterait son ultime élément, puis dérangerait Charles et Randy, en ce vendredi soir, en insistant pour qu'ils le rejoignent au laboratoire médico-légal d'Amarillo. Il ne trouverait le repos que lorsque les empreintes digitales « Y » seraient comparées à celles qu'il allait recueillir. Il était attristé de l'admettre, mais il était certain que le résultat lui permettrait de reconstituer toute l'histoire.

Cathy regarda une dernière fois dans le miroir et enfila un gilet bleu vif assorti à l'imprimé de sa robe d'été. Trey aimait la voir porter cette couleur azur. Elle consulta une nouvelle fois sa montre. 17 h 30. Enfin, l'heure de partir !

Elle pensait que ce moment ne viendrait jamais. Il fallait qu'elle s'assure que John soit en route pour la messe avant de se présenter à Harbison House pour parler à Trey. Lou et la plupart des enfants étant absents, la maison serait calme. La porte d'entrée n'était verrouillée qu'à l'heure du coucher. Si Betty était à la cuisine et les enfants dans la salle de télévision, elle se faufilerait discrètement à l'intérieur, monterait dans la chambre d'amis et remplirait sa mission à l'insu de tous. Plus tard, quand Trey disparaîtrait, nul ne pourrait raconter à John qu'elle était venue, à moins que quelqu'un ne remarque sa voiture, à l'extérieur.

L'ombre des anciens péchés… ne hantait que les bons, songea-t-elle. Les méchants leur échappaient toujours. Pas cette fois. Elle pensait convaincre Trey Don Hall de mourir avec sur la conscience le péché qu'il était venu confesser.

Dans la chambre de son ami, Trey s'assit derrière le bureau et sortit le chèque de Deke de sa poche. La fleur blanche s'en échappa. Il prit un stylo et inscrivit son nom au dos du chèque, puis y joignit le petit mot suivant « Pour les enfants. Je m'en vais, Tiger. J'ai réfléchi et j'ai décidé de ne rien dire. Je compte sur toi pour garder le silence. Épargne-moi d'être sali et prie pour moi. Avec tout mon amour, jusqu'au bout, Trey. »

Il posa la fleur blanche dessus. Elle s'était fanée. De sa perfection ne restait plus que le parfum. Quand il serait mort, que resterait-il de lui ?

Sans dire au revoir, il quitta la maison. Le soleil s'était couché, faisant place à un ciel strié de pourpre et de rouge, d'orange et de jaune. Il avait oublié la splendeur des couchers de soleil dans le nord du Texas en juin, le calme de la prairie, à la fin de la journée. Sans John et Cathy, autrefois, il aurait vécu ce moment avec mélancolie.

En voyant le jour décliner, il pensa au temps qu'il lui restait à vivre. Cette fois, la perspective de la mort ne le submergea pas d'une panique suffocante. Il était calme, serein, un état qu'il n'avait connu que pendant certains matchs lorsqu'il apportait la victoire à son équipe en allant contre les consignes des entraîneurs. Grâce aux caprices de sa mémoire, il se revit à Miami, en première année.

Il est sur la ligne des cinq verges, il ne reste que sept secondes à jouer. Les Hurricanes profitent de leur ultime temps mort pour décider d'une tactique. Il est avec ses entraîneurs, sur la ligne de touche. De leur décision dépend leur qualification pour le championnat national. Les entraîneurs ont des avis divergents, mais ils finissent par s'accorder sur un code 76. Trey n'est pas convaincu. Ses coéquipiers l'observent, confiants. Se fiant à son instinct, il crie un code différent qui leur permet de remporter la partie.

C'était ce qu'il venait de faire. C'était la dernière phase de jeu et il venait de changer de tactique, oubliant la sagesse et l'intérêt personnel. Il ne pouvait imposer tant de problèmes à son meilleur ami, provoquer la chute de John. Il devrait mourir sans le semblant de rédemption qu'il espérait trouver en avouant la vérité aux Harbison. Il regrettait de les avoir fait souffrir, de les avoir brisés, mais il ne leur prendrait pas leur second fils. Il préférait brûler en enfer plutôt que de ruiner John et son œuvre pour sauver son âme corrompue. De retour à Carlsbad, il reprendrait la lettre qu'il avait confiée à son notaire afin qu'il la poste après sa mort. Il l'avait écrite avant de décider de venir en personne chercher le pardon et affronter la vérité. À présent, il refusait de mettre son ami en danger.

Une voiture blanche venait à sa rencontre. Juste avant de la croiser, il vit qui se trouvait au volant et n'en crut pas ses yeux. Poussant un cri de joie, il se mit à klaxonner et à agiter le bras. Surpris, plein de gratitude, il se gara sur le bas-côté. Comme il s'y attendait, la Lexus ralentit et fit demi-tour sur la route de campagne déserte, avant de s'arrêter juste derrière lui. En voyant la portière s'ouvrir, il descendit de voiture, affichant un large sourire, et tendit les bras :

— Si je m'attendais à…

— Va au diable.

— Quoi ?

— Va au diable !

En voyant le fusil, il baissa les bras.

— Catherine Ann ! s'écria-t-il au moment où l'arme se levait.

Il reçut alors une balle en plein cœur.

Chapitre 57

Les nouveaux employés et la réceptionniste de la Morgan Petroleum Company travaillant normalement jusqu'à dix-huit heures, même le vendredi, Will Benson n'avait pas coutume de quitter son travail à dix-sept heures trente.

— Tu as un rendez-vous, Will ? demanda Linda, toujours désireuse d'en savoir plus sur le séduisant ingénieur.

— En quelque sorte.

— Ah bon ? Tu n'en es pas sûr ? insista un collègue qui se trouvait là, avec un clin d'œil à Linda.

— Je crois que je ne vais pas être très bien accueilli, expliqua Will en sortant.

En roulant vite, il lui faudrait presque une heure pour gagner Harbison House. De plus, il devrait s'arrêter pour faire le plein d'essence, ce qui le ferait arriver vers dix-huit heures trente, soit une demi-heure après sa mère, laquelle lui avait semblé bien décidée à régler ses comptes avec son père indigne. Où d'autre aurait-elle pu se rendre à cette heure-là, un vendredi, laissant Béa se débrouiller seule au restaurant qui affichait complet ? Elle l'avait alarmé lorsqu'elle l'avait invité à les rejoindre, elle et le père John, chez elle, après la messe. Elle avait refusé de lui expliquer pourquoi, mais semblait à la fois tendue et exaltée.

— Fais ce que je te demande, chéri, dit-elle simplement, sachant qu'il devrait annuler son rendez-vous du vendredi avec Misty, sa petite amie.

— Il t'a contactée ? demanda Will.

— Non. Et il ne le fera plus, maintenant. Crois-moi, tu ne devrais pas le contacter non plus.

Ce « maintenant » sous-entendait qu'elle avait appris quelque chose sur son père. Malheureusement, elle avait raccroché avant qu'il ne puisse l'interroger. Quelques minutes plus tard, il avait appelé le restaurant afin d'obtenir des précisions, mais Béa lui avait répondu qu'elle était partie vers treize heures et qu'elle n'était pas revenue. Elle ne se trouvait pas chez elle, ne répondait pas sur son portable. Will avait alors quitté son bureau. Il n'allait tout de même pas laisser sa mère affronter seule Trey Don Hall !

Il ne pouvait lui reprocher d'avoir envie de le revoir, ne serait-ce que pour lui dire en face qu'il n'était qu'une ordure. Durant l'après-midi, chaque fois que le téléphone sonnait ou qu'une voiture arrivait, il s'était attendu à entendre ou à voir Trey Don Hall apparaître. La curiosité le pousserait peut-être à vouloir rencontrer son fils. Quelles que soient ses explications, Will n'en aurait que faire. Du moins voulait-il s'en persuader, car il aurait la chance de dire à cette ordure ce qu'il pensait de lui, il aurait la satisfaction de lui infliger le sentiment de rejet dont sa mère et lui avaient souffert pendant des années.

En fin d'après-midi, juste avant le coup de fil de Cathy, il avait compris que son père ne l'appellerait pas, qu'il ne viendrait pas, qu'il quitterait la ville sans même avoir posé les yeux sur lui, une perspective qui, étonnamment, le laissait désemparé. Même avant l'appel de sa mère, il était presque décidé à ne pas laisser son père s'en tirer à si bon compte. Trey Don Hall rencontrerait son fils, il saurait à quoi il ressemblait, il saurait à quel point il le détestait. Voilà pourquoi il se rendait à Harbison House.

Il était près de dix-huit heures quinze quand il vit sa mère, à bord de sa Lexus, au croisement de la route menant à la maison. Il avait rempli le réservoir de sa Jeep et rangeait son reçu quand il remarqua le véhicule arrêté au feu rouge. Sa mère regarda dans les deux sens avant de s'engager sur l'autoroute en direction de Kersey. Will eut l'impression qu'elle cherchait à passer inaperçue. Son visage pâle et tendu l'étonna. Elle semblait très secouée.

Will la laissa s'éloigner sans lui faire signe. Elle portait un vêtement bleu vif, elle avait les cheveux soyeux, coiffés avec soin pour rencontrer l'homme qu'elle était censée ne plus aimer. Will en eut des sueurs froides. Pourquoi s'était-elle pomponnée ? Sa mère s'était-elle rendue à Harbison House pour se réconcilier avec son père ? Le séduire ? Apparemment, cela ne s'était pas bien passé. Trey Hall l'avait envoyée balader, l'avait fait souffrir une nouvelle fois. Will serra les dents et démarra en trombe. Ce salaud ne l'enverrait pas balader, lui !

Cinq minutes plus tard, il arriva à la hauteur du cadavre. Il vit d'abord la voiture grise garée sur le bas-côté, puis la dépouille allongée sur le dos, près des roues arrière. Will se mit à hurler. Il s'arrêta de l'autre côté de la route et se précipita vers le corps inanimé. Bouche bée, il regarda fixement le visage immobile du légendaire Trey Don Hall, son père. *Oh non…*

Il tomba à terre et prit la main de Trey. Elle était raide mais pas froide. Il y restait assez de vie pour qu'il sente le contact de son père, mais sans que ce soit réciproque. Il se mit à pleurer. Ses larmes coulèrent sur la chemise de soie grise, ajoutant des taches au cercle rouge foncé marquant l'entrée de la balle. Le jeune homme eut un sentiment de perte. À présent, il ne connaîtrait jamais son père, cet homme que sa mère avait tué avec le fusil qu'elle gardait sous son lit.

De retour chez elle, Cathy se rua vers l'armoire à pharmacie en quête d'un flacon de calmants périmés dont elle ne s'était jamais servie. Ses mains tremblaient tellement qu'elle en renversa la moitié sur le sol. Le souffle court, le cœur battant à tout rompre, elle avala deux cachets avec un verre d'eau chaude afin de détendre sa gorge nouée. Elle était pâle et avait le regard sombre et froid. En fermant le robinet, elle remarqua avec effroi une tache brune sur la manche de son gilet bleu. Elle avait tâté le pouls de Trey… Elle ôta vivement le lainage et le glissa dans la corbeille de linge sale.

Elle s'efforça de respirer profondément, puis se rendit dans sa chambre pour s'installer dans sa chaise berçante. Doucement, elle souffla en rentrant le ventre. « Essaie de toucher ta colonne vertébrale », lui disait sa grand-mère, citant un manuel sur la façon de surmonter le mutisme sélectif. Cathy maintint cette posture pendant dix secondes, puis poursuivit avec les exercices de respiration dont elle se souvenait jusqu'à ce qu'elle ressente une certaine torpeur. Quand son corps fut détendu, elle essaya de parler.

— Bon sang, Trey, dit-elle à voix haute, qui a pu te faire ça ?

Elle aurait tout donné pour revenir en arrière, mais le choc d'avoir trouvé Trey assassiné l'avait momentanément enfermée dans le mutisme. Dès qu'elle avait découvert son cadavre, près de la voiture, le choc lui avait dicté ses actes et ses pensées. Elle avait couru vers lui en criant son nom, mais aucun son n'était sorti. Ses sentiments pour lui avaient surgi des profondeurs dès qu'elle l'avait vu gisant inerte sur le sol. Le vent faisait voleter le col de sa chemise, ses cheveux et la poussière autour de lui. Pétrifiée, elle avait plongé dans son regard sombre et familier, figé dans la stupeur. Comme elle aurait voulu y lire qu'il la reconnaissait. *C'est moi, Trey. C'est moi !* Agenouillée près de lui, elle avait cherché son pouls, sans rien sentir sous ses doigts engourdis. Il avait quitté ce monde, ce garçon si plein de vie, son amour.

En voulant appeler le 911 sur son portable, elle avait constaté qu'aucun mot ne sortait de sa bouche. Elle ne pouvait que râler, impuissante, tandis que des larmes coulaient sur son téléphone inutile. Elle refusait de laisser Trey exposé aux éléments, vulnérable, mais il fallait qu'elle trouve de l'aide. Au loin, elle avait entendu un tracteur, sans savoir où il se trouvait. Elle avait pensé à gagner Harbison House et à noter sur un papier que Betty devait appeler le shérif, mais qui avait pu faire cela ? Qui avait une raison de tuer Trey, à part elle-même ?

Oh non…

Dès lors, son instinct de survie avait pris le dessus. Avec la précision d'un robot, elle avait fait demi-tour au volant de sa voiture, puis s'était arrêtée pour effacer les traces de pneus de la Lexus à l'aide d'un balai qu'elle utilisait pour nettoyer les tombes de sa grand-mère et de Mabel. Enfin, elle était partie, laissant le corps de Trey sur place, seul, dans le froid, à la nuit tombée.

Les calmants commençaient à agir. Elle se leva de sa chaise, en proie à des regrets. Elle s'était comportée comme une coupable. Elle aurait dû signaler la mort de Trey et compter sur sa bonne foi. Elle avait préféré s'épargner de nombreuses complications. Une fois de plus, la mère de Will se serait trouvée au cœur de toute l'attention du public et des rumeurs. Les langues allaient se délier quand les gens apprendraient que le prêtre était le père de son enfant.

Les soupçons pèseraient sur elle quoi qu'il arrive. Randy Wallace serait contraint de l'interroger, mais il le ferait en douceur et n'aurait aucun élément pour la relier au crime, à part le fait qu'elle avait dû vouloir la mort de Trey. Mais la police saurait que Trey était revenu pour avouer à John la vérité sur les origines de Will, et alors quelle raison aurait-elle eu de le tuer ? Elle ne pouvait que se réjouir de cette nouvelle et être reconnaissante envers Trey d'avoir avoué la vérité avant d'être tué. Au besoin, un test ADN viendrait confirmer ses dires. De plus, le père John lui avait annoncé que Trey était atteint d'une maladie incurable. Pourquoi tuer un homme qui va mourir ? L'expertise balistique démontrerait que son fusil n'avait pas servi à tirer sur Trey. Il ne lui manquait qu'un alibi. Elle pensait pouvoir inventer une histoire crédible sur l'endroit où elle se trouvait à l'heure du crime.

Il ne fallait pas que Randy apprenne qu'elle était sur la route et pourquoi. Elle s'était rendue à Harbison House pour éviter que Trey ne révèle un secret susceptible d'anéantir le père de son enfant, l'homme qu'elle aimait, et il ne parlerait plus. John ne devait pas apprendre ce qu'elle avait fait, dans l'après-midi. Il ne la croirait jamais capable de tuer, mais il savait qu'elle avait des envies de meurtre, quand il l'avait quittée. À quoi bon l'inquiéter sur les raisons éventuelles qu'aurait la police de la soupçonner du crime ?

John et Will arriveraient dans moins d'une heure et il fallait qu'elle se comporte comme si elle ignorait que Trey était mort. Il fallait que cette soirée soit joyeuse et mémorable. Elle ne permettrait pas que, dans la mort, comme si souvent durant sa vie, Trey gâche ce moment précieux. Quand Randy viendrait l'interroger, elle affirmerait avoir quitté le restaurant de bonne heure pour préparer le souper pour son fils et le père John afin de célébrer une occasion spéciale. Comment saurait-il que ses fameuses lasagnes et son gâteau au fromage exigeaient des heures de préparation et se trouvaient au congélateur depuis une journée d'hiver où elle était d'humeur à cuisiner ?

Pour la messe du vendredi soir, Deke fut étonné de trouver l'église presque pleine. Étant protestant, il n'imaginait pas d'aller à la messe un autre jour que le dimanche. Le vendredi soir était fait pour se détendre à la maison, sauf pendant la saison de football. La pleine lune, peut-être… Il dut se résoudre à prendre place à l'un des premiers rangs.

Il était en retard et la messe avait commencé. John Caldwell se trouvait à gauche de l'autel, tout de blanc vêtu. Lorsqu'il remonta l'allée centrale, le prêtre posa sur lui un regard étonné. L'espace d'un instant, leurs regards se croisèrent. John était un peu troublé, Deke prit un air amical et innocent. L'ancien shérif le trouva un peu vieilli, depuis la dernière fois qu'ils s'étaient vus.

Lorsque le prêtre commença son sermon, Deke crut que c'était presque terminé, mais il comprit vite pourquoi les fidèles étaient venus en masse : le prêtre et la pertinence de son propos, son éloquence. À l'église d'Amarillo que fréquentait Deke, la congrégation était moins attentive, voire bruyante, parfois. Pas ici. À St. Matthew, seule une quinte de toux venait perturber l'assistance qui écoutait la voix de John, vibrante de sincérité.

Deke était mal à l'aise. Qui pourrait remplacer le prêtre ? Comment ces fidèles pourraient-ils croire en un autre guide spirituel après avoir perdu toute confiance en John Caldwell ? Il y avait de quoi ébranler la foi. L'Église catholique était déjà sous le coup de scandales liés à des soupçons d'abus sexuels, sans parler des affaires de corruption qui avaient jeté la disgrâce sur des institutions financières et responsables gouvernementaux.

Il n'avait pas à en tenir compte, songea Deke en chassant de vagues remords. En dépit de sa jeunesse, à l'époque, et de ses justifications, John Caldwell avait contribué à maquiller un meurtre, ou une mort accidentelle, et plongé des parents éplorés dans l'enfer.

Vint le moment qu'il attendait. Il regarda le prêtre prendre un verre d'eau, dans une niche. Celui-ci but une gorgée et reposa le verre à sa place avant de lever les bras vers la congrégation.

— Que la paix du Seigneur soit toujours avec vous !

— Et avec votre esprit ! répondirent les fidèles.

Deke reconnut le moment où les fidèles se serrent la main ou s'embrassent. À sa grande surprise, le prêtre se dirigea vers lui.

— Que la paix du Seigneur soit avec vous, shérif.

Un peu troublé, Deke déclara :

— Et avec vous, mon père.

Le regard du prêtre lui fit penser à Judas, lors de la Cène.

Enfin, la messe s'acheva. Le père John donna sa bénédiction, puis il suivit les enfants de chœur dans l'allée pour saluer les fidèles. Deke patienta jusqu'à ce qu'il se retrouve seul à l'avant de l'église. Nul ne vit l'ancien shérif du comté de Kersey gravir les deux marches menant à l'autel pour subtiliser le verre d'eau du père John, avant de sortir discrètement par une porte latérale.

Le lendemain matin, en venant nettoyer l'église, les bénévoles de la société des Dames du sanctuaire remarquèrent que le verre à l'effigie des Jésuites avait disparu.

Chapitre 58

Will arriva le premier. Sur son insistance, Cathy gardait les portes verrouillées, même quand elle se trouvait à la maison. Depuis son enfance, il avait une peur irrationnelle qu'il lui arrive quelque chose. Cathy trouvait cela naturel, pour un garçon élevé par une mère seule, mais sa future femme trouverait peut-être cette vigilance agaçante. Elle s'était versé un verre de vin et essayait de se détendre lorsqu'il actionna la sonnette de la porte avec ardeur.

— J'arrive ! lança-t-elle.

Elle alla ouvrir les jambes tremblantes. Son cœur battait moins fort, mais il s'emballa de plus belle dès qu'elle vit le visage de son fils. Il avait les joues rouges et semblait avoir pleuré.

— Mon Dieu, chéri, que se passe-t-il ?

— Maman…

— Que se passe-t-il ? Parle !

Il posa sur elle un regard plein d'angoisse.

— Où étais-tu, cet après-midi ? Béa m'a dit que tu avais quitté le restaurant vers une heure.

— Eh bien, j'étais ici, à la maison, en train de préparer le souper.

Elle désigna la table dressée avec sa plus belle vaisselle et une composition de fleurs du jardin. Il flottait une odeur de lasagnes.

— Ton menu favori, reprit-elle. Lasagnes et gâteau au fromage.

— Tu n'es allée nulle part ?

Cathy en eut des frissons.

— Pourquoi cette question ?

— Je t'ai appelée ici. Tu n'as pas répondu.

— Je… Je devais être dehors, en train de cueillir des fleurs.

— Tu n'as pas entendu la sonnerie ? insista-t-il en l'observant d'un regard intense.

— J'étais au fond du jardin.

— J'ai laissé un message sur le répondeur.

Le ton de Will suggérait que, si elle s'était trouvée à la maison, elle l'aurait remarqué. Que se passait-il donc ?

— Je ne m'attendais pas à un coup de fil. Je n'ai pas fait attention.

— Tu vérifies toujours tes messages, en rentrant.

Cathy était à bout de patience. Il était vrai qu'elle consultait ses messages dès son retour mais, ce jour-là, elle avait autre chose en tête.

— Eh bien, pas aujourd'hui, répliqua-t-elle d'un ton sec. Pourquoi toutes ces questions, Will ? Qu'est-ce qui te perturbe ?

Visiblement nerveux, Will passa une main dans ses cheveux.

— J'avais peur… que tu ne sois allée à Harbison House voir… mon père. J'ai cru… Oh, maman, dis-moi que tu n'es pas allée là-bas !

Il avait laissé la porte d'entrée ouverte. Cathy la referma derrière lui, profitant de ce moment de répit pour réfléchir à sa réponse. Elle n'avait jamais menti à son fils, sauf par omission, quand il était petit…

— Tu m'as démasquée, mon fils, dit-elle en se tournant vers lui. Oui, je suis allée là-bas mais, avant d'arriver à Harbison House, j'ai manqué de courage et j'ai fait demi-tour pour revenir ici. Je n'avais pas envie de te le dire, parce que… Je ne voulais pas que tu prennes ta mère pour une idiote.

Aussitôt, il parut soulagé. Il la prit dans ses bras et la serra très fort contre lui.

— Je ne t'ai jamais prise pour une idiote. J'avais simplement peur que…

— Je sais, coupa Cathy. Ça m'effrayait, moi aussi. Voilà pourquoi j'ai changé d'avis et que je suis rentrée à la maison. Je n'avais pas confiance en mes sentiments. Je me demandais si Trey jouait encore de son charme comme s'il avait une baguette magique. (Elle s'écarta.) À présent, buvons un verre de vin.

— Ne fais pas attention à moi, dit-il. Ça me pose problème de savoir que mon père… nous a quittés sans nous dire au revoir. Ça m'a mis plus en colère que je ne veux bien l'admettre.

Elle écarta une boucle de son front.

— Eh bien, je crois que le père John et moi pouvons te rassurer sur ce point.

Cathy fut soulagée que Will n'allume pas la télévision en attendant l'arrivée de celui qu'il considérait encore comme son parrain. Les chaînes locales n'hésitaient pas à interrompre leurs émissions en cas d'actualité brûlante. Ils avaient tous les deux les nerfs à fleur de peau. Cathy s'affaira à la cuisine tandis que Will faisait les cent pas, les mains dans ses poches, à regarder sans cesse par la fenêtre donnant sur la rue. Guettait-il toujours la venue de Trey ? songea Cathy, le cœur battant. Le silence s'installa entre eux. Elle consulta sa montre pour la centième fois. *Qu'est-ce qui retient donc John ?* Pour se calmer, elle se concentra sur ce moment merveilleux où Will apprendrait que John était son père.

Enfin, elle entendit la voiture et se précipita vers la porte d'entrée. Elle aurait tout donné pour se glisser entre les draps en compagnie de John, ce soir-là, ne serait-ce que pour le réconfort de ses bras, avant l'horreur que ne manquerait pas de lui apporter le lendemain. Elle ne put résister à l'envie de se jeter à son cou comme jamais auparavant. Ravi de cet accueil, John l'étreignit au lieu de lui serrer la main. Ils restèrent unis dans le vestibule, comme une famille soudée dans l'épreuve.

Incapable d'attendre plus longtemps, Cathy prit son fils par le bras. Ils avaient tous besoin d'apaiser leur tension. John redoutait ce qu'il aurait à affronter plus tard dans la soirée, Cathy avait peur de l'enquête de police du lendemain et Will était furieux et déçu d'avoir été abandonné une fois de plus par celui qu'il croyait être son père.

— Will est contrarié que Trey n'ait pas cherché à le contacter, déclara-t-elle. Et si nous le rassurions avant le souper ?

— Bonne idée, répondit-il en souriant au jeune homme.

Will les dévisagea tour à tour.

— Qu'est-ce que vous mijotez, tous les deux ?

— Tu devrais t'asseoir, fiston, et nous allons te l'expliquer, déclara John.

— J'ai une mauvaise nouvelle pour toi, Deke, déclara Charles en l'accueillant dans le laboratoire médico-légal d'Amarillo.

— Laquelle ?

— Randy Wallace était en route pour m'apporter la pièce à conviction quand il a été appelé sur une scène de crime. Il t'aurait bien téléphoné, mais il n'avait pas ton numéro de portable.

— Nom de Dieu ! souffla Deke. Je devrai attendre lundi matin pour que tu compares les empreintes du verre avec les autres.

— Je le crains. Et encore… Randy sera accaparé pas son enquête sur cet homicide.

— Un homicide ?

— Oui. Il n'a pas dit qui s'était fait tuer.

— Sans doute une bagarre entre ivrognes.

Il était presque vingt et une heures. En regagnant sa voiture, Deke avait l'impression qu'il s'était passé une éternité depuis son entrevue avec Trey Don Hall, le matin même à onze heures. Il était épuisé et n'avait jamais eu le cœur aussi lourd. Peu lui importait de ne pas avoir pu faire comparer les empreintes du verre et celles de la corde. Il savait qu'elles correspondraient. Son seul regret était que TD Hall serait de retour à San Diego quand Randy confronterait John aux preuves et qu'il l'arrêterait sans doute. Deke ne voulait pas qu'il affronte seul la justice.

Il n'avait pas averti Paula de sa présence à Amarillo parce qu'il pensait être de retour à Delton pour accompagner Randy lorsqu'il se rendrait auprès de John et Trey, ce soir-là. En rentrant chez lui, il recevrait certainement un accueil glacial et serait privé de souper, mais il avait besoin de la présence réconfortante de Paula et d'une bonne nuit de sommeil, à son côté.

Il sonna à la porte, de peur de l'effrayer en entrant sans prévenir. À sa grande surprise, elle l'étreignit, visiblement alarmée par sa mauvaise mine.

— Mélissa m'a avertie que tu avais perdu la boule, déclara-t-elle.

— Et qu'est-ce que tu lui as répondu ? demanda-t-il avec un regard plein de tendresse.

— J'ai dit : me voilà prévenue, fit-elle en riant.

Pendant qu'il buvait une bière, elle lui prépara une omelette, sans lui demander ce qu'il avait fait depuis qu'il l'avait déposée à la maison, en début d'après-midi. Elle savait qu'il finirait par tout lui expliquer. Et même dans le cas contraire, ce n'était pas grave. Elle n'avait jamais exprimé de curiosité ou d'intérêt pour les aspects les plus sombres de son travail, non pas par indifférence, mais par peur de ne pas supporter qu'il affronte tant de danger. Son rôle était de lui procurer un havre de paix lorsqu'il rentrait, ce qu'elle faisait sans savoir au juste de quoi elle le protégeait.

Après le souper, elle l'envoya prendre une douche pendant qu'elle rangeait la cuisine en écoutant le journal de vingt-deux heures. Soudain, Deke vit sa femme ouvrir la porte de la douche.

— Qu'est-ce qui te prend? s'exclama-t-il, sous le jet d'eau chaude.

— Ce n'est pas ce que tu crois, répondit-elle. C'est Trey Don Hall. On vient de le trouver assassiné.

Chapitre 59

En attendant des nouvelles de Will et John, Cathy se servit un café. Il était dix heures. Le téléphone n'allait pas tarder à sonner. Elle n'avait allumé la télévision qu'après le départ de John, quelques minutes plus tôt, juste avant que Betty n'appelle de Harbison House en demandant à lui parler. Will était parti un peu avant pour passer voir sa petite amie.

— Trey Hall a été assassiné, déclara Betty. Allume la télévision. Ils en parlent au journal.

Toutes les grandes chaînes relataient l'information. On voyait des images de la scène de crime. Les secours et un assistant du shérif avaient répondu à l'appel de Lou Harbison, qui avait découvert le corps en rentrant de la messe avec les enfants. La dépouille de l'ancien quart-arrière de la NFL avait été transférée à l'institut médico-légal de Lubbock, au Texas. On voyait aussi des techniciens de la police scientifique d'Amarillo photographier des marques de pneus, sur le talus où était garée la BMW de Trey. Elle s'était montrée avisée en effaçant les traces de la Lexus. Will apprendrait la nouvelle chez Misty. Et John, à moins qu'il n'écoute la radio dans sa camionnette, ne le saurait qu'en voyant la zone délimitée par la police, sur la route. Cathy imaginait sans difficulté leur choc. Au moins, Will n'éprouverait aucun chagrin. Après la réaction de joie et d'émotion de son fils, un peu plus tôt, John serait soulagé que son secret soit en sécurité à jamais. Il préférerait subir les tourments de sa conscience plutôt que de souiller l'image paternelle que Will avait enfin trouvée.

Lors de ce qui aurait pu être le plus beau jour de la vie de Will, ils n'avaient pu profiter pleinement de ce repas familial. Les tourments du jeune homme avaient jeté une ombre sur la conversation pleine d'affection entre père et fils.

— Comment veux-tu que je t'appelle maintenant ?

— À toi de choisir, mais évite « papounet ».

— Père, alors ?

— Non.

— Padre ?

— Encore moins.

— Papa ?

— C'est beaucoup mieux.

Le moment et la façon de rendre cette paternité publique avait engendré un certain embarras… Était-ce indispensable ? Pour l'instant, cette perspective contrariait John à cause des conséquences éventuelles pour Will.

— Je ne veux pas que les gens pensent que ma mère a couché avec le meilleur ami de son ex, déclara-t-il en rougissant. Patientons un peu. Je suis heureux de savoir que John Caldwell est mon père, avait-il ajouté en posant sur lui un regard d'adoration. Ça me suffit.

Au moment du dessert, il avait demandé :

— À quelle heure as-tu appris que Trey Hall était condamné, maman ?

— Ton père me l'a révélé cet après-midi, pourquoi ?

— Avant que tu ne partes voir Trey ?

Le prêtre avait observé Cathy, étonné.

— Tu as vu Trey cet après-midi ?

— Non. Je suis allée là-bas dans l'intention de lui parler, puis j'ai changé d'avis et j'ai rebroussé chemin.

— Quelqu'un t'a vue, sur la route ? avait demandé Will.

Un long silence s'était ensuivi. Will et John avaient gardé les yeux rivés sur Cathy, qui en avait eu des sueurs froides. Une fois encore, elle avait eu l'impression que son fils savait quelque chose à propos de ce meurtre. Comment aurait-ce été possible ?

— Quelle étrange question... Je ne me rappelle pas avoir vu quelqu'un. Pourquoi ?

— Je... je ne voudrais pas qu'une personne sachant que Trey était à Harbison House t'ait remarquée et en conclue que tu allais là-bas pour lui.

C'était une mauvaise explication, mais elle l'avait volontiers cru – son fils était très soucieux de sa réputation.

— À ma connaissance, seuls ta mère et Deke Tyson savaient que Trey était chez moi, était intervenu John.

Cette précision n'avait guère paru rassurer le jeune homme. En apprenant la nouvelle du meurtre, ils seraient tous les deux très perturbés par la présence de Cathy dans les parages.

La sonnerie du téléphone la fit sursauter.

— John ?

— Tu as entendu la nouvelle ?

— Je suis devant la télévision.

— Randy est en bas. Il s'est attardé pour m'interroger. Je profite de quelques minutes dans mon bureau pour t'appeler. J'ai trouvé une lettre de Trey et je dois la remettre aux autorités. Il avait changé d'avis, tu sais. Trey n'aurait pas parlé.

— Ah bon ?

— Oui. Il a endossé le chèque de Deke à l'intention de l'orphelinat et a simplement quitté la maison. Betty ignorait qu'il était parti. Sans doute était-il en route pour l'aéroport quand... quelqu'un lui a tiré dessus.

Donc John ne risquait rien...

— Explique-t-il pourquoi il a changé d'avis ?

— Non.

Ils le savaient tous les deux. Cathy sentit sa gorge se nouer.

— Randy a une idée de l'identité du tueur ? demanda-t-elle.

— Trey a été abattu près de sa voiture. Randy pense qu'il est sorti pour rencontrer quelqu'un qui se trouvait dans un autre véhicule, un ami ou une connaissance l'ayant incité à s'arrêter.

Comme elle, par exemple.

— Je regrette vraiment que ça se soit passé ainsi, John, mais ils ont dit qu'il était mort sur le coup. Il n'aura pas à endurer une lente agonie. Ça vaut peut-être mieux.

— Pas pour la personne qui l'a tué. Cathy... Je crois que Randy voudra t'interroger.

— Parce que je suis son suspect numéro un ? Quel serait mon mobile ? D'après les informations, Trey est mort entre six et sept heures. Je savais déjà qu'il était condamné par la maladie. À quoi bon le tuer ?

Elle se tut, s'attendant à ce qu'il lui rappelle qu'elle avait un mobile inconnu de la police.

— Quand Will est-il arrivé chez toi, Cathy ?

— Pourquoi cette question ? fit-elle en se crispant.

— J'ai entendu Randy dire à son assistant que les techniciens du labo avaient relevé les traces d'une Jeep, en face de la voiture de Trey.

Saisie d'une angoisse, elle tenta de se rappeler qui possédait une Jeep. Elle ne trouva personne qui ait une raison de tuer Trey Hall, personne qui connaisse Trey. Elle sut au plus profond d'elle-même que ces traces étaient celles de la voiture de Will. Elle songea à son air un peu perdu, son agitation, sa façon de la regarder bizarrement, ses questions étranges.

Elle s'était méprise sur les préoccupations de Will ! Il ne s'inquiétait pas pour sa réputation, mais parce qu'elle n'avait pas d'alibi pour l'instant de la mort de Trey. Comment savait-il qu'elle en aurait besoin ?

— Cathy ? Réponds-moi. Dans une minute, je dois m'entretenir avec Randy.

— Oh non… murmura-t-elle, pétrifiée comme la statue du jardin, au clair de lune, devant la fenêtre.

— Cathy…

Elle raccrocha.

Will s'était garé sur les traces effacées de sa Lexus, d'où les traces nettes de sa Jeep. Il avait dû quitter son bureau de bonne heure pour se rendre à Harbison House afin de discuter avec Trey. Arrivé après elle, il avait trouvé le corps. Cathy porta une main à sa bouche. *Son fils la soupçonnait-il d'avoir assassiné Trey Don Hall ?*

La police penserait qu'il était peut-être coupable. S'il avait quitté son travail plus tôt, il en resterait un enregistrement, et les traces laissées par la Jeep suffiraient à Randy pour le soupçonner. Or, elle savait que son fils était innocent.

S'ils l'accusaient, elle avouerait le crime. La tache de sang sur la manche de son gilet l'attesterait et son mobile serait plus crédible que celui de Will. Son fils n'avait appris que Trey n'était pas son père qu'après le meurtre. Quant à elle, elle dirait avoir agi sous le coup d'une colère incontrôlable. Le père John confirmerait qu'elle était en colère. Les autorités n'auraient d'autre possibilité que de la croire. D'abord, elle devait se débarrasser de l'arme. Sa disparition serait un élément de plus en sa défaveur. Elle devait s'en débarrasser afin que l'arme du crime ne soit jamais retrouvée.

Le téléphone se mit à sonner. Elle observa l'écran : Will ! Elle n'était pas en état de lui parler. De plus, elle devait se dépêcher de trouver un endroit où jeter le fusil.

Chapitre 60

À l'institut médico-légal de Lubbock, le meurtre d'une célébrité telle que Trey Don Hall prit le pas sur les autres affaires en cours, ainsi que sur les projets de fin de semaine du médecin légiste et de Charles Martin. Les deux hommes joignirent leurs efforts pour réaliser une autopsie et analyser les pièces à conviction. À midi, Randy Wallace était en possession de leurs conclusions. Trey Don Hall avait été abattu d'une balle de fusil de chasse de calibre 30. Il y avait des séries d'empreintes digitales très nettes sur le bracelet-montre de la victime, sans doute laissées par le tueur lorsqu'il ou elle lui avait croisé les mains sur la poitrine. Les larmes maculant la chemise de soie, près de l'orifice d'entrée de la balle, avaient permis d'obtenir un ADN. Ils disposaient en outre d'un moulage des traces de la Jeep. Aucun de ces résultats ne devait être livré à la presse.

Les médias affluèrent telle une meute, envahissant les quelques motels du comté. Les journalistes rôdaient aux alentours de chez Bennie, des locaux du journal local et du bureau du shérif. Pour interroger Will Benson, Randy et Mike, son assistant, troquèrent leur chapeau réglementaire pour une casquette et quittèrent le stationnement à bord de la voiture personnelle du shérif, afin d'éviter les paparazzis, comme Randy les appelait avec mépris.

Il souhaitait interroger Will Benson pour une raison très simple : le jeune homme était le seul à avoir à la fois une Jeep et un mobile, quoiqu'un peu faible. Sa mère avait également un mobile pour tuer Trey Don Hall, mais ne roulait pas en Jeep. De toute façon, Randy ne les voyait pas, ni l'un ni l'autre, assassiner qui que ce soit. Cathy était la femme la plus équilibrée qu'il connaisse et Will ne possédait sans doute pas d'arme, étant l'un des rares jeunes du comté à ne pas chasser. Le succès étant la plus douce des vengeances, mère et fils avaient pris leur revanche sur l'homme qui les avait abandonnés, alors à quoi bon le tuer ?

Cependant, il fallait bien commencer quelque part, d'autant qu'il avait plusieurs raisons de se rendre chez Will, ce matin-là. D'abord, les traces de pneus de Jeep. En ce samedi matin, il avait réveillé Linda Hadley, la réceptionniste de la Morgan Petroleum Company pour lui demander à quelle heure Will Benson avait quitté son travail, la veille. Linda avait la langue bien pendue et allait certainement répandre la rumeur selon laquelle le shérif enquêtait sur Will. Le pauvre garçon avait suffisamment souffert des rumeurs. Randy suivait toutefois l'idée de Deke Tyson. Si Will était parti à dix-huit heures, comme tous les jours, il pouvait l'éliminer d'office de la liste des suspects.

Hélas, Will avait quitté son bureau à dix-sept heures trente, ce qui n'était pas dans ses habitudes. Il avait donc eu largement le temps de se trouver sur la route à l'heure de la mort de Trey Don Hall. Linda lui avait en outre fourni une information intéressante. La veille, à midi, Cathy Benson avait rendu une visite surprise à son fils. Encore un détail inhabituel. Randy dînait chez Bennie et Cathy n'était pas là. Or, le père John était incapable d'affirmer qui savait que Trey séjournait à Harbison House.

— Citez-moi ceux dont vous êtes sûr, insista Randy.

— Deke Tyson et… Cathy Benson, admit-il à contrecœur. Betty ne l'a su qu'à midi.

— Et quand Cathy a-t-elle appris la nouvelle ?

— Ce matin.

Randy trouvait raisonnable que Cathy soit allée annoncer à son fils que son père se trouvait en ville. Et il était logique que Will souhaite le rencontrer. De plus – Randy raisonnait de nouveau comme Tyson – Trey Hall avait les mains croisées sur sa poitrine, sans oublier les larmes, sur sa chemise. Croiser ses doigts, pleurer… ne serait-ce pas les gestes d'un fils qui aime encore son père après l'avoir tué ?

— Un séduisant célibataire comme Will Benson qui loue une fermette à la campagne alors qu'il pourrait mener la grande vie dans une nouvelle résidence, en ville… commenta son assistant.

La fermette était digne d'un western.

— Il voulait un endroit où avoir quelques chevaux et faire gambader son chien, expliqua Randy.

Ce cadre correspondait à ce qu'il connaissait de Will, qui jouait au baseball avec son fils, à l'école. Déjà à l'époque, le jeune homme était plutôt solitaire, préférant le calme et les animaux aux sorties entre amis. Ce goût de la solitude lui venait-il des circonstances de sa naissance ?

Mike désigna la Jeep garée sous un auvent, sur le côté de la maison. Randy hocha la tête et gravit les marches usées du porche. La porte s'ouvrit avant même qu'il n'ait frappé.

— Entrez, shérif. Je vous ai entendu arriver. Je m'attendais à votre visite.

Il semblait ne pas avoir fermé l'œil de la nuit.

— Désolé de te déranger un samedi, Will, mais j'ai quelques questions à te poser.

— Je m'en doutais.

— Je te présente mes condoléances pour… enfin, tu sais.

— Ce n'est rien, assura Will en glissant les mains dans les poches de son jeans. Vous voulez un café ?

— Volontiers, répondit Mike.

— Moi aussi, renchérit Randy.

Ils s'assirent. Un husky s'approcha en remuant la queue. Il renifla leurs bottes, puis suivit Will dans la cuisine attenante au salon. Lorsqu'il revint avec deux tasses fumantes, Randy prit la sienne avec précaution. Sachant qu'il n'avait pas le droit de l'emporter sans un mandat, il trouva là un moyen d'obtenir légalement les empreintes du jeune homme.

— Écoute, Will, dit-il en sortant son mouchoir de sa poche, nous devons te considérer, ainsi que ta mère, comme les seules personnes ayant une raison de tuer ton père.

— Ma mère ne ferait pas de mal à une mouche. Et je vous serais reconnaissant de ne pas dire « ton père » en parlant de Trey Hall.

Il s'assit à son tour, sa tasse entre ses mains puissantes de joueur de baseball.

— Tel que je te connais, j'ai peine à croire que tu sois impliqué, mais je dois faire mon travail. Où étais-tu, hier, entre six et sept heures du soir ? Excuse-moi…

Il posa sa tasse et se moucha bruyamment.

— J'étais chez ma mère, répondit Will. Elle avait préparé un souper pour le père John et moi.

Randy se mit à tousser en se couvrant la bouche.

— Tout le temps ?

— Presque.

— Ah oui ? À quelle heure as-tu quitté Morgan Petroleum ?

Randy s'apprêtait à se moucher de plus belle, ignorant l'air intrigué de son assistant. Il remarqua une légère hésitation chez le jeune homme.

— Je suis parti plus tôt. Vers cinq heures et demie.

— Pourquoi ?

— J'étais bouleversé. Ma mère était venue m'annoncer que Trey Hall était en ville et j'espérais qu'il viendrait me voir ou qu'il m'appellerait. Mais non.

— Es-tu allé directement chez ta mère ?

— Non. J'ai d'abord nourri mes animaux. Je suis arrivé chez elle vers sept heures.

Randy desserra la cravate noire de son uniforme.

— Quelqu'un t'a vu, dehors ?

Will posa les yeux sur son chien, couché par terre, à ses pieds.

— Il n'y avait que Silva. Shérif, vous vous sentez bien ?

— Ça va, assura Randy, dont l'expression affirmait pourtant le contraire.

Il se mit à cligner les yeux.

— Et ta mère ? Elle était chez elle ?

— Bien sûr. Elle a passé l'après-midi à faire la cuisine.

Randy se couvrit le nez de son mouchoir et sourit.

— Elle n'a pas rapporté un plat du restaurant ?

— Tout était fait maison, assura Will en lui rendant son sourire. Lasagnes et gâteau au fromage.

— Très bien, ça devrait suffire.

Randy fit semblant de se lever, puis il porta les mains à sa poitrine et lâcha sa tasse. Will et son chien se levèrent d'un bond.

— Non, non ! souffla-t-il, une main tendue pour empêcher le husky de lui sauter dessus. Ne t'approche pas !

— Vous avez une crise cardiaque ? s'exclama Mike, alarmé.

— Non ! Je suis... allergique aux chiens.

— Il fallait le dire ! répondit Will. Que peut-on faire pour vous ?

Randy toussa de plus belle.

— De l'eau... Donne-moi un verre d'eau... J'ai la gorge en feu.

— Mettez Silva dehors, ordonna Will à l'assistant du shérif avant de se précipiter dans la cuisine.

Quelques instants plus tard, Will réapparut avec un gobelet en polystyrène. Randy le prit sans en toucher les côtés et le vida d'une traite.

— Je suis désolé, soupira-t-il. Je pensais être guéri.

Sur ces mots, il sortit et respira une grande bouffée d'air.

— Vous voulez que j'appelle un médecin ? proposa Mike quand ils furent sortis de la maison.

— Non, il faut juste que je m'éloigne du chien, fit-il en lui lançant les clés de la voiture. Tu prends le volant. Will, merci et excuse-moi encore. Je n'aurai plus à te déranger.

— J'ignorais que vous étiez allergique aux chiens, shérif, déclara Mike, sur le chemin du retour.

— Il y a un tas de choses que tu ignores sur moi, fiston, répondit Randy en brandissant son gobelet à l'aide de son mouchoir.

Chapitre 61

Will regarda la voiture de patrouille s'éloigner dans un nuage de poussière. La crise d'allergie de Randy n'était-elle qu'une ruse pour obtenir ses empreintes digitales ? Il lui avait donné son gobelet de son plein gré, son assistant en était témoin. En revanche, il n'avait jamais entendu parler d'une allergie aux chiens chez les Wallace.

Silva vint s'asseoir à côté de lui, l'air de lui demander s'il avait des ennuis.

— Ça va, mon vieux, dit-il en lui grattant la tête. Mais je vais peut-être avoir des problèmes.

Comme un imbécile, il avait laissé ses empreintes sur le bracelet-montre de Trey et ses larmes sur la chemise. Il aurait dû tout effacer, d'autant qu'il n'avait pas d'alibi pour l'heure du meurtre. Le shérif Wallace savait qu'il avait menti sur son emploi du temps – son regard exprimait regrets et tristesse pour l'ami de son fils qu'il était.

Mieux valait que cela tombe sur lui que sur sa mère… Il tapota sa cuisse pour inciter Silva à le suivre à l'intérieur, car il voulait téléphoner à son père.

Ils se retrouvèrent un peu plus tard dans le bureau de John à St. Matthew.

— Que se passe-t-il, mon fils ?

La nuit entière, il avait prié pour que ses soupçons ne soient pas avérés.

Les traces de la Jeep et l'hostilité connue de Will envers Trey suffisaient à faire de lui un suspect. Qui avait le sang-froid nécessaire et le mobile pour tuer Trey après toutes ces années ? Qui, à part Cathy, Will et Deke, savait où résidait la victime ? Qui Trey avait-il reconnu, sur la route, avant d'arrêter sa voiture ? Il n'aurait pas reconnu Will, sauf si celui-ci lui avait fait signe qu'il voulait lui parler.

— Je crois que je vais être accusé du meurtre de Trey Don Hall, déclara le jeune homme.

John, qui s'apprêtait à verser du café dans une tasse, reposa la cafetière. Des images de la prison de Pelican Bay lui revinrent à l'esprit.

— Les aveux faits à un prêtre, même s'il est le père du suspect et que le fils n'est pas catholique, ne peuvent être exploités au tribunal, n'est-ce pas, papa ?

Le naturel avec lequel Will prononça ce mot fit battre le cœur de John. *Son fils était-il sur le point d'avouer le meurtre de Trey Don Hall ?*

— Non.

— Dans ce cas, allons au confessionnal.

Derrière le rideau rouge, à travers la grille, Will bredouilla :

— Je ne l'ai pas tué, papa, il faut me croire.

— Je te crois, mon fils, je te crois, répondit John, ivre de soulagement. Mais pourquoi éprouves-tu le besoin d'évoquer ton innocence au confessionnal ?

— Je crois savoir qui l'a tué.

— Vraiment ? Qui ?

— Maman.

— Quoi ? Qu'est-ce qui te fait croire une chose pareille ?

— Je ne veux pas le croire. Cette idée m'est insupportable, alors l'énoncer à voix haute…

— Très bien, Will, respire profondément et explique-moi pourquoi tu soupçonnes ta mère.

Will relata sa découverte du corps, ce qui rassura John quant à la présence des traces de pneus de la Jeep, détail qui n'était pas encore diffusé par la presse. Il imaginait le choc et le désespoir du jeune homme, sa souffrance lorsqu'il s'était agenouillé près de la dépouille de celui qu'il prenait pour son père. Il était loin de penser à ses empreintes digitales, aux traces de pas, à l'ADN.

— Pourquoi n'as-tu pas appelé le 911 ?

Will se détourna.

— À cause… à cause de maman.

— Parce qu'elle se trouvait sur cette route ?

— Parce que je pensais qu'elle était peut-être impliquée.

John maîtrisa la panique qui montait en lui.

— Qu'est-ce qui t'a fait croire une chose pareille ?

— Je… Je l'ai vue, hier soir, vers six heures et quart, au carrefour de la route menant chez les Harbison. Elle venait de là-bas et était arrêtée au feu rouge. J'étais à la station-service. Elle ne m'a pas vu.

— Mais elle a admis être allée voir Trey avant de changer d'avis.

— Oui, enfin, ce n'est pas tout. Elle avait vraiment l'air tendue, comme si elle avait… assisté à un meurtre. J'ai cru qu'elle était allée se réconcilier avec Trey. Elle s'était pomponnée. En voyant son expression, j'ai pensé qu'il l'avait encore rejetée. C'est alors que je suis parti pour lui dire ses quatre vérités… et que j'ai trouvé son cadavre. Étant donné sa blessure, c'était un coup de fusil. Le genre de l'orifice que laisserait le vieux calibre 30 de mon arrière-grand-mère.

Soudain, John se sentit oppressé.

— Comment sais-tu qu'elle n'a pas fait demi-tour avant de croiser le cadavre ?

— Je connais ma mère. Elle sait rester digne en public. Il en faut beaucoup pour qu'elle craque. Or, elle avait pleuré et était très pâle.

John songea à cette soirée. Cathy et Will ne semblaient pas dans leur assiette. Il avait attribué leur agitation aux émotions de la journée… Cependant, ils avaient connu de pires épreuves.

— Tu as parlé à ta mère depuis hier soir ?

— Non. Je lui ai téléphoné juste après l'annonce de la nouvelle, mais elle n'a pas décroché et son portable était éteint. J'ai dû laisser un message. Je suis soucieux. Elle n'avait peut-être pas envie de me parler. Je ne vois pas pourquoi elle serait sortie… à part pour se débarrasser du fusil de sa grand-mère.

Will s'inquiétait avec raison. Après le départ de Randy, il avait appelé Cathy, lui aussi, et était tombé sur le répondeur. Fou d'angoisse, il avait foncé jusque chez elle, mais la maison était plongée dans l'obscurité. Il avait sonné en vain à la porte car il lui était impossible de voir si la Lexus se trouvait au garage. Faute de réponse, il était reparti en espérant qu'elle se soit enfermée chez elle pour gérer à sa façon la mort de Trey. Cela ne lui ressemblait pas de l'exclure, surtout maintenant. Toutefois, il s'accrochait à cet espoir.

— Tu n'as pas tenté de l'appeler, ce matin ? demanda John.

— Non, parce que… il y a autre chose, admit Will en lui relatant la visite du shérif. Quand Randy comparera mes empreintes laissées sur le gobelet avec celles qu'il a relevées sur le cadavre, il aura la preuve dont il a besoin pour m'arrêter. Je n'ai pas tué Trey Hall. Je te le confie dans le secret du confessionnal. Toutefois, si je suis inculpé, je plaiderai coupable.

— Will, écoute-moi ! s'exclama le prêtre en ouvrant la grille de séparation. Tu n'as rien fait de mal, et ta mère non plus. Tu ne la crois tout de même pas capable de meurtre…

— Non, mais la police l'accusera peut-être.

— Ils devront le prouver et rien ne la situe sur les lieux du crime. Elle a sans doute trouvé le cadavre, comme toi, d'où son expression livide, mais tu n'as pas à avouer un crime que tu n'as pas commis. Si Randy vient te chercher, ne prononce pas un mot jusqu'à ce que je te trouve un avocat. Tu as agi de façon parfaitement raisonnable et le fait que tu n'aies pas appelé la police est compréhensible. Tu as réagi comme n'importe quel fils en trouvant son père au bord de la route afin que sa mère ne soit pas accusée du crime. Elle n'avait aucune raison de tuer Trey puisqu'elle le savait condamné par la maladie.

— Moi, je l'ignorais, lui rappela Will. Quand Randy l'apprendra… (Il secoua la tête.) Ce sera un pas de plus vers ma chute.

John se massa les tempes, en pleine réflexion. Will avait raison. Une autopsie révélerait le cancer de Trey. Randy voudrait savoir quand Will avait appris qu'il était mourant. La réponse jouerait en faveur de Cathy, mais pas en celle de Will.

Et s'il mentait pour lui ? Hélas, c'était une mauvaise idée. Il était prêt à vendre son âme pour protéger son fils, cependant, les mensonges finissaient toujours par ressortir dès que la vérité commençait à se profiler.

— De plus, reprit Will, je n'ai appris que Trey n'était pas mon père qu'après sa mort. Si cette information est révélée, mon mobile ne sera-t-il pas renforcé, en cas de procès ? J'ai tué un homme pour le punir d'avoir été un mauvais père alors qu'il n'était même pas mon père !

— Eh bien… bredouilla John, désemparé par la finesse de l'analyse.

Si lui et Cathy avouaient la vérité sur les origines de Will, le jeune homme aurait l'air encore plus suspect.

Mieux valait ne pas reconnaître publiquement la filiation, du moins pas encore.

— Randy n'en saura rien, déclara John. Nous garderons cette information pour nous. Quelqu'un a tué Trey, ce n'est pas toi, ni ta mère. Je te le répète, Will, tu ne dois sous aucun prétexte avouer un meurtre que tu n'as pas commis. Reste à espérer que le véritable meurtrier sera démasqué. Il faut avoir la foi. Je ne suis pas prêtre pour rien, ajouta-t-il en désignant son col avec un sourire.

— Pourvu que le ciel soit avec nous, répondit le jeune homme, sceptique.

Après le départ de Will, John se rendit dans son bureau pour téléphoner à un jésuite diplômé de Loyola qui exerçait le droit pénal à Lubbock. Lorsqu'il lui eut exposé le dossier, l'avocat déclara que Will serait sans doute arrêté sous peu et que John devrait l'en informer aussitôt, afin qu'il se mette en route pour Kersey.

John regagna la nef de l'église et s'assit à la place qu'il avait si souvent occupée, autrefois, après cet après-midi funeste qui avait bouleversé sa vie. C'était là qu'il avait déversé son angoisse et sa peur. Là qu'il avait trouvé la paix, les réponses aux questions qu'il se posait sur l'avenir. Empreint du même espoir de délivrance, il s'agenouilla. Hélas, il ne put chasser les images de la prison de Pelican Bay, ni s'empêcher d'imaginer son fils confiné dans cet enfer.

Si Will était inculpé, Cathy avouerait le meurtre. John en avait la certitude. Elle préférerait se sacrifier plutôt que de laisser accuser son fils innocent. Elle invoquerait un mobile très simple : la haine. Jamais elle ne révélerait la véritable raison pour laquelle elle souhaitait la mort de Trey : sa crainte de voir le père John Caldwell impliqué dans la mort de Donny Harbison. La police ne croirait pas à ses aveux étant donné les preuves qu'elle détenait contre Will. En revanche, les gens de la ville risquaient de la soupçonner.

Pour la première fois depuis son ordination, il se trouva incapable de prononcer « que ta volonté soit faite » avec sincérité. Sa propre volonté était que le véritable tueur soit démasqué et que son fils et Cathy soient innocentés. Si la volonté de Dieu prévalait, elle n'était pas toujours juste.

À son retour, Betty lui annonça que le notaire de Trey, Me Lawrence Statton, arriverait de Californie le lendemain matin et qu'il souhaitait rencontrer les Harbison dans l'après-midi.

— De quoi veut-il nous parler, d'après toi ? demanda-t-elle.

De culpabilité, songea-t-il. TD leur avait sans doute légué un os à ronger dans son testament.

— Il faudra patienter pour le savoir, répondit-il.

— Il a demandé si tu pouvais l'aider à régler les formalités d'obsèques. Il doit être enterré près de sa tante. Trey souhaitait que ce soit toi qui célèbres ses funérailles.

Elle lui tendit un bout de papier.

— Il séjournera à l'Holiday Inn. Il a obtenu la dernière chambre. Voilà le numéro auquel tu peux le joindre.

Que dire lors des funérailles d'un homme qui, au-delà de la mort, continuait à dévaster sa famille ?

Chapitre 62

L'évêque du diocèse d'Amarillo avait conseillé à John de ne rien avouer, du moins dans l'immédiat. Il était d'avis que, son acte étant bien antérieur à son entrée en religion, l'Église n'avait pas à intervenir.

En conséquence, John avait repris sa place, le samedi soir, lors de la messe de dix-huit heures à St. Matthew, au moment où le shérif Randy Wallace ouvrait officiellement un dossier accusant John Will Benson du meurtre de Trey Don Hall. Les éléments à charge étaient des empreintes digitales prélevées sur un gobelet que l'auteur présumé lui avait remis de son plein gré et qui correspondaient avec les empreintes relevées sur le lieu du crime. Il obtint des mandats pour arrêter Will et perquisitionner dans son logement et dans son véhicule en quête d'autres éléments le reliant au crime.

Le shérif et deux assistants le trouvèrent en train de nourrir ses chevaux au soleil couchant, Silva sur les talons. Après lui avoir lu ses droits, ils lui permirent d'appeler sa mère et le père John puis le laissèrent achever ses tâches sous la surveillance d'un assistant. Mike et Randy se chargèrent de fouiller la maison et la Jeep. S'ils ne trouvèrent qu'un fusil dans la maison, la boîte à gant contenait le reçu d'un plein d'essence proche de la scène de crime, à la date et à l'heure des faits.

— Nous allons saisir ta Jeep, lui expliqua le shérif. Nous voulons comparer tes pneus avec les traces relevées sur les lieux.

— Les clés sont sur la portière, répondit-il.

— Ton chien peut venir avec nous. Le père John ou ta mère viendront le chercher au bureau.

— Et vos allergies ? fit Will.

— Oh, c'était une crise temporaire.

Chapitre 63

Lundi, Will Benson avait été inculpé, interpellé puis libéré sous caution. Mardi, Randy Wallace rappela enfin Deke. Il avait bien deviné : son mentor était obsédé par quelque crime que Trey Don Hall aurait commis à l'âge de dix-sept ans. Quelle différence, désormais, puisqu'il était mort ?

Deke savait que Randy était très occupé. La publication des résultats d'expertises et du rapport d'autopsie avait déclenché une frénésie médiatique. L'opinion publique apprit que, ironie du sort, TD Hall était atteint d'un cancer incurable. Cette nouvelle sensationnelle fut suivie par les aveux de Cathy Benson, la mère de l'accusé, qui déclara avoir tué l'ancienne vedette de la NFL. Pour preuve, elle exhiba un gilet taché du sang de la victime et affirma avoir effacé les traces de sa Lexus à l'aide d'un balai qu'elle gardait dans sa voiture pour entretenir les tombes de ses proches, au cimetière. Son fils serait arrivé bien après son départ de la scène de crime et se serait garé exactement au même endroit qu'elle, face au véhicule de Trey, laissant des traces visibles. Sinon, comment expliquer que cette partie du talus soit intacte alors que le reste était trop marqué pour que la police ne prélève des traces nettes ?

Pour corroborer son histoire, un agriculteur au volant de son tracteur avait vu le haut d'une voiture blanche rouler à vive allure, au coucher du soleil. Elle s'était débarrassée de l'arme du crime et niait avoir été informée de la maladie de la victime avant sa mort. Face aux éléments solides incriminant Will Benson, le substitut du procureur avait écarté ses aveux, y voyant la tentative désespérée d'une mère de sauver son fils d'un procès.

L'appel du shérif laissa Deke un peu perplexe. Il n'avait plus vraiment de raison d'importuner Randy. Le shérif remettrait les pièces à conviction du 4 novembre 1985 à leur place et le verre du jésuite resterait en la possession de Deke jusqu'à ce qu'il décide ce qu'il allait en faire. Le père John Caldwell ne ferait pas l'objet d'une enquête en tant que complice de la mort de Donny Harbison.

La veille, Lou Harbison s'était présenté, visiblement rajeuni, en lui expliquant que Betty et lui avaient quelque chose à lui montrer. Deke les fit entrer dans son bureau.

— De quoi s'agit-il, Lou ?

— Lisez ceci, répondit-il en lui tendant une lettre. C'est le notaire de Trey qui nous l'a donnée. Il l'a écrite en apprenant qu'il était condamné. Il a dit à Me Statton, le notaire, un homme très sympathique, de nous la remettre après sa mort.

Deke parcourut le document pendant que Lou parlait. Il n'en revenait pas : Trey Don Hall avouait à Lou et Betty Harbison qu'il était responsable de la mort de leur fils, le 4 novembre 1985 ! Il expliquait la raison de sa présence sur les lieux, décrivait la bagarre et admettait avoir pendu le corps de Donny dans la grange pour simuler un décès par asphyxie autoérotique. Il écrivait cette lettre pour leur assurer que leur fils était mort dignement et qu'il était innocent de ce que Trey avait suggéré pour détourner les soupçons. Enfin, il leur demandait pardon.

Il n'était aucunement question de la participation de John Caldwell.

Le souffle coupé, Deke lui rendit la lettre.

— L'affaire est réglée. Vous devez avoir le cœur plus léger, maintenant que vous connaissez la vérité.

— Vous avez toujours pensé que la mort de Donny cachait autre chose, n'est-ce pas, shérif? Betty et moi, nous vous sommes reconnaissants. Cette lettre prouve que vous aviez raison.

— J'aurais aimé que le mystère soit résolu plus tôt, dans votre intérêt.

Lou baissa la tête, penaud.

— Nous savons tous pourquoi elle ne l'a pas été, shérif. Naturellement, nous garderons cette lettre pour nous. Betty, vous et moi serons les seuls à en connaître l'existence. Pour des raisons évidentes, le père John ne devra jamais savoir que nous avons… dissimulé la cause de la mort de notre fils et… je suppose que vous auriez des ennuis, vous aussi.

— Ne vous en faites pas, ça restera entre nous. Trey ne vous a donné aucun indice sur le contenu de cette lettre pendant son séjour chez vous?

— Non, à part sa référence au rouleau à pâtisserie. Betty m'a dit qu'il lui avait demandé si elle en avait acheté un neuf. Elle s'est demandé comment il pouvait savoir qu'elle avait perdu l'autre, autrefois. Elle vous en a parlé, d'ailleurs.

— En effet.

— Vous lui avez demandé si Trey était informé que nous serions absents, ce jour-là. Ça nous porte à croire que vous le saviez impliqué dans la mort de Donny. Comment cela se fait-il? Et pourquoi maintenant?

— Ça n'a pas d'importance, Lou. Vous connaissez la vérité, c'est tout ce qui compte.

— C'est vrai. Dieu soit loué. Dommage que quelqu'un l'ait abattu. Nous n'arrivons pas à croire que ce soit Cathy ou Will. Il suffisait d'attendre. Il serait mort de toute façon.

Qu'en était-il de ses autres soupçons? Rien, décida Deke. Les Harbison étaient en paix. Justice était rendue, enfin, en quelque sorte. Le père John continuerait à répandre le bien et à s'arranger avec Dieu pour sa vie dans l'au-delà, Lou et Betty ne perdraient pas leur second fils. John Caldwell ne s'en était pas tiré à bon compte – il avait souffert et continuerait à souffrir. Quant à Deke, il pourrait vivre avec.

Néanmoins, il avait plusieurs choses à dire à Randy.

— Will n'a rien fait, déclara-t-il sans préambule. Et sa mère non plus.

— Bonjour à vous aussi, Deke. J'espère que vous avez raison, déclara Randy, mais avez-vous quelque chose de concret, à part votre intuition?

Deke prit une photo de presse de la scène de crime parmi d'autres coupures de journaux éparpillées sur son bureau.

— Les traces de la Jeep. Elles sont parallèles à la BMW garée en face. Le cadavre gisait derrière son véhicule comme s'il marchait vers une personne qui s'était arrêtée derrière lui. Si Will ou Cathy l'avaient abattu, le corps serait tombé vers le milieu de la voiture. C'est un détail qui est d'importance.

Son hypothèse fut accueillie par un silence.

— Autre petit détail, reprit Deke, il est logique de supposer que ni Trey ni l'autre conducteur n'ont pu se reconnaître qu'en se croisant. Dans ce cas, l'un d'eux a dû faire demi-tour et revenir en arrière ou bien s'arrêter un peu plus loin.

Randy poussa un soupir de lassitude.

— Nom de Dieu, Deke…

— Ça ne prouve pas l'innocence des Benson. Cependant, on ne peut négliger l'emplacement des traces de la Jeep. D'après moi, Cathy arrive la première, trouve le corps, se gare en face, descend de voiture et prend le pouls de la victime. D'où le sang sur la manche de son gilet. Will se présente plus tard, il craint le pire, mais pleure son père, laissant son ADN et ses empreintes.

— Et sa mère jette son fusil pour qu'on ne puisse pas prouver que ce n'était pas l'arme du crime lorsqu'elle s'accusera, termina Randy. Bon sang, Deke, si ni l'un ni l'autre n'est le coupable, qui a fait le coup ?

— J'aimerais bien le savoir. Continue à creuser. Le notaire de Trey est en ville. Les Harbison te diront où il loge. Il te fournira peut-être des informations. Tu peux remettre en place les pièces à conviction que tu as sans doute encore dans ton coffre. Elles ne servent plus à rien.

— Je pensais bien que tu en arriverais à cette conclusion.

À peine avait-il raccroché que la sonnerie retentit de nouveau. Il laissa Paula prendre l'appel et s'inclina en arrière dans son fauteuil pour fouiller sa mémoire : qui diable, dans ce comté, avait une raison de tuer Trey après toutes ces années ? Le calibre de l'arme évoquait quelqu'un de la région. Qui savait que Trey Don Hall séjournait à Harbison House ?

Paula apparut sur le seuil, le téléphone de la cuisine à la main.

— C'est la semaine des visites surprises, déclara-t-elle. Devine qui demande à te parler !

Après quarante-quatre ans de mariage, pourquoi sa femme persistait-elle à se livrer à ce petit jeu ? C'était un peu agaçant.

— Ta tante Maude du Dakota du Nord ? railla-t-il.

— Elle est morte il y a trois ans. Et elle vivait dans le Dakota du Sud. Non, c'est le père John.

— Comment ?

— Je savais bien que tu serais surpris !

Deke saisit l'appareil posé sur son bureau.

— John ?

— Bonjour, Deke. J'imagine que vous ne vous attendiez pas à m'entendre.

Il entendit Paula raccrocher dans la cuisine.

— En effet, admit-il, le cœur battant.

Allaient-ils revenir sur ce moment de tension, vendredi, lors de la messe, lorsqu'il avait subtilisé son verre ? Son instinct lui disait que John avait deviné la raison de sa présence.

— Pourrais-je passer vous voir, aujourd'hui ? demanda le prêtre. Je peux être là dans une heure. Je suis persuadé que Cathy et Will sont innocents et j'espérais que nous pourrions étudier certains détails que la police a négligés, trouver d'autres pistes. Le shérif Wallace semble croire que l'affaire est résolue.

— Je partage à la fois tes doutes et ta certitude. Et si je te rejoignais à Kersey ? J'ai rendez-vous avec le notaire de Trey, cet après-midi pour signer des documents liés à la maison de Mabel.

— Il vaudrait mieux que je vienne chez vous, shérif, au cas où les médias se doutent de quelque chose. Certains sont installés devant Harbison House, et il faut absolument que je vous voie au plus vite.

— Très bien, je t'attends.

Tiens, tiens, songea Deke en raccrochant. *Entrez dans mon salon, dit l'araignée à la mouche.*

Chapitre 64

— Tu es un peu… amaigri, déclara Deke, sans cacher sa surprise, lorsqu'il accueillit John.

— Ça se voit tant que ça ?

Il perdait facilement du poids alors qu'il était déjà aminci. Son dernier repas remontait à vendredi soir et il n'avait pas fait justice aux lasagnes et au gâteau au fromage de Cathy. Depuis, il avait à peine fermé l'œil. Il devait avoir l'air d'un homme d'Église ayant perdu la foi.

— Tu sembles avoir passé quelques nuits blanches… et n'avoir rien avalé depuis plusieurs jours.

— Vous êtes très perspicace. Bonjour, Paula !

Elle écarquilla les yeux. Ils s'étaient croisés par hasard la dernière fois à l'occasion d'un baptême, au mois de mai, à St. Matthew. Alors, tout allait bien dans le meilleur des mondes, sans nuages à l'horizon.

— Ne l'écoute pas ! dit-elle en donnant un coup de torchon à son mari. Deke a son franc-parler. Je parie qu'une assiette du délicieux ragoût de ma fille te ferait du bien.

— Paula chérie, je ne crois pas que John soit venu dîner.

— Un verre de thé glacé, alors ? suggéra-t-elle, consciente de la gravité de la situation.

— Volontiers, répondit John.

Ils s'installèrent dans le bureau étouffant de Deke.

— Merci de me recevoir aussi rapidement, déclara John, guettant le moindre signe expliquant la présence de l'ancien shérif à la messe de vendredi.

— La situation est un peu difficile, à Kersey, je pense.

— Oh oui ! Cathy a fermé le restaurant jusqu'à nouvel ordre et Will doit participer à une audience préliminaire demain matin. La ville grouille de journalistes. Odell Wolf en a frappé un de son fouet et il porte plainte. Odell a soixante-cinq ans…

— Je croyais qu'il avait rangé son fouet.

— Eh bien, il l'a ressorti ! Enfin, jusqu'à ce que Randy le lui confisque. Ce qui me déçoit le plus, ce qui me dégoûte, même, c'est l'attitude générale des gens du comté. Si les gens comprennent le ressentiment de Cathy et Will envers Trey, ils n'ont aucun mal à accepter que l'un d'eux l'ait tué.

— Ça ne me surprend pas. Les gens ne me surprennent plus que très rarement, admit Deke.

John crut déceler dans ces paroles un sous-entendu qui lui était adressé, mais avant qu'il ne puisse y réfléchir, Paula réapparut. Elle posa un plateau sur le bureau de son mari.

— Et voilà, les garçons ! déclara-t-elle en désignant le pichet de thé glacé et les verres.

En sortant, elle donna à John une tape d'encouragement sur l'épaule.

— Vous avez trouvé la perle rare, Deke, déclara John en prenant un verre.

— Et comment ! Alors, qu'est-ce qui te tracasse ?

Tyson retrouva le ton un peu sec, presque hostile, de l'ancien shérif, qu'il avait eu lors de leur conversation téléphonique. Il ne s'était donc pas trompé, quelque chose le perturbait.

— C'est bon de voir que vous suivez les progrès de l'affaire, fit-il en désignant les coupures de presse.

— Dans la mesure où elle progresse.

— Absolument. Cette enquête n'a pas été menée comme il se devait, en dépit des preuves recueillies contre Will.

— C'est ce que j'ai dit à Randy. Si les éléments semblent accablants, ils ne prouvent rien.

John poussa un soupir et se détendit un peu. Il croisa les jambes et but une gorgée de thé. Il savait bien que Deke irait au fond des choses. Il espérait le convaincre de mener sa propre enquête.

— J'ai engagé un bon avocat pour Will. Vous avez une idée du coupable ?

— Aucune. La question se résume à savoir qui savait qu'il se trouvait à Harbison House.

— C'est ce qui bloque Randy. Il croit que Cathy et Will étaient les seuls à avoir un mobile et à savoir où trouver Trey. Mais si quelqu'un l'avait repéré en ville, vendredi, avant de le suivre, pour revenir plus tard et l'abattre ?

Deke acquiesça d'un grommellement.

— C'est plausible. Bobby Tucker m'a confié qu'il l'avait vu vers midi et que ma fille chérie avait raconté à qui voulait l'entendre que je l'avais rencontré pour acheter la maison de Mabel Church. Hélas, elle ne se rappelle pas à qui elle en a parlé. De plus, son mari était au courant de cette vente et de notre rendez-vous. En revanche, je n'ai révélé à personne, pas même à Paula, que Trey logeait chez toi.

— Dans ce cas, puisque certains habitants de la ville savaient que vous aviez rencontré Trey, Randy et ses assistants devraient les interroger pour voir si ça donne quelque chose, non ?

— C'est ce que je ferai, oui.

John décroisa les jambes et se pencha en avant.

— Il avait forcément des ennemis. Qui dit que ce n'est pas quelqu'un d'extérieur au comté qui l'a tué ? Quelqu'un de San Diego ou de Santa Fe, que sais-je, à qui il aurait révélé qu'il venait ici. Cette personne aurait pu le suivre. Les services du shérif devraient enquêter dans la région pour savoir si quelqu'un a vu un étranger en ville, puis dans les motels, au cas où il aurait réservé pour une nuit ou deux, le temps d'accomplir sa mission.

— Ça vaudrait la peine d'essayer, admit Deke.

— De plus... je sais que c'est un peu illusoire, shérif, mais... et s'il y avait un contrat sur la tête de Trey?

Jusqu'alors peu enthousiaste, Deke afficha un sourire amusé.

— Un tueur à gages armé d'un calibre 30, mon père? railla-t-il.

— J'y ai pensé. Néanmoins, il serait très astucieux d'utiliser une arme de paysan pour faire croire à un crime local.

Deke l'observa d'un air teinté d'ironie.

— Je sais d'expérience, pas pour l'avoir vécu, rassure-toi, que les hommes de main se moquent de savoir qui portera le chapeau, du moment qu'ils s'en tirent à bon compte.

Évidemment, songea John, qui se sentit ridicule. Il leva les mains pour admettre l'absurdité de son hypothèse.

— D'accord, c'est un peu tiré par les cheveux, mais Randy et ses assistants ont cherché partout.

Déçu, il dévisagea Deke, qu'il trouvait décidément réticent. *Qui a tué Trey, et pourquoi ?* Ces questions le tourmentaient inlassablement depuis presque quatre jours. Il était venu voir Deke en quête de réponses. Malheureusement, même cet ancien shérif perspicace et plein de ressources n'aurait pas plus de succès que Randy et ses hommes. Le meurtrier échapperait aux autorités, son fils serait condamné pour un homicide qu'il n'avait pas commis et les soupçons pèseraient au-dessus de Cathy pour le reste de ses jours.

Soudain abattu, il s'écroula sur le dossier de son fauteuil, l'esprit embrumé.

— Vous n'avez donc aucune idée de ce qu'il faut faire, shérif? implora-t-il.

— Je vais fouiner, faire des recherches. Je te l'ai dit, j'ai rendez-vous avec le notaire de Trey, cet après-midi. Je l'interrogerai sur ses relations, sur ceux qui lui en voulaient.

— Le notaire savait où il séjournait.

— Il savait aussi qu'il était mourant, John.

Deke avait perçu une note d'espoir dans sa voix, il avait lu dans ses pensées.

— C'est vrai, admit John, honteux. On peut rayer le notaire de la liste des suspects. Étant un homme d'Église, je déteste raisonner ainsi, mais je suis tellement désireux d'éviter à un garçon innocent de se retrouver en prison et à une mère d'être en disgrâce…

— Je comprends, fit Deke en buvant son thé.

Son petit ton sec était de retour. Il n'était pas dans ses habitudes de se montrer cassant. Deke lui avait toujours exprimé de l'affection et du respect. Quelque chose clochait.

— Pourquoi êtes-vous venu à la messe de vendredi soir, shérif?

Il avait le pressentiment que la présence de Deke à l'église le soir du meurtre avait un lien avec la mort de Trey.

Deke s'affaira à remettre de l'ordre sur son bureau.

— Ça n'a plus d'importance.

— Chaque détail a de l'importance, répliqua John. Qu'est-ce qui vous tracasse? Je vois bien que quelque chose ne va pas.

— Ça n'a rien à voir là-dedans.

— Permettez-moi d'en juger.

Deke s'interrompit et le dévisagea d'un air sévère.

— Crois-moi, il vaut mieux que non.

John se leva. Il connaissait Deke depuis longtemps et le respectait plus que tout autre, mais il ne s'en irait pas sans savoir ce que cachait ce regard froid. Posant les mains sur le bureau, il se pencha vers Deke.

— S'il s'agit de moi, de Trey, de Will ou de Cathy, j'ai besoin de savoir, shérif.

— Tu vas regretter de me l'avoir demandé et je regretterai encore davantage de t'avoir répondu. Je ne te dirais rien si je n'avais pas la certitude que mes propos ne sortiront pas de cette pièce.

John se rassit.

— Je vous écoute.

Deke s'écarta du bureau, tendit les jambes et croisa les mains sur son ventre proéminent.

— Très bien. Ce sera peut-être mon unique chance d'obtenir l'assurance dont j'ai besoin pour sauver ma conscience de vieux policier.

— Quelle assurance ?

— L'assurance de ton innocence. À présent, laisse-moi parler. Je vais te dire ce que je sais, ce que j'ai deviné depuis que j'ai découvert un lynx empaillé dans le grenier de Mabel, vendredi, après le départ de Trey. Il lui manquait une patte antérieure. Celle que j'ai retrouvée sous la table de pique-nique, dans la cour des Harbison, le 4 novembre 1985, en enquêtant sur la mort par pendaison de leur fils.

John demeura bouche bée, les yeux écarquillés. Quelque part dans la maison, une pendule sonna onze heures. Il eut l'impression d'être un condamné que l'on mène à l'échafaud.

Deke poursuivit :

— La patte se trouve dans un sachet, dans les locaux du shérif, avec la corde et des revues pornos trouvées aux pieds de Donny Harbison. Tous les éléments que j'ai recueillis à l'époque, y compris mes notes et interrogatoires, s'y trouvent également, conservés pour le jour où une preuve viendrait démontrer que Donny n'est pas mort à la suite d'une asphyxie autoérotique.

L'air implacable de Deke ne tolérait aucune contestation, même si John en avait été capable. Finalement, il n'avait pas échappé aux démons du passé. La mort de Trey ne l'avait en rien libéré…

— Quand j'ai trouvé cette patte, et avec l'aide involontaire de Mélissa, j'ai commencé à réunir les pièces du casse-tête. J'ai porté un trophée de football de Trey au labo d'Amarillo pour comparer les empreintes digitales avec celles de la corde et des magazines. Elles concordaient. Une série d'empreintes n'était pas identifiée mais une enquête m'a permis de deviner à qui elles appartenaient.

— À moi, fit John.

— S'il te manque un verre, à l'église, je plaide coupable. Je l'ai subtilisé vendredi soir, après la messe, pour le porter au labo.

— Et… les empreintes correspondent à celles de la corde ?

— Je n'en sais rien, admit Deke. Je n'en étais pas encore là quand Trey a été tué. J'ai toujours le verre. Tu veux me raconter ce qui s'est passé cet après-midi de novembre ? Ce que tu diras ne sortira pas d'ici, je te le promets.

John ne l'écoutait plus. Au cœur de son désespoir, il distinguait une lueur. Son cerveau commençait à assimiler le cadeau que Deke lui offrait. Soudain, l'idée surgit à la surface, aveuglante, l'emplissant d'une joie si intense qu'il aurait pu embrasser les pieds de Deke. Une fois encore, alors que la foi l'abandonnait, Dieu l'avait relevé. Il venait de lui fournir un moyen de sauver son fils.

— Tu peux me parler, John, poursuivit Deke, un peu plus insistant. Je pense que c'était une idée folle de ce voyou de Trey d'aller chez les Harbison, ce jour-là, et que tu l'as accompagné pour lui éviter de se créer des ennuis. Je parie que c'est lui qui a pensé à l'asphyxie autoérotique, aussi, mais ce qui me tourmentait, dans cette affaire, surtout de ta part, en tant que catholique, c'est le calvaire que vous avez infligé aux Harbison pendant toutes ces années en les laissant croire que leur fils avait connu une fin aussi indigne.

John émit un son de jubilation et se leva. Comme s'il était tout à coup soulagé d'un fardeau, il se redressa fièrement et boutonna sa veste. Cette métamorphose soudaine intrigua l'ancien shérif.

— Ce sera bientôt rectifié. Et c'est moi qui ai eu l'idée de l'asphyxie autoérotique, pas Trey, justement parce que je suis catholique. Je vais raconter la vérité à Betty et Lou dès mon retour à Kersey.

Deke se leva si vivement qu'il faillit renverser son verre.

— Non, ce ne sera pas nécessaire. Les Harbison connaissent déjà la vérité, du moins en partie. Je ne peux pas te dire comment je le sais, mais tu dois me faire confiance.

— Oh, je vous fais confiance, shérif. C'est pourquoi je sais que vous ferez votre devoir et m'arrêterez pour le meurtre de Trey.

— Quoi ?

— J'ai tué Trey pour l'empêcher de m'incriminer en avouant aux Harbison comment Donny est vraiment mort, déclara-t-il d'une voix forte et pleine d'une assurance retrouvée. Il était condamné et ne voulait pas mourir avec notre péché sur la conscience. Il allait tout raconter aux Harbison quand Lou rentrerait de la messe avec les enfants. Je ne pouvais le permettre, de peur d'anéantir la foi que les gens ont en moi et en l'Église. J'aurais perdu ce qui m'est cher, l'affection des Harbison, ma paroisse, mon ministère…

— Réfléchis bien, John, répondit Deke en contournant son bureau. N'oublie pas que tu t'adresses à un officier des forces de l'ordre à la retraite. Pourquoi me dis-tu ça ?

— Je ne peux pas laisser Will Benson aller en prison. Je ne veux pas que mon fils paie pour un crime qu'il n'a pas commis.

— Ton fils ! répéta Deke, abasourdi.

— Cathy et moi sommes les parents de Will Benson.

— Quoi ?

— Encore une vérité que Trey était venu dévoiler. Il était stérile depuis l'âge de seize ans, à cause des oreillons. Il ne nous en a jamais rien dit, à Cathy et à moi. Pendant vingt-deux ans, il nous a laissé croire que Will était de lui. Elle et moi… avons eu un moment d'intimité quand Trey a rompu avec elle. Vous voyez, je ne manquais pas de raisons de tuer TD Hall.

— Je ne te crois pas, souffla Deke.

— Ce n'est pas nécessaire. Tout ce qui compte, c'est que le jury, lui, me croie. À présent, si Paula n'y voit pas d'inconvénient, j'aimerais que vous soyez là quand je me rendrai à Randy. Inutile d'apporter le verre de l'église. Je vous donnerai volontiers un échantillon de mes empreintes digitales. Et rien de ça ne se retournera contre vous. En 1985, vous n'aviez aucune preuve que Trey et moi étions responsables de la mort de Donny.

Deke s'interposa vivement entre John et la porte.

— Je ne peux pas te laisser faire ! Tu célébrais la messe à l'heure du crime. Tu as un alibi.

— Pas un quart d'heure plus tôt. Le père Philip témoignera que je suis arrivé en retard pour la messe.

— Mais tu ne l'as pas tué, gémit Deke.

— Mes aveux et les pièces à conviction le prouveront.

Chapitre 65

Lorsque John et Deke arrivèrent à bord de leurs voitures respectives, les journalistes installés dans le stationnement des locaux du shérif sentirent que leur présence était susceptible d'alimenter leurs reportages. Ils se précipitèrent vers eux et leur braquèrent leurs micros sous le nez. John et Deke les écartèrent pour se diriger vers la porte vitrée en répétant: «pas de commentaires», ce qui n'empêcha pas les reporters de leur emboîter le pas.

Éberlué, Randy écouta les aveux de John. La boîte contenant les pièces à conviction réunies par Deke en 1985 était encore posée sur son bureau. Seuls les trois hommes étaient présents dans la pièce. Les deux assistants étaient sortis dîner.

— Tout est là-dedans, n'est-ce pas, Deke? fit John en désignant la boîte.

L'ancien shérif hocha la tête. En retrouvant ses esprits, Randy ferma les yeux et leva les mains, tel un homme qui se rend mais s'attend à être abattu.

— Résumons-nous. Vous êtes en train d'avouer le meurtre de Trey Hall, mon père.

— C'est ça. Vous disposez des preuves nécessaires pour m'arrêter. J'avais le mobile et l'occasion. Will Benson est innocent.

— Votre fils.

— Mon fils.

— Où est l'arme du crime ? insista Randy, les lèvres pincées.

Deke se redressa, en alerte, car il attendait cette question.

— Quoi ?

— Le fusil. Où est-il ?

— Je… je l'ai jeté.

— Où ça ?

— Dans la prairie.

— Vous possédiez donc un calibre 30, mon père ? Pourquoi faire ?

Face à l'embarras de John, Deke et Randy échangèrent un regard entendu.

— Écoutez, reprit le shérif en se levant, comme s'il avait besoin d'espace. Je vais porter vos empreintes à Amarillo pour analyse, puis je reviens.

Il déposa le verre dans la boîte. Deke l'avait apporté pour éviter au prêtre de se prêter à un relevé dans le bureau du shérif.

— Si vos empreintes confirment vos déclarations et votre implication dans la mort de Donny Harbison, je ne pourrai terminer les formalités et demander un mandat avant demain midi. Le mercredi matin, Mavis Barton, la magistrate, va chez le coiffeur et la manucure. Si je dérange sa majesté, je le paierai cher. Rentrez chez vous, mon père, le temps que je démêle cette situation complexe avec le substitut du procureur. Je pense que les Harbison et vous avez à parler.

Lorsque John sortit dans le couloir, Deke prit Randy à part.

— À propos de ta conversation avec le substitut du procureur, souffla-t-il, j'apprécierais que tu gardes pour toi cet aspect des aveux de John jusqu'à ce que tu ne puisses vraiment pas éviter de la rendre publique.

— Ne vous en faites pas. Cette histoire me rend malade. John avait peut-être un mobile en béton, mais s'il a tué TD Hall, je veux bien manger mon chapeau. Son histoire ne tient pas debout. Toutefois, j'aimerais vous montrer ceci. Trey l'a écrit juste avant de mourir et l'a laissé sur le bureau de John.

Il ouvrit un tiroir et en sortit un sachet contenant un message que Deke parcourut : « Pour les enfants. Je m'en vais, Tiger. J'ai réfléchi et j'ai décidé de ne rien dire. Je compte sur toi pour garder le silence. Épargne-moi d'être sali et prie pour moi. Avec tout mon amour, jusqu'au bout, Trey. »

— Bon sang, souffla Deke.

— Ce message confirme les déclarations de John. Avec les éléments que vous avez recueillis et si les empreintes correspondent à celles de la corde… (Randy fit une moue désolée.) Même avec deux autres suspects ayant avoué le crime…

— John est peut-être le bon.

— Pourvu qu'il ait un bon avocat.

Avant de quitter le bâtiment et pour échapper aux caméras et aux micros, Deke demanda à John de le rejoindre un peu plus loin, sur la route, avant que le prêtre ne reparte vers Harbison House et Deke pour son rendez-vous avec Lawrence Statton.

Quand l'homme vêtu de noir descendit de voiture, Deke ne put s'empêcher de le comparer à l'adolescent qu'il voyait dans sa camionnette, avec son blouson bicolore, lorsqu'il était promis à un avenir brillant. Sans cet après-midi de novembre au cours duquel Trey Don Hall avait tout gâché, serait-il devenu prêtre ? Aurait-il renoncé à une carrière de champion de football ? Peu importait. John Caldwell aurait foulé le tapis rouge, quelle que soit la carrière qu'il aurait choisie.

— John, j'ai quelque chose à te dire, déclara Deke lorsqu'ils se retrouvèrent.

L'appréhension et la douleur de John à la perspective de ce qu'il allait faire en arrivant à Harbison House étaient flagrantes.

— J'ai juré de garder ça pour moi mais, dans l'intérêt de Lou et Betty, je dois revenir sur ma promesse. En apprenant qu'il était condamné par la maladie, Trey a rédigé une lettre que le notaire devait leur remettre après sa mort. Il y avoue l'accident et endosse l'entière responsabilité des événements. Ton nom n'est pas cité. Lawrence Statton leur a remis la lettre et Lou est venu me la montrer à Amarillo hier pour me prouver que j'avais raison de m'interroger sur la mort de Donny.

John parut étonné.

— Trey leur a écrit une lettre? Voilà qui explique pourquoi Betty et Lou semblent plus heureux, ces derniers temps, en dépit des événements. La photo de Donny était toujours en partie dissimulée. Désormais, il trône au-dessus de l'évier.

Deke s'approcha du prêtre et l'observa avec attention dans l'espoir de le ramener à la raison.

— Ils ne te montreront pas cette lettre de peur que tu ne leur en veuilles d'avoir caché à l'Église les véritables circonstances du décès. Laisse-les en paix le plus longtemps possible. Il se peut qu'ils n'aient jamais à savoir quel rôle tu as joué. Même s'ils devinaient que Trey avait un complice, ils ne te soupçonneraient pas.

— Je ne vois pas comment je pourrais éviter d'avouer.

— Tu es prêtre, John. Il faut garder la foi.

— Je suis coupable, shérif.

— C'est ça! Et moi, je suis la reine d'Angleterre. Réfléchis à mon conseil. Ne parle aux Harbison que quand tu ne pourras l'éviter.

Une heure plus tard, Lawrence Statton remit le capuchon sur le stylo avec lequel il venait de signer au nom de Trey Don Hall les derniers documents. Deke était désormais le propriétaire légal de la maison de Mabel Church. Statton était un petit homme en costume bleu foncé à fines rayures, avec une cravate en soie nouée à la perfection et une chemise blanche immaculée. Il faisait chaud, pour la saison, et pourtant, le notaire était impeccable. Ils étaient installés dans une zone de pique-nique, au bord de l'autoroute 40, à chasser les mouches, buvant du café dans des gobelets que Deke était allé acheter chez Whataburger.

— Eh bien, voilà, monsieur Tyson, déclara-t-il. Je suis sûr que votre femme et vous serez très heureux.

— Nous aurions préféré que Trey ne meure pas dans ces conditions.

— Je vous comprends, dit le notaire. J'aurais aimé qu'il soit enterré avec un peu plus d'honneurs, mais je remercie son ami John Caldwell d'avoir accepté de célébrer. Il avait énormément d'affection pour lui. C'est manifestement un homme bon.

— C'est un homme bon, en effet. Quand auront lieu les funérailles ?

— Cet après-midi.

— Trey doit être enterré cet après-midi ? répéta Deke, étonné.

— Oui. À dix-huit heures. Dans la plus stricte intimité. Je suis déterminé à cacher cette information aux médias. Le bureau du médecin légiste, à Lubbock, a eu la gentillesse de ne pas révéler aux journalistes que le corps avait été transféré vers la maison funéraire Jamison, hier soir. Si je pouvais faire inhumer Trey en toute discrétion…

Il sortit un mouchoir blanc pour essuyer ses lunettes et riva sur Deke ses yeux de myope.

— Aimeriez-vous assister à la cérémonie ? reprit-il. Vous êtes l'une des rares personnes que Trey respectait. Il était ravi que vous achetiez la maison de sa tante.

— Dix-huit heures, dites-vous ? fit Deke en consultant sa montre.

Il était seize heures. Il avait largement le temps de passer chez un fleuriste avant la cérémonie.

— Je viendrai, promit-il.

Ils échangèrent une poignée de main et se séparèrent. Deke commanda une grande couronne de fleurs chez Martha, à Kersey, des œillets rouges, précisa-t-il, pensant que Trey aurait aimé cette couleur.

— Je n'en ai plus, répondit Martha.

— Vraiment? Je croyais que les fleuristes avaient toujours des œillets rouges...

— Pas quand quelqu'un achète tout l'inventaire.

— Je vois... Vous en avez des blancs ?

Deke arriva en avance au cimetière. Lawrence Statton n'était pas encore là. C'était une fin de journée typique du nord du Texas. Le vent était tombé en même temps que la chaleur. Le coucher de soleil promettait d'être superbe. Tant mieux. Deke porta sa couronne d'œillets blancs vers la fosse creusée à côté de la tombe de Mabel Church. Sur une croix de bois, le nom de Trey avait été tracé en lettres grossières. Par la suite, elle serait remplacée par une pierre tombale.

Deke s'assit sur un banc de pierre. La brise balayait les compositions florales déposées sur les tombes d'êtres chers. La plupart étaient des fleurs artificielles. Les autres fanaient et se décomposaient au soleil. Au loin, il vit deux sépultures voisines croulant sous les fleurs fraîches. *Voilà donc où étaient passés les œillets rouges.*

Il les observa, pensif, pendant un long moment. Puis il se leva et se dirigea vers elles. Une sensation familière naquit dans son esprit. Avant même d'atteindre les deux pierres gravées, il devina les noms qui y étaient inscrits. Il sut qui avait acheté des douzaines d'œillets rouges et pourquoi. La carte glissée parmi les fleurs le lui confirma : « Vous posez reposer en paix, mes chéries, désormais. »

Deke poussa un cri. *Quel imbécile! Quel imbécile!* Comment avait-il pu être aveugle au point de ne pas remarquer une évidence qu'il avait pourtant sous le nez?

Il courut rapidement vers sa voiture, attrapa son portable et appela Mélissa. *Décroche, bon sang! Décroche!*

— Papa?

— Mélissa, j'ai une question très importante à te poser. Beaucoup de choses dépendent de ta réponse. Je veux que tu réfléchisses à l'été suivant ta dernière année de secondaire et que tu me dises si je me trompe.

Il y eut un long silence.

— Papa, maman et moi sommes inquiètes pour toi…

— Mélissa!

Deke posa sa question.

— Il y a eu des rumeurs à ce propos, entre nous, admit-elle, mais par respect pour ses parents, on n'a pas parlé de nos doutes. Ils souffraient déjà assez et les autres semblaient avoir cru à cette histoire. Si Trey avait quelque chose à voir avec elle? Jamais de la vie! Il la méprisait.

Oh non, songea Deke, se rappelant un vers de Walter Scott qu'il avait appris à l'école: « Ô, quelle toile emmêlée nous tissons quand nous débutons dans la trahison. »

Chapitre 66

Le corbillard arriva, suivi par la voiture du notaire. Deke vit la Silverado de John franchir la grille du cimetière. En marchant à sa rencontre, Deke ne put réprimer ses tremblements.

— Maître Statton, je suis désolé, mais un imprévu m'oblige à partir immédiatement, c'est très important.

Le notaire se tourna vers les œillets blancs.

— Merci pour la couronne, en tout cas. C'est très gentil.

— J'ai votre numéro. Je vous appelle plus tard, avec des nouvelles qui vous feront plaisir.

— Je ne voudrais pas que ma curiosité vous retarde, mais je suis impatient d'entendre ce que vous aurez à me dire. Une nouvelle positive, c'est toujours bon à prendre, en ce moment.

Deke ouvrit la portière de John presque avant qu'il n'ait arrêté la voiture.

— Tu leur as dit ?

— Ce soir, répondit John. J'ai décidé d'attendre ce soir.

— Dieu soit loué, souffla Deke. Eh bien, ne leur parle pas avant que je ne te contacte. Je ne plaisante pas ! Il faut me faire confiance. Où puis-je te joindre ?

— Je serai chez Cathy et Will. Nous voulons être en famille, avant…

— Reste là-bas. J'aurai besoin de vous parler à tous les trois.

— Deke, que se passe-t-il ?

— Je ne peux pas encore te le dire. Tu le sauras plus tard. D'ici là, ne fais rien.

Dix minutes plus tard, Deke s'engageait dans l'allée de la maison de l'assassin de Trey Don Hall. Derrière la porte de l'un des trois garages, il était certain de trouver la dernière Lexus blanche de son épouse, celle que l'agriculteur avait vue s'éloigner à vive allure de la scène de crime. Le tueur s'attendait à abattre Trey à Harbison House, avant de retourner son arme contre lui, peut-être, mais il avait croisé l'objet de sa vengeance sur la route. En reconnaissant son visage, Trey avait dû s'arrêter aussitôt.

Deke ressentit un instant de pitié pour Trey, lors des ultimes secondes de sa vie. Il imagina sa douleur et son incrédulité en voyant l'idole de sa jeunesse pointer son arme sur lui. Il sortit son colt Python de sa boîte à gants et le glissa sous sa ceinture, dans son dos.

Il sonna à la porte, mais dut patienter quelques minutes avant d'obtenir une réponse. L'homme qui apparut sur le seuil avait changé. Il s'était rasé et portait une tenue décontractée mais élégante et sentait l'eau de toilette.

— Bonjour, *coach.*

— Deke ! s'exclama Ron Turner avec entrain. Quel plaisir de te revoir ! Tu arrives juste à temps. Entre donc !

— À temps pour quoi ?

— Je viens de finir de taper une lettre et tu es l'homme idéal pour la livrer. Suis-moi. Tu veux un café ?

— Je veux bien, mais le café n'est pas dans tes habitudes, non ?

Ron lui sourit.

— Parfois, il faut savoir changer.

Depuis vendredi, bien des choses avaient changé, remarqua Deke en voyant la cuisine et la salle à manger. Ron avait nettoyé, rangé la maison, il avait regroupé les bouteilles de bière et d'alcool près de la porte du fond.

— Je vais les sortir pour le ramassage de demain, expliqua l'entraîneur en suivant le regard de Deke. Sers-toi du café. Je vais glisser ma lettre dans une enveloppe. J'en ai pour une minute.

Il réapparut avec l'enveloppe.

— Tu veux bien la livrer pour moi ?

Deke le dévisagea. Ron soutint son regard, impassible, à part une légère trace de transpiration au-dessus de la lèvre supérieure.

— Elle est pour qui ?

— Randy Wallace.

— Ah, dit Deke en prenant l'enveloppe. Elle parle de ta fille, n'est-ce pas ?

— Elle parle de la trahison de Trey !

Le visage de Ron devint soudain rouge tant son émotion était violente. Il est fou, songea Deke. L'alcool, le chagrin et son interprétation aveugle des événements lui avaient fait perdre la raison.

— Que veux-tu dire ?

— J'avais confiance en Trey, avec Tara. Je pensais qu'il ne profiterait pas de sa… faiblesse, par respect pour moi, si ce n'était pas respect pour elle, et ce petit salaud l'a mise enceinte !

— Enceinte ? Oh, Ron…

— Je ne l'ai su qu'au bout d'un mois, mais elle et Trey s'étaient rencontrés en secret après qu'il a quitté Cathy pendant plusieurs semaines, cet été-là.

— Et elle t'a dit que c'était lui, le père ?

— Oui !

— Et elle est morte à la suite d'un avortement, non d'une péritonite…

— Un avortement raté. Elle a eu une infection et elle n'a survécu qu'un mois. On a inventé cette histoire pour protéger ma femme des rumeurs. Même si ça n'a pas fait grande différence. La perte de notre fille l'a anéantie. Flora souffrait d'une insuffisance cardiaque et elle est morte de chagrin. À mes yeux, Trey les a tuées toutes les deux.

— Tu n'as rien ressenti pour ce garçon quand tu as appuyé sur la détente, Ron ?

— Rien. Rien du tout ! Il a culbuté ma fille puis l'a abandonnée enceinte, comme Cathy Benson.

Deke ressentit de la tristesse pour la vie gâchée de cet homme. Il avait besoin de se ressaisir. Son regard se porta au-dessus de la tête de l'entraîneur, sur une traînée de moisissure qui descendait le long du mur de la cuisine. Il respira profondément et regarda Ron droit dans les yeux.

— Trey était stérile, *coach*. Il avait eu les oreillons à l'âge de seize ans. Il n'a pas pu mettre Tara enceinte.

Ron Turner eut un mouvement de recul, comme s'il venait de recevoir une gifle.

— Mais non ! Il a fait un enfant à Tara !

— Je t'assure que non. L'une des raisons pour lesquelles il est revenu à Kersey, avant de mourir, était son désir d'avouer à Cathy qu'il n'était pas le père de Will.

Abasourdi et incrédule, Ron écarquilla les yeux. Deke devinait sans difficulté le fil de ses pensées. Il se remémorait l'époque où Trey était tombé malade, au printemps de sa première année de secondaire. Toute la ville avait retenu son souffle en attendant le diagnostic. Quelle maladie avait pu frapper ce quart-arrière prometteur ? Quand le verdict était tombé, la population avait soufflé. Le journal local avait relaté la visite de l'entraîneur à son joueur et son admiration pour ce garçon qui avait souffert en silence et repoussé à plus tard sa visite chez le médecin pour ne pas nuire à son équipe et à ses entraîneurs.

Deke vit Ron prendre conscience de sa terrible erreur, mais le peu de compassion qu'il aurait pu ressentir fit vite place au regard que Trey avait dû poser sur son entraîneur lorsqu'il avait tiré.

— Dans ce cas, qui… ? murmura Ron.

— Ce n'est pas à moi de le dire.

Ron s'écroula sur une chaise comme un pantin désarticulé. Son visage prit une teinte grisâtre.

— John Caldwell, souffla-t-il, abattu. Will Benson doit être le fils de John… Seigneur ! Qu'est-ce que j'ai fait ?

— Comment savais-tu où trouver Trey ? demanda Deke.

Ron se redressa et marcha péniblement vers la cheminée du salon pour prendre une photo de sa femme et sa fille.

— C'est Tony Willis qui me l'a dit. Il a croisé Trey à l'école secondaire. Il était passé se rappeler autrefois. Tony pensait que ça me ferait du bien de retrouver mon seul et unique quart-arrière à avoir atteint le niveau national. Il m'a suggéré d'aller à Harbison House pour lui faire une surprise.

Ron reposa le cadre sur la cheminée.

— Comment as-tu compris ? demanda-t-il à l'ancien shérif.

— En voyant les œillets rouges sur les tombes de ta femme et de ta fille, au cimetière, puis en lisant la carte. Les pièces du casse-tête se sont mises en place et Mélissa a confirmé mes soupçons.

La colère face à un tel gâchis durcit son ton :

— Tu as tué un homme mourant et innocent, *coach*. D'après Mélissa, Trey n'aurait jamais touché Tara par respect pour toi.

Ron ferma les yeux.

— Elle savait à quel point je tenais à lui… Mon Dieu, Trey… pardonne-moi… (Il rouvrit les yeux.) Tu sais, Deke, tu as toujours été un vrai bon policier. Dommage que tu sois à la retraite. Accorde-moi une minute et tu pourras m'emmener. Randy Wallace ne mérite pas cet honneur, il était prêt à pendre Will alors que n'importe quel crétin aurait compris qu'il est trop honnête pour tuer qui que ce soit. Je regrette de tout mon cœur l'enfer que j'ai fait subir à ce garçon et à sa mère. Je les considère comme des membres de ma famille. Dis-leur à quel point je regrette, veux-tu ? Je n'aurais pas laissé Will porter le chapeau. Il me fallait simplement du temps pour me calmer.

— Tu leur diras toi-même, Ron.

— D'accord. Bon, je vais chercher ma veste. Je veux être bien habillé pour les journaux. Tu veux bien éteindre la cafetière ?

Il s'était éloigné depuis une minute quand Deke entendit la détonation. Pour la seconde fois de la journée, il se traita d'imbécile, puis il observa l'enveloppe qu'il avait à la main. Il fallait être stupide pour ne pas deviner les intentions de Ron.

Épilogue

Silva couché à ses pieds, Cathy était assise sous le porche de la maison de son fils. C'était la deuxième fois qu'elle vivait un tel moment. La première remontait à un peu plus de vingt-deux ans, quand elle avait attendu la visite de John Caldwell, sous le porche de sa grand-mère, avant qu'il ne parte pour l'université Loyola. Elle était alors enceinte de trois mois. Trey était parti depuis deux semaines et son impatience de voir la vieille camionnette de John s'arrêter devant la maison pour la dernière fois lui avait serré le cœur. À l'époque, et encore aujourd'hui, elle nourrissait le vague espoir que John l'épouse et devienne le père de son enfant. À l'époque, et encore aujourd'hui, son rêve était illusoire. Une fois de plus, elle perdait John au profit de la religion.

Le soir où Deke Tyson était venu leur annoncer que Ron Turner avait avoué le meurtre de Trey dans une lettre avant de se suicider, elle avait cru qu'ils pourraient retrouver leur vie. Elle, John et Will s'étaient réunis pour une ultime soirée ensemble avant que le jeune homme ne soit officiellement inculpé, le lendemain matin. Mais John était venu lui dire qu'il s'était accusé du meurtre et qu'il serait arrêté à la place de Will. Il avait fourni à Randy un mobile bien plus solide, ainsi que des preuves. Sous le choc, Will avait écouté son père expliquer l'élément qui le ferait condamner à coup sûr.

— Papa, tu n'étais qu'un gamin, à l'époque, et tu n'as pas tué Trey !

— Toi non plus.

— Tu ne prendras pas ma place. Je ne te le permettrai pas. Tu es trop vieux !

— Et toi, tu es trop jeune. Et tu es mon fils.

— Tu es mon père !

Ils étaient enlacés, en larmes, quand Deke avait sonné à la porte, suivi, un peu plus tard, par Lawrence Statton, porteur d'une mallette.

Le lendemain, les nouvelles étaient meilleures. Deke avait demandé à Randy ce qu'il comptait faire du sachet contenant les preuves incriminant John Caldwell.

— Quelles preuves ? avait rétorqué Randy, intrigué. Tu veux dire ceci ? Et si tu jetais tout ça à la poubelle, en rentrant à Amarillo, avant de rendre son verre au père John ?

Même si l'orage était passé, ils savaient tous que leur vie ne serait plus jamais la même. Une fois de plus, les gens de la ville s'étaient montrés sous leur jour le plus négatif en jugeant Cathy et Will un peu hâtivement. Morgan Petroleum avait accordé au jeune homme sa demande de mutation. Le restaurant était toujours fermé et Béa et Odell en congés payés. Quant à John…

Cathy poussa un soupir. Elle avait cru que, fort de sa réputation intacte et de sa réussite, de sa paternité reconnue et acceptée publiquement, John poursuivrait son œuvre dans cette paroisse qu'il aimait. Elle aurait dû se douter que sa pénitence serait éternelle.

— Je ne peux pas rester, avait-il déclaré. Je ne peux plus accepter des Harbison une affection et un dévouement que je ne mérite pas. Je ne peux plus vivre dans le mensonge en leur présence. Ils s'en sortiront sans moi. Ils ont le père Philip. Il prendra ma place à Harbison House. Je suis certain qu'au fil du temps, ils adoreront Philip comme un fils.

Pendant qu'il attendait le jugement des autorités religieuses sur son péché d'autrefois, Cathy avait secrètement espéré – sans la moindre honte – que ce tournant dans sa vie, et son amour pour elle et leur fils inciteraient John à abandonner la prêtrise pour l'épouser. Trey lui avait légué son appartement californien. Sa vente leur permettrait de démarrer une nouvelle vie, ailleurs.

Le diocèse rendit officiellement son verdict: aucune action ne serait prise à l'encontre de John pour un acte antérieur à son intégration dans l'ordre des Jésuites. En revanche, il était autorisé à quitter ses fonctions à la paroisse de St. Matthew et à la direction de Harbison House.

— Allons faire un tour, lui avait-il proposé ce jour-là. Je passe te chercher.

C'était une semaine plus tôt.

Ce fut une promenade au fil de leurs souvenirs. Ils passèrent devant la maison d'Emma, qui abritait désormais un jeune couple et deux enfants en bas âge. La balançoire était toujours là. Dans le jardin, un chien veillait sur un enfant perché sur un tricycle. Cathy sentit les larmes lui monter aux yeux.

L'étape suivante fut l'ancienne demeure de John. Le nouveau propriétaire avait essayé de la rénover, sans conviction, car elle semblait toujours aussi négligée. Néanmoins, le treillage du kiosque de sa mère était couvert de roses jaunes grimpantes. L'école de Kersey et sa cour de récréation n'avaient guère changé, elles non plus. C'était toujours une bâtisse austère, entourée d'une pelouse qui écorchait la peau fragile des coudes et des genoux.

Enfin, ils atteignirent l'école secondaire. Nul ne dit un mot. Leurs pensées, leurs sentiments, leurs adieux étaient presque palpables. John se gara à la place habituelle de sa camionnette rouge, à côté de la Mustang de Trey. Les cours d'été avaient commencé. Portées par le vent de juin, des voix leur parvinrent depuis le terrain de sport. Comme autrefois, ils s'appuyèrent contre le métal chaud du véhicule, les bras croisés.

— On a vécu de bons moments, Cathy.

— C'est vrai.

— Il nous aimait, tu sais.

— Je sais.

— Tu lui pardonnes ?

— Ça viendra.

Ils se parlaient sans se regarder.

— Quand es-tu tombée amoureuse de moi ? demanda John.

Elle ne fut pas choquée par sa question, désormais, elle était au-delà de toute surprise. Elle observait un bout de papier agité par le vent. L'un est amoureux de l'autre qui en aime un troisième.

La vie était ainsi.

— Je ne crois pas qu'il y ait eu un moment précis, répondit-elle. Un jour, il y a longtemps, le sentiment est apparu. Depuis combien de temps le sais-tu ?

— Un bon moment. C'est venu comme ça.

— Ce n'est pas par défaut. Je tiens à ce que tu le saches.

— Je l'ai toujours su.

La chaleur du métal leur fit du bien. Le ciel était limpide.

— Je pars, Cathy, reprit-il. J'ai demandé un poste d'enseignant à Loyola.

Elle regarda au loin, vers la prairie. Les fleurs des champs commençaient à mourir. Comme toujours, non ? Mais elles écloraient de nouveau au printemps.

— Quand ?

— Dans une semaine.

— Pourquoi si vite ? Les cours ne reprennent qu'à l'automne.

— Ils ont besoin de moi pour les cours d'été.

— Ah…

Il décroisa les bras et lui prit la main.

— Qu'est-ce que tu vas faire ?

Alors, Cathy prit sa décision.

— Je vais confier le restaurant à Béa et utiliser l'argent de la vente de l'appartement de Trey pour entamer des études de médecine.

Elle perçut sa surprise, même s'il n'était pas vraiment étonné.

— Trey aurait aimé ça.

— À cinquante ans, je serai sans doute le plus vieux médecin à obtenir son doctorat.

Il serra sa main dans la sienne.

— Et le meilleur, aussi.

Ils partageraient les fêtes, les vacances, les sorties, les coups de téléphone du dimanche soir. La distance ne les séparerait jamais. Ils formaient une famille, désormais, et Cathy pouvait vivre ainsi.

Au bout de la rue, elle entendit du bruit. Silva se leva d'un bond tandis que la voiture de Will approchait. Père et fils étaient côte à côte, à l'avant. Will avait aidé John à faire ses bagages. La Silverado reviendrait à la paroisse. Bientôt, Will conduirait John à La Nouvelle-Orléans. Pour l'instant ils allaient dîner ensemble pour la dernière fois avant longtemps. En se levant pour les accueillir, Cathy leva la main pour se protéger les yeux du soleil.

Les beignets de maïs d'Emma

Versez 250 grammes de semoule de maïs dans un saladier. Ajoutez une pincée de sel. Versez de l'eau bouillante sur le mélange et remuez à l'aide d'une cuillère en bois jusqu'à obtenir une pâte lisse.

Plongez une cuillerée à soupe de pâte à la fois dans l'huile de friture jusqu'à ce que les beignets soient dorés et croustillants.

Posez les beignets sur du papier absorbant et servez avec du sirop ou du miel.

Bon appétit !

Remerciements

En commençant ce roman, je m'aventurais en territoire inconnu. Étant protestante, je ne savais pas grand-chose de l'ordre des Jésuites. Le dimanche après-midi, j'ai coutume de lire pendant que mon mari regarde un match de football à la télévision. La seule chose que je connaisse de cette discipline, c'est que les équipes portent des maillots de couleur différente ! Et pourtant, j'ai eu envie d'écrire une histoire sur un prêtre, un quart-arrière et une fille qui sert des hamburgers. Ainsi débuta mon voyage en terre inconnue. Je remercie toutes les personnes qui m'ont éclairée sur ces univers particuliers. Sans elles, je n'aurais pu créer ce récit. J'assume personnellement les erreurs éventuelles. Je tiens à exprimer ma gratitude envers les personnes suivantes :

Michael S. Bourg, responsable de la communication des Jésuites pour la province de La Nouvelle-Orléans. Mike, j'ai passé avec toi des moments magiques à La Nouvelle-Orléans, puis à San Antonio, à Notre-Dame-de-Guadalupe.

Le père Martin Elsner, qui m'a montré la différence entre une fin hollywoodienne et la vraie vie.

Le révérend Richard A. Houlahan, OMI, administrateur en retraite des aumôneries du *Federal Bureau of Prisons* (ministère de la Justice des États-Unis), qui s'est montré charmant.

Paul Jette Jr., coordinateur défensif et entraîneur adjoint des Hurricanes de Miami en 1985. Lorsque je l'ai remercié, Paul m'a déclaré : « Je n'ai fait que répondre à vos questions pertinentes. » Grâce à ses explications, j'aurais pu endosser le maillot et me présenter sur le terrain.

Christopher Palmer, coordinateur offensif des Titans du Tennessee, entraîneur de quarts-arrière tels que Drew Bledsoe, Tony Romo, Eli Manning et Mark Brunell. Vainqueur du Super Bowl avec les Giants de New York en 2007. Il n'y a pas de mots pour exprimer ma reconnaissance (et pas assez de place pour énumérer vos exploits).

Je n'oublie pas tous ceux dont les conseils professionnels m'ont été si précieux. Merci à Mary Jo Sarkis et Regina M. Morales. Je n'oublie pas mon mari, Arthur Richard, troisième du nom, deux rois d'Angleterre à lui tout seul, et Janice Thompson, mon amie de toujours.

Naturellement, je remercie le trio qui joue un rôle si important dans ma vie de romancière : mon agent, David McCormick, Deb Futter, son intrépide éditrice, chez Grand Central Publishing, et Dianne Choie, sa charmante assistante.

Enfin, je remercie mon défunt frère pour les souvenirs que je garde de son année de quart-arrière, à l'école secondairee et qui m'ont aidée au long du chemin. Semper Fi, Leiland.

EXTRAIT DE

Une valse à trois temps

DE PATRICIA GAFFNEY

Chapitre 1

La loi de la nature

N'est-il pas naturel de se sentir coupable après la mort d'un être cher ? Deuil et culpabilité vont de pair, dit-on. Sans doute parce que l'on est encore en vie. Bon nombre de choses sont naturelles, y compris l'infanticide, dans certaines cultures. Raven, un ami des plus bizarres de ma fille, qui est adolescente, m'a récemment raconté que la femelle foulque tuait ses petits pour n'en garder que deux, parce qu'elle ne peut les nourrir tous. C'est la loi de la nature.

Cette notion rassurante d'une culpabilité qui soit dans l'ordre des choses cache en réalité l'idée que l'on n'a en rien précipité la mort de l'être cher. C'est bien là le problème : j'ai provoqué une dispute avec mon mari cinq minutes avant que notre voiture ne percute un arbre et ne le tue (ce n'est pas la seule chose que j'ai faite, mais c'est la plus spectaculaire). Une querelle stupide : pourquoi ne conduirait-il pas Ruth à son tournoi de soccer le lendemain ? Pourquoi était-ce toujours à moi de le faire ?

Depuis quand n'était-il pas allé à une réunion de parents d'élèves, par exemple ? Dans six ans, Ruth aurait vingt et un ans et sortirait de sa vie. Allait-il vraiment passer le reste de l'adolescence de sa fille unique enfermé dans son bureau à corriger des copies et à écrire ? Oui, c'est ce que je lui ai dit. D'obscurs articles sur les mathématiques que des revues encore plus obscures ne publiaient que très rarement.

C'était un vendredi soir, à onze heures. Nous rentrions chez nous après un souper chez mes parents auquel Stephen ne voulait même pas se rendre. De toute façon, il ne voulait jamais y aller, donc cela ne compte pas. Je me pardonne volontiers ce détail. Il a prétendu se sentir fatigué, mais je ne l'ai pas cru. Dieu merci, Ruth n'était pas avec nous. Elle dormait chez une copine dont c'était l'anniversaire. J'avais passé la soirée à m'efforcer de détendre l'atmosphère, d'arrondir les angles. Ma mère a toujours apprécié Stephen, je ne sais pas pourquoi, mais ce n'était pas réciproque, en tout cas, et elle n'en a jamais rien su. C'est grâce à moi. Pendant les dix-huit ans qu'a duré notre mariage, je n'ai cessé de justifier l'impolitesse de mon mari, voire son mépris flagrant, pour en atténuer la brutalité. « Il est perdu dans ses pensées », mentionnais-je en riant quand il ne se donnait pas même la peine de sortir de son bureau lorsque ma mère débarquait chez nous sans prévenir (une habitude agaçante, je le reconnais). Elle se laisse facilement impressionner par ce qu'elle considère comme de la supériorité intellectuelle. Enfin, sauf quand il s'agit de mon père, ce qui n'est pas sans importance. Je n'ai donc jamais eu de mal à lui faire croire que, non, Stephen n'était pas froid et dédaigneux : c'était un génie. Or les génies sont étranges, repliés sur eux-mêmes. Ils n'ont pas le temps de s'occuper de leur belle-mère.

C'est la peur qui a déclenché notre dispute, ce soir-là, dans la voiture. J'avais décelé une ressemblance effrayante entre mon mari et mon père. Me mettre en colère contre

Stephen, le chercher, le pousser dans ses derniers retranchements était pour moi un moyen de me convaincre que je ne revivais pas un scénario déjà connu.

Mon père, George Danziger, avait enseigné la littérature anglaise au Remington College pendant quarante ans. Il venait de prendre sa retraite pour écrire un livre avec un collègue sur quelque obscur poète du XVIIIe siècle dont j'ai oublié le nom. Mon père est un petit homme trapu, dégarni, aux épaules basses, bedonnant, voûté, aux vêtements souvent tachés des cendres de sa pipe. Avec son expression un peu vague, son air d'être ailleurs, je suppose qu'il correspond très bien à l'image du professeur distrait des bandes dessinées. Néanmoins, son visage aux traits tombants et son calme lui confèrent une forme de dignité, du moins à mes yeux. Physiquement, Stephen était tout son contraire : de taille moyenne, le corps ferme et compact d'un coureur, les mêmes traits réguliers et durs que Ruth et une chevelure bouclée d'un blond cendré. Il avait le geste vif, toujours en mouvement, impatient au point d'offusquer son entourage par certaines rebuffades.

Maman et moi faisions la vaisselle tandis que les hommes étaient sortis dans le jardin pour que mon père puisse fumer sa pipe, un plaisir défendu à l'intérieur. Je les observais vaguement à travers la fenêtre de la cuisine, debout près de la table en fer forgé, en cette fin de mois d'août. Avec leur chemise à manches courtes, ils avaient un peu froid et n'avaient pas grand-chose à se dire, comme d'habitude. Le collège était leur seul point commun. Au bout de trois ans, Stephen en voulait encore à mon père de l'avoir aidé à obtenir son poste de professeur. Ils se tenaient à distance raisonnable et, même quand ils se parlaient, ne se regardaient pas. Se dandinant d'un pied à l'autre, les mains dans les poches, ils admiraient le ciel nocturne, par-dessus le toit, comme s'ils regardaient un film.

Malgré leurs différences, j'ai trouvé qu'ils se ressemblaient, en cet instant. Ils étaient identiques. J'avais les mains dans l'eau chaude, mais je me suis soudain sentie enveloppée par une vague de froid, la sensation d'une lame de couteau sur ma peau nue. Une pensée m'a envahie : ils étaient pareils.

C'était impossible. Stephen était entêté, irritable, parfois méchant, Stephen était libre. J'ai pensé à l'insatisfaction, à la déception de ma mère, à ce que mon père avait fait d'elle, à ses reproches. Et je me suis demandé : et si, en épousant un homme aussi absent et inaccessible que papa, j'avais commis la même erreur qu'elle ? Pas une erreur similaire, *exactement* la même erreur.

Alors j'ai déclenché une dispute. Au contraire de mon père, Stephen était un adversaire à ma hauteur. Son arme favorite, une logique froide et paralysante, venait toujours à bout de mes colères incohérentes et larmoyantes. C'était le combat d'une épée contre un ballon. Mais ce soir-là, je m'en moquais. Je voulais du bruit, de l'action, de la bagarre. J'ai attendu que nous soyons sur Clay Boulevard, une voie rapide toute droite et bien éclairée. Peu importait la raison de notre querelle, j'étais fatiguée. Samedi, pour emmener Ruth à Charlottesville, je devais me lever à six heures du matin. C'est donc le thème que j'ai choisi.

Stephen n'a pas prononcé un mot. Cela remonte à quatre mois et je n'ai aucun souvenir de ce qu'il a dit, ce soir-là, dans la voiture. Inexplicablement, cela m'attriste. En revanche, j'avais, moi, un tas de choses à dire, jusqu'à ce qu'il baisse sa vitre. Ce fut le premier signe que quelque chose n'allait pas. Il faisait froid et j'étais en train de jouer avec les boutons du chauffage. J'ai cru qu'il ouvrait la fenêtre pour me contrarier.

— Tu ne dis rien ?

J'entends encore ma propre voix teintée de méchanceté. Il a grimacé. Dans la pénombre, je ne voyais pas son teint, uniquement sa bouche déformée par un rictus.

— Qu'est-ce qui ne va pas ?

J'étais intriguée, mais toujours pas inquiète. Il a prononcé mon prénom, « Carrie ». Rien d'autre. Il n'a pas porté les mains à sa poitrine, geste caractéristique d'un homme en proie à une crise cardiaque. En revanche, il s'est tenu le bras avant de s'affaisser contre la portière. C'est arrivé très vite. Nous roulions dans notre file, et tout à coup, nous avons franchi le terre-plein central... les phares dans les yeux, les coups de klaxons, les bruits de freins des voitures qui arrivaient en face... J'ai saisi le volant et nous avons légèrement ralenti, mais Stephen avait toujours le pied sur l'accélérateur. Dans ma panique, je n'ai pas réussi à bouger assez vite pour l'en écarter. Je me souviens d'avoir ressenti de la tristesse parce que c'était la fin, j'allais être brisée, écrasée par un amas de métal et de verre. Je ne pensais pas consciemment à Ruth, mais il n'y avait de place que pour elle, dans mon cerveau. Mon bébé...

Sans vraiment tourner le volant, j'ai réussi à nous faire franchir les deux voies sans heurter la moindre voiture. Nous avons percuté la barrière de sécurité, avant de nous retrouver dans le gravier, contre un petit talus. Sous le choc, Stephen a été rejeté en arrière et a enfin ôté le pied de l'accélérateur. Au lieu de nous arrêter, nous avons franchi le sommet du talus, puis la voiture a fait un tonneau avant de s'écraser contre un tronc d'arbre. Ma tête a cogné contre quelque chose, ma vitre, je crois. Ma portière s'est ouverte et ma ceinture de sécurité m'a évité d'être éjectée.

Les lumières, le bruit... J'étais inconsciente jusqu'à ce que deux jeunes, des étudiants de Remington, défassent ma ceinture pour m'extraire de la voiture. Ils m'ont obligée à m'allonger par terre.

— Où est mon mari ? Où est mon mari ?

Ils n'ont rien voulu me dire. Puis il y a eu la police, l'ambulance, les secours...

— Est-ce que mon mari est mort? ai-je demandé à un jeune homme portant un gilet d'ambulancier.

J'ai agrippé sa manche, refusant de le lâcher tant qu'il n'aurait rien dit.

— Madame, a-t-il répondu, nous faisons le maximum.

Ils étaient en train de le réanimer, ai-je su plus tard. D'essayer de faire repartir son cœur. Mais il n'est jamais reparti.

Voilà ce que j'ai fait. On peut en penser ce qu'on veut, le meilleur comme le pire – moi-même, je suis tiraillée entre les deux. Quoi qu'il en soit, je crois que ma culpabilité d'être vivante et en bonne santé quatre mois après la mort de mon mari a dépassé les limites de la normalité. Ruth et ma mère affirment qu'il est temps pour moi de me ressaisir, de redémarrer, de trouver un vrai travail, de continuer ma vie. Sont-elles sans cœur pour autant? Oui, je suis dans un sale état, je ne suis utile à personne, pourtant ma fille a plus que jamais besoin de moi...

Elles ignorent qu'il y a autre chose. Cette dispute, dans la voiture, n'est que le plus flagrant de mes nombreux échecs et regrets. Il y en a un qui me fait particulièrement mal. Ce n'est pas grand-chose, en réalité. Un élément anodin, mais sordide, difficile à admettre, même s'il n'y a rien de vraiment honteux... Enfin voilà: Stephen et moi avons fait l'amour la veille de sa mort. Ce devrait être un souvenir agréable, un réconfort, cet ultime moment d'intimité. Une bénédiction, un coup de pouce en faveur de la vie. Mais même cela, je l'ai gâché. Je sais que c'est un petit détail, mais je n'arrive pas à me le pardonner. La dernière fois que mon mari a pénétré mon corps, j'ai fermé les yeux en imaginant que j'étais avec quelqu'un d'autre.

Chapitre 2

Pas grand-chose

Avant de partir à l'école, j'ai laissé à ma mère un petit mot gentil sur le comptoir de la cuisine :

« Attention les yeux, j'ai préparé une salade de thon délicieuse. Tu as intérêt à la manger, sinon...

Bisous, Ruth.

P.-S. : Jamie et Caitlin vont peut-être passer à la maison cet après-midi pour travailler. D'accord ? »

J'ai dessiné une bouche faisant un baiser, suivie d'un point d'exclamation.

C'était une sorte de message codé qui signifiait : « Mange quelque chose de sain pour une fois, et quand je rentrerai à la maison, essaie d'être habillée pour que mes amies ne te voient pas dans le vieux peignoir de papa. »

En fait, Jamie et Caitlin ne sont pas venues. C'était une ruse. Hélas, elle n'a pas fonctionné parce que maman n'était pas là. Elle m'avait laissé une note faussement enjouée à la place de mon mot :

« Salut ! Il y a à boire et à manger dans le frigo. N'en faites pas trop :). Je fais une sieste, alors si vous vouliez bien travailler en bas... Vous pouvez faire du bruit, dans la limite du raisonnable.

Bisous, moi.

P.-S. : Tu veux commander une pizza pour ce soir ? »

Depuis la mort de papa, c'est toujours comme ça. Quand je pars à l'école, elle dort. Quand je rentre, elle dort. J'ignore ce qu'elle fabrique dans la journée. Pas la cuisine, en tout cas, ni le ménage. Elle mange, ça je le sais, parce qu'elle a pris au moins cinq kilos en quatre mois. Elle s'empiffre de spaghettis au beurre, de pommes de terre, de riz mélangé à de la crème de champignons en boîte... Rien que des aliments caloriques. Quand je la surveille ou si je fais la cuisine, elle se nourrit correctement mais, sinon, c'est céréales, couscous, pop-corn et pâtes. Histoire de se réconforter, sans doute.

Quand je suis en classe, elle façonne aussi des bouquets de fleurs. Elle a pris ce petit boulot pour une boutique d'artisanat tenue par une femme qui la paie quelques cents par bouquet. Bref, si ça continue, on va se retrouver à la rue, à vivre dans des boîtes. Enfin, je suis mal placée pour la critiquer, parce que je n'ai pas encore de travail, moi non plus. Il m'arrive de garder Harry, le bébé des Harmon, les voisins, mais ils ne sortent pas souvent, donc je ne fais pas fortune.

Qu'est-ce qu'on va devenir ? Environ un mois après l'accident, Grand-père est venu nous voir sans Grand-mère, ce qui était assez effrayant en soi. Il a longuement discuté avec maman, mais je n'ai pas eu le droit de les écouter. Après son départ, elle m'a annoncé la mauvaise nouvelle : en gros, on n'a plus un sou. Dans un premier temps, j'ai trouvé ça plutôt *cool.*

— Tu veux dire qu'on est ruinées ?

Non, simplement pauvres, ce qui, en un sens, est encore pire, parce qu'il n'y a pas de drame au bout du compte.

Apparemment, mon père n'a pas enseigné à Remington assez longtemps pour obtenir une pension. Il ne nous reste donc que ses économies, l'aide sociale et une toute petite prime d'assurance.

Je ne montre pas à maman à quel point je suis déçue, mais l'été prochain, pour mes seize ans, je devais avoir ma voiture, soit une belle occasion, soit une neuve bon marché. Désormais, c'est hors de question. De plus, je vais devoir étudier à Remington. C'est bien le pire, parce que quand on habite à Clayborne, on ne va pas à Remington, à moins de ne pas avoir le choix. Ce n'est pas un mauvais établissement, loin de là, mais c'est trop local.

Toute ma vie, j'ai voulu faire mes études à Georgetown, comme mon père (à condition d'être admise, bien sûr), ou encore à l'université de Caroline du Nord. Elles me sont toutes les deux interdites, désormais. Je suis obligée de rester près de chez moi.

Je ne peux m'empêcher de penser à ce qui se serait passé si j'avais été là, le soir où il est mort. D'abord, j'aurais probablement pris le volant, parce que j'avais mon permis d'apprenti conducteur et que ma mère me laissait généralement conduire, histoire de me faire la main, même le soir. Donc s'il avait eu sa crise cardiaque, la voiture n'aurait sans doute pas heurté un arbre. J'aurais pu le conduire à l'hôpital où il aurait peut-être été sauvé. Je crois aussi qu'il aurait très bien pu ne pas avoir de crise cardiaque, parce que tout aurait été différent si j'avais été présente. L'atmosphère, la soirée... Quelque chose me dit que si je n'étais pas allée chez Jamie, mon père n'aurait pas connu le même destin et serait encore en vie. S'il avait été assis à l'arrière de la voiture, détendu, à contempler la lune au lieu de surveiller la route, son sang aurait circulé correctement et son cœur n'aurait pas lâché. Parfois, je le faisais rire. S'il m'avait écoutée raconter une histoire un peu débile, au lieu des propos de maman ou de la radio... je suis persuadée que les choses auraient tourné autrement.

Sur ma table de chevet, j'ai une photo de papa, maman et moi, prise il y a environ trois ans, à Noël, juste avant que nous nous installions à Clayborne, la ville où ma mère a grandi jusqu'à ses dix-huit ans. Alignés devant la vieille maison de Chicago, nous brandissons nos cadeaux. Maman a relevé la manche de son manteau pour exhiber la montre que papa vient de lui offrir. Il porte mon foulard vert et ses mitaines assorties, les mains bien droites, ne laissant voir que ses yeux. Et moi, j'ai l'air encore plus crétin avec mon nouveau jean, mes bottes et ma veste matelassée. Je souris en désignant mes oreilles pour montrer qu'elles sont percées. Une vraie débile !

À peu près à l'époque où cette photo a été prise, peut-être même le lendemain, en tout cas au cours de ces vacances de Noël, mon père et moi sommes allés patiner sur le lac. Maman devait venir avec nous mais, à la dernière minute, elle a préféré passer l'après-midi tranquille à la maison. Donc nous nous sommes retrouvés tous les deux. Au début, j'étais un peu intimidée, car nous n'avions rien partagé depuis... je ne sais même plus. J'étais ravie de l'avoir pour moi toute seule, c'était presque comme un rendez-vous amoureux. J'observais les gens qui nous regardaient en me demandant s'ils le prenaient pour mon petit ami. Il avait quarante ans, mais il faisait plutôt jeune, à l'époque. C'était plausible.

Ensuite, nous sommes allés boire un chocolat chaud dans un café, au bord de l'eau. Assise en face de lui sur une banquette en similicuir rouge, je tripotais mes oreilles endolories en insérant des pièces dans le juke-box pour passer des succès des années cinquante. J'ai senti que c'était le début d'une vraie relation entre nous. Mon père avait simplement attendu que je grandisse. J'ai beaucoup parlé de l'école, de mes professeurs, et même d'un garçon qui me plaisait. Les maths étant ma matière favorite (là, j'ai un peu exagéré), je pensais les choisir comme matière principale à Georgetown avant de devenir enseignante dans une université de prestige.

C'était tellement bien... Il s'est confié, lui aussi, et il a ri de mes blagues, il m'a raconté des choses que j'ignorais encore. Un jour, par exemple, il avait séché les cours avec des camarades d'école pour aller dévaler la pente de Cashbox Hill, dans le New Jersey, d'où il était originaire. Il avait foncé dans les barbelés et s'était blessé à la nuque. Il m'a montré sa cicatrice. Bizarrement, je ne l'avais jamais vue. Je me sentais tellement bien. Il n'y avait plus de non-dits, de mystères, tout était normal...

Le plus drôle, c'est que cette journée n'a débouché sur rien, finalement. Ensuite, tout est redevenu comme avant, comme si rien ne s'était passé. Il était aussi gentil que d'habitude, mais ne m'a plus jamais proposé de sortir en tête à tête. Il est retourné dans son bureau et a refermé la porte.

À mon avis, je n'étais pas encore assez mûre. Je n'avais que douze ans. Le plus triste, c'est que je suis maintenant en âge d'être son amie, mais qu'il n'est plus là. On a raté notre chance. Entre nous, ce ne sera jamais comme j'en ai rêvé. Je sais que ça peut sembler stupide, mais je nous imaginais associés, après mon doctorat, et tout le reste. Je nous voyais faire équipe, avoir des bureaux dans un vieil immeuble de Georgetown, écrire des livres ensemble, résoudre des équations complexes qui constituaient un mystère pour les mathématiciens depuis des siècles...

Je nous imaginais chacun à notre bureau, à la fin de la journée, à boire un café, à échanger des compliments sur notre travail, à planifier le programme du lendemain. Van Allen & associés. Stephen et Ruth Van Allen, mathématiciens.

Je sais bien que c'est ridicule. Je ne sais même pas ce que fait un mathématicien, au juste, à part enseigner, ce dont mon père ne cessait de se plaindre. Il se moquait des autres professeurs qui progressaient à l'aide de nombreuses stratégies et hypocrisies, alors que lui se contentait de faire son boulot sans se mêler des affaires des autres. C'était un solitaire.

Voilà pourquoi cela aurait été si bien qu'on soit associés. Une fois que j'aurais mûri, que j'aurais eu mon diplôme, je crois que j'aurais pu... lui remonter le moral. Et il aurait été fier de moi. Cela n'arrivera jamais et j'en souffre.

Il faut que je fasse quelque chose pour mes vêtements. J'ai fait un test, dans un magazine, pour savoir quel était mon style. On pouvait entrer dans diverses catégories: dynamique, BCBG, grunge, gothique, professionnel, entre autres. Caitlin et Jamie l'ont fait et elles sont toutes les deux dynamiques. En additionnant mes points, je n'entrais dans aucune case. La honte. C'est pareil pour ma chambre, que je déteste. J'ai un calendrier des Dixie Chicks... vivement que l'année se termine ! et un poster de Leonardo DiCaprio, sans oublier Natalie Imbruglia, ainsi que des photos de George Clooney. Tout ça ne ressemble à rien ! Je vais tout enlever, tout dégager, et garder des murs blancs. Je veux que ma chambre se remplisse de façon naturelle. Ensuite, on verra.

Ce soir, Raven est passé après le souper. Maman nous a laissés seuls dans ma chambre pendant une seconde. Il a eu l'air totalement dégoûté. Mais ce n'est pas le pire. Ensuite, j'ai demandé à maman si elle ne pouvait pas s'habiller normalement dans la journée – porter ses propres vêtements et non ceux de son mari décédé, ai-je failli ajouter, mais cela aurait été méchant. On évite de prononcer ce mot sauf quand on ne peut pas faire autrement. Bref, je lui ai dit qu'elle devrait rester dans sa chambre quand j'invite quelqu'un. C'est drôle, moi qui me souciais de ce qu'elle pensait de Raven. Ce soir, je me suis demandé ce qu'il pouvait penser d'elle. Elle portait un vieux pantalon de jogging de papa, une de ses chemises à carreaux et son vieux peignoir gris. Sans oublier ses chaussettes de sport. Pas de maquillage, bien sûr, et j'ignore quand elle s'est lavé les cheveux pour la dernière fois. Je lui ai toujours envié ses longs cheveux châtains et lisses, moi qui déteste mes boucles d'un blond cendré que je trouve moche et que je tiens de mon père. Elle a désormais la mine grisâtre au lieu de son teint frais, sans doute à cause de toutes les cochonneries qu'elle mange. Elle est comme éteinte. « Tu sais... ma mère est encore... sous le choc », ai-je dit à Raven au moment de son départ. « Je vois ça », m'a-t-il répondu, ce qui n'était pas nécessaire, à mon avis.

Mais il s'est montré charmant. Il était passé me prêter un livre, un recueil d'Edgar Allan Poe. Il aime bien tout ce qui fait peur : à part Poe, ses auteurs favoris sont Anne Rice et Edward Gorey. Au début, je trouvais cela un peu bizarre. Il ne cessait de répéter que tout avait une fin, que la mélancolie était le seul état d'esprit acceptable, dans la vie, ce qui ne faisait rien pour me remonter le moral. Je trouve plutôt drôle que son nom de famille soit Black. Raven Black, noir corbeau. C'est un signe...

Après son départ, ma mère est venue dans ma chambre et s'est assise sur mon lit alors que j'essayais de faire mes devoirs. Ces derniers temps, elle ne me fait même plus de réflexions sur le désordre qui règne dans ma chambre, c'est dire à quel point elle est à côté de la plaque.

Comme elle restait silencieuse, j'ai continué ma lecture, pensant qu'elle finirait par dire quelque chose. Elle s'est mise à tripoter le patchwork orné d'étoiles vertes et bleues qu'elle avait réalisé pour mes treize ans. C'est à peu près la seule chose que j'aime encore, dans ma chambre.

— Qu'est-ce qu'il y a ? ai-je enfin demandé.

— Désolée, pour tout à l'heure, a-t-elle répondu avec un sourire hésitant. Je ne vais pas très bien, je crois.

— Mais oui...

— J'irai bientôt mieux.

— Je sais.

— Et toi, ça va, ma puce ?

— Ça va.

— T'es sûre ? a-t-elle insisté en me caressant la joue du dos de la main. Parle-moi de l'école.

— Toujours pareil. J'ai eu un B en français.

Je n'ai rien dit sur ma note de maths, sinon elle aurait pété les plombs. C'est censé être ma matière préférée.

— Qu'est-ce que ça signifie quand on a un bobo dans la bouche qui ne part pas ? ai-je alors demandé.

— Montre-moi.

Je lui ai montré l'intérieur de ma joue. Il y avait un endroit que je ne cessais de mordiller nerveusement.

— Oh, c'est un genre d'ulcère. Ça va partir tout seul.

— Du moment que ce n'est pas un cancer...

Je vois aussi des points devant mes yeux – un signe de glaucome – et j'ai une cheville plus enflée que l'autre.

— Alors, a-t-elle repris en s'allongeant sur le ventre. Qu'est-ce qui se passe, entre toi et Raven ?

— Rien. Où tu veux en venir, maman ?

— Il va à l'école avec ce maquillage ?

— C'est interdit.

— Hmm... Il te plaît ?

— Maman ! On ne sort pas ensemble, si tu veux savoir. C'est un copain, rien de plus.

— D'accord... et il habite où ?

— Je ne le sais même pas.

Elle a pris mon oreiller entre ses bras.

— Bon...

— Bon, ai-je répété en lui caressant le dos, comme elle aimait. Tu es très tendue. Tu as les épaules dures comme du marbre. Tu as fait des bouquets, aujourd'hui ?

— Oui, pendant un moment.

Elle a gémi dans l'oreiller. J'ai cru qu'elle appréciait le massage, mais elle a repris, sur un ton faussement inquiet :

— Il va falloir que je trouve un vrai travail rapidement.

— Tu en trouveras un, et moi aussi. C'est bientôt la période de Noël. Je pourrai travailler au centre commercial après les cours.

— Hmm... Mais il faudra une voiture pour t'emmener.

— Tu pourrais m'y conduire.

— Pas si je travaille aussi.

— On n'a plus qu'à trouver du travail au même endroit.

— Oui, ce serait parfait.

En effet. Enfin, tout dépend de l'endroit. Je l'ai sentie se détendre un peu. Quand j'étais petite, je pensais que je lui sauvais la vie en lui massant les pieds ou quand je lui rendais service à la maison. Si elle me demandait de monter lui chercher de l'aspirine ou de descendre à la cave sortir quelque chose du congélateur, je me plaignais, je prenais mon temps mais, en mon for intérieur, je me réjouissais. J'avais l'impression que tout ce que je faisais à sa place lui accordait quelques minutes de vie en plus. Je mettais la table, j'allais chercher le journal sur la galerie, je répondais au téléphone avant qu'elle ne décroche... C'était toujours quelques minutes de gagnées.

— Maman, tu savais que, quand on caresse un chien, la tension artérielle baisse ?

— Hmm.

— Il paraît que ça fait aussi baisser la tension du chien. C'est génial, non ? On peut adopter un chien ?

— Non.

— Pourquoi ?

— Arrête... On ne peut pas, c'est tout.

Avant, on ne pouvait pas non plus, parce que mon père était allergique à tout ce qui avait des poils : chiens, chats, furets, peu importe. Je me disais que, maintenant...

— Jess, il a quatre chiens, ai-je continué. Et une quinzaine de chats. Et un corbeau qui vient à la porte de son jardin pour réclamer à manger. Je parie qu'il nous donnerait un chaton. Un chat, c'est facile.

— Ruth...

— Je sais, mais il a tant d'animaux et nous, on n'en a aucun.

— Jess vit dans une ferme.

— Et alors ?

Jess est génial. C'est un ami d'enfance de maman. Il a une ferme au bord de l'eau, avec deux cent cinquante hectares de terres et deux cents vaches de race Holstein. L'an dernier, j'avais un devoir à rédiger sur une entreprise locale, alors j'ai choisi l'exploitation agricole de Jess et j'ai tout appris sur les vaches. Pour mon exposé de sciences, j'ai réalisé une maquette du système digestif des bovins avec leurs quatre estomacs (panse, réticulum, feuillet et abomasum ou caillette). Il m'a aidée, là aussi. J'adore aller dans sa ferme, mais je ne l'ai pas vu depuis la mort de mon père. Maman était trop épuisée. J'aimerais bien y retourner. Jess me manque.

Nous nous sommes allongées côte à côte.

— Ton massage m'a fait du bien. Merci. Au fait, cette chambre est une vraie porcherie.

Nous avons souri en fixant le plafond. Elle m'a fabriqué un mobile accroché à la lampe, sept chevaux qui galopent, trottent ou avancent au pas, découpés dans un bois léger et peints de différentes couleurs. C'était au temps de ma période « équitation ». Je devrais le décrocher, mais je l'aime toujours autant.

— Maman ? Noël promet d'être triste, tu ne crois pas ? L'Action de grâce était déjà pénible.

— Oui, a-t-elle admis sans essayer de me mentir, et c'était tant mieux. Parce que ce sera le premier. Mais ça ira. Certaines choses sont incontournables. Il suffit de les affronter.

— Papa te manque beaucoup ?

— Oui.

— À moi aussi. On ira quand même manger chez Grand-mère ?

— Oui, bien sûr.

— Et on aura des cadeaux ?

— Absolument. Mais...

— Je sais. Il y en aura moins.

— L'essentiel, c'est qu'on soit ensemble. Qu'on soit là l'une pour l'autre.

— C'est vrai.

Sauf qu'elle n'est pas là pour moi. Moi, je suis toujours là, mais elle n'est plus que la moitié de la mère que j'avais. Noël nous remontera peut-être le moral, comme par miracle. Malheureusement, je n'y crois pas vraiment. Elle a sans doute raison. Certaines choses sont incontournables. Il faut simplement les affronter.

MARQUIS

Québec, Canada

Achevé d'imprimer le 27 mai 2015